Freispruch

Manuela Kuck

Freispruch

Roman

Krug & Schadenberg

Für meine Mutter

Jemandem seinen Willen aufzuzwingen ist eine Demonstration gewöhnlicher Stärke – ihn sich selbst aufzuzwingen ist ein Beweis wahrer Macht.

Laotse, *Tao te king*

Shiho Nage

Verbeugung und Aufbruch

I

Lena schloss die Akte und ließ die Hände einen Moment auf dem roten Deckel liegen. Dann stieß sie abrupt den Stuhl zurück und begann ihren Schreibtisch aufzuräumen. Es war noch nicht mal halb sechs, aber die Zeiten, in denen sie bis in die Nacht mit brisanten Fällen beschäftigt gewesen und zu Arbeitsessen in angesagten Lokalen eingeladen worden war, gehörten längst der Vergangenheit an.

Sie stellte ihr Geschirr auf ein Tablett und schlüpfte in ihre dunkelblaue Leinenjacke. Die Dielen knarrten, als sie auf den Flur trat. Aus Reiner Lindhofs Büro drang kein Ton, aber sie wusste, dass der Kanzleichef in einer Besprechung saß, und in drei, vier anderen Büros wurde auch noch gearbeitet. Lena hängte sich ihre Ledertasche über die Schulter und brachte das Tablett in die Küche. Selbst dieser Raum war elegant und geschmackvoll eingerichtet. Natürlich gab es kein Allerweltsgeschirr, sondern nur feines Porzellan von Villeroy & Boch.

Höchste Zeit, der noblen Anwaltskanzlei in Berlin-Mitte endgültig adieu zu sagen, um nach einem neuen Job in einer bescheideneren Gegend Ausschau zu halten, dachte Lena, während sie ihren Blick schweifen ließ und darauf wartete, dass sich Melancholie einstellte. Oder Bitterkeit. Oder beides. Zur Abwechslung könnte sie mal kleine Gauner vertreten, sich mit Betrügereien auf schnell durchschaubarem Niveau oder mit Schlägereien beschäftigen. Beispielsweise. Bislang hatte sie jedoch noch nicht den Mut gefunden, die Konsequenzen zu ziehen.

Der Fall, den ihr Reiner Lindhof kürzlich übertragen hatte, war eine glasklare Angelegenheit. Für die Mandantin war nichts anderes als eine lange Gefängnisstrafe herauszuholen. Vielleicht war das der eigentliche Grund, weshalb Lindhof sie damit betraut hatte. Es konnte nichts schiefgehen. Plötzlich stellte es sich ein – das Gefühl von Bitterkeit.

Lena verließ die Kanzlei durch den hinteren Ausgang und zog die Tür leise hinter sich zu. Sie stieg in ihren schwarzen Mini, den sie in einem Parkhaus in einer Seitenstraße abgestellt hatte, und kurbelte das Fenster herunter. Es war ungewöhnlich warm für einen Tag mitten im März, fast herrschten frühsommerliche Temperaturen. Die Bluse klebte ihr am Rücken, und ihre kurzen dunklen Haare waren verschwitzt und völlig aus der Form. Einen Moment lang überlegte sie, irgendwo einen Cappuccino zu trinken und Touristinnen und Touristen zu beobachten.

Lieber doch eine Dusche und dann einen Kaffee am See, in der Stille, dachte Lena, als eine Gruppe junger Leute mit Rucksäcken und Fotoapparaten lautstark an ihrem Wagen vorbeischlenderte. Sie fuhr sich kurz mit der Zungenspitze über die Oberlippe und startete den Motor.

Seit sie ihre Stadtwohnung aufgegeben hatte und in ihr Wochenendhaus direkt am Göttinsee gezogen war, der knapp fünfzig Kilometer südwestlich von Berlin lag, benötigte sie für den Heimweg fast eine Dreiviertelstunde – aber nur wenn es keinen Stau auf der Autobahn gab. Die letzten zwei Kilometer führten über eine schmale Landstraße durch ein Wäldchen und schließlich an einem großen landwirtschaftlichen Betrieb vorbei auf einem von Äckern, Gewächshäusern, Koppeln und Wiesen gesäumten Feldweg bis hinunter zum See.

Das alte Bootshaus hatte ursprünglich dem Landwirt gehört und sollte abgerissen werden, weil es baufällig war und niemand sich darum kümmern mochte. Lena war darauf gestoßen, als sie einige Jahre zuvor den Sohn der Familie in einer juristischen Angelegenheit vertreten und es bei einem Spaziergang über das weitläufige Gelände hinunter zum See entdeckt und sich sofort darin verliebt hatte. Später – nach dem glimpflichen Ausgang des Prozesses – war es ihr gelungen, den Landwirt vom Erhalt des Gebäudes zu überzeugen. Sie hatte es mitsamt eines sechshundert Quadratmeter großen Grundstückes gekauft und zu einer kleinen Ferienhaus-Idylle ausbauen lassen. Unter der Woche und insbesondere während laufender Prozesse war Lena meist in der Stadt geblieben, ansonsten hatte sie jede freie Minute im Bootshaus verbracht – allein oder mit Maika, ihrer damaligen Geliebten, und hin und wieder hatte sie Johanna, ihre Großmutter, zu sich geholt. Damals war Lena gut im Geschäft gewesen, und nichts hatte darauf hingedeutet, dass es einmal anders werden könnte. Bis vor drei Jahren.

Als sie endlich begriffen hatte, dass der Alptraum Wirklichkeit war und sie nicht aufwachen und sich in ihrer heilen Welt wiederfinden würde, hatte sie sich entschlossen, ihre Penthousewohnung in bevorzugter Innenstadtlage zu verkaufen, den restlichen Kredit abzulösen, um wenigstens diese Schuld loszusein, und ganz ins Bootshaus zu ziehen. Das war vor anderthalb Jahren gewesen, und sie hatte diese Entscheidung noch nicht eine Minute bereut. Es war ein einfaches Leben hier draußen und doch der pure Luxus, wenn man die Abgeschiedenheit und Naturverbundenheit liebte.

Lena fuhr langsam den schmalen Kiesweg hinunter. Das holzverschalte Bootshaus war von einer Eibenhecke und einer niedrigen Mauer aus Feldsteinen umgeben. Auf beiden Seiten war es begrenzt von zwei Weiden; auf der rückwärtigen Seite befand sich der Garten mit direktem Zugang zum

See, dessen Ufer durch dichtes Schilf geschützt war. Weit abgelegen von Straßen und Parkmöglichkeiten und umgeben von Feldern und Koppeln hatte sie ihn meist für sich allein.

Lena saß oft auf dem kleinen Bootssteg und spähte aufs Wasser hinaus oder paddelte im Kanu zum anderen Ufer hinüber, wo fette Kühe weideten und Pferde grasten. An heißen Sommertagen ging sie jeden Morgen schwimmen. Bei strengem Frost und Schneefall war es so still, dass ein unter der Schneelast brechender Ast ein fürchterliches Getöse erzeugte.

Lena parkte direkt vor dem Haus neben einer alten offenen Kutsche, einem schwarzen Einspänner, der beinahe auf dem Müll gelandet wäre. Maika hatte das verhindert und das historische Gefährt eigenhändig aufgearbeitet. Das war ihr Geschenk zur Fertigstellung des Hauses gewesen – vor einer halben Ewigkeit in glücklicheren Tagen. Am selben Abend hatten sie auf dem Bootssteg *Tai sabaki* geübt – die Grundbewegung im Aikido, bei der man einen Schritt nach vorn macht, sich um die eigene Achse dreht und dabei mit dem anderen Fuß einen Schritt nach hinten setzt, um sich dann erneut mit leichtem Schwung aus der Hüfte nach vorn zu drehen. Die Arme werden locker mitgeführt, wobei jeweils eine Hand im Wechsel zu Beginn und am Schluss der Bewegung ausgestreckt nach vorn zeigt, um einem imaginären Partner ein deutliches Halt zu signalisieren; die Atmung fließt gleichmäßig durch den Körper, und das Zentrum ist hellwach. Wie hatte der Meister immer so schön gesagt: Einen Schritt vor, Drehung, einen Schritt zurück, das kann man lernen, wenn man sich konzentriert, atmet und zulässt, dass der Körper sich natürlich bewegt. Das klang so einfach, so banal, und doch konnten Jahre vergehen, bis die Bewegung flüssig und harmonisch war.

Lena schüttelte die Erinnerung ab. So eindringlich die Bilder auch waren, sie ließen sich nicht wiederbeleben. Manchmal, wenn sie nicht schlafen konnte und es warm genug war, schlich sie im Aikidoanzug zum Bootssteg hinunter, um im Licht des Mondes oder einer kleinen Petroleumlampe ihre Übungen zu machen. Die Einsamkeit war anregend und schmerzhaft zugleich. Sie trug keinen Hakama, seit der Meister ihr den ersten Dan aberkannt und sie aus dem Dojo ausgeschlossen hatte, sondern nur ihren weißen Anzug und einen weißen Gürtel. Sie würde es nicht wagen, seine Entscheidung zu umgehen, indem sie sich einen anderen Lehrer, ein anderes Dojo suchte. Für sie gab es nur einen Meister: Simon. Von ihm hatte sie alles gelernt, und das umfasste weit mehr als die körperlichen Fähigkeiten, die beim Erlernen einer Kampfkunstform vermittelt werden.

Bevor sie seine Schülerin geworden war, hatte sie ein unbeständiges Leben geführt, das von Angst, Einsamkeit und wirren Träumen geprägt gewesen war. Ihre erstaunliche Fähigkeit, Menschen innerhalb kürzester Zeit einschätzen und hinter ihren Worten die Wahrheit erkennen zu können, hatte sie schon als Kind und Jugendliche zur Außenseiterin gemacht, und je älter sie wurde, umso mehr ängstigte sie sich davor. Simon schließlich hatte ihr einen Weg gezeigt, sich von ihren Selbstzweifeln zu befreien und ihre besondere Begabung nicht nur anzunehmen, sondern sinnvoll einzusetzen. Und Lena, die junge Anwältin mit der ausgeprägten Intuition, hatte nichts Besseres zu tun gehabt, als nach jahrelangem Erfolg bei einem schwierigen Fall alle Regeln zu verletzen, die zu befolgen sie sich verpflichtet hatte. Damit hatte sie Simon gar keine andere Wahl gelassen, als ihr die Tür zu weisen. Danach war nichts mehr gewesen wie zuvor.

Immerhin – auf sich allein gestellt konnte sie Atem- und Dehnübungen absolvieren und *Tai sabaki,* Schwertkatas oder auch Blindübungen der Grundtechniken durchführen. Das war verschwindend wenig im Vergleich zum gemeinsamen Lernen mit anderen Schülerinnen und Schülern, während Simon mit unbewegter Miene zusah und alles registrierte, aber es war besser als gar nichts. Am Schluss setzte sie sich meist an den Rand des Stegs und sah hinaus auf den See. Frieden fand sie nicht. Nicht mehr. Vielleicht nie wieder. Also musste sie lernen, den Frieden nicht mehr zu suchen.

Lena schloss die massive Buchentür auf und atmete tief durch. Im Erdgeschoss führte ein schmaler Flur direkt in den Wohnraum, von dem Küche und Hauswirtschaftsraum sowie ein Bad abgingen; unter dem ausgebauten Dach befanden sich zwei weitere Zimmer und eine Kleiderkammer. Die Wohnräume waren mit goldbraun glänzenden Dielen ausgelegt, die sie eigenhändig abgeschliffen und geölt hatte; die Wände waren rau verputzt und weiß gestrichen. Oben heizte sie mit einem Allesbrenner, unten sorgte ein Kamin für Wärme.

Lena streifte ihre Schuhe ab und ging ins Bad. Sie hörte das Telefon im Wohnzimmer klingeln, als sie gerade aus der Dusche trat. Mit fahrigen Händen schlang sie sich ein Handtuch um die Hüften und stieß die Badtür auf. In dem Moment verstummte das Klingeln. Achselzuckend ging sie an dem schweren Esstisch vorbei in die Küche, die vom restlichen Raum nur durch ein deckenhohes Regal und einen offenen Rundbogen abgeteilt war. Sie setzte Wasser auf und öffnete die Tür zum Garten, bevor sie nach oben ging und sich anzog. Als sie in die Küche zurückkam, schlüpfte Pepe gerade ins Haus. Mit leisem vorwurfsvollem Maunzen sprang er auf die Arbeitsfläche neben der Spüle und rieb seinen großen rotbraunen Kopf mit den schwarzen Ohrspitzen an ihrem Arm.

Der Kater war ihr vor einigen Jahren zugelaufen, und obwohl Lena ihm keinerlei Hoffnungen auf ein beständiges Zuhause gemacht hatte, war er nicht davon abzubringen gewesen, das Bootshaus fortan mit ihr zu teilen – wenn er nicht gerade auf der Pirsch war. Er hatte verwildert und hungrig ausgesehen und doch völlig unerschütterlich gewirkt in seinem Begehren, nicht nur hin und wieder einen vollen Futternapf von ihr zu bekommen und ein Dach über dem Kopf, sondern Lena nahe zu sein. Sie hatte versucht, ihm klarzumachen, dass er es besser haben könnte – bei jemandem, der häufiger zu Hause war, der weniger Vergangenheit mit sich herumschleppte und keine Geschichten, deren Echo lautstark nachhallte. Es hatte ihn nicht interessiert. Mit seinen grünen Augen hatte er sie kurz angeblickt, leicht amüsiert, wie ihr schien, dann war er aufs Sofa gesprungen und hatte sich auf dem blauen Kissen zusammengerollt.

»Hunger?«, fragte sie nun und füllte einen Napf mit Thunfisch und etwas Reis, den er genüsslich und mit lautem Schmatzen leerte, während sie ihren Kaffee aufgoss.

Pepe fraß grundsätzlich kein Katzenfutter, sondern schlicht das, was bei Lena auf den Tisch kam – einschließlich Gemüse, Brot, Keksen und Joghurt. Vanillejoghurt liebte er besonders. Dass Lena nun häufiger Fisch und mageres Geflügel kaufte und nur zurückhaltend würzte, war natürlich ebensowenig ein Zufall wie ihr Bemühen, regelmäßig zu kochen und auf ihre Ernährung zu achten.

Das Telefon klingelte erneut, als sie den ersten Schluck Kaffee getrunken hatte, und diesmal war sie schnell genug.

»Ach, schön, dass ich dich erreiche«, vernahm sie die sonore Stimme ihres Chefs, nachdem sie sich gemeldet hatte.

»Ich bin eben erst nach Hause gekommen«, sagte Lena.

Das klang fast ein wenig entschuldigend. Dabei war sie erstaunt. Reiner Lindhof rief nur äußerst selten bei ihr an. Sie ging mit dem Telefon am Ohr in die Küche zurück, gab Pepe zum Nachtisch zwei Löffel Quark und sah zu, wie er hingebungsvoll den Napf blankleckte.

»Stör ich dich?«

»Nein, überhaupt nicht. Ich füttere den Kater und habe mir gerade einen Kaffee gekocht.«

»Also störe ich doch!« Reiner lachte. Er hatte ein angenehmes Lachen. Herzlich. Vertrauenerweckend. Wahrscheinlich strich er gerade mit einer Hand durch sein dünnes graubraunes Haar und lehnte sich in seinem Schreibtischstuhl zurück.

Lena goss sich noch etwas heiße Milch in den Kaffee und ging ins Wohnzimmer. Vielleicht ist es jetzt soweit, dachte sie. Er wird mich zum Gespräch bitten, um das Ende einzuläuten. Stilvoll natürlich. Oder doch nicht? Früher hätte ich mir diese Frage gar nicht stellen müssen, denn ich hätte gespürt, was auf mich zukommt – erschreckend klar. Das war lange her.

»Wir haben uns vorhin nicht mehr gesehen«, fuhr Reiner einen Moment später fort. »Ich wollte dich noch fragen, was dein neuer Fall macht. Hast du die Mandantin schon gesprochen? Karin Weber heißt sie, oder?«

Lena setzte sich aufs Sofa und stellte ihre Tasse auf dem niedrigen Couchtisch ab, der mit Zeitschriften und der Post der ganzen Woche übersät war. »Ja, richtig. Ich war heute Vormittag kurz bei ihr.«

»Und?«

Sie lehnte sich zurück. Warum wollte Reiner nicht bis Montag warten, um Einzelheiten zu erfahren? Traute er ihr inzwischen so wenig zu? Pepe kam aus der Küche stolziert, blieb plötzlich mitten im Raum stehen, als wäre er zur Salzsäule erstarrt, und beäugte Lena mit gespitzten Ohren und erhobenem Schwanz. Seine Barthaare zitterten. Dann sprang er mit einem Satz auf den Tisch und von dort in die Sofaecke, wo er sich ausgiebig zu putzen begann.

»Tja, es scheint eine ziemlich eindeutige Sache zu sein«, erklärte Lena zögernd. »Jedenfalls auf den ersten Blick.«

»Das ist auch mein Eindruck«, bestätigte Reiner. »Meinst du, es sind mildernde Umstände drin?«

»Worauf sollte man die aufbauen?«, gab Lena zurück. »Nach Aktenlage scheint Karin Weber das Ganze ja wirklich geplant zu haben, obwohl sie nicht wie eine hinterhältige Mörderin auf mich wirkt, aber was sagt das schon? Backt Nusskuchen für ihre Tante, obwohl die alte Dame hochallergisch ist, sich mit ihrem Gipsbein kaum bewegen kann und zudem leicht dement ist. Klingt doch nach Absicht, oder? Die Nichte hat Schulden und schien überfordert zu sein mit den täglichen Besuchen bei ihrer anstrengenden und wohl auch streitlustigen Tante. Andererseits ...«

»Ja?«

»Ach, ich weiß nicht. Sie ist völlig fertig, wirkt nahezu apathisch ...«

»Vielleicht wird ihr jetzt erst klar, was sie getan hat«, mutmaßte Reiner. »Oder hat sie es bestritten?«

Lena wechselte den Hörer ans andere Ohr. »Sie hat nur gesagt, dass sie nie Nusskuchen backt und sich überhaupt nicht erklären kann, wie das passiert ist. Na, mal sehen. Ich bin ja gerade erst dabei, mich einzuarbeiten ...« Sie räusperte sich kurz. »Bist du eigentlich wirklich sicher, dass ich ...?«

»Aber ja. Du machst das schon«, unterbrach er sie eilig. »Wenn du Hilfe brauchst, sag Bescheid. Ich könnte mir vorstellen, dass die Angelegenheit recht flott über die Bühne geht.«

Lena rief sich das Bild der unscheinbaren Frau vor Augen, wie sie mit hängenden Schultern und verschränkten Händen vor ihr gesessen hatte. Mitte vierzig, blass in jeder Hinsicht, tiefe Augenränder, dunkelblondes, strähniges halblanges Haar, eine Brille, die ihr längliches Gesicht unvorteilhaft betonte, kraftlose Stimme. Es schien ihr ziemlich egal zu sein, was mit ihr geschah. Plötzlich fiel Lena ein, worauf sie Reiner unbedingt hatte ansprechen wollen. Auf ihre Frage, wie sie denn auf die Kanzlei Lindhof und Partner gekommen sei, hatte Karin Weber seltsamerweise erstaunt reagiert und dann erklärt, dass man ihr geraten hatte, zumindest eine Pflichtverteidigung in Anspruch zu nehmen. Die Kanzlei übernahm in der Regel gar keine Pflichtfälle, es sei denn, es handelte sich um prestigeträchtige Prozesse. Und das war bei dieser Geschichte, so hässlich sie auch sein mochte, wohl kaum der Fall.

»Seit wann übernehmen wir eigentlich Pflichtfälle?«, fragte Lena, bevor Reiner das Gespräch beenden konnte.

»Habe ich das nicht gesagt? Ein Kollege aus einer anderen Kanzlei hat mich gebeten einzuspringen. Er musste kurzfristig wegen Krankheit einige Fälle abgeben. Und da dachte ich ...«

»Schon verstanden.«

Einen Moment herrschte Stille. Pepe hielt mitten im Putzen inne und fixierte Lena. Ein Bein hatte er weit abgespreizt, um besser an sein Hinterteil heranzukommen.

»Du bist zu jung, um aufzugeben«, sagte Reiner schließlich.

»Das hat nichts mit dem Alter zu tun.«

»Ich finde schon. Es muss weitergehen. Und es wird Zeit, dass du wieder Tritt fasst.«

»Das hatten wir schon mal. Und wenn du dich erinnerst – dabei ist eine Menge schiefgegangen.«

»Du blockierst dich selber. Lass die alten Geschichten endlich ruhen und kümmere dich um deinen Job. Alles Weitere wird sich finden.«

Lena schwieg wieder. Gab er ihr tatsächlich noch eine Chance? Damit hatte sie nicht gerechnet. Sie war damals nach dem Mick-Panter-Fall zunächst in der Versenkung verschwunden, hatte sich jedoch nach einigen Monaten entschlossen, auch auf Anraten ihrer Kanzleikollegen, wieder in den Beruf zurückzukehren. Doch alle auch nur im Ansatz heiklen Fälle, die sie übernommen hatte, waren schiefgegangen – bis Reiner gar nichts anderes übriggeblieben war, als ihr nur noch Routinevorgänge zu übertragen, bei denen nicht viel hatte passieren können. Ein anderer Chef hätte sie längst entlassen. Pepe zog das Bein ein und kümmerte sich nun um die Reinigung der Krallenzwischenräume.

»Noch Fragen?«, schob Reiner hinterher.

»Im Moment nicht.«

»Dann bin ich ja beruhigt.«

Sie wünschten sich gegenseitig noch einen schönen Abend und beendeten das Gespräch.

Später zog Lena einen Kapuzenpullover und Sportschuhe an und ging am Seeufer spazieren. Es war deutlich kühler geworden. Eine Entenfamilie zog ihre Kreise. Es roch leicht modrig. Osterfeuer, dachte Lena, nächste Woche ist Ostern. Als Kind hatte sie dieses Fest besonders geliebt. Sie waren meist alle zusammen von Nikolassee nach Gatow gefahren, wo Großmutter Johanna zurückgezogen auf einem kleinen Bauernhof lebte. Die verrückte Johanna, wie selbst ihr eigener Sohn, Lenas Vater, oftmals vor sich hingebrummt hatte. Alle – das waren ihre Eltern gewesen, der vier Jahre ältere

Bruder Moritz und die zwei Jahre jüngere Schwester Julia. Auf einem der umliegenden Felder war ein Feuer entzündet worden, und die ganze Nachbarschaft war auf den Beinen gewesen. Rauchgeschwängerte Luft, der Duft von gegrillten Bratwürsten, dichtes Gedränge. Kinder waren johlend ums Feuer gesprungen, während die Erwachsenen Bier und Wein getrunken hatten. Im Hintergrund leerstehende Schuppen und halbverfallene Gewächshäuser. Verbotenes Gelände. Lena hatte dort jeden Winkel gekannt, jede verborgene Ecke. Geheime Plätze. Verstecke. Herzklopfen. Geschichten ohne Ende.

Als sie ins Bootshaus zurückkehrte, ging sie nach oben in das größere der beiden Dachzimmer. Der Raum war mit Matten ausgelegt, auf denen mehrere Kissen verstreut lagen, an einer Wand hing ein Schwarzweißporträt von Morihei Ueshiba, dem Begründer des Aikido; neben der Tür standen eine Palme und eine Buddhafigur – ein Geschenk von Simon. Er war damals persönlich gekommen, um es zu überreichen und hatte mit ihr und Maika zusammen in dem kleinen Dojo auf dem Kissen gesessen und seine beiden Schülerinnen anschließend *Irimi nage* üben lassen – ein Bewegungsablauf, bei dem die angreifende Partnerin in einer schwungvollen *Taisabaki*-Drehung seitlich an den Körper der Angegriffenen gezogen, gleichzeitig ihr Kopf mit einer Hand an die Schulter gedrückt und schließlich mit einer weit ausholenden kreisförmigen Bewegung des anderen Arms zu Boden geführt wird. Lena hatte das Gefühl gehabt, dass der Raum erst durch Simons Besuch seiner eigentlichen Bestimmung übergeben worden war.

Sie zog ihre Schuhe aus, verbeugte sich in Richtung des Bildes und betrat die Matten. Mit geradem Rücken und geschlossenen Augen kniete sie sich auf den Boden und legte die Hände auf die Oberschenkel. Nichts habe ich hier mehr verloren, sagte eine Stimme in ihr, es sei denn, ich bin bereit, das Echo dessen zu hören, was ich angerichtet habe. Sie lauschte der Stille. Vier, fünf, sechs Minuten hielt sie es aus, dann verbeugte sie sich, stand zitternd auf und verließ eilig den Raum.

2

Karin Weber war genauso blass wie einige Tage zuvor. Der Eindruck wurde durch das trübe Licht verstärkt, das sich nur mühsam einen Weg durch das kleine Fenster des Vernehmungsraums in der Justizvollzugsanstalt bahnen konnte. Sie setzte sich zu Lena an den Tisch, nachdem sie ihr einen verstörten Blick zugeworfen hatte.

»Wie geht es Ihnen?«, fragte Lena und legte ihre Hände vor sich auf den Tisch. Sie spürte ein Vibrieren in den Fingerspitzen, und sie konnte nicht sagen, ob sie es als angenehm oder störend empfand.

Karin Weber zuckte die Achseln. Sie sah kurz zu dem vergitterten Fenster hinüber, bevor sie Lena den Kopf zuwandte. »Na, was glauben Sie wohl?« Und kurz darauf: »Warum sind Sie gekommen?«

»Damit Sie mir noch einmal erzählen, was passiert ist.«

»Warum? Das habe ich doch schon«, erwiderte Karin Weber. »Und da steht alles ganz ausführlich drin.«

Sie wies mit dem Kopf in Richtung der Akte, die auf dem Tisch lag. Ihre Stimme klang weder provokant noch wütend, sondern lediglich müde, abweisend.

»Ja, ich weiß. Da steht alles Mögliche drin. Es geht um Nusskuchen und eine anstrengende Tante, um Schulden, die Sie haben, um Streit und so weiter.«

»Sehen Sie.« Karin Weber hob mit einer winzigen Bewegung das Kinn und erwiderte Lenas Blick.

»Nun, wir können das Ganze natürlich auch abkürzen, wenn Sie möchten«, meinte Lena kühl. »Waren Sie es oder waren Sie es nicht?«

Wieder dieses Achselzucken. »Nein. Oder um ehrlich zu sein: Ich weiß es nicht, weil ich mich nicht an jeden einzelnen Handgriff an diesem Tag erinnern kann, aber es ist unwahrscheinlich, dass ich Nüsse in den Teig getan habe.«

»Unwahrscheinlich?«, wiederholte Lena verblüfft. »Das ist eine sehr merkwürdige Formulierung. Wie meinen Sie das?«

»Ganz einfach: Ich habe noch nie Nüsse in den Kuchen für meine Tante getan, logischerweise nicht, denn sie ist, seit ich denken kann, allergisch dagegen.«

Eben drum, dachte Lena, behielt den Kommentar jedoch für sich. »Und wenn Sie für sich selbst gebacken haben?«

Karin Weber schüttelte langsam den Kopf. »Für mich habe ich seit ewigen Zeiten nicht mehr gebacken. Ich bin kein großer Kuchenfan.«

»Wann haben Sie das letzte Mal Backzutaten eingekauft?«

»Am Tag, bevor ich den Kuchen gebacken habe«, antwortete Lenas Mandantin prompt. »Im Laden bei mir um die Ecke. Ich brauchte noch Butter, Backpulver und Eier.«

»Und Sie haben keine Nüsse gekauft?«

Erneutes Kopfschütteln. Für einen Moment wirkte sie etwas lebhafter. »Das wäre ja auch ziemlich blöd, oder? Wenn ich vorgehabt hätte, meine Tante mit einem Nusskuchen umzubringen, würde ich doch wohl kaum am Tag vorher die Zutaten einschließlich der Nüsse ausgerechnet in dem Laden besorgen, wo man mich gut kennt und sich sofort daran erinnern würde.«

»Nun, Nüsse kann man überall kaufen.«

Karin Webers Mimik erstarrte wieder. »Stimmt«, sagte sie leise. »Wenn es geplant gewesen wäre.«

»Davon geht die Staatsanwaltschaft aus«, erklärte Lena. »Und es passt wirklich alles sehr gut zusammen: Motiv, Gelegenheit, Zeugenaussagen.« Lena zog die Akte zu sich heran und öffnete sie. »Frau Krause, Ihre Nachbarin, hat am frühen Morgen gesehen, wie Sie die Wohnung Ihrer Tante betraten. Sie haben ihr den Kuchen vorbeigebracht, von dem sie einige Stunden später gegessen hat, wie die gerichtsmedizinische Untersuchung ergab. Das Telefon, das sich normalerweise direkt an ihrem Bett befindet, lag im Flur auf der Ladestation. Das hat die Krankenschwester vom Pflegedienst, die mittags bei Ihrer Tante eintraf, erklärt – Ihre Tante konnte also den Notruf nicht auslösen. Bei der Durchsuchung Ihrer Wohnung hat man eine Tüte mit Nüssen gefunden. Haselnüsse, um genau zu sein.«

Karin Weber legte die Hände in den Schoß. »Es ist so offensichtlich, oder? Aber warum sollte ich so dumm sein? Wenn ich das geplant hätte, wäre ich doch wohl geschickter vorgegangen.«

»Der Einwand ist berechtigt, doch allein die Tatsache, dass Sie sich als Schuldige anbieten beziehungsweise förmlich aufdrängen, macht Sie nicht automatisch weniger verdächtig. Es gibt Täter, die genau das beabsichtigen. Die Staatsanwaltschaft geht von heimtückischem Mord aus. Sie wirken ja noch nicht mal besonders betroffen, um ehrlich zu sein, oder kooperativ. Wenn Sie es nicht getan haben und Ihrer Ansicht nach schlicht ein tragisches Versehen vorliegen muss, warum reden, warum kämpfen Sie dann nicht, sondern reagieren so … ja – gedämpft?«

»Was wissen Sie denn schon?«

»Zu wenig. Noch einmal: Sind Sie unschuldig?«

»Niemand ist unschuldig.«

Karin Weber sah ihr direkt in die Augen. Lena fröstelte plötzlich. Das sanfte Vibrieren schien von den Fingerspitzen zwischen die Schulterblätter gewandert zu sein. Körperliche Signale, die sie zu ignorieren versuchte.

»Sie werden mich verurteilen und einsperren. Letztlich interessiert es ohnehin niemanden – höchstens die Bank, bei der ich Schulden habe – mich selbst auch nicht«, erklärte Karin Weber mit leiser Stimme.

»Was sind das für Schulden?«

»Das tut nichts zur Sache.«

»Vielleicht doch.«

Ihre Mandantin stand plötzlich auf. »Nein, ganz bestimmt nicht. Und jetzt möchte ich das Gespräch beenden.«

Lena erhob sich ebenfalls. Sie blieb an ihrem Platz stehen. Keinen Schritt näher gehen, dachte sie, die kritische Distanz nicht überschreiten. Plötzlich kam ihr ein Gedanke.

»Gibt es jemanden, mit dem ich über Sie sprechen kann?«, fragte sie. »Verwandte, Freundinnen, Menschen, die Sie näher kennen?«

Karin Weber sah sie kurz an, schob dann den Stuhl an den Tisch und ließ die Hände auf der Lehne liegen. »Ich lebe sehr zurückgezogen. Hildrun war meine einzige Verwandte. Meine Eltern leben schon lange nicht mehr, und ich habe keine Geschwister. Warum?«

»Ich möchte mir ein Bild machen.«

»Das wird Ihnen kein anderer vermitteln können.«

Lena stemmte eine Hand in die Hüfte. »Das würde ich gern selbst feststellen«, sagte sie eine Spur energischer. »Gibt es vielleicht eine Arbeitskollegin oder eine Nachbarin, die mir etwas sagen könnte?«

Karin Weber blickte auf Lenas aufgestützte Hand und überlegte eine Weile. »Maren Sommer«, sagte sie dann leise. »Sie ist eine Freundin von Hildrun gewesen. Man könnte sagen, dass sie mich ein bisschen kennt.«

»Sie lebt in Berlin?«

»Ja, in Steglitz. Sie hat Hildrun regelmäßig besucht, beinahe jede Woche. Manchmal war ich dann auch da. Die Telefonnummer müssen Sie sich selbst besorgen – die weiß ich nicht aus dem Kopf.«

Lena griff nach der Akte und steckte sie in ihre Tasche. »Schreiben Sie alles auf, was Ihnen zu der Geschichte einfällt – jede Kleinigkeit. Vielleicht gibt es etwas, wo wir ansetzen und nachhaken können.«

»Glauben Sie wirklich, dass das irgendeinen Sinn hat?«

»Haben Sie einen besseren Vorschlag?« Lena zog eine Augenbraue hoch. »Vielleicht möchten Sie ja doch ein Geständnis ablegen.«

Karin Weber blickte auf ihre Füße. »Das würde ich ja, aber es geht nicht.«

»Warum nicht?«

»Es gibt nichts zu gestehen, außer dass ich nicht hundertprozentig ausschließen kann, die Nüsse versehentlich in den Teig getan zu haben. Weil ich abwesend war, weil es mir nicht gutging, weil ich ... Aber ...« Sie hob den Kopf und sah Lena an. »Nein. Die Nüsse, die bei mir zu Hause gefunden wurden, sind für mein Müsli: ganze Haselnüsse. Ich kaufe sie immer im Bioladen oder auf dem Markt. Für den Kuchen hätte ich sie mahlen müssen, schließlich gibt man keine ganzen Haselnüsse in einen Kuchenteig. Und daran würde ich mich garantiert erinnern. Nein, ich weiß nicht, wie die Nüsse in den Kuchen gekommen sind.«

Klingt banal und vielleicht darum überzeugend, dachte

Lena. Sie streckte die Hand aus. »Gut, ich werde mich um die Sache kümmern.«

Lena verabschiedete sich und eilte aus dem Gebäude. Im Auto machte sie sich rasch einige Notizen. Ihre Hände zitterten, als wäre sie auf Entzug, und sie atmete viel zu schnell.

Ich darf nichts falsch machen, dachte sie, nichts überbewerten oder missinterpretieren, aber auch keine Details übersehen: eine Lüge, ein Ausweichen oder ein flüchtiges Flackern im Blick. Irritation oder Erstaunen? Heimtücke, Entsetzen oder Angst? Schuld oder Unschuld? Mord oder Totschlag? Tragisches Versehen oder perfides Verbrechen?

Bis zum Mick-Panter-Fall hatte sie innerhalb kürzester Zeit gewusst, wo sie nachhaken musste, ob jemand mit offenen Karten spielte oder die Wahrheit zu seinen Gunsten verdrehte, ob ein Beschuldigter hereingelegt worden war oder sich schlichtweg dumm stellte, ob Zeugen vertrauenswürdig waren oder eine Show abzogen, die Ermittlungen mit objektivem Blick geführt worden waren oder der leitende Ermittler nur das sah, was er ohnehin zu finden vermutete. Es hatte körperliche Signale gegeben, die sie für untrüglich gehalten hatte, plötzliche Einsichten und intuitives Wissen, das tief aus ihrem Inneren kam und auf das sie sich hundertprozentig verließ. Ihr persönlicher Wahrheitsmesser, der gleichsam wie ein Schwert die Trennlinie zog zwischen Lüge und Wahrheit, der nicht irren konnte, weil er noch nie geirrt hatte und niemals irren würde. Und genau diese Einschätzung war ihr Fehler gewesen. Ein folgenschwerer.

Seitdem konnte sie sich auf gar nichts mehr verlassen – am allerwenigsten auf sich selbst und das, was sie zu spüren oder zu wissen meinte. Aus lauter Angst, etwas zu übersehen oder aber Zusammenhänge zu entdecken, wo gar keine existierten, war sie bei ihren letzten Fällen kaum in der Lage gewesen, eine Situation sachlich zu bewerten und selbstbewusst Rückschlüsse zu ziehen, die den Fall voranbrachten. Lena erinnerte sich schaudernd an die mitleidigen Blicke ihrer Kollegen und so mancher Richterin, die sie kaum wiedererkannte. Sie wusste, dass sie im Fall Karin Weber nur eine Chance hatte, das Richtige für ihre Mandantin zu tun, wenn es ihr gelang, einen Ausweg aus ihrem persönlichen Dilemma zu finden.

Fangen wir doch zunächst einfach mal bei dem an, was auf der Hand liegt, sprach Lena sich selbst Mut zu. Alle hielten Karin Weber für schuldig – weil alles so wunderbar zusammenpasste. War es so, wie es schien? Und hüllte sie sich allein deshalb in diesen Kokon aus Kummer, Hilflosigkeit und Depriminertheit, weil sie auf mildernde Umstände hoffte und nach einigen Jahren hinter Gittern einem schönen Lebensabend entgegenblickte? Weil sie eine angeschlagene Anwältin verunsichern wollte? Baute sie darauf, dass man ihr die Tat nicht hundertprozentig nachweisen konnte und das Urteil infolgedessen milde ausfallen würde? Und ging sie dabei vielleicht davon aus, dass es genügte, zum Todeszeitpunkt nicht am Tatort gewesen zu sein? Oder war doch alles ganz anders gewesen?

Lena stöhnte leise auf, als sich die Gedanken in ihrem Kopf überschlugen, und ließ die Stirn auf das Lenkrad sinken. Ich schaffe es nicht, dachte sie. Ich ertrinke in meiner Verwirrung, in meiner Angst. In meinem Selbstmitleid. Was passierte, wenn sie kniff? Reiner würde jemand anderen beauftragen – das konnte für Karin Weber gut sein. Oder auch nicht. Für sie selbst wäre es dann jedoch endgültig aus. Noch bevor sie auch nur ein einziges Mal mit dem ermittelnden Beamten und der Nachbarin sowie der Freundin der Tante gesprochen hatte.

Sie hob langsam den Kopf. Ich mache jetzt meine Arbeit, und Ende der Woche entscheide ich mich, den Fall entweder zu übernehmen oder aber abzugeben und die Kanzlei zu verlassen. Der Gedanke stand auf einmal glasklar vor ihr. Das Zittern hörte trotzdem nicht auf.

Maren Sommer war telefonisch nicht zu erreichen. Lena hinterließ eine Nachricht auf dem Anrufbeantworter und bat um Rückruf, auch unter ihrer Handynummer, bevor sie ins Polizeipräsidium aufbrach, um mit Kommissar Bernd Langner zu sprechen.

Langner war gerade auf dem Weg zu einer Einsatzbesprechung. Der Kommissar – ein großer, kraftstrotzender Typ in Jeans und sportlichem Hemd – musterte Lena kurz, aber gründlich. Die Anwältin stellte sich rasch vor und bat ihn ohne Umschweife um seine Meinung zum Fall Weber. Langner überlegte einen Moment, bevor er den Flur hinunterwies.

»Kommen Sie – Sie können mich zum Konferenzraum begleiten. Ich bin spät dran«, sagte er mit tiefer Stimme.

Lena schätzte den Beamten auf vierzig. Er war in Eile, ohne dabei den Eindruck zu erwecken, dass ihm die Dinge entgleiten könnten. Er hatte einen Bartschatten, dichtes dunkelblondes Haar und eine Narbe am Kinn. Lena musste ihren Schritt beschleunigen.

»Schildern Sie mir bitte Ihren Eindruck«, bat sie Langner.

»Simple Geschichte«, gab er zurück und öffnete eine Glastür, die in den nächsten Flur führte, wo es aufdringlich nach Putzmittel roch. »Der Pflegedienst fand sie mittags gegen vierzehn Uhr und informierte Arzt und Polizei. Ein Rest des Kuchenstücks lag noch auf dem Teller – Nusskuchen, wie Sie ja wissen.«

»Besteht die Möglichkeit, dass jemand anders als Karin Weber den Kuchen hingestellt hat?«

Langner schüttelte den Kopf. »Nicht wirklich. Außer einer Freundin hatte noch die Nachbarin einen Schlüssel, um die Katze von Frau Baum zu versorgen und im Notfall zur Stelle zu sein. Sie war um die Zeit auf der Arbeit – wie ihr Mann auch. Dann gibt es noch die zwölfjährige Tochter, die sich in der Schule befand.« Er sah Lena kurz von der Seite an. »Und es gibt keinerlei Einbruchsspuren.«

»Todeszeitpunkt?«

»Gegen elf, zwölf Uhr mittags, glaube ich. Aber sprechen Sie ruhig mal mit unserer Gerichtsmedizinerin, Frau Dr. Heise.«

»Ja, das mache ich.«

Langner verlangsamte seine Schritte und blieb vor einer breiten Doppeltür stehen.

»Was halten Sie von Karin Weber?«, fragte Lena rasch, als der Kommissar auf die Uhr blickte.

»Sie wirkte ziemlich perplex, als wir sie von ihrer Arbeitsstelle abholten«, antwortete er nach kurzem Überlegen. »Verwirrung und Entsetzen schienen mir echt. Kann man aus Versehen Nüsse in einen Kuchenteig geben? Ich bin kein besonders guter Hausmann und ein Bäcker schon gar nicht, aber die Frage sollte man vielleicht mal stellen.« Er lächelte plötzlich, und die winzigen Fältchen um seine Augen vertieften sich.

Lena lächelte zurück. »Die Variante halten Sie für möglich?«

»Tja, so was soll vorkommen.«

»Man hat Nüsse bei ihr zu Hause gefunden«, erwiderte Lena.

»Ist mir bekannt – ich war dabei.«

Lena nickte. »Ganze Haselnüsse«, fügte sie hinzu.

»Und?«

»Die gibt man nicht in einen Kuchenteig. Man muss sie mahlen, und Karin Weber meinte, sie würde sich erinnern, wenn sie Nüsse gemahlen hätte. Aber sie entsinnt sich nicht.«

Bernd Langner runzelte die Stirn. »So? Na ja. Hört sich irgendwie verdammt naiv an. Andererseits fragt man sich natürlich, warum sie nicht geschickter argumentiert – ob sie nun die Täterin war oder nicht. Warum beharrt sie nicht darauf, dass ein tragisches Versehen vorliegt und sie sich bei den Backzutaten geirrt hat? Das würde mich glatt überzeugen – so fertig, wie die wirkt.«

»Händeringend oder gar kämpferisch vorgetragene Argumente sind ihre Sache wohl nicht, das habe ich auch schon festgestellt. Aber sie hat ein ziemlich starkes Motiv«, gab Lena zu bedenken. »Die Tante hat viel zu vererben, richtig viel. Und Karin Weber hat eine Menge Schulden, die sie auf einen Schlag los wäre. Außerdem haben die beiden sich regelmäßig in der Wolle gehabt.«

Langner nickte. »Exakt. Vielleicht ist sie ja eine von den Superschlauen, die die Ahnungslose spielt und uns mit der Masche in die Irre führen will. Dazu wiederum passt aber die Aussage der Freundin des Opfers nicht …«

»Maren Sommer?«

»Genau.«

»Ich habe noch nicht mit ihr gesprochen, aber vielleicht kommt sie als Entlastungszeugin in Frage«, überlegte Lena.

Bernd Langner nickte. »Kann ich mir vorstellen, dass Karin Weber das gut fände.«

»Wieso?«

»Maren Sommer war erst gestern bei mir und schwört Stein und Bein, dass die Weber unmöglich etwas mit dem

Tod ihrer Tante zu tun hat – weder aus Absicht noch versehentlich.«

»Hätte Maren Sommer eigentlich ein Motiv?«

»Das wissen wir noch nicht mit letzter Sicherheit – sie hat angegeben, in der Sauna gewesen zu sein, und das müssen wir noch überprüfen. Aller Wahrscheinlichkeit nach jedoch nicht – da müsste ich mich schon sehr täuschen. Frau Sommer ist eine gutsituierte, intelligente, warmherzige Frau.« Langner warf einen Blick auf seine Uhr und seufzte leise. »Wie auch immer – ich muss jetzt, so leid es mir tut, in die Besprechung. Vielleicht können wir ein andermal weiter über den Fall sprechen? Rufen Sie mich ruhig an.«

»Das mache ich gerne. Vielen Dank fürs Erste.«

Lena ergriff seine ausgestreckte Hand und erwiderte sein Lächeln. Ein sympathischer Typ, den sie auf Anhieb mochte. Aber eines hatte sie nicht gewonnen: mehr Klarheit über Karin Weber.

3

Die Polizei hatte alle Schlüssel eingesammelt, die Katze ins Tierheim gebracht, und niemand durfte in die Wohnung. An der Tür war ein Aufkleber, ein amtliches Siegel, wie Ronja erfahren hatte. Aber es war trotzdem kein Problem, in die Wohnung zu kommen. Es gab einen Geheimgang, der vom Keller über eine wacklige Holzstiege in die Speisekammer führte. Wer davon nicht wusste, dem würde die Bodenklappe unter dem Teppich überhaupt nicht auffallen.

Aber Ronja wollte den Geheimgang nicht benutzen. Sie gruselte sich, die Wohnung einer Toten zu betreten. Vielleicht war ja Hildruns Geist noch dort. So was gab es, das hatte Kim, ihre beste Freundin, auch gesagt. Und die musste es wissen, denn die war schon einmal bei einer Toten im Haus gewesen. Bei ihrer Großmutter. Kim hatte geschworen, dass es danach dort gespukt hatte, und zwar nicht nur nachts. Ronja hielt das eigentlich für ausgemachten Quatsch, aber wer wusste schon, was Tote alles konnten? Hildrun war bestimmt eine starke Tote. Sie war schon eine starke Lebende gewesen. Die stärkste, die Ronja kannte. Sie hatte sich sogar mit ihrem Vater angelegt, und das tat sonst niemand. Aber da war sie noch gesund gewesen. Ohne Gipsbein und immer klar im Kopf. Ohne diese komische Vergesslichkeit.

Ronja hatte nicht den Eindruck, dass ihr Vater traurig war über den plötzlichen Tod von Hildrun. Er hatte sie immer nur »die alte Schachtel, die ihm ja nicht über den Weg laufen sollte« genannt, und es war ihm auch nicht recht gewesen, dass ihre Mutter und sie sich um die Katze gekümmert hatten, seit Hildrun mit eingegipstem Bein im Bett lag. Schließlich hatten sie beide abgemacht, dass das reine Frauensache war. Über die musste man nicht groß reden, schon gar nicht mit einem Mann, der dauernd rumbrüllte und immer alles besser wusste. Am besten, man sagte gar nichts. Aber Ronja hatte das Gefühl, dass ihr Vater sehr genau über ihre Besuche bei Hildrun Bescheid wusste. Einmal hatte er sogar den Schlüssel versteckt und Ronja und ihre Mutter zwei Stunden danach suchen lassen. Erst als Ronjas Mutter gesagt hatte, dass das Kind sich nun ihr Taschengeld nicht mehr selbst verdienen könnte, war der Schlüssel ganz plötzlich wieder aufgetaucht. Ihr Vater hatte sie mit düsterem Blick ewig lange angesehen und irgendwann endlich genickt. Wer weiß – vielleicht war die Sache für ihn in Ordnung, wenn Hildrun dafür bezahlte. Trotzdem hatte Ronjas Mutter den Schlüssel seitdem immer in ihrer Handtasche.

Hildrun hatte ziemlich viel Geld, das wusste Ronja, weil die alte Dame ihr davon erzählt hatte und immer großzügig gewesen war. Vielleicht hatten das andere auch gewusst und sie war überfallen worden. Ronja hatte mitbekommen, dass die Polizei Fragen stellte, weil es bei Hildruns Tod wohl nicht mit rechten Dingen zugegangen war. Der Polizist, der mit ihrer Mutter gesprochen hatte, wollte aber nichts dazu sagen. Er hatte nur ein paar Fragen gestellt und sich Notizen gemacht. Vielleicht war Hildrun ja ermordet worden, und der Täter hatte den geheimen Zugang gekannt. Ronja bekam eine Gänsehaut und schüttelte sich. Morgens war mit Hildrun doch noch alles in bester Ordnung gewesen. Das hätte sie gerne allen erzählt, aber dann würde sie fürchterlichen Ärger bekommen.

4

Maren Sommer sah vollkommen anders aus, als Lena erwartet hatte. Sie waren in einem Café in der Steglitzer Schloßstraße verabredet, und Lena hätte auf die attraktive, gutgekleidete Frau mit den kastanienbraunen schulterlangen Haaren und dem eleganten weinroten Hosenanzug gar nicht weiter geachtet, wenn diese nicht mit suchendem Blick durch die Tischreihen gegangen wäre. Oder sie hätte sehr wohl auf sie geachtet – aber aus anderen Beweggründen. Als sie zum zweiten Mal an ihr vorbeikam und sie mit großen dunkelbraunen Augen aufmerksam betrachtete, erwiderte Lena den Blick und sah sie fragend an. »Entschuldigen Sie, sind Sie vielleicht Frau Sommer?«

»Ja, die bin ich. Und Sie sind die Anwältin – Lena Bokken.« Das war eine Feststellung, keine Frage.

Lena stand auf und gab ihr die Hand. »Um ehrlich zu sein – ich hatte Sie mir ein wenig anders vorgestellt. Bitte setzen Sie sich doch.«

»Tatsächlich? Und wie?« Maren Sommer lächelte verhalten, während sie ihr gegenüber Platz nahm.

Lena vermutete, dass ihr Lächeln wegen der Trauer über den Tod der Freundin so bescheiden ausfiel.

»Nun, ich habe mir eine Freundin von Frau Baum wesentlich älter vorgestellt«, erklärte sie. Und nicht so attraktiv und elegant, warum auch immer, fügte sie im Stillen hinzu.

»Hildrun wäre in diesem Jahr fünfundsiebzig geworden. Ich feiere demnächst meinen Fünfundfünfzigsten«, erwiderte Maren Sommer und winkte dem Kellner. »Der Altersunterschied hat unserer Freundschaft nie im Weg gestanden.«

»Oh«, meinte Lena erstaunt. »Das hätte ich nun wirklich nicht gedacht. Ich hätte Sie wesentlich jünger geschätzt. Gibt es dafür ein Geheimrezept?«, schob sie charmant nach.

»Eine sinnvolle Beschäftigung, ausreichend Schlaf, viel frische Luft, hin und wieder ausgiebig feiern, jeden Tag lachen, sofern das irgendwie möglich ist, und Niveacreme.«

»Das ist alles?«

»Nun, bei den Haaren helfe ich regelmäßig nach. Ich mag es nicht, wenn sie grau werden, weil mir die Farbe Grau einfach nicht gefällt. Und manchmal lege ich zwei Obsttage ein, um meinen ausufernden Hüften Einhalt zu gebieten. Aber das sollte man nicht übertreiben – macht nur schlechte Laune.«

Lena lächelte amüsiert. Maren Sommers unverblümte Art gefiel ihr. Der Kellner trat an den Tisch – ein schlaksiger junger Mann, der sich sichtlich unwohl in seinem gestärkten weißen Hemd fühlte und übermüdet aussah. Maren Sommer entschied sich für Cappuccino, Mineralwasser und italienisches Gebäck, und Lena schloss sich an. Einen Moment lang musterten sie einander stumm über den Tisch hinweg. Sie hat Ähnlichkeit mit Senta Berger, dachte Lena, während sie ihrem Blick ruhig standhielt. Eine schöne, reife und selbstbewusste Frau, die wusste, was sie tat und was sie wollte.

»Sie wissen, dass Sie nicht mit mir reden müssen«, brach Lena schließlich das Schweigen.

»Wenn ich nicht mit Ihnen reden wollte, wäre ich wohl kaum gekommen.«

»Stimmt.«

Eine Gruppe junger Leute betrat das Café. Ein rothaariger Lockenkopf mit weiten Jeans, die ihm tief auf den Hüften saßen, hatte einen Hund dabei. Ein junges mittelgroßes, sehr mageres Tier mit dunkelbraunem Fell und schwarz-weißen Tupfern auf der Schnauze. Ein Schäferhund-Retriever-Mischling, schätzte Lena. Der Hund blieb an ihrem Tisch stehen und sah sie an.

»Hallo, Schöner«, sagte Lena leise.

Sie blickte ihm nicht direkt in die Augen und bot ihm eine Hand zum Schnuppern an. Er winselte leise, als der Lockenkopf ihn weiterzog.

»Sie mögen Tiere?«, fragte Maren Sommer.

»Ja, sehr. Ich hatte mal einen wunderbaren Hund. Einen Wolfsmischling. Das ist schon eine Weile her. Nun wohnt ein Kater bei mir.«

Der Kellner brachte die Bestellung. Maren Sommer schenkte zwei Gläser Wasser ein und probierte ein Stück Gebäck. Sie blickte Lena an, die ihren Cappuccino umrührte und einen Schluck trank.

»Was ist aus dem Hund geworden?«

»Ein Jäger hat ihn erschossen. Behauptete, er hätte gejagt und sähe außerdem aus wie ein Wolf. Und das seien ja so wieso Bestien. Boran hat nie gejagt.«

Lena hörte selbst, dass ihre Stimme leise bebte. Was erzähle ich hier bloß?

»Das ist Ihnen wohl ziemlich nahegegangen«, stellte Maren Sommer fest.

»Ja, der Hund war etwas ganz Besonderes für mich. Außerdem werde ich immer fuchtig, wenn Menschen Tiere als Bestien bezeichnen, aber lassen wir das. Wir sollten allmählich ...«

»Warum haben Sie sich keinen neuen zugelegt?«

Wer stellt hier eigentlich die Fragen?, dachte Lena.

»Zugelegt? Ich lege mir keine Tiere zu«, erklärte sie dann.

»Sondern?«

»Der Kater ist mir zugelaufen und geblieben. Boran war ein Geschenk und zugleich eine Aufgabe. Aber das lässt sich schwer erklären.«

Maren Sommer lächelte plötzlich. »Ja? Nun, vielleicht ein andermal.«

Lena nickte. »Ja, vielleicht.« Sie war selbst erstaunt über die Antwort. »Wollen wir anfangen?«

»Ja, fragen Sie einfach.«

»Gut.« Lena schob ihre Tasse ein Stück zur Seite und verschränkte die Unterarme auf dem Tisch. »Wie haben Sie vom Tod Hildrun Baums erfahren?«

»Ich habe versucht, sie telefonisch zu erreichen. Als niemand an den Apparat ging, rief ich bei Karin an, die ich auch nicht antraf, und schließlich bei den Nachbarn, die ja wussten, was passiert war.« Maren Sommer blickte einen Moment zum Fenster hinaus und stützte ihr Kinn auf.

»Mit wem haben Sie gesprochen?«

»Mit Frau Krause – sie war ganz aufgelöst.«

»Haben Sie auch mit ihrem Mann gesprochen?«

»Nein.«

»Sie haben bei der Polizei ausgesagt, dass Karin Weber …«

Maren Sommer beugte sich abrupt vor. »Glauben Sie mir, Hildruns Tod geht mir verdammt nahe!«, fiel sie Lena ins Wort. »Sie ist nicht einfach nur gestorben, sofern das überhaupt einfach sein kann – irgendetwas Schreckliches ist passiert. Ich weiß nicht, was geschehen ist – das weiß ja wohl bislang noch niemand –, aber eines weiß ich ganz genau: Es ist ein Unding, dass man Karin eingesperrt hat. Fällt denen nichts Besseres ein?« Ihre Stimme war in die Höhe geklettert.

»Ich vermute nein«, sagte Lena. »Nach den bislang vorliegenden Erkenntnissen …«

»Erkenntnisse? Was für Erkenntnisse? Das ist doch alles Quatsch! Karin hatte nur noch ihre Tante, und ausgerechnet die soll sie umgebracht haben? So ein Blödsinn.«

»Es winkt eine Menge Geld, Frau Sommer. Karin Weber ist hochverschuldet, und die Liebe zwischen den beiden war ja wohl auch nicht die allergrößte«, hielt Lena dagegen. Das plötzlich aufflammende heftige Temperament ihrer Gesprächspartnerin verblüffte sie.

Maren Sommer starrte sie mit gerunzelter Stirn an. »Sie haben keine Ahnung und die Polizei auch nicht. Ich kenne Hildrun und Karin seit über zehn Jahren – wir sind uns mal auf einer Urlaubsreise über den Weg gelaufen. Karin ist ein Pechvogel, wie er im Buche steht, insbesondere was Männer angeht – Hildrun hat ihr Mundwerk immer ein bisschen zu weit aufgerissen, und darum hat es ab und an auch mal gekracht zwischen den beiden. In den letzten Monaten ging es Hildrun zunehmend schlechter. Sie war eindeutig dement und wurde nach dem Beinbruch auch immer ungnädiger. Es war manchmal nicht leicht mit ihr, das stimmt, aber Karin ist so gut wie jeden Tag bei ihr gewesen und …«

»Kann sie nicht vielleicht überfordert gewesen sein?«

»Hildrun war ihr einziger Halt – auch wenn sie anstrengend war –, aber das hat natürlich niemand registriert. Wie denn auch? Karin geht ja kaum unter Leute. Und man bringt jemanden doch nicht gleich um, nur weil es auf einmal anstrengend und belastend mit ihm ist. Dann gäbe es erheblich mehr Morde, das können Sie mir glauben«, schloss sie sarkastisch.

Lena lehnte sich zurück. Aufregung machte sich plötzlich in ihr breit. Ihr Herz flatterte, als wäre sie viel zu schnell die Treppen hochgerannt. Am liebsten wäre sie aufgestanden und umhergelaufen. Sie verschränkte die Hände und legte sie in den Schoß. Das ist ganz normale Aufgeregtheit, erklärte sie sich selbst im Stillen. Nichts von Bedeutung.

»Was glauben *Sie* eigentlich, was passiert ist?«, fuhr Maren Sommer einen Augenblick später fort. Sie trank von ihrem Cappuccino, der ihr nicht zu schmecken schien, denn sie verzog das Gesicht und stellte die Tasse wieder ab.

»Es tut nichts zur Sache, was ich glaube«, antwortete Lena schnell. »Darum kann und darf es nicht gehen.« Du lügst ja, dachte sie, und als Maren sie ansah, hatte sie das Gefühl, dass ihr der Gedanke auf der Stirn geschrieben stand.

»Sie wissen doch, was ich meine.«

»Ich versuche, mir ein Bild zu machen, aber das ist nicht ganz einfach ... Man kann sich fürchterlich täuschen.«

»Wie wahr. Haben Sie sich schon einmal fürchterlich getäuscht?«

Das Zittern war plötzlich wieder da. »Davon kann sich wohl niemand ausnehmen.«

Maren Sommer musterte sie einen Moment abwartend. »Ganz genau«, sagte sie dann forsch. »Karin übrigens auch nicht. Die Schulden hat sie sich von einem Mann aufdrücken lassen, der ihr den Himmel auf Erden versprochen hatte. Seine Firma war halb bankrott, als die beiden sich kennenlernten. Karin nahm einen Kredit auf – sie war überzeugt, den Richtigen getroffen zu haben, dem sie ihr Vertrauen schenken konnte und mit dem sie sich eine gemeinsame Zukunft erhoffte. Was spielte Geld da für eine Rolle? Wenig später hatte er sich aus dem Staub gemacht, und die Bank hält sich nun natürlich an Karin.«

»Das ist eine üble Geschichte, aber ...«

»Aber was?« Maren Sommer hob das Kinn. Ihre Augen sprühten.

»Genau daraus ergibt sich doch ein sehr starkes Motiv.«

»Wer sieht darin ein starkes Motiv?«

»Der Staatsanwalt natürlich.«

»Ich erbe ein altes, sehr wertvolles Klavier, und ich hatte auch einen Schlüssel zur Wohnung. Zwar war ich einige Stunden in der Sauna, aber wer weiß ... Ich hätte mich ebenso gut zwischendurch davonmachen, in die Wohnung schleichen und Hildrun ein Stück Nusskuchen ans Bett stellen können. Wie übrigens auch der Nachbar, mit dem sie sich früher oft so richtig gefetzt hat. Sind das keine starken Motive?«

Lena schüttelte den Kopf. »Nein, und das wissen Sie auch.«

»Aha. Und was wollen Sie jetzt tun?«

»Mich umhören, mit allen reden, die, auf welche Weise auch immer, mit dem Fall verbunden sind, andere Möglichkeiten in Betracht ziehen und durchspielen. Erneut mit Karin sprechen. All so was.«

»Und wenn Sie keine neuen Ansatzpunkte finden?«

Lena hob wortlos die Hände und legte sie dann wieder auf den Tisch.

»Was tun Sie eigentlich, wenn Sie weiterhin davon überzeugt sind, dass Karin die Täterin ist?«, fragte Maren Sommer nach einer kleinen Pause weiter.

»Überzeugt bin ich von gar nichts.«

»Nun, dann drücke ich mich genauer aus: Wenn Sie im Laufe Ihrer Recherchen feststellen, dass Karin Ihrer Ansicht nach die Täterin ist – was ist dann?«

»Ich würde es ihr natürlich sagen, und wir könnten auf dieser Grundlage eine Verteidigungsstrategie entwickeln.«

»Aber wenn sie darauf beharrt, unschuldig zu sein?«

»Dann sollte ich den Fall wohl niederlegen.«

»Sie hat es nicht getan«, sagte Maren Sommer energisch, und einen Moment lang sah es tatsächlich so aus, als wollte sie mit der Faust auf den Tisch schlagen. »Und Sie geben viel zu früh auf! Haben Sie sich schon mal komplett geirrt und jemanden vertreten, den Sie für schuldig hielten, wie alle anderen auch, und später stellte sich heraus, dass er es nicht war? Aber da war es dann zu spät und nicht mehr zu beweisen? Könnten Sie damit leben?«

Lena schloss kurz die Augen. »Ich halte es für besser, unser Gespräch jetzt zu beenden. Sie sind unsachlich …«

»Natürlich, und ich stehe dazu! Wie kann man denn dabei sachlich bleiben?«

»Ich muss es, sonst kann ich meinen Job gleich an den Nagel hängen.« Lena erhob sich mit einem Ruck und griff nach ihrer Jacke. »Danke, dass Sie sich Zeit genommen haben. Einen schönen Tag noch.«

Sie wandte sich um, eilte zur Theke und bezahlte die Rechnung. Im Rücken spürte sie Maren Sommers Blicke, aber sie drehte sich nicht noch einmal um, auch wenn sie wusste, dass es souveräner gewesen wäre, den Konflikt gleich wieder auszuräumen. Nun sah es aus wie eine Flucht, und das war es wohl auch. Als sie auf der Straße stand, entdeckte sie hinter der tiefgezogenen Glasfront am anderen Ende des Cafés den Hund. Er hatte die Ohren gespitzt und sah ihr nach.

Ich bin völlig unprofessionell, dachte Lena, während sie zum Auto eilte. Der kleinste Stress überfordert mich, lässt mich schwanken, zurückschrecken, zweifeln, weglaufen. Schon der forsche Ton dieser Frau – dieser überaus attraktiven Frau – und ihr kämpferischer Auftritt bringen mich aus dem Konzept. Dabei ist es doch erfrischend, dass sich jemand engagiert, Gefühle zeigt und genau beobachtet. Mich genau beobachtet und auf die Probe stellt.

Lena fuhr im dichten Feierabendverkehr nach Hause. Ihre Bluse war durchgeschwitzt, und sie merkte, wie sich hinter ihrer Stirn heftige Kopfschmerzen zusammenbrauten.

5

Sie hatte von Boran geträumt, und es war ein so schöner Traum gewesen, dass sie gleich nach dem Erwachen fest davon überzeugt war, er wäre zurückgekehrt oder nie weggewesen. Zusammen mit Maika. Lena schüttelte den Traum ab – sie träumte ihn häufiger –, warf die zerwühlte Decke beiseite und stand auf. Sie lauschte kurz in die morgendliche Stille des Hauses, bevor sie in ihren alten Trainingsanzug schlüpfte und nach unten ging, um Kaffee zu kochen.

Osterwochenende. Das Wetter passte dazu – blauer Himmel mit einigen Wolkentupfern, Tau auf den nebelverhangenen Wiesen, erfrischende Kühle in den frühen Morgenstunden. Sie hatte sich vorgenommen, einige Eier zu färben und einen geschmückten Strauch ins Wohnzimmer zu stellen.

Außerdem wollte sie einen Kuchen backen und es sich gutgehen lassen. Abends könnte sie losfahren und nach einem Osterfeuer Ausschau halten. Allein.

Ihre Eltern hatten gefragt, ob sie nicht Lust hätte zu kommen und die Ostertage mit ihnen zu verbringen. Die ganze Familie wäre da – Julia und Moritz samt Ehegefährten und Kindern –, nur Johanna nicht. Die hätte keine Lust. Lena hatte sich ein Lachen verkniffen. Typisch Großmutter. Sie nahm kein Blatt vor den Mund. Lena war höflicher gewesen und hatte Arbeit vorgeschoben. Das kaufte ihr niemand ab, aber es klang versöhnlicher.

Der Kaffee duftete. Lena goss ihn mit geschäumter Milch auf und öffnete die Haustür. Pepe schlüpfte maunzend ins Haus. Während er sein Frühstück vertilgte, trank Lena ihren Kaffee, aß Haferflocken mit Banane und reichlich Ahornsirup und las am Laptop Zeitung. Dann suchte sie aus ihrem Backbuch ein Kuchenrezept mit vielen Eiern heraus. Als sie das erste Ei auspustete, starrte Pepe sie mit vorgeschobenem Kopf und ausgestreckter Pfote so entgeistert an, dass sie laut auflachen musste und dabei die Schale zerdrückte.

In diesem Moment meldete ihr Handy mit Bachs *Toccata* einen Anruf – Pepe sprang wie von der Tarantel gestochen auf und war mit einem Satz auf der Porzellanvitrine. Lena hielt den Atem an, weil ihr im selben Augenblick ein Gedanke durch den Kopf schoss, den sie unbedingt festhalten wollte. Rezept, dachte sie. Kuchenrezept. Sie ging ins Wohnzimmer und nahm das Gespräch entgegen, während sie nach einem Stift Ausschau hielt.

»Ich habe Sie hoffentlich nicht geweckt.«

»Nein«, antwortete Lena. »Ich stehe meistens zeitig auf.« Was für ein Zufall, dachte sie, und dann: Es gibt keine Zufälle. Ihr Herz klopfte in ruhigem Rhythmus.

»Ich wollte mich entschuldigen«, fuhr Maren Sommer fort. »Manchmal bin ich etwas emotional, aber …«

»Schon gut«, erwiderte Lena schnell und lächelte. »Machen wir einfach einen Schnitt, okay? Und da wir schon beim Thema sind – hat Karin Weber eigentlich immer nach bestimmten Rezepten Kuchen für ihre Tante gebacken?«

Wenn Maren Sommer über die Frage verblüfft war, so ließ sie es sich nicht anmerken. »Ja, sie hat vier, fünf Rezepte gehabt, nach denen sie stets gebacken hat – Kuchen, die Hildrun besonders gern mochte«, antwortete sie bereitwillig.

»Hat sie ein Buch gehabt, in dem sie die Rezepte nachschlug, oder gab es handschriftliche Notizen?«

»Ich glaube, beides. Sie hat mal davon erzählt, weil ich sie nach einem Rezept fragte.«

»Waren die Kuchen sehr unterschiedlich?«

»Ja, schon. Es gab welchen mit Obst und mit Quark, aber auch einfachen Rührkuchen. Ohne Nüsse natürlich«, betonte Maren mit einem Anflug von Ironie.

»Hm.«

»Was genau geht Ihnen denn durch den Kopf, wenn ich fragen darf?«

»Einiges …«

»Aha. Das dachte ich mir fast. Sagen Sie mal – was machen Sie eigentlich gerade? Oder besser gefragt: Was halten Sie davon, wenn wir uns noch einmal treffen und unser Gespräch von letztens fortsetzen?« Sie räusperte sich. »Von meiner Seite aus etwas sachlicher selbstverständlich«, fuhr sie fort.

»Heute? Jetzt?«

»Warum nicht? Statt Telefon.«

»Ich bin gerade am Eierausblasen und wollte backen.«

»Ach so, das erklärt Ihren flotten Einstieg ins Thema.

Nun, dann will ich Sie nicht länger aufhalten – die Familie wartet sicherlich schon. Wir können ja nächste Woche telefonieren …«

»Es wartet niemand«, sagte Lena auf einmal ruhig. »Können Sie Eier bemalen?«

»Sie haben die Wahl zwischen impressionistischen und kubistischen Motiven. Genügt das?«

»Durchaus.«

Lena beschrieb Maren Sommer den Weg und war selbst perplex, mit welcher Selbstverständlichkeit sie plötzlich bereit war, eine nahezu fremde Frau zu sich einzuladen. In ihr Bootshaus, das sonst kaum jemand betreten durfte, schon gar nicht Menschen, die sie im Zusammenhang mit ihrer Arbeit kennenlernte.

Maren Sommer traf gegen Mittag ein. Sie war sportlich gekleidet – Jeans, Hemdbluse, dunkelblaue Weste – und sah sich mit staunenden Blicken um, als Lena die Tür öffnete und ihr entgegenging.

»Sie haben nicht übertrieben, als Sie sagten, Sie würden in einer Art Einsiedelei leben«, sagte Maren Sommer und ergriff ihre ausgestreckte Hand. Lena erkannte bei genauerem Hinsehen, dass sie dunkle Ringe unter den Augen hatte. »Es ist bestimmt wunderschön, mitten in der Natur zu leben, aber haben Sie gar keine Angst – so ganz allein hier draußen?«

»Angst – wovor?«

»Nun, zum Beispiel vor Einbrechern, bösen Buben eben.«

»Nein. Es ist fast immer jemand vorne im Betrieb«, erwiderte Lena lächelnd, während sie ihrer Besucherin die Tür aufhielt und sie ins Wohnzimmer führte. »Und ich bin in dieser Hinsicht nicht ängstlich.«

Maren Sommer trat an das Fenster, das einen freien Blick auf Garten, See und Felder bot und schien einen Moment die Aussicht zu genießen, bevor sie sich Lena zuwandte.

»Das hört sich fast ein wenig kämpferisch an. So wirken Sie gar nicht«, stellte sie fest.

Lena verschränkte die Arme vor der Brust. »Nein? Wie wirke ich denn?«

»Nun, Sie sind sehr zart, körperlich jedenfalls.«

»Lassen Sie sich nicht täuschen – ich bin zäh, und ich habe viele Jahre aktiv Kampfkunst betrieben. Es gab mal eine Zeit, da hätte ich mit verbundenen Augen gespürt, wo der Gegner steht und welchen Schlag er anbringen wird. Und nicht nur das – ich hätte ihn auch abwehren können.« Sie atmete tief durch. Meine Güte, warum erzähle ich schon wieder so viel von mir? »Ich habe Kaffee gekocht, und der Kuchen ist fertig. Setzen wir uns?«, wechselte sie rasch das Thema und wies auf den gedeckten Esstisch.

»Ja, gerne.«

Maren Sommer nahm Platz, bewunderte die Frühlingsblumen und das blaue Porzellan. Der Kuchen war gelungen, und während sie eine Weile aßen und plauderten, gewann Lena ihr Gleichgewicht zurück und konzentrierte sich auf ihren Gast. Auf einmal wurde ihr klar, dass Maren Sommers Trauer wesentlich tiefer ging, als sie erkennen ließ. Die Beschäftigung mit den Hintergründen des Mordes war sicher eine Möglichkeit für sie, den Schmerz zu verarbeiten. Nach der zweiten Tasse Kaffee bestand Maren Sommer darauf, ausgeblasene Eier anzumalen.

»Es redet sich besser, wenn die Hände beschäftigt sind, pflegte meine Großmutter zu sagen«, erklärte sie. »Sie hat meterlange Schals und unzählige Decken und Pullover gestrickt, und man konnte wunderbar ganze Nachmittage und

Abende mit ihr verbringen und sich was erzählen, ohne sich im Geringsten zu langweilen oder den Wunsch zu verspüren, den Fernseher einzuschalten.«

»Das kommt mir bekannt vor. Meine Großmutter strickt zwar nicht, sie raucht lieber ein Pfeifchen, aber sie ist etwas ganz Besonderes, und ich kann mich nicht erinnern, mich jemals auch nur eine Minute mit ihr gelangweilt zu haben«, erklärte Lena, während sie die ausgeblasenen Eier, Stifte, Pinsel und Wasserfarben auf den Tisch stellte. »Eher ist es umgekehrt – Johanna langweilt sich schnell mit anderen Menschen. Außerdem ist sie sehr direkt und gilt als Sonderling in unserer Familie.«

»Haben Sie eine große Familie?«, fragte Maren und begann bunte Muster auf das erste Ei zu tupfen, das sie vorsichtig zwischen Mittelfinger und Daumen festhielt.

»Zwei Geschwister, Mutter, Vater und dessen Mutter Johanna. Zur Familie meiner Mutter habe ich nur wenig Kontakt.« Eigentlich gar keinen, fügte sie in Gedanken hinzu.

»Es muss schön sein, immer einen Ort zu haben, an den man zurückkehren kann, wenn alle Stricke reißen, oder einen Menschen zu haben, dem man alles anvertrauen kann«, sagte Maren Sommer und legte ihr Ei behutsam auf einem Küchentuch ab, um die erste Schicht Farbe trocknen zu lassen. Sie sah auf. »Das ist es jedenfalls, was ich mit Familie verbinde. Ich weiß aber, dass ich in dem Punkt Idealvorstellungen habe, die kaum der Wirklichkeit entsprechen – auch in meiner Familie nicht, sieht man einmal von der Beziehung zu meiner Großmutter ab.«

»Haben Sie Kinder?«

Maren lächelte seltsamerweise. »Nein. Ich bin nicht verheiratet. Ich war es auch nie. Und Sie?«

Lena schüttelte den Kopf. »Ich auch nicht …» Einen Moment war sie versucht hinzuzufügen, dass sie Frauen liebte, dann entschied sie sich dagegen. »Aber ich hatte eine glückliche Kindheit. Nicht unbeschwert, aber reich an ...« Sie zögerte und brach ab.

Maren hatte sich ein weiteres Ei gegriffen. Es schien sie nicht zu stören, dass der Satz unvollendet blieb. Lena sah auf ihre Hand, die mit behutsamen Strichen den Pinsel über die Schale führte. Sie hatte das merkwürdige Gefühl, seit hundert Jahren mit dieser Frau am Ostersamstag zusammenzusitzen, Wichtiges und Unwichtiges zu bereden und dabei den Tag in den Abend eintauchen zu lassen.

»Nun, jedenfalls habe ich verständnisvolle Eltern gehabt und ein vergleichsweise intaktes, liebevolles Zuhause, in dem ich viel Freiheit genoss«, fuhr sie schließlich fort. »Dennoch ist Familie für mich nicht gleich Zufluchtsort. Manchmal ist es sogar der letzte Ort, an den ich gehen würde.«

»Warum?«

»Um sie nicht zu enttäuschen oder unnötig zu belasten.«

»Sie möchten Ihrer Familie also ein ganz bestimmtes Bild von sich zeigen?«

Lena lehnte sich in ihrem Stuhl zurück. Ich habe noch kein einziges Ei angemalt, fuhr es ihr plötzlich durch den Kopf. »Ja, vielleicht. Nur Johanna kennt mich genauer. Und ein ehemaliger Lehrer, dem ich viel zu verdanken habe. Sehr viel. Aber das ist lange her.«

Maren lächelte. »Allzu lange kann es noch nicht her sein, so jung wie Sie sind.«

»Es erscheint mir aber so.«

»Weil seitdem so viel oder so wenig geschehen ist?«

»Es ist alles sehr weit weg«, antwortete Lena ausweichend und griff nun doch nach einem Ei. »Und manche Dinge sind unwiderruflich vorbei. Endgültig.«

»Nichts ist endgültig.«

Das würde Simon auch sagen, dachte Lena. »Nicht mal der Tod?«, fragte sie.

Maren wiegte den Kopf. »Das kommt natürlich auf den persönlichen Standpunkt an. Wenn ich an Hildrun denke, so ist sie jetzt fort, und ich kann sie nicht zurückholen, außer in meinen Erinnerungen und in meinem Herzen. Aber ... nun, ich bin nicht besonders religiös, dennoch ... Niemand kann letztlich wissen, ob diese Endgültigkeit für Hildrun tatsächlich gilt.«

»Sie ist auf höchst unerfreuliche Weise gestorben und hat uns nun die Aufgabe hinterlassen, die Umstände ihres Todes zu erforschen«, meinte Lena nachdenklich.

»Womit wir beim Thema wären.«

Was erstaunlich lange gedauert hat, dachte Lena, ohne dass ich mich einen Moment daran gestört hätte. Sie sahen sich an.

»Ich werde so schnell wie möglich mit der zuständigen Gerichtsmedizinerin sprechen, um genauen Aufschluss über Hildrun Baums Mageninhalt zu bekommen«, erklärte sie.

»Und dann?«

»Werde ich hoffentlich von meiner Mandantin erfahren, nach welchem Rezept sie gebacken hat.«

Maren hob eine Augenbraue. »Ich ahne, worauf Sie hinauswollen, aber selbst wenn sich herausstellen sollte, dass Hildruns Mageninhalt«, sie schluckte kurz, »nicht mit dem übereinstimmt, was laut Rezept hätte da sein müssen, ist das doch noch kein entlastender Beweis. Der Staatsanwalt, der Karins starkes Motiv vor Augen hat, wird die Achseln zucken und erklären, dass sie eben lügt, oder?«

»Ja, der Einwand ist berechtigt. Aber ich bin trotzdem gespannt, wie groß eventuelle Abweichungen sind und ob beispielsweise einem von Karin Webers Rezepten einfach nur Nüsse hinzugefügt worden sind. Oder ob sich herausstellt, dass ganz andere Zutaten verwendet wurden, die sie normalerweise gar nicht benutzt.«

»Das wäre immer noch kein endgültiger Beweis, der eine Unschuldsvermutung zulässt.«

»Nein, ich stimme Ihnen zu, aber ich meine, dass ich da nachhaken sollte. Es ist vielleicht ein Anfang.«

»Sagt Ihnen das Ihr Bauch?«

»Es ist das Gefühl, auf einer richtigen Spur zu sein«, erklärte Lena.

Und es ist zum ersten Mal wieder da, fuhr es ihr durch den Kopf. Seit damals. Nein, das stimmt nicht – ich lasse es zum ersten Mal wieder zu, weil es immer stärker wird. Oder wird es immer stärker, weil ich es trotz meiner Angst zulasse? Wie auch immer. Es passiert etwas.

»Haben Sie Lust auf einen Spaziergang?«, fragte sie einen Moment später. »Wir könnten um den See gehen.«

Maren stimmte sofort zu, und fünf Minuten später verließen sie das Haus. Während sie dem Uferweg folgten, hing jede ihren Gedanken nach, und Lena war froh, dass ihre Begleiterin ihren Wunsch nach einer Redepause offenbar teilte und ebensowenig wie sie selbst das Gefühl zu haben schien, ihr Schweigen beenden zu müssen. Lena lauschte dem Vogelgesang und dem leisen Rascheln, mit dem der Wind durchs Schilf fuhr, atmete die feuchte erdige Luft ein und fühlte sich nicht im mindesten durch Maren Sommers Gegenwart befangen. Ganz im Gegenteil. Vielleicht sollte ich aufhören, mich darüber zu wundern, dachte sie.

Als sie zurückkehrten, hängten sie die Eier an die Zweige einer Korkenzieherweide, und Lena räumte die Mal- und Bastelutensilien fort.

»Ich werde mich jetzt auf den Heimweg machen«, sagte Maren plötzlich. »Würden Sie mich anrufen, wenn sich etwas Neues ergibt?«

»Natürlich.«

»Darf ich noch etwas Persönliches hinzufügen?«

Lena nickte.

»Ich bin froh, dass Sie den Fall übernommen haben.«

Lena atmete tief durch. »Ich auch. Schön, dass Sie gekommen sind.«

»Danke für die spontane Einladung. Auf bald!«

»Ja, auf bald! Kommen Sie gut nach Hause und schöne Ostertage«, erwiderte Lena und begleitete Maren Sommer nach draußen.

Als es dunkel war, stieg Lena aufs Fahrrad und machte sich auf den Weg nach Ketzin. Ein glutrotes Leuchten flackerte plötzlich über den Himmel. Osterfeuer. Ihr Herz machte einen Sprung, und sie fuhr schneller, als könnte sie etwas verpassen. Das Geschrei und Gejohle, den Duft der brennenden Holzscheite, das wilde Flackern und die Hitze im Gesicht. Im Fahrtwind spürte sie plötzlich ihre nassen Wangen.

Als sie spätnachts zurückkehrte, war sie erschöpft und fühlte sich trotzdem hellwach und vollkommen klar im Kopf. Es herrschten milde Temperaturen – vielleicht waren es aber auch das Feuer und die Anstrengung, die sie aufgeheizt hatten. Sie öffnete die Tür zum Garten, lief auf den Bootssteg und zog kurzentschlossen ihre Sachen aus. Verrücktes Kind, hörte sie ihre Mutter rufen und sah sie dabei den Kopf schütteln. Was tust du nur schon wieder? Kannst du dich nicht ein einziges Mal normal verhalten? Ich tue, was ich fühle, ich fühle, was ich tue. Lass sie – das war die Stimme ihres Vaters –, sie muss sich ausprobieren. Du schreitest nur nicht ein, weil du zu bequem bist und es dir nicht mit ihr verderben willst, war die barsche Antwort ihrer Mutter. Zwei Kinder tanzten um sie herum – Julia und Moritz –, im Hintergrund stand Johanna und beobachtete sie. Lena lächelte, dann sprang sie kopfüber in den See. Das eiskalte dunkle Wasser schlug über ihr zusammen und nahm ihr den Atem, die Gedanken, die Stimmen. Kaum war sie prustend aufgetaucht, schrie sie vor Kälte, lachte, schrie wieder, ruderte wild um sich schlagend zum Steg zurück und rannte zähnenklappernd ins Haus, unter die heiße Dusche. Pepe tauchte plötzlich aus dem Nichts auf und miaute aufgeregt hinter ihr her. Ihre Hände zitterten immer noch, als sie später warm eingemummelt wieder nach unten kam, aber es gelang ihr trotzdem, ein Kaminfeuer zu entzünden. Sie kuschelte sich in eine Decke, trank heißen Kakao und sah ins Feuer, während der Kater eingerollt zu ihren Füßen schlief.

6

Sie war vielleicht neun, zehn Jahre alt gewesen, als ihr eines Tages bewusst wurde, dass sie anders war. Anders als ihr älterer Bruder Moritz, anders als die jüngere Schwester Julia, aber auch anders als die Kinder aus ihrer Klasse, als Freundinnen und Bekannte. Sie war nicht nur das Kind mit der überbordenden Phantasie, das sich zurückzog, um vor sich hinzuträumen, das Mädchen mit den vielen verrückten Einfällen und den zahllosen Geschichten, sie war das Kind mit dem Gespür. Lena nannte es die Gewissheit, die sie immer wieder beschlich – beim Spielen, in der Schule, im Gespräch mit Kindern und Erwachsenen – und über die niemand sonst verfügte. Außer Johanna. Die verrückte Johanna.

Lena wusste beim Versteckspielen mit den Kindern aus der Nachbarschaft fast immer, wer sich wo verborgen hielt – selbst wenn sie sich verbotenerweise auf dem verwilderten Grundstück mit der alten verlassenen Villa herumtrieben, wo es im Haus, in den Nebengebäuden und einem riesigen Garten unzählige Schlupfwinkel gab. Sie hielt es für normal, genau zu wissen, dass Henning unter der Terrasse saß, Piet in einem Wandschrank kauerte und Moni auf den Dachboden geklettert war; und auch beim Bandenkrieg gegen die Gruppe aus der Nachbarstraße hatte sie meist die Nase vorn und gewann trotz ihrer zierlichen Statur viele Kämpfe gegen stärkere Gegner, weil sie Hieben und Griffen frühzeitig ausweichen konnte. Ihre Fähigkeit wurde erst zum Problem, als sie den anderen auffiel und Lena erstaunt feststellte, dass sie allein damit stand.

»Du mogelst«, sagte Henning, der schon fast zwölf war, eines Tages zu ihr, als sie ihn bereits zum dritten Mal hintereinander innerhalb kürzester Zeit in seinem Versteck aufgestöbert hatte. Er war entrüstet und starrte sie mit grimmigen Blicken an, nachdem er sich den Dreck von T-Shirt und Hose geklopft hatte.

»Tu ich nicht!«, erklärte Lena verdutzt. »Wie soll man denn dabei mogeln?«

»Weiß ich nicht. Aber immer kennst du mein Versteck. Das ist nicht normal.«

Er sah Piet und Moni an. »Was meint ihr?«

Moni zuckte die Achseln. »Keine Ahnung. Ist doch auch egal. Wir spielen doch nur. Lasst uns in die Bude gehen.«

Sie hatten sich auf dem Dachboden mit Kartons, Decken und Holzbrettern eine Bude gebaut, in die sie sich verkrochen, um zu quatschen oder ein Picknick zu machen. Lena war auch oft allein hier.

Piet schüttelte den Kopf. »Jetzt nicht. Henning hat recht. Lena gewinnt wirklich meistens. Bei ganz vielen Spielen. Ich will auch wissen, wie sie das macht.« Er guckte Lena neugierig an. »Sag, wie du uns immer so schnell findest.«

Lena fühlte sich auf einmal unwohl in ihrer Haut.

»Ich weiß nicht«, sagte sie langsam. »Wirklich nicht. Sagt ihr mir doch, wie ihr die anderen *nicht* findet.«

Die drei starrten sie an. »Was?«, fragte Henning. »Was soll das denn jetzt? Spinnst du?«

Lena blickte von einem zum anderen. »Nun, es ist doch ganz einfach. Ich merke, wo ihr seid. Könnt ihr das nicht?«

»Merken? Was meinst du mit merken?«, fragte Moni. »Wenn ich euch suche, horche ich, wo jemand ist.«

»Horchen?«

Henning verdrehte die Augen. »Ja – horchen – hören! Meine Güte, ein Geräusch, ein Niesen, lautes Atmen und so was.«

»Und wenn der andere ganz still ist und sich nicht rührt?«

»Na, dann findet man ihn nur, wenn man das Versteck beim Suchen entdeckt oder man läuft halt dran vorbei. Das ist ja der Witz bei diesem Spiel.«

Geräusche. Zufall. Vorbeilaufen. Lena atmete tief durch. Plötzlich begann sie etwas zu verstehen, aber was sie da verstand, gefiel ihr nicht.

»Nun sag schon«, drängte Piet. »Wie geht das bei dir?«

Lena wehrte kopfschüttelnd ab. »Wahrscheinlich habe ich einfach sehr gute Ohren, das ist alles.«

»Aber woher weißt du, *wer* in dem Versteck ist?« Henning ließ nicht locker. »Du sagst immer schon meinen Namen, bevor du mich überhaupt siehst. Es könnte doch auch Moni sein.«

»Vielleicht kann ich dich riechen«, schlug Lena vor und zwang sich zu einem Lächeln.

Henning trat einen Schritt näher. Er ist wütend, dachte Lena erschrocken, sehr wütend. Ich weiß nicht warum, aber ... Er stieß sie vor die Brust. »Willst du mich verarschen?«

»Nein ...«

»Dann sag endlich, wie du das machst!«

»Ich weiß nicht, was du meinst!«

Er schob sie vor sich her, bis Lena mit dem Rücken an einen Holzpfosten stieß. »Raus mit der Sprache!«

»Lass sie doch in Ruhe«, versuchte Moni zu beschwichtigen, während Piet der Auseinandersetzung gespannt folgte.

Ich habe zu oft gewonnen, dachte Lena. Das muss ich nun ausbaden.

»Na los, red schon!«, blaffte Henning sie an. »Du hast die ganze Zeit gemogelt, und ich will wissen, wie.«

An diesem Nachmittag ging ein Stück unbeschwerte Kindheit zu Ende. Lena kam mit zahlreichen Blessuren nach Hause und weigerte sich zu erzählen, was passiert war. Von da an ging sie nur noch allein auf das verbotene Gelände, und manchmal beobachtete sie Henning, Piet und Moni beim Spielen und Toben, die sie natürlich nicht bemerkten. Oder sie saß in einem ihrer Schlupfwinkel, sah zu, wie der Staub in der Sonne tanzte, Mäuse über den Boden huschten und dachte sich Geschichten aus, träumte. Der Wunsch, so zu sein wie alle anderen oder die Zeit zurückdrehen zu können an den Punkt, an dem sie noch nicht begonnen hatte nachzudenken, wurde manchmal übermächtig.

Auch in der Schule war sie auf einmal isoliert. Die Kinder zogen sich im gleichen Maße von ihr zurück, wie sie sich distanzierte. Was sie vorher für selbstverständlich gehalten hatte – zum Beispiel dem Unterricht mühelos folgen zu können, auch wenn sie nicht gelernt oder noch nicht einmal konzentriert zugehört hatte –, beäugte sie nun selbst misstrauisch und mit bangem Herzen. Ich bin eine Moglerin, dachte sie oft. Henning hat recht.

An der Welt der Kinder konnte sie nun nicht mehr teilhaben, also wandte sie sich, wenn sie aus ihren Geschichten und Verstecken auftauchte, den Erwachsenen zu, in der Hoffnung, hier Halt zu finden. Die zerschlug sich an einem bitterkalten Winterabend, als ihr Vater, der ein Büroausstattungsunternehmen leitete, das seit zwei Generationen im Familienbesitz war, von einer Geschäftsreise zurückkehrte. Von allen freudig begrüßt, verteilte Jakob Bokken sichtlich zufrieden Geschenke – Bücher und Schokolade für die Kinder, Blumen und Pralinen für die Mutter. Als sie später gemeinsam am Esstisch saßen, berichtete er von seinem Besuch in einer hochmodernen Holz- und Möbelfabrik, mit der er ins Geschäft kommen wollte. Lenas Vater war ein großgewachsener Mann, der anschaulich erzählen konnte und es genoss, im Mittelpunkt der Aufmerksamkeit zu stehen.

»Und dort hattest du drei Tage zu tun?«, fragte Katharina Bokken ihren Mann schließlich und tupfte sich vorsichtig mit der Serviette die Lippen.

»Zwei Tage, Schatz. Danach war ich noch zu einer Stippvisite bei einem anderen Geschäftspartner.«

Er lächelte, griff nach der Hand seiner Frau und drückte sie. Lena blickte zu den beiden hinüber. Ein idyllisches Bild. Jakob wandte ihr den Kopf zu, immer noch zufrieden lächelnd. Lena sah ihm in die Augen. Sie wollte zurücklächeln, aber ihr Gesicht war plötzlich ganz starr. Er lügt, dachte sie. Ich weiß nicht warum, aber er lügt. Vielleicht ist es keine Lüge, nur ein Versehen, überlegte sie, aber sie wusste es besser. Die Gewissheit wusste es besser. Lena öffnete den Mund und schloss ihn wieder, als es in den Augen ihres Vaters kurz aufblitzte und er sich abrupt von seinem Platz erhob.

»Ich finde, wir sollten jetzt den Nachtisch essen«, erklärte er und ging in die Küche.

Das tat er sonst nie. Seine Frau blickte ihm verblüfft nach. Lena bekam eine besonders große Portion Eis, und sie war sicher, dass nur sie und ihr Vater sich dessen bewusst waren. Nach weniger als der Hälfte hatte sie keinen Appetit mehr.

Von da an wurde das Leben immer komplizierter. Lena musste lernen, dass sich die Mahnung, stets ehrlich zu sein, nur auf die Wahrheiten bezog, die die Erwachsenen hören wollten. Die wenigsten waren noch an einer ehrlichen oder wahrhaftigen Antwort interessiert, wenn sie damit in ein unangenehmes Licht gerückt wurden.

Lena war sicher, dass Johanna nachvollziehen konnte, was in ihr vorging, aber das war zunächst kein Trost. Lenas Großmutter hatte sich nach dem plötzlichen Tod ihres Mannes einige Jahre zuvor entschieden, ihre Villa in Zehlendorf zu verkaufen und auf einen kleinen Bauernhof umzusiedeln, wo sie allein mit einigen Tieren lebte. Sie galt als wunderlich und menschenscheu. Und die Menschen mieden sie. Vielleicht galt sie ja auch als Moglerin, dachte Lena. Sehr wahrscheinlich sogar.

Lena war klar, dass nicht nur Außenstehende Johanna skeptisch gegenüberstanden – selbst ihre Eltern pflegten keinen engen Kontakt zu ihr und hielten auch die Kinder nicht dazu an. Einmal bekam sie mit, dass ihre Mutter einer Freundin erzählte, Johanna hätte nach dem frühen Tod ihres Mannes nicht gerade erschüttert gewirkt. Lena hätte zu gern nachgefragt, was diese Bemerkung bedeutete, aber sie ahnte, dass ihre Mutter ihr ausweichend antworten würde, also entschloss sie sich, Johanna bei der nächstbesten Gelegenheit zu besuchen und sie zu fragen.

Die bot sich wenige Tage später, als der Kunstunterricht ausfiel. Lena überlegte nicht lange, sondern setzte sich in den nächsten Bus in Richtung Gatow. Sie musste ein paar Mal umsteigen, was ihr keinerlei Mühe bereitete, und war anderthalb Stunden unterwegs, bis sie schließlich auf dem Hof eintraf und von den beiden Mischlingshunden begrüßt wurde. Einen Moment später kam die Großmutter ihr entgegen. Sie trug eine verwaschene Arbeitshose, ein Baumwollhemd und feste Stiefel, an denen schwarze Erde klebte. Ihr silbergraues Haar steckte unter einer Schirmmütze.

Lena kannte keine andere Großmutter, die sich so kleidete und so verhielt. Johanna war zwar erst Ende fünfzig, aber in den Augen einer Zehnjährigen war das steinalt. Ein Alter, in dem Großmütter mit geradem Rücken und freundlichem Lächeln in ihren Sesseln saßen, gestärkte Blusen trugen, andere Damen gleichen Alters oder ihre Familie zum Tee einluden und wortreich von den guten alten Zeiten erzählten, während sie ihren Enkeln die Wange tätschelten. Großmütter waren verständnisvoll und weise; sie liebten es, in Fotoalben zu blättern, schwärmten von selbstgezüchteten Rosen oder planten Seniorenfahrten. Vielleicht wünschten sich Mama und Papa so eine Großmutter, dachte Lena.

»Lena – schön, dass du mich besuchst! Magst du hereinkommen und mit mir essen? Es gibt Kohlrouladen.«

Johannas Stimme war tief und warm. Sie legte ihrer Enkelin den Arm um die Schultern, und gemeinsam gingen sie ins Haus. Keine Frage nach den Eltern und auch kein besorgtes Nachhaken, warum sie allein mit dem Bus durch die Gegend fuhr, um unangemeldet bei ihr aufzutauchen.

Lena atmete tief durch, während sie in die Wohnstube gingen, in der ein alter Bauernschrank mit farbigen Intarsien den Blick einfing. Wangetätscheln ist eigentlich ziemlich blöd, dachte sie plötzlich und musste auf einmal kichern. Johanna sah sie lächelnd an. »Na, was geht dir durch den Kopf?«

»Du bist keine Großmutter wie andere.«

»Nein? Wie bin ich denn?«

Sie gingen weiter in die Küche. Lena setzte sich auf die Küchenbank ans Fenster, während Johanna an den Herd trat und kurz in einen der Töpfe lugte. Es roch gut. Sie drehte sich um und blickte Lena aus ihren blaugrünen Augen auffordernd an.

»Anders eben. Irgendwie ... wild.«

Johanna lachte dröhnend. Auch so was, über das sich Lenas Mutter schon oft aufgeregt hatte. Eine erwachsene Frau oder gar ältere Dame lacht nicht wie ein Bierkutscher! Aber Johanna lachte, wie es ihr gefiel, und sie steckte zumindest Lena meistens damit an.

»Da könntest du recht haben«, sagte Johanna schließlich und stellte zwei Teller auf den Tisch. Die Rouladen dampften noch, und die Kartoffeln waren groß und hellgelb. »Ist das schlimm?«

Lena nahm ihr Besteck. »Da denke ich gerade drüber nach.«

»Ach so. Lass es dir trotzdem schmecken.«

Eine Weile aßen sie schweigend. Als der erste Hunger gestillt war, blickte Lena wieder auf.

»Über den Großvater denke ich auch nach.«

Johanna nickte. »So? Kannst du dich an ihn erinnern?«

»Nur wenig. Ihr habt in einem anderen Haus gewohnt.«

»O ja.«

»War es nicht schön?«

Johanna betrachtete sie einen Moment nachdenklich.

»Doch, es war ein schönes Haus, aber es passte nicht zu mir. Oder ich passte dort nicht hin«, sagte sie schließlich.

»Und darum warst du auch nicht traurig, als Großvater starb?« Nun war es heraus.

»Ich war schon traurig, aber mehr tief in mir drin«, antwortete Johanna, ohne zu zögern. »Wo es von außen nicht zu sehen ist. Dann habe ich mir vorgenommen, noch mal neu anzufangen und all das zu tun, was vorher nicht möglich war.«

»Was denn?«

»Na – Tiere halten, die Kleider und Stöckelschuhe gegen Hosen und Stiefel eintauschen, allein sein, wann ich möchte, Einladungen ablehnen, Pfeife rauchen, lesen, Holz hacken. Laut lachen.« Sie lächelte. »Mein Leben war voller Pflichten, als dein Großvater noch da war und die Firma leitete. Ich habe mich nur auf das Nötigste eingelassen, aber selbst das fiel mir schwer, und dein Opa war oft sauer auf mich. Und ich auf ihn.«

Sie sagt die Wahrheit, dachte Lena. Sie spricht sie einfach aus. Lena hatte das Gefühl, sie spüren zu können.

»Aber ...«

»Ja?«

»Hast du ihn nicht liebgehabt und er dich?«

»Doch, Lena, wir haben uns geliebt, wie man sich am Anfang liebt, wenn alles neu und romantisch ist, aber wir haben nicht zusammengepasst. Und so hatten wir es schwer, als der Alltag zu bewältigen war – ein Alltag mit viel Arbeit, Ärger und Streit. Wäre ich in der heutigen Zeit eine junge Frau, würde ich ihn nicht noch einmal heiraten oder mich zumindest scheiden lassen. Das war damals aber nicht möglich, oder es hätte Folgen gehabt, die ich nicht tragen konnte, vor denen ich Angst hatte. Die ganze Familie wäre auseinandergerissen worden.« Johanna hatte plötzlich ein trauriges Gesicht.

»Habt ihr oft gestritten?«, fragte Lena.

»Ich glaube schon.«

Es war schwer, sich streitende Großeltern vorzustellen. Lena blickte ihrer Großmutter ins Gesicht. »Ich verstehe.«

»Das glaube ich dir aufs Wort.« Johanna lächelte plötzlich. »Weißt du eigentlich, mein Herz, dass du etwas ganz Besonderes bist?«

»Ich bin anders – das weiß ich. Und es gefällt mir nicht.«

»Das kann ich mir vorstellen. Du wirst lernen, damit umzugehen und feststellen, wozu es gut ist. Früher oder später, das bestimmst nur du allein. Und du kannst immer kommen und mit mir reden – über alles, hörst du?«

»Ja.«

Es tat gut, eine Verbündete im Hintergrund zu wissen, aber Lena wäre es dennoch lieber gewesen, ein ganz gewöhnliches Kind zu sein.

Als es Zeit war, sich auf den Heimweg zu machen, holte Johanna den Wagen aus der Garage und fuhr Lena nach Hause. Sie hielt nicht direkt vor der Tür, sondern parkte hundert Meter vorher und stellte den Motor ab. Dann wandte sie sich Lena zu und zog sie in ihre Arme. »Wie schön, dass du mich besucht hast.«

Lena nickte nur. Sie hatte das Gefühl, ihrer Großmutter nie zuvor so nahe gewesen zu sein. Plötzlich huschte ihr ein Gedanke durch den Kopf, und sie sprach ihn aus, statt ihn zu verscheuchen, wie sie es sonst meist tat, wenn sie mit anderen Menschen zusammen war.

»Hat er dich gehauen?«

Sie spürte, wie Johannas Hände kurz zusammenzuckten, um sich gleich darauf wieder zu entspannen.

»Das hat er.«

»Und du konntest nicht weggehen?«

»Nein. Aber ich habe gelernt, ihm aus dem Weg zu gehen und mich zu schützen. Später hatte er Angst vor mir, weil ich es immer schon vorher wusste, wenn er streitlustig war. Und einmal ist er in eine Jauchegrube gestürzt, weil ich einem Schlag von ihm auswich. Er hat tagelang scheußlich gestunken.«

Lena warf den Kopf zurück und lachte. »Geschah ihm recht!«

»Das fand ich auch.« Johanna umfasste ihr Gesicht und küsste sie auf beide Wangen. »Auf bald, mein Herz!«

»Auf bald!«

Lena öffnete die Beifahrertür und rannte nach Hause. Dort gab es ein Donnerwetter, weil sie nach der Schule nicht gleich heimgekommen war. Aber sie hörte gar nicht hin.

7

Dr. Silvia Heise war fünfzig Jahre alt, sah aber mindestens zehn Jahre älter aus, was ihr vollkommen egal war. Die hagere, großgewachsene Gerichtsmedizinerin war Kettenraucherin, hatte einen ungesunden Teint, schwarz gefärbtes hochgestecktes Haar und eine Vorliebe für giftgrüne Blusen und hochhackige Schuhe. Ihre dunkle, rauchige Stimme hätte jeder Hafenkneipenwirtin Ehre gemacht. Es war allgemein bekannt, dass sie Männer für vollkommen überflüssig hielt und Frauen in jeder Hinsicht vorzog. Wer immer tatsächlich wissen wollte warum, bekam eine detaillierte und beinahe wissenschaftlich fundierte Begründung geliefert, die den Fragesteller mit hochroten Wangen zurückließ.

Lena hatte keinen Termin, und sie wusste, dass sie auch keinen bekäme, wenn sie es per Telefon versuchte. Dr. Heise gab grundsätzlich vor, keine Zeit zu haben und auch keine Lust, sich welche zu nehmen – mochte es noch so wichtig sein. Bei mehreren anderen Fällen hatte Lena gelernt, dass man im gerichtsmedizinischen Institut nur mit Dreistigkeit weiterkam. Außerdem mochte Dr. Heise sie, was von großem Vorteil war. Also stand sie am Tag nach Ostern frühmorgens einfach vor ihrem Büro. Die Tür war nur angelehnt, und Rauchschwaden zogen in den Flur, darunter mischte sich der Duft von frischem Kaffee. Lena klopfte zweimal und schob die Tür auf, ohne eine Antwort abzuwarten. Die hätte sie ohnehin nicht erhalten.

»Guten Morgen, Frau Dr. Heise«, sagte sie freundlich und trat ein. »Hier duftet es köstlich. Haben Sie für mich auch einen Kaffee?«

»Warum sollte ich?«, knurrte Silvia Heise, die mit hängenden Schultern an einem mit Akten und Notizzetteln übersäten Schreibtisch saß, eine Zigarette im Mundwinkel, und Lena alles andere als einladend anblickte. Da sie ungebetene Besucher normalerweise einfach wieder hinauswarf, war ihre Frage fast als herzliche Begrüßung aufzufassen.

»Weil Sie sich im Grunde Ihres Herzens doch richtig freuen, mich mal wieder zu Gesicht zu bekommen«, erwiderte Lena so forsch, dass sie selbst staunte.

Dr. Heise nahm die Zigarette aus dem Mund und schob ihre Brille zurecht, bevor sie Lena fixierte. Dann grinste sie plötzlich. »Nebenan in der Küche. Holen Sie sich einen. Sie haben fünf Minuten, und ich sage Ihnen gleich, dass ich keinen Handschlag extra mache. Außerdem bin ich nur so freundlich, weil ich ein nettes Osterfest hatte.«

»Schon klar«, erwiderte Lena, besorgte sich eine Tasse Kaffee aus dem Nebenraum, setzte sich vor Dr. Heises Schreibtisch in einen abgewetzten Sessel und verschaffte der

Gerichtsmedizinerin in flottem Erzähltempo einen groben Überblick im Fall Karin Weber.

»Und?«, fragte die Heise schließlich. »Ich kann mich erinnern. Was genau wollen Sie nun von mir?«

Lena räusperte sich. »Ich brauche eine genaue Analyse des Mageninhalts.«

»Warum?«

»Wenn es große Diskrepanzen zu den Zutaten gibt, die Karin Weber laut ihrer Rezepte sonst immer verwendet hat …«

»Na und? Was beweist das schon?«

»Es könnte ein Ansatzpunkt sein. Und den brauche ich. Sogar ziemlich dringend, um ehrlich zu sein.«

»Ach ja?« Die Medizinerin drückte ihre Zigarette aus und begann den Aktenstapel links neben sich zu durchwühlen. »Also, dass sie Nüsse zu sich genommen hat, steht jedenfalls außer Frage. Das habe ich auch der Staatsanwaltschaft mitgeteilt.«

»Ich weiß. Aber was für eine Sorte Nüsse?«

»Hm, ich glaube, es waren Mandeln, wobei die übrigens im engeren botanischen Sinn zu den Steinfrüchten zählen, wie Walnüsse und Aprikosen auch, und nicht zu den Nüssen. Doch lassen wir das mal beiseite.«

»Aber Sie sind sicher, dass es sich um Mandeln handelt?«

Dr. Heise stöhnte leise auf. »Nein, nicht ganz, und ich schätze, dass Sie genau das brennend interessiert.« Als Lena ihr gespannt zunickte, zog sie einen Schnellhefter unter dem Stapel Akten hervor. »Warten Sie, hier ist die Gesamtaufstellung: nichts Ungewöhnliches, an Medikamenten nur das, was sie zu nehmen hatte, nämlich ein Blutverdünnungsmittel und ein paar Vitaminpillen«, erklärte Dr. Heise mit Blick auf ihre Unterlagen. »Winzige Reste vom Frühstück – Toast und

Marmelade. Dann die Nüsse – ja, es waren Mandeln, dazu Kakao, Eier, Butter, Mehl, Zucker. Was man halt für einen Kuchen so alles braucht. Außerdem Obst …«

Lena straffte die Schultern. »Obst? Was für Obst?«

»Kirschen. Allerdings nicht viele. Der Kuchen hatte eine dünne Zwischenschicht aus Mandeln, Kirschen und Kakao.«

»Woher wollen Sie das denn so genau wissen?«, fragte Lena verblüfft. »Es wird ja wohl kein Foto dabeigelegen haben.«

Dr. Heise warf ihr einen scharfen Blick zu. »Sie sind ja ein richtiger Witzbold! Weil die arme Frau ihr Stück gar nicht aufgegessen hat und der Rest sichergestellt wurde.« Sie zündete sich die nächste Zigarette an und trank einen Schluck Kaffee. Rauchschwaden hüllten ihren Kopf ein.

»Stimmt, das hatte Bernd Langner erwähnt.«

Die Ärztin blickte Lena mit zusammengekniffenen Augen durch den Rauch an. »Sie hat von dem Kuchen gegessen, dessen Reste an ihrem Bett gefunden wurden – daran besteht nicht der geringste Zweifel.«

Lena holte einen Spiralblock aus ihrem Rucksack und machte sich hastig einige Notizen. Dann lehnte sie sich zurück. »Wie groß war denn dieser Rest?«

»Vielleicht ein halbes Stück.«

»Und sonst gab es nirgendwo noch etwas von diesem Kuchen?«

»Das sollten Sie den ermittelnden Beamten fragen.«

»Gute Idee.« Lena lächelte. »Eine Frage noch.«

»Beeilen Sie sich, Herzchen. Ihre fünf Minuten sind längst vorbei, und eine zweite Tasse Kaffee gibt es nicht, auch wenn Sie mir noch so schöne Augen machen.«

»Okay – wie viel Kuchen kann man eigentlich essen, wenn man gegen einzelne Bestandteile hochallergisch ist, bevor man spürt, was los ist?«

»Wenig. Manchmal genügen winzige Spuren, um eine heftige Reaktion auszulösen. Ich vermute, dass sie zwei, drei Gabeln gegessen hat und fast augenblicklich Atemprobleme bekam.«

Lena nickte. »Das Telefon war nicht greifbar ...«

»Anaphylaktischer Schock. Ende – aus. Sehr unerfreulich. Möchte man nicht wirklich erleben.«

Lena steckte ihren Block ein und stand auf. Sie wusste, dass die Heise in Kürze ungeduldig werden würde, und darauf wollte sie nicht warten. »Ich danke Ihnen, Doktor. Sie hören wieder von mir.«

»Das habe ich befürchtet.« Silvia Heise grinste. »Alles Gute bei dem Fall.«

Als Lena schon fast aus der Tür war, drehte sie sich noch einmal um, ohne zu wissen warum. »Ja?«, fragte sie und sah Dr. Heise abwartend an.

Die Ärztin vergaß, an ihrer Zigarette zu ziehen, die sich schon auf halbem Weg zu ihrem Mund befand. »Ähm – hab ich laut gedacht? Oder woher wussten Sie, dass ich noch was sagen wollte?«

»Reiner Zufall«, sagte Lena, obwohl sie wusste, dass das nicht stimmte. »Was möchten Sie denn sagen?«

»Es geht Ihnen besser – das freut mich. Und nun raus aus meinem Büro!«

Karin Weber nahm auf demselben Stuhl Platz wie bei ihrer letzten Besprechung. Inmitten ihrer milchfarbenen Blässe wirkten ihre fragenden Augen unnatürlich dunkel.

»Lassen Sie uns über den Kuchen reden«, sagte Lena ohne Einleitung. »Was für einer war es?«

»Marmorkuchen«, antwortete Karin Weber ohne das geringste Zögern. Offenbar wollte sie keine Zeit mit Gegenfragen verschwenden. »Nach einem sehr einfachen Rezept aus irgendeiner Frauenzeitschrift.«

»Existiert das Rezept irgendwo bei Ihnen zu Hause?«

»Ja – ich backe diesen Kuchen häufiger, und da ich mir die Mengenangaben einfach nicht merken kann, muss ich den Zeitungsausschnitt immer wieder zur Hand nehmen. Er liegt in einem Kochbuch im Küchenschrank und ist schon ganz abgegriffen.«

»Können Sie mir so ungefähr sagen, was da reingehört?«

»Na, das Übliche: Butter, Eier, Zucker, Kakao, Mehl, Rumaroma.«

»Was sonst noch?«

Karin Weber zuckte die Achseln. »Ein bisschen Milch.«

»Obst?«

Sie schüttelte den Kopf. »Nein, natürlich nicht. In Marmorkuchen gehört doch kein Obst – soweit ich weiß jedenfalls.«

Lena schürzte die Lippen. »Na schön. Und wie viel von dem Kuchen haben Sie Ihrer Tante hingestellt?«, fügte sie nach einer kleinen Pause hinzu.

»Drei Stücke.«

»Und das wissen Sie ganz genau?«

»Ja, ich habe ihr immer drei Stücke hingestellt. Ein Stück hat sie meist am Vormittag gegessen, als zweites Frühstück, und zwei am Nachmittag«, erklärte ihre Mandantin. »Das war fast schon ein Ritual.«

»Und wo ist der Rest des Kuchens?«

»Ich habe ihn mit ins Büro genommen. Die Fensterputzer waren da, und wir spendieren ihnen immer Kaffee und Kuchen.«

»Das kann man nachprüfen«, stellte Lena fest.

Karin Weber sah sie unverwandt an. »Ja, das kann man nachprüfen.«

»Das werde ich tun.« Lena stand auf. »Entschuldigen Sie meine Eile, aber ich habe noch eine Menge zu tun. Wir sehen uns.« Sie reichte ihrer Mandantin die Hand. »Machen Sie es gut.«

»Sie auch.«

An der Tür drehte sie sich noch einmal um. »Ach, bevor ich es vergesse – hat Ihre Tante eigentlich gerne Kirschen gegessen?«

Karin Weber war aufgestanden und hatte sich schon abgewandt. Nun blickte sie über die Schulter zurück und drehte sich noch einmal zu Lena um.

»Nein, soweit ich weiß, mochte sie Kirschen nicht besonders«, erklärte sie. »Bananen und Melonen, auch mal eine sehr reife Kiwi oder Erdbeeren aß sie gerne. Eine Vorliebe für Kirschen wäre mir neu. Warum fragen Sie?«

»Nur so«, gab Lena zurück und verließ dann endgültig den Raum.

Es wäre zuviel des Guten gewesen zu behaupten, Karin Weber hätte gelächelt oder gar fröhlich ausgesehen. Doch ihr Gesicht hatte zumindest für einen Moment eine Art vorsichtiger Entspannung widergespiegelt. Und Neugierde. Lena konnte sich natürlich täuschen. Vielleicht hatte sie auch einfach nur ironisch den Mund verzogen.

Auf dem Weg zu ihrem Wagen rief sie im Büro an und vereinbarte gegen Abend einen Termin mit ihrem Chef. Den Nachmittag wollte sie nutzen, um sich in Karin Webers Firma umzuhören, einer Haus- und Grundstücksverwaltung, und noch einige Telefonate zu führen.

Reiner Lindhof bat sie in das kleine Besprechungszimmer – ein schöner Raum mit Erker, zwei Bücherwänden und einer Sitzecke am Fenster. Lena legte ihre Unterlagen auf den

Tisch, nachdem sie Platz genommen hatten, und schlug ein Bein über das andere. Ihr Chef saß ihr gegenüber und lächelte sie herzlich an. »Na, wie kommst du klar?«

»Ganz gut.«

»Ist schon ein Verhandlungstermin festgesetzt?«

»Nein – zum Glück nicht.«

Reiner Lindhof hob die Augenbrauen. »Wie meinst du das? Je eher vom Tisch, desto besser.«

»Ich brauche noch etwas Zeit, denn es gibt ein paar interessante Ungereimtheiten, die sich erst auf den zweiten Blick erschlossen haben«, erwiderte Lena.

»Das musst du mir erklären.« Er stützte sich auf die Armlehnen seines Sessels und rückte seinen fülligen Körper zurecht. »Ein glasklarer Fall und du entdeckst Ungereimtheiten.« Seine Stimme verriet Skepsis, auch wenn er sich bemühte, unvoreingenommen zu klingen. »Na, da bin ich ja mal gespannt.«

Lena atmete tief durch. »Okay. Also, der Mageninhalt des Opfers stimmt lediglich teilweise mit den Zutaten des Kuchenrezeptes überein, das Karin Weber laut ihrer Aussage verwendet hat – nämlich bezüglich Butter, Eier, Mehl, Zucker, Kakao. Ich war heute früh in der Gerichtsmedizin und habe mit Frau Dr. Heise gesprochen. Im Magen von Hildrun Baum befanden sich neben den genannten Zutaten Mandeln und eine kleine Menge Kirschen. Sauerkirschen, um genau zu sein. Karin Weber hat aber einen Marmorkuchen gebacken, mit Rumaroma, das wiederum merkwürdigerweise nicht nachgewiesen werden konnte. Und bei den Nüssen, die in Karins Wohnung gefunden wurden und deren Verwendung man ihr unterstellt, handelt es sich nicht um Mandeln, sondern um ganze Haselnüsse. Der Rest von dem halb gegessenen Kuchenstück …«

Reiner Lindhof hob die Hände und beugte sich vor. »Moment, liebe Lena, lass mich kurz einhaken, bevor du fortfährst. Das ist ja alles sehr interessant, aber wenn ich der Staatsanwalt oder Richter wäre, würde ich den einfachen Weg nehmen und schlichtweg davon ausgehen, dass Karin Weber nach einem anderen Rezept gebacken hat.« Er schmunzelte amüsiert. »Ist das nicht die Lösung, die auf der Hand liegt?«

»Nein. Warum sollte sie?«

»Bitte?«

Lena fuhr sich durchs Haar. »Nun, der Gedanke, dass sie ein anderes Rezept verwendet hat, liegt in der Tat nahe, auf den ersten Blick zumindest. Doch andererseits muss man sich fragen, warum sie sich diese Mühe machen sollte. Sie hätte dem Marmorkuchen schlichtweg Nüsse zusetzen können – das wäre auch für ihre Tante die unauffälligste Vorgehensweise gewesen.«

»Die Tante war dement – sie hätte ohnehin wohl kaum etwas bemerkt«, erwiderte Reiner Lindhof. »Und die Mühe hat die Weber sich gemacht, um Verwirrung zu stiften, was ihr ja wohl auch gelungen ist.«

Lena ging auf die Spitze nicht ein. »Sie hat ihrer Tante wie immer drei Stücke Kuchen hingestellt«, fuhr sie scheinbar unbeeindruckt fort. »Die Gerichtsmedizinerin schätzt, dass das Opfer nach wenigen Bissen in einen anaphylaktischen Schock gefallen ist. Gefunden wurde auf ihrem Teller aber nur noch ein kleiner Rest von dem Kuchenstück, von dem sie gegessen hatte.«

»Ein Kuchen mit Kirschen und Mandeln?«, riet Reiner Lindhof.

»Ja.«

»Na bitte.«

Ein selbstgefälliger Ton hatte sich in seine Stimme geschlichen. Lena versuchte ihn zu ignorieren.

»Was ist mit den zwei anderen Stücken passiert?«, wandte sie ein.

»Vielleicht hatte die Krankenschwester Hunger und wollte den Kuchen nicht umkommen lassen.«

Einen Moment lang dachte Lena, dass Lindhof einen Scherz machen wollte, aber sein Gesichtsausdruck belehrte sie eines Besseren. Sie blickte ihn mit hochgezogenen Augenbrauen an. »Das ist jetzt nicht dein Ernst, oder? Die Frau findet eine tote Hildrun Baum vor und genehmigt sich auf den Schreck erst mal zwei Stück Kuchen?«

»Meine Güte, warum nicht? Vielleicht hat sie sie ja auch eingepackt und mitgenommen.«

Lena spürte, dass sie zunehmend ärgerlich wurde.

»Unsinn«, gab sie zurück. »Die Frau hat sich absolut korrekt verhalten, wie dem Protokoll zu entnehmen ist. Sie hat ihre Chefin informiert, Arzt und Polizei angerufen. Es wird ihr klargewesen sein, dass es bei Hildrun Baum nicht mit rechten Dingen zugegangen ist – schließlich ist sie Krankenschwester, kennt die Allergie von Frau Baum und wird den Anblick der Toten zu deuten gewusst haben. Ich halte es für ausgeschlossen, dass sie in dieser Situation Kuchen isst oder mitgehen lässt – Kuchen, der, wie sie sich leicht denken kann, bald Gegenstand von Ermittlungen sein wird.«

»Nun, sie hat doch ein halbes Stück liegengelassen. Das reicht für Untersuchungen und Rückschlüsse.«

»An ihrer Stelle wäre ich lieber vorsichtig gewesen – schließlich hätte der Kuchen auch vergiftet sein können«, konterte Lena mit erhobener Stimme.

Er rümpfte die Nase. »Nun ja, das ist eine Möglichkeit. Eine andere halte ich für wesentlich wahrscheinlicher.«

»Nämlich?«

»Es gab an diesem Tag nur ein Stück Kuchen für Tante Hildrun«, erläuterte er. »Vielleicht ist Karin Weber ja sparsam oder hat sich unbewusst psychologisch leiten lassen – manchmal gehen die verrücktesten Sachen in den Menschen vor. Schließlich wusste sie, dass ihre Tante es kaum schaffen würde, auch nur ein Stück zu essen, und so hat sie auf die übliche große Portion verzichtet. Die Hinweise, die sie bereitwillig liefert, sind Teil ihrer raffiniert ausgeklügelten Darstellung, die dich offensichtlich ziemlich beschäftigt.«

»Ja, das tut sie. Schließlich bin ich ihre Verteidigerin und nicht die Anklägerin«, brauste Lena auf. »Es gehört zu meinen Aufgaben, ihren Hinweisen und Erklärungen nachzugehen, sie zu prüfen, nachzuhaken, auf Stimmigkeit abzuklopfen – auch wenn der Fall glasklar scheint. Und glaub mir, ich kann deine Skepsis gut nachvollziehen. Aber die Frau beharrt darauf, dass sie keinen Mord begangen hat und dass auch ein Versehen ihrerseits nahezu ausgeschlossen ist. Vielleicht übersehen wir alle etwas, oder es ist etwas geschehen, worauf wir nicht im Traum kämen.«

Reiner Lindhof schwieg und rieb sich sein fleischiges Kinn.

»Im Übrigen hat Karin Weber den Rest des Marmorkuchens mit ins Büro genommen und den Fensterputzern spendiert«, fuhr Lena in wesentlich ruhigerem Ton fort. »Ich war heute bei der Haus- und Grundstücksverwaltung, bei der die Weber seit Jahren arbeitet, und habe mit zwei Männern gesprochen, die schwören, Marmorkuchen gegessen zu haben – ohne Nüsse.«

»Klasse!«, kommentierte Reiner Lindhof mit gerunzelter Stirn. »Dann hat sie eben clevererweise zwei Kuchen gebacken oder einen gebacken und den anderen irgendwo gekauft. Das ist doch eine naheliegende Erklärung.«

Lena spürte ein Zittern in den Händen. »Reiner, du sabotierst jeden Hinweis mit deinem vorgefassten Urteil!«, stieß sie hervor. »Das ist nicht fair.«

Er schüttelte den Kopf. »Ich sehe nur die Fakten, und die sprechen für sich. Und was heißt hier fair? Der Tod von Hildrun Baum war sicherlich alles andere als fair, insbesondere für sie selbst.«

»Karin Weber ist nach Aussagen einer Freundin ein deprimierter, glückloser Mensch, für den ihre Tante ein Halt gewesen ist«, setzte Lena erneut an. »Warum sollte sie sie umbringen? Ihr Schuldenberg ist zwar groß, aber ihre Existenz war nicht bedroht. Ich halte sie nicht für eine ausgefuchste Mörderin. Überleg doch mal – es wäre ja viel überzeugender zu behaupten, sie hätte aus Versehen Nüsse in den Teig getan. Dann ginge es um fahrlässige Tötung und nicht um Mord, und sie hätte große Chancen, mit einem blauen Auge davonzukommen.«

»Lena, ich habe den Eindruck, dass du einem Gefühl folgst. Mehr als deinem Verstand, den ich sehr zu schätzen weiß. Ich will dich nicht daran erinnern müssen …«

»Dann lass es doch!«, herrschte Lena ihn an. »Ich weiß am allerbesten, dass ich mich nicht verzetteln darf.«

»Du bist längst dabei«, behauptete er. »Du machst ihre Sache zu deiner und bist bereit, sie rauszuboxen. Und wenn sie doch schuldig ist? Ich will dich doch nur davor bewahren …« Er sah sie an. »Stell dir vor …«

»Nein, danke! Ich möchte mir nichts vorstellen. Das verstellt nur den Blick.« Lena stand auf. »Lass uns ein andermal fortfahren.«

Reiner Lindhof erhob sich langsam und sah sie an. »Es tut mir leid, Lena, aber so geht es nicht. Wenn Karin Weber unschuldig ist, muss es Fakten geben, die die Ereignisse an diesem Tag halbwegs schlüssig erklären. Was du anführst, reicht dazu nicht aus. Das sehe ich so, und das wird der Richter auch so sehen. Am sinnvollsten wäre es, mit einem Schuldeingeständnis in die Verhandlung zu gehen – damit sehen alle Beteiligten am besten aus. Denk noch einmal darüber nach. Karin Webers Chancen wären ungleich besser, wenn sie zugibt, vor lauter Kummer, Frustration, was auch immer, so abwesend gewesen zu sein, dass ihr ein fürchterlicher Fehler unterlaufen ist. Vielleicht lehnt sie das im Moment noch ab, weil sie die ganze Sache verdrängt und den Gedanken einfach nicht ertragen kann, am Tod ihrer Tante schuld zu sein. Du tust ihr einen großen Gefallen, wenn du ihr hilfst, zu dem zu stehen, was passiert ist.«

Lena trat einen Schritt zurück. »Ich denke, ich würde deiner Argumentation zustimmen, wenn dem Rezept für den Marmorkuchen schlichtweg Nüsse zugegeben worden wären. Es ist ja vorstellbar, dass so was passiert. Aber so … Nein, da ist was faul.«

Reiner Lindhof atmete laut aus und biss sich auf die Unterlippe.

»Ich weiß, was du denkst«, fuhr Lena leise fort. »Ich kann mir keinen weiteren Fehler erlauben und auch der Kanzlei nicht zumuten. Und ich muss dich überzeugen mit meiner Strategie.«

Einen Moment herrschte Stille. Dann wandte Lena sich um, verabschiedete sich flüchtig und verließ das Büro.

Am Abend ging sie hinauf in ihr kleines Dojo unter dem Dach. Kaum hatte sie sich hingekniet, fuhr ihr Simons Lehrsatz durch den Kopf, dass der beste Kampf der ist, der gar nicht stattfindet. Je intensiver der Schüler, die Schülerin übte, desto größer war die Chance, eine Auseinandersetzung zu vermeiden. Den Kampf zu suchen bedeutete Unreife. Lena erinnerte sich gut daran, dass einige Schülerinnen und Schüler Probleme mit der Vorstellung hatten, nach jahrelangem Aikidotraining eines Tages in eine kritische Situation zu geraten und ihre einzige Aufgabe unter Umständen darin zu sehen, dieser aus dem Weg zu gehen, die Straßenseite zu wechseln, sich auf nichts einzulassen, eventuell sogar davonzulaufen. Warum dann die ganzen Techniken erlernen? Simon hatte auf diese Frage stets gelächelt und dann bemerkt: »Ihr lernt bei mir Achtsamkeit. Das ist alles.«

Lena stand auf und streckte ihre rechte Hand nach vorn. Sie ließ sie von einem imaginären Partner ergreifen und drehte sie nach außen. Mit ihrer anderen Hand umschloss sie sein Handgelenk und hob den Arm des Partners seitlich vor ihren Körper, so dass beide Arme einen Bogen bildeten, unter dem sie durchgehen konnte. Nun zwang sie den Partner mit einer Drehung aus der Hüfte, die ihre Kraft aus dem hinteren Standbein gewann, und mittels des festen Griffs um die Hand zu Boden. *Shiho nage*. Der Name der Bewegung ging auf die Bezeichnung *Shiho giri* zurück – Schneiden in vier Richtungen, eine alte Zeremonie, wobei der Kaiser Japans den vier Himmelsrichtungen huldigte, um sich der Gunst der Erde und des Himmels für sein Reich zu versichern.

Lena hatte lebhafter vor Augen als ihr lieb war, wie Maika sie eines Tages aus dieser Technik zum ersten Mal nicht zu Boden geführt, sondern geworfen hatte. Es war ihr gar nichts anderes übrig geblieben, als zu springen und sich um ihr eigenes Handgelenk als Achse zu drehen. Die Zeit schien stillzustehen, als sie sich über Maikas Schulter hinweg angesehen hatten, kurz bevor ihre Füße den Boden verließen. Nach einer endlos scheinenden Drehung durch die Luft war sie krachend auf die Matte geschlagen – ihre Füße und eine

Hand hatten die Wucht abgefangen, und Maikas Griff war sicher und stark gewesen. Sie hatte sich ganz auf sie verlassen und Maika auf sie. Eine vollendete Partnerübung.

In der Nacht waren sie ein Liebespaar geworden.

Lena übte die Technik mehrere Male. Sie spürte die Brüche und Lücken, die Leere der einsamen Bewegung besonders schmerzhaft. Die Energie, die in der Berührung mit dem anderen entstand, war das eigentliche Ziel.

Nach knapp einer halben Stunde brach sie ab. Ihr Gesicht war genauso verkrampft wie ihre Hände. Eigentlich hatte sie alles verloren, warum also überhaupt weitermachen? Weil ihr Herz zum ersten Mal wieder in einer Weise berührt worden war, wie sie es nie wieder hatte erwarten dürfen. Und das machte ihr Angst.

8

Irgendetwas an dem Namen hatte sie stutzen lassen und ging ihr nicht aus dem Kopf. Sie war überzeugt, ihn nicht zum ersten Mal gehört zu haben. Lena Bokken. Mit Doppel-k statt mit ck, wie man beim Klang annehmen könnte.

Maren hatte in ihrem bisherigen Leben bislang nichts mit Anwälten und Gerichten zu tun gehabt, glücklicherweise, und beim Zeitunglesen überflog sie die Berichte über Verbrechen und Gerichtsverhandlungen nur. Deswegen musste es einen anderen Zusammenhang geben, in dem der Name gefallen war.

Maren warf einen letzten Blick über die Balkonbrüstung auf die Parkanlage, die zwei Stockwerke unter ihr lag und von zahlreichen Beeten mit Frühlingsblumen durchzogen war, und ging in ihr Arbeitszimmer. Sie setzte sich an den zierlichen Schreibtisch aus Kirschbaumholz und fuhr den Computer hoch. Im Internet gab es jede Menge Einträge zu dem Namen – meist Zeitungsartikel zu Prozessen.

Offensichtlich war Lena Bokken eine bekannte Anwältin. Als Frau mit einem erstaunlich guten Riecher wurde sie unter anderem bezeichnet. Wer es sich leisten konnte, ihre Verteidigung in Anspruch zu nehmen – ob schuldig oder unschuldig –, durfte sich darauf verlassen, dass kein noch so unbedeutend scheinender Aspekt seines Falles übersehen wurde, las Maren in einem Bericht. Dabei ginge es der Anwältin darum, das tatsächliche Geschehen so weit wie irgend möglich aufzudecken. Ein unschuldiger Mandant konnte davon ausgehen, dass Lena Bokken jede erdenkliche Möglichkeit nutzte, um ihn zu entlasten. Wer schuldig im Sinne der Anklage war, hatte ihrer Ansicht nach immer noch das Recht auf einen fairen Prozess und ein angemessenes, vielleicht mildes Urteil. Auch dafür kämpfte Bokken. Aber sie war keine Anwältin, die sich auf die Suche nach Schlupflöchern oder juristischen Spitzfindigkeiten machte, um einem Mandanten um jeden Preis aus der Patsche zu helfen, obwohl sie genau wusste, dass er schuldig war.

Lena Bokken war ohne Zweifel eine interessante Persönlichkeit, aber wie eine erfolgsverwöhnte, im Rampenlicht strahlende Verteidigerin, um die man sich riss, hatte sie auf Maren nicht gewirkt – eher ernst, grübelnd, introvertiert, vielleicht sogar unsicher, zumindest bei ihrer ersten Begegnung. Nicht unbedingt der Typ selbstsichere Gewinnerin. Einigen Andeutungen glaubte Maren entnehmen zu können, dass Lenas Leben vor einiger Zeit eine entscheidende Wendung genommen hatte. Sie überprüfte die Daten der Artikel und stellte fest, dass die Berichte allesamt einige Jahre alt waren. Der letzte Fall lag über drei Jahre zurück. Seinerzeit hatte Lena einen jungen Mann, der wegen versuchten Mordes an seinem Geschäftspartner angeklagt gewesen war, mit Bravour herausgeboxt. Der Anwältin war es gelungen, die Aussagen der Zeugen der Staatsanwaltschaft und des mutmaßlichen Opfers so zu zerpflücken, dass eine Tötungsabsicht nicht mehr nachzuvollziehen war, sondern im Gegenzug das Bild eines missgünstigen Anklägers entstand, der dem einstigen Freund seine Erfolge neidete und einen Unfall als Mordversuch darstellte. Auch an diese Geschichte konnte Maren sich nicht erinnern, aber etwas anderes stach ihr plötzlich ins Auge: ein Dossier über die Karriere der Anwältin. »Als Ausgleich betreibt die junge Verteidigerin seit vielen Jahren Aikido ...«, las Maren.

Ja, dachte sie, Lena Bokken hatte so etwas erwähnt. Kampfkunst. Was für ein Zufall – der Sohn einer früheren guten Freundin hatte vor ewigen Zeiten mal Aikidounterricht genommen. Steffen war immer völlig begeistert vom Training zurückgekehrt. Maren hatte einige Male zugesehen und war tief beeindruckt gewesen. Der Meister hieß Simon Herzberg, und obwohl die Begegnung mit ihm lange zurücklag, konnte sie sich noch genau an ihn und seine Ausstrahlung erinnern. An seine eisblauen Augen. Seine Strenge. Das markante Gesicht und den durchtrainierten Körper, der sich mit einer Anmut und Leichtigkeit bewegte, die Maren weder vorher noch nachher an jemand anderem beobachtet hatte.

Nun wurde Maren auch klar, warum sie bei Lenas Nachnamen stutzig geworden war. Bokken ist die japanische Bezeichnung für ein Holzschwert, das auch beim Aikido eingesetzt wird und das der Meister in einigen Übungen verwendet hatte, erinnerte sie sich. Mit einer Eleganz, die sie tief beeindruckt hatte. Und sie hatte auch nicht vergessen, dass Steffen seinen Lehrer förmlich verehrt hatte, obwohl oder gerade weil er hohe ethische Anforderungen an seine Schülerinnen und Schüler stellte. *Kämpfen lernen, um Kämpfe zu verhindern* war einer seiner wichtigsten Lehrsätze gewesen. *Angriffsenergie umleiten, um den Angreifer und sich selbst zu schützen.* Ob Lena denselben Lehrer gehabt hatte?

Schon eigenartig, was das Gehirn so abspeichert, dachte Maren und drehte den Schreibtischstuhl herum, so dass sie aus dem Fenster sehen konnte. Das war damals eine schwierige Zeit gewesen. Ihre langjährige Beziehung mit Helga war zerbrochen, und obwohl sie sich nach einer zermürbenden Streit- und Trennungsphase kaum etwas sehnlicher als einen klaren Schnitt gewünscht hatte, war sie nach dem Ende nicht etwa aufgeblüht, sondern im Gegenteil zusammengebrochen. Das einst gemeinsam aufgebaute Schmuckgeschäft wollte Helga allein weiterführen; sie hatte Maren ausbezahlt, so dass diese in der Lage gewesen wäre, endlich all die geschäftlichen Ideen zu verwirklichen, mit denen sie sich schon seit langem beschäftigte. Aber es hatte überraschend lange gedauert, bis ihr alter Schwung zurückgekehrt war. Über ein Jahr. Ein einsames, dunkles Jahr.

Schnee von gestern, dachte Maren und versuchte zu lächeln. Sie konnte zufrieden sein. Sie war zufrieden. Der kleine Kunsthandwerk- und Schmuckladen, den sie sich aufgebaut hatte, lief seit geraumer Zeit richtig gut. Was immer mal wieder weh tat, auch nach all den Jahren, war die Tatsache, dass einige wichtige Freundinnen ihr den Rücken gekehrt und sich auf Helgas Seite geschlagen hatten. Ohne großartige Erklärungen. Maren wusste bis heute nicht warum.

Auf der ersten Reise, die sie allein unternommen hatte, um abzuschalten und neue Eindrücke zu sammeln, lernte sie die resolute, aber herzensgute Hildrun und deren Nichte Karin kennen, die schon damals den Eindruck erweckt hatte, ständig vom Pech verfolgt zu sein. Maren und Hildrun waren enge Freundinnen geworden, und Karin hatte zumindest ein wenig dazugehört – wie ein Familienmitglied. Mehr hatte sie nicht gewollt. Irgendwie hatte sie immer am Rand gestanden. Sie hatten gemeinsam Weihnachten und Geburtstag gefeiert, waren ins Kino gegangen und hatten getratscht, dass die Wände wackelten. Aufgeregt gackernd wie die Golden Girls. Sogar noch in den letzten Monaten, als Hildrun zunehmend verwirrter wurde und Maren das unheimliche Gefühl beschlichen hatte, dass die Freundin sich Stück für Stück verabschiedete.

Nun war Hildrun tot, und Karin saß im Gefängnis – eine Zentnerlast von Beweisen sprach dafür, dass sie ihre Tante umgebracht hatte. Die einzige Hoffnung war eine Anwältin, die gerade den ersten zaghaften Versuch unternahm, Karins Unschuld überhaupt in Betracht zu ziehen.

Maren lehnte den Kopf an die Fensterscheibe und schloss die Augen.

9

Er hatte es wieder getan. Ronja drehte sich vorsichtig im Bett um, damit es nicht knarzte. Ihr ganzer Körper brannte. Ihr Herz war stumpf. Solange es so weh tat, konnte sie an nichts anderes denken als an das, was passiert war. Vielleicht war das sogar schlimmer als die Prügel – immer und immer wieder zu erleben, wie er groß und mächtig über ihr stand und auf sie einschlug, ohne dass sie die kleinste Chance hatte, ihm zu entkommen. Auch der Erinnerung konnte sie nicht davonlaufen. Nur hoffen, dass sie schwächer wurde. Aber bevor sie ganz verblasste, würde er einen neuen Grund finden, sie zu bestrafen.

Wahrscheinlich fühlte er sich noch stärker, seit Hildrun tot war und überhaupt nichts mehr für sie tun konnte. Der Anlass war klein gewesen, unbedeutend. Vermutlich war er froh gewesen, etwas gefunden zu haben, wofür er sie bestrafen konnte. Endlich einmal wieder. Er hatte so siegesgewiss gelächelt.

Ein Teller war ihr zerbrochen. Ronja hatte versucht, ihn so zu kleben, dass man die Bruchstelle kaum sah, was ihr ganz gut gelungen war. Dann hatte sie ihn in den Schrank gestellt. Später am Abend, als ihre Mutter in der Waschküche war, hatte ihr Vater mit dem Teller in der Hand vor ihr gestanden. Er hatte zugeschlagen, bevor sie die Hände schützend vors Gesicht heben konnte. Einmal, zweimal, fünfmal. Das war nur der Anfang gewesen. Dann hatte er den Gürtel aus der Hose gezogen und ihr einen Striemen nach dem anderen verpasst. Ronja hatte sich eingerollt wie eine Schlange und das Gesicht zwischen den Armen geborgen. Mama braucht lange, um die Waschmaschine anzustellen, hatte sie gedacht. Und einen Schlag später: Sie kam auch nicht gegen ihn an.

Dabei war es nicht mal sein Teller gewesen. Er hatte Oma gehört. Aber das hätte ohnehin keine Rolle gespielt. Morgen gehe ich durch den Geheimgang in Hildruns Wohnung, dachte sie nun, und wenn ihr Geist noch dort ist, bitte ich ihn, mir zu helfen. Falls es auch nur eine klitzekleine Möglichkeit gibt, wird er für mich da sein. Davon war Ronja felsenfest überzeugt. Geister waren auch nicht krank oder verwirrt im Kopf, davon hatte sie jedenfalls noch nie gehört. Hildrun hätte dann also keinen Gips mehr und wäre munter und schlau wie immer. Und so laut und scharf, dass ihr Vater zusammenzuckte. Ronja drehte sich erneut um. Die Vorstellung, dass er von Hildruns Geist beschimpft und verprügelt wurde, tat gut. Sie lächelte sogar – bis sie spürte, dass ihr Gesicht schmerzte, wenn sie es verzog.

Eigentlich ist Gott ungerecht, fuhr es ihr einen Augenblick später durch den Kopf. Warum hat er Hildrun nicht verschont und stattdessen ihren Vater zu sich geholt? Ganz einfach: den wollte er nicht bei sich haben. Niemand wollte das. Außer ihrer Mutter. Das würde sie nie verstehen.

10

Zum ersten Mal nach langer Zeit hatte sie wieder von Maika geträumt. Von ihrer Zärtlichkeit, ihrer Behutsamkeit. Sie saß im Dojo am Mattenrand und schaute zu, wie Maika ihren Hakama faltete. Konzentriert auf jeden einzelnen Handgriff und mit fast liebevollem Gesichtsausdruck. Nichts anderes war in diesem Moment wichtig. Die sehnigen Hände strichen über den Stoff. Sonnenlicht fiel schräg ins Dojo. Es war still. Der Atem fand ruhig seinen Weg, durch nichts behindert, durch nichts beschleunigt. Langsamer Herzschlag. Dann sah Maika hoch, und ihr Blick tauchte in Lenas ein. Plötzlich flog die Tür auf, und Mick trat in den Raum. Breit lächelnd. Lena konnte sich nicht rühren. Sie schwitzte, während sie versuchte aufzustehen. Vergeblich. Sie klebte am Boden fest. Keine Klarheit, dachte sie. Simon hat recht. Mir fehlt die Klarheit. Die Wahrhaftigkeit. Dabei ist sie entscheidend. Neben dem Ehrenkodex, den ich gebrochen habe. Nun muss ich ewig neben der Matte sitzen und zuschauen, ohne etwas tun zu können.

Lena wachte mit zu Fäusten geballten Händen auf. Pepe beäugte sie mit skeptischem Blick. Samstagmorgen. Sie blickte auf die Uhr. Noch nicht einmal sechs. Die Vögel zwitscherten. Durchs Dachfenster erspähte sie einen blassblauen Himmel. Sie könnte in den Garten gehen und umgraben. Büsche beschneiden, Unkraut jäten, draußen ihren Kaffee trinken. Lena warf die Bettdecke beiseite und stand auf, bevor sich ihr spontaner Entschluss verflüchtigen konnte.

Mit dem ersten Kaffee und einer Schüssel Haferflocken im Magen machte sie sich an die Arbeit. Gedanken tauchten ungebeten auf, während sie versuchte, bei dem zu bleiben, was sie gerade tat: harken, graben, gießen, schneiden. Das hatte sie damals von Simon gelernt. Es war ein Segen gewesen, plötzlich eine Möglichkeit gefunden zu haben, tausenderlei Gedanken, Ideen, Vorstellungen, die sie bestürmten und verworrene Gefühle auslösten, wie flüchtige Wolkenformationen vorbeiziehen zu lassen, egal, wo sie herkamen, und im Augenblick gegenwärtig zu bleiben. Sie nicht ausschalten oder verdrängen wollen – als umso hartnäckiger erwiesen sie sich –, das war die entscheidende, oftmals schwierige, manchmal nicht zu lösende Aufgabe, der sie sich stets aufs Neue widmen musste.

Lena spürte die feuchte Erde zwischen den Fingern und den Wind im Haar, während Karin Webers blasses Gesicht vor ihrem inneren Auge auftauchte, die die bange Frage auf den Lippen hatte, ob Lena tatsächlich die richtige Anwältin für sie war – Karin Weber, die weder Sonne noch Wind spüren konnte, und die Lena in diesem Augenblick, ohne eine Antwort zu geben, mit einem tiefen Atemzug vorbeiziehen ließ, genau wie Reiner Lindhof und Kommissar Bernd Langner, ihre Großmutter und Maika. Eine lange Prozession. Lena konzentrierte sich auf die Feuchtigkeit der Erde, die Zartheit der Pflanze, die sie in die Mulde setzte und behutsam mit den Daumen festdrückte, bevor sie sie goss, um dann nach der Rosenschere zu greifen. Für den Moment war sie ganz und gar eins mit ihrem Tun. Wie beim Zazen im Dojo: konzentrierte Stille. Oder auch nervöse Unruhe, wenn auf einmal nichts sinnloser schien, als das unbequeme Herumsitzen auf einem Kissen in einem Kreuzberger Hinterhof-Dojo und dieser Gedanke, kaum dass er Gestalt angenommen hatte, Erschrecken und Scham auslöste. Oder auch Belustigung, wenn man bereits einige Erfahrungen gesammelt hatte. Die schmerzenden Knie. Warum kann ich nicht einfach bequem auf einem Sessel Platz nehmen? Oder mich hinlegen? Und schon wieder schweift der Geist ab und kommentiert, wertet, übernimmt die Kontrolle. Atmen. Auch bei den Übungen. Eigentlich immer. Schweiß tropft auf die Matte. Langeweile. Freude. Aufbegehren. Stille. Dann das angestrengte Ächzen bei den Übungen und das Rascheln der Hakamas. Schneller Atem. Nichts als Bewegung, die in sich bereits die nächste Bewegung trägt – wie eine endlose Spirale. *Ikkyo ura.*

Lena legte die Rosenschere beiseite und beschloss, eine Pause einzulegen. Es war bereits später Vormittag. Sie hatte Hunger und Durst. Und sie hatte Mühe, sich von den Bildern und Sehnsüchten zu lösen und den Gefühlen, die sie auslösten. Das hatte sie nun davon. Lena bereitete sich ein Schinkenomelett mit Zwiebeln zu, gab Pepe großzügig davon ab und ließ es sich in der Sonne schmecken. Sie waren gerade beim Nachtisch angelangt – Sahnepudding mit Früchten –, als Pepe den Kopf nach hinten drehte und die Ohren wie Antennen ausrichtete. Einen Moment später hörte Lena Autoreifen knirschen. Sie stellte ihr Schälchen ab und erhob sich. Sie war nicht sonderlich erstaunt, als sie um die Hausecke bog und Maren Sommer aus ihrem Wagen stieg. Ihr Herz machte einen Hüpfer.

»Ich weiß, ich hätte erst anrufen sollen«, sagte Maren mit einem feinen Lächeln und streckte Lena die Hand entgegen. »Aber es schien mir sicherer, einfach zu kommen.«

»Sicherer?«

Maren Sommer nickte. »Sie hätten mich abwimmeln können.«

»Das könnte ich jetzt auch noch«, erwiderte Lena. Sie lächelte und lauschte einen Moment dem gleichmäßig kräftigen Schlag ihres Herzens. »Setzen wir uns in den Garten?

Vom Mittagessen ist leider nichts mehr übrig, aber ich kann Ihnen Nachtisch anbieten, während ich Kaffee koche.«

»Das hört sich wunderbar an.«

Zehn Minuten später saßen sie vor dampfenden Tassen. Maren hatte den Pudding gegessen und wirkte eine Spur verlegen, als sie das Schälchen auskratzte. Wäre sie Raucherin, hätte sie sich längst eine Zigarette angezündet, dachte Lena.

»Machen Sie sich Sorgen um Karin?«, fragte sie, um ihrer unangemeldeten Besucherin den Gesprächseinstieg zu erleichtern.

»Auch – ja. Außerdem vermisse ich meine Freundin. Und …« Sie stellte das Puddingschälchen beiseite und griff nach ihrer Kaffeetasse. »Ich habe einige Fragen, die mir unter den Nägeln brennen, aber ich weiß nicht, ob ich sie stellen darf oder ob es besser wäre, den Mund zu halten.«

»Aber Sie sind nicht extra hier rausgefahren, um den Mund zu halten, oder?«

»Ja, das stimmt.« Maren lachte kurz auf und warf ihr einen amüsierten Blick zu. »Trotzdem, wir kennen uns noch nicht lange, und es könnte sein, dass ich … hm, sagen wir, eine Grenze überschreite.«

»Das würde ich Ihnen schon sagen.«

»Fände ich sehr unangenehm.«

Lena zuckte mit den Achseln. »Das Risiko kann ich Ihnen nicht ersparen. Also – worum geht es?« Ihre Hände kribbelten plötzlich.

»Sie erinnern mich an einen Mann, dem ich vor vielen Jahren mal begegnet bin und der …«

Lena lachte auf. »Das fasse ich aber nicht unbedingt als Kompliment auf.«

Maren fiel kurz in das Lachen ein. »Vielleicht doch«, behauptete sie dann. »Sagt Ihnen der Name Simon Herzberg etwas? Er dürfte ein paar Jahre älter sein als ich und war zumindest vor schätzungsweise fünfzehn, zwanzig Jahren Aikidolehrer.«

Es war wie ein Schlag in den Magen. Sie räusperte sich. »Simon. Ja, der Name sagt mir sogar sehr viel. Er war mein Lehrer. Und einiges mehr.«

Maren wartete.

»Ich habe ihn verehrt und in gewisser Weise – ja, geliebt«, fuhr Lena nach einer Pause fort und war selbst erstaunt, mit welch ruhiger Selbstverständlichkeit sie die Worte aussprach. Dabei hätte sie nicht sagen können, ob es daran lag, dass ihr Maren Sommer so seltsam vertraut war oder ob sie einfach beschlossen hatte, das ständig präsente Thema nicht länger zu verdrängen. Offensichtlich gehörte es hierher.

»Und beides tun Sie heute nicht mehr?«

Lena schlug ein Bein über das andere. »Gegenfrage: Wie sind Sie darauf gekommen, dass ich Simon kenne?«

»Da kamen mehrere Dinge zusammen«, erklärte Maren. »Sie haben neulich erwähnt, dass Sie Kampfkunst betrieben haben – und den Hinweis auf Aikido habe ich einem älteren Zeitungsartikel entnommen, auf den ich im Internet gestoßen bin. Der Sohn einer Freundin hatte vor vielen Jahren Unterricht bei Simon Herzberg, und er tat nichts lieber, als von seinen Stunden im Dojo zu erzählen – so begeistert, dass ich selbst einige Male dort war, um zuzusehen. Ich konnte gut verstehen, dass der Junge so engagiert bei der Sache war. Simon hat mich sehr beeindruckt – Sie sehen, selbst nach so vielen Jahren und obwohl ich wenig bis gar nichts davon verstehe, kann ich mich noch recht gut an sein Dojo erinnern und daran, dass er sehr anspruchsvoll war und seinen Schülern in jeder Hinsicht viel abverlangte.«

Und ob, dachte Lena.

»Ich bin also zumindest als Zuschauerin schon mal mit Aikido in Berührung gekommen«, fuhr sie fort. »Und kann jetzt sogar Ihren Nachnamen, der mich von Anfang an stutzen ließ, zuordnen.«

»Bokken – ein japanisches Holzschwert. Ja, so ein Zufall. Das hat Simon damals sehr amüsiert«, ergänzte Lena plötzlich lebhaft. »Ich habe Johanna, meine Großmutter, gefragt, woher unser Familienname stammt. Sie meinte, dass die ungewöhnliche Schreibweise ganz banal auf das Versehen eines Urkundenschreibers vor hundert oder zweihundert Jahren zurückgeführt werden kann. Demnach heißen wir eigentlich Bocken – mit ck geschrieben.«

»Hübsche Geschichte.«

Lena lächelte. »Ja, finde ich auch.«

»Wie haben Sie ihn kennengelernt – wenn Sie die Nachfrage erlauben?«, fuhr Maren fort. »Haben Sie sich schon vorher für Kampfkunst interessiert?«

Lena schüttelte den Kopf. »Ich brauchte einen Lehrer.« Einen, der mir half, nicht länger vor mir zu flüchten, fügte sie stumm hinzu. »Meine Großmutter riet mir, das Dojo von Simon aufzusuchen. Woher Johanna es kannte, weiß ich bis heute nicht, und ich glaube, es ist auch nicht wichtig. Mir war klar, dass ich ihren Rat befolgen sollte, denn ich brauchte ... ja, ich brauchte dringend Hilfe.« Soll ich das wirklich erzählen, dachte sie. Gehört das hierher?

Maren sah sie gespannt an.

Ja, dachte Lena, all das gehört hierher.

»Ich war zwanzig Jahre alt und wusste nicht mehr ein noch aus«, fuhr sie leise fort. »Nach dem Abitur war ich ein Jahr lang durch die Weltgeschichte gereist – in der Hoffnung, Klarheit zu gewinnen, über mich und mein Leben und das, was sich in meinem Kopf abspielte und in meinem Herzen. Aber meine Hoffnung erfüllte sich nicht. Als ich heimkam, war nichts anders – alles war eher noch schlimmer, noch verworrener, beängstigender … Ich hatte nach wie vor das Gefühl, verrückt zu werden, weil ich … nun, sagen wir, Menschen und Situationen um einiges besser einzuschätzen wusste als andere.«

Maren Sommer sah sie neugierig an. »Was genau heißt das?«

»Ich konnte schon als Kind sagen, ob jemand log. Ich wusste viele Dinge – einfach so. Das brachte mich oft in Schwierigkeiten und machte mich bald zur Außenseiterin – unfreiwillig«, erklärte Lena betont sachlich. »Die Einzige, die mich verstand, war Johanna, die über eine ähnlich ausgeprägte Intuition verfügt, aber mir wäre es am liebsten gewesen, nie damit in Berührung gekommen zu sein. Aber natürlich war es keine Lösung, sich dagegen zu sträuben oder wegzulaufen, ganz im Gegenteil.«

»Und Simon konnte Ihnen helfen?«

»Ja.«

»Erzählen Sie – bitte.«

»Es ist eine lange Geschichte«, gab Lena zu bedenken.

»Ich habe Zeit.«

Sie blickten sich einen Moment an. Dann nickte Lena.

»Das Dojo war in Kreuzberg«, begann sie. »Und da befindet es sich wohl immer noch. In einem typischen Berliner Altbau, genauer gesagt in der zweiten Etage einer ehemaligen Textilfabrik, wie Sie ja vielleicht noch wissen. Ich hatte keine Ahnung, was mich erwartete. Johanna hatte gesagt, dass ich mich bei Simon vorstellen und Schülerin von ihm werden sollte. Eigentlich war es mehr ein Befehl als ein Rat gewesen. Johanna war nämlich ziemlich erbost, dass ich mich so gehen ließ, wie sie es ausdrückte. Nun, ich hatte ohnehin keinen anderen Plan. Nach dem Auszug bei meinen Eltern hatte ich mich völlig zurückgezogen. Ich verließ meine Wohnung nur, um hin und wieder zu jobben. Ich trank und rauchte, hatte Affären – mit Männern und Frauen – und nutzte jede Gelegenheit, mich zu betäuben, mich abzuschirmen. Das half, kurze oder auch längere Momente, aber es war klar, dass ich so nicht weitermachen konnte.«

Die Tür war nur angelehnt. Lena schob den Kopf durch den offenen Spalt und blickte in den nur mäßig beleuchteten Raum. Er roch nach Holz und Schweiß. Einen Moment lang konnte sie nur wenig erkennen. Dann entdeckte sie in der Mitte mehrere Gestalten. Sechs, sieben Paare in Judoanzügen bewegten sich auf Matten miteinander. Zwei trugen eine Art schwarzen Rock darüber – Hakamas, wie Lena später erfuhr. Es sah aus, als würden sie tänzerisch ihre Beweglichkeit und Geschicklichkeit nach einer vorgegebenen Choreographie austesten. Mal rollten sie vorwärts oder rückwärts über den Boden, dann wieder führte ein Partner den anderen nach mehreren Drehungen und offensichtlich festgelegten Schrittfolgen auf die Matte und hielt seinen Arm für einen Moment in einem Hebel fest. *Nikyo*, wie sie später lernen sollte. Lena war fasziniert. Es war still und voller Ruhe. Zeitlos. Sie hörte ein leises Lachen, dann klatschte jemand, und sie knieten sich in einer Reihe nebeneinander auf den Boden. Lena erblickte eine weitere Gestalt. Einen Mann, großgewachsen, mit sehr kurzen Haaren, der sich vor die Knienden stellte und offensichtlich etwas erklärte. Plötzlich stutzte er für einen winzigen Augenblick, und Lena wusste, dass er sie gesehen hatte. Das ist Simon, dachte sie, der Lehrer. Er hob die Hände und erklärte einen Griff, so vermutete Lena, denn sie verstand nur wenig von seinen Erläuterungen. Schließlich kniete sich der Mann vor die Reihe der anderen. Alle schlossen die Augen. Es folgte eine Verbeugung, dann stand der Lehrer auf, neigte den Kopf in Richtung eines Bildes, auf dem Lena von weitem mit Mühe einen weißbärtigen, lächelnden alten Mann ausmachen konnte, und die Schülerinnen und Schüler verbeugten sich ein weiteres Mal, bevor sie sich ebenfalls erhoben. Der Lehrer kam mit langsamen, weitgreifenden Schritten auf die Tür zu. Dann stand er vor ihr, und obwohl Lena vor seinen eisblauen Augen erschrak, verspürte sie plötzlich Ruhe und Sicherheit. Ihr aufgebrachtes Herz schlug gleichmäßig.

»Hallo«, sagte der Lehrer. »Ich bin Simon. Was kann ich für dich tun?«

»Ich möchte Schülerin werden«, entgegnete sie zu ihrem eigenen Erstaunen ohne Umschweife. »Ich weiß nicht, was genau ihr da macht, aber ich möchte es auch lernen.«

Er sah sie schweigend an, und sie versuchte, diesem Blick standzuhalten. Ja, ich möchte es lernen, wiederholte sie stumm. Mehr noch: Ich muss es lernen. Wer weiß, was sonst passiert.

»Du musst jeden Tag kommen«, sagte Simon endlich. »Wir sitzen und wir üben. Es ist anstrengend, gerade am Anfang.«

»Es sieht sehr leicht aus.«

Ein verschmitztes Lächeln huschte über sein schmales Gesicht. »Das ist ein großes Kompliment für einen Aikidoschüler. Leichtigkeit und Weichheit wollen wir erreichen.«

Lena wusste nicht genau, ob sie verstand, was Simon meinte, aber sie nickte zustimmend. »Wann kann ich anfangen?«

»Morgen früh. Besorg dir einen weißen Judo- oder Aikidoanzug und sei um sechs Uhr hier, zum morgendlichen Zazen.«

Lena schluckte. Sechs Uhr morgens? Das hieß, dass sie um fünf Uhr aufstehen musste, spätestens. Sie konnte sich gut vorstellen, erst um fünf Uhr morgens ins Bett zu gehen, aber aufstehen?

»Um sechs Uhr«, wiederholte sie und hoffte, dass er ihr diese Gedanken nicht an der Nasenspitze ablesen konnte. Sein eindringlicher Blick ließ sie vermuten, dass ihre stumme Bitte unerfüllt blieb.

»Sei pünktlich.«

So müde sie auch war, als der Wecker am nächsten Morgen klingelte, sie widerstand der Versuchung, einfach im Bett zu bleiben und stand sofort auf. Sie wusste, dass sie keine zweite Chance bekommen würde und traf pünktlich ein. Obwohl sie Simon überhaupt nicht kannte, hatte sie den ebenso verwunderlichen wie dringenden Wunsch, ihn nicht zu enttäuschen.

Ein halbes Jahr lang spielte sich von nun an ein immer gleiches Ritual ab. Lena fand sich um sechs Uhr früh mit vier, fünf, manchmal auch acht oder mehr anderen Schülerinnen und Schülern im Dojo ein, und sie saßen mit zu den Wänden gerichteten Gesichtern und verschränkten Beinen eine Stunde auf ihren Kissen. Es war die schwerste Übung. In den ersten Tagen und Wochen befürchtete Lena immer wieder, nicht durchhalten zu können. Die dröhnende Stille war ebenso quälend wie die tausend Gedanken, die brennenden Knie, der steife Rücken. Sie sehnte sich nach ihrem Bett, wollte schreien, sich strecken, fluchen, mit den Fäusten gegen die Wand hämmern. Sie hasste ihr Kissen und die erzwungene äußere Ruhe, die ihren inneren Sturm nur umso deutlicher machte. Wenn die Glocke endlich erklang, war sie dankbar, dass die Zeit vergangen war – jedes Mal wieder. Sie empfand weder Ruhe noch Harmonie noch Frieden, geschweige denn Glück oder ähnliches, und als Simon ihr sagte, dass auch das in Ordnung sei und sie nicht kämpfen und hadern, sondern einfach sitzen bleiben möge, egal, welche Gedanken auftauchten, war sie kurz davor, dem Dojo den Rücken zu kehren. Wo war denn der Sinn dieser Übung, wenn es noch nicht mal darum ging, diesen ganzen Blödsinn im Kopf loszuwerden? Wie konnte man zu sich selbst finden, wenn einem ständig die Gedanken dazwischenfunkten?

»Es geht nicht darum, etwas zu ändern oder zu verdrängen, sondern loszulassen, ohne zu bewerten«, sagte Simon, als Lena ihm nach einem Zazen verdrossen ihre Schwierigkeiten schilderte.

»Loslassen? Ich kann eine Tasse loslassen, aber Gedanken? Wie soll das denn funktionieren?«

»Indem du dich einfach nicht um sie kümmerst«, antwortete Simon. »Betrachte sie als vorbeiziehende Wolken und bleib einfach sitzen.«

»Das versuche ich die ganze Zeit. Aber es klappt nicht.«

»Dann ist es jetzt so.«

Lena sah ihn mit gerunzelter Stirn an. Meinte er das wirklich so?

Er nickte ihr freundlich zu und wies mit der Hand auf die anderen bereits knienden Schüler und Schülerinnen. Das Gespräch war beendet.

Was nach dem Sitzen folgte, ermunterte sie immer wieder, auf ein Neues zu beginnen. Nach der Gymnastik, vielen Dehn- und Atemübungen begann um halb acht das eigentliche Training, wie Lena es nannte. *Tai sabaki* – manchmal zwanzig Minuten lang. Das Holzschwert ziehen – fünfzehn Minuten. Einrollen, vorwärts, rückwärts. Partnerübungen. Erst langsam und ruhig, dann schneller und dynamischer. So schwer es Lena fiel, ruhig auf dem Kissen zu sitzen, so leicht gelang es ihr, sich die einzelnen Bewegungstechniken zu merken und mit Dynamik zu füllen. Sie konnte sehr früh ihre Hände einsetzen, ohne sie im Blick behalten zu müssen. Die fließenden Bewegungen und Drehungen, in die der Partner mit seiner eigenen Energie hineingezogen wurde, gingen ihr schnell in Fleisch und Blut über. Am liebsten mochte sie die Übungen, bei denen Angreifer und Verteidiger ohne vorher festgelegte Technik miteinander agierten, denn in der Regel wusste sie, was ihr Partner vorhatte. Um neun, halb zehn war der Unterricht meistens beendet. Lena fuhr nach Hause, duschte, aß, schlief. Sie träumte von *Irimi nage* und *Kote gaeshi* und von *Ikkyo;* sie hatte Muskelkater an den unmöglichsten Stellen ihres Körpers und war todmüde vor Erschöpfung. Aber ihr Schlaf war ruhig, ihr Appetit bestens, sie trank und rauchte nicht mehr und kam in Form. Sie stellte fest, dass die Konzentration auf die Techniken so intensiv sein musste, dass für nichts anderes Raum blieb – Verwirrung etwa oder Ängste, seltsame Gefühle oder gar Panik. Nachmittags ging sie zur Arbeit. Sie jobbte als Bürohilfe, und oft konnte sie die Begeisterung vom frühen Morgen bis in die öden Arbeitsstunden hinüberretten. Ihr Leben bekam eine Struktur, und Johanna wirkte sehr zufrieden.

Als es Winter wurde, nach ungefähr sechs Monaten, hatte sie ihr erstes langes Gespräch mit Simon. Sie setzten sich in den kleinen spartanischen Aufenthaltsraum, der vom Übungsraum abgetrennt war. Simon hatte Tee gekocht. Die alten Heizungsrohre bollerten.

»Du hast schnell gelernt«, sagte er. »Sehr schnell.«

»Es macht mir großen Spaß.«

»Das merke ich. Allerdings könnte Aikido für dich auch ohne Partner stattfinden, was eigentlich ein Widerspruch in sich ist.«

Lena blickte irritiert auf. »Ich verstehe nicht, was du meinst.«

»Du bist ganz und gar auf die Technik konzentriert und auf dich«, stellte Simon fest. »Dein Partner ist nur Mittel zum Zweck. Du beschäftigst dich nicht mit ihm. Du siehst ihn an, ohne ihn wahrzunehmen. Er könnte auch eine Holzpuppe sein, mit der du übst.«

Sie biss sich auf die Unterlippe und spürte, dass ihr Gesicht sich rötete. Das war alles andere als ein Kompliment. »Es geht nicht anders, weil ich ...«

Simon trank einen Schluck von seinem Tee und sah hoch. »Ja?«

»Es gibt so viel zu spüren vom anderen. Das lenkt mich ab, beschäftigt mich. Ganz versunken in die Bewegung, in die Technik kann ich das ausschalten.«

»Warum?«

»Es stört.«

»Was genau stört?«

»Die Gefühle des anderen zum Beispiel ... Das ist mir schon als Kind dauernd passiert. Ich will das nicht. Es macht mir Angst.«

Eine Weile schwiegen sie beide.

»Du wirst lernen, damit umzugehen«, sagte Simon schließlich und sah sie mit leisem Lächeln an. »Was dir entgegenströmt, kannst du aufnehmen und umwandeln: ganz im Sinne des Aikido. So, dass niemand verletzt wird. Wenn es möglich ist, den Schlag zum Hals oder zum Bauch aufzuhalten und umzulenken, ist es auch möglich, Gefühle und wirre Gedanken zwar zu erkennen, sich davon aber nicht verstören oder gar verletzen zu lassen. Es braucht Zeit, aber ich bin sicher, dass du es lernen wirst.«

Lena atmete tief durch. Ein Zittern durchfuhr sie. Das hörte sich an, als sei es machbar. Und als traue Simon es ihr zu.

Maren Sommer sah sie an. Die Sonne war ein ganzes Stück über die Veranda gewandert. »Was passierte dann?«

»Ich bin in die Gruppe der Fortgeschrittenen gekommen. Das hieß beinahe jeden Tag mindestens drei Stunden Training nach dem Zazen. Zusätzlich machte ich Atemübungen, die Simon mich gelehrt hatte und die mir halfen, mich zu zentrieren. Außerdem gab ich bei einer feierlichen Zeremonie das Versprechen ab, die erlernten Techniken niemals zu benutzen, um anderen zu schaden, meinen persönlichen Vorteil zu suchen, mich zu bereichern oder mein Können einzusetzen, um meinen Stolz zu befriedigen. Ich unterwarf mich dem Ehrenkodex.« Lena räusperte sich, bevor sie fortfuhr. Niemals hatte sie etwas Feierlicheres erlebt, und die Erinnerung daran war immer noch lebendig. »Und dann musste ich etwas für meine berufliche Zukunft tun, denn beim Jobben wollte ich es auf Dauer nicht belassen. Ich schrieb mich an der Uni für Jura ein, ohne groß darüber nachzudenken. Erst als ich meinen Studentenausweis in der Hand hielt, wurde mir klar, dass ich die richtige Entscheidung getroffen hatte. Jedenfalls glaubte ich das damals.« Lena runzelte kurz die Stirn. »Mein Leben bekam eine Form, ein Ziel, eine Klarheit, die ich nie für möglich gehalten hätte. Und ich gewann endlich Selbstsicherheit – Stück für Stück. Wenn ich mit Leuten zu tun hatte, deren kunterbunte Gefühle oder Absichten mir entgegenschwappten wie eine Bugwelle, so lernte ich, mich zu schützen und die Empfindungen gleichzeitig zu interpretieren, ohne mich angstvoll abzuwenden. Man könnte sagen, dass ich sie betrachtete und einordnete, ihnen aber nicht gestattete, in mein Innerstes vorzudringen. Ich ging sogar selbst auf Menschen zu, um herauszufinden, was in ihnen vorging. Ich öffnete mich, ließ mich auf Nähe ein. In jeder Hinsicht.« Lena lächelte. »Und ich war eine gute Studentin, eine sehr gute sogar. Das Studium fiel mir leicht. Mein Verstand arbeitete auf Hochtouren, und auch der Meister war zufrieden. Nach noch nicht einmal vier Jahren Aikido hatte ich meine erste Dan-Prüfung und durfte einen Hakama tragen. Das war ein ähnlich erhebendes Gefühl wie die Abschlussprüfung an der Uni.«

»Hört sich beeindruckend an«, bemerkte Maren Sommer. Wo ist der Haken, schien in Leuchtschrift auf ihrer Stirn zu stehen. Was ging warum schief? Wieso war Simon nicht mehr ihr Lehrer?

»Ich hatte eine beinahe unverschämt lange Glückssträhne«, fuhr Lena fort, nachdem sie sich ein Glas Wasser eingeschenkt und getrunken hatte. »Ein wunderbares Leben. Manchmal war ich verblüfft, wie wunderbar und mochte nicht daran denken, dass es sich ändern könnte. Dann wieder sagte ich mir, dass es ein Geschenk war und zugleich ein gerechter Ausgleich für die turbulenten Jahre der Suche und der Ängste – der Zeit, in der ich nicht gewusst hatte, wie es für mich weitergehen sollte. Wenn Sie im Internet recherchiert haben, werden Sie wissen, dass ich bis vor einigen Jahren eine sehr erfolgreiche Anwältin war, die so ziemlich alle Fälle, die sie übernommen hatte, zu einem guten Abschluss führen konnte.«

Maren Sommer nickte. »Die Frau mit dem besonderen Riecher. Das verstehe ich jetzt natürlich noch besser. Ihnen konnte so schnell keiner was vormachen, stimmt's?«

»Genau. Ich hatte meine Intuition, die mir treffsicher signalisierte, was los war beziehungsweise welche Fragen ich stellen musste, um mir alle Aspekte des Falls zu erschließen, und nachdem ich einmal gelernt hatte, souverän damit umzugehen, konnte ich mich darauf verlassen, grundsätzlich richtig zu liegen.«

Ihr wird nicht verborgen geblieben sein, dass ich in der Vergangenheit erzähle, dachte Lena. Natürlich nicht.

»Und plötzlich war Ihr Riecher weg?« Maren sah aus, als sei ihr bei dieser Frage nicht ganz wohl.

»Nein, nicht plötzlich.«

Lena drehte den Kopf zur Verandatür, und im selben Augenblick klingelte das Telefon. Einen Moment war sie erleichtert über die Unterbrechung. Nach dem Gespräch war sie das nicht mehr. Es war die Justizvollzugsanstalt gewesen. Karin Weber lag im Krankenhaus. Sie hatte versucht, sich das Leben zu nehmen.

11

Lena und Maren durften am nächsten Tag zu ihr. Karin Weber war so weiß wie die Bettwäsche, in der sie lag. Ihre Arme waren verbunden. Nach Auskunft der Justizvollzugsanstalt hatte sie sich die Pulsadern aufgeschnitten.

»Und womit, bitteschön?«, hatte Lena empört nachgefragt.

»Das wissen wir noch nicht.«

Sie hatte eine heftige Erwiderung auf den Lippen gehabt, sie sich dann aber verkniffen. Wer einen Selbsttötungsversuch unternehmen wollte, fand immer eine Möglichkeit. Maren griff sich einen Stuhl und setzte sich ans Bett. Sie nahm Karin Webers Hand. Lena blieb am Fußende stehen.

»Die Stationsschwester hat gesagt, dass du uns beide sehen wolltest«, sagte Maren leise.

Karin Weber öffnete die Augen, die von tiefschwarzen Rändern umgeben waren, und blickte erst sie, dann Lena an. »Nicht mal das kriege ich richtig hin.«

»Wie kannst du nur so was sagen!«, fuhr Maren sie an. »Erst Hildrun und nun …«

Karin Weber beachtete sie gar nicht, sondern fasste Lena ins Auge. »Wenn ich es geschafft hätte, würde die Kripo behaupten, es wäre ein Schuldeingeständnis. Da ich es nicht geschafft habe, wollte ich wahrscheinlich nicht wirklich sterben, sondern nur Theater spielen und bleibe die Hauptverdächtige. Stimmt's, Frau Anwältin?«

Lena fühlte sich elend. So unrecht hatte Karin Weber mit ihrer Mutmaßung nicht. Es war immer möglich, die Dinge so zu drehen und zu wenden, wie es für die eigenen Interessen passte.

»Warum haben Sie es getan?«, fragte sie.

»Ganz einfach – ich kann nicht mehr, und ich will nicht mehr. Es lohnt sich einfach nicht weiterzumachen. Es kotzt mich an. Alles.« Ihr Gesicht spiegelte die Worte wider.

»Warum wollten Sie, dass ich ins Krankenhaus komme?«

Karin Weber verzog den Mund. »Jetzt erwarten Sie wohl, dass ich ein Geständnis ablege, was?«

Lena antwortete nicht.

»Nun, das will ich nicht«, erklärte sie. »Ich kann mir nicht vorstellen, was passiert ist, aber ob Sie es nun glauben oder nicht: Ich bin keine Mörderin. Höchstens eine Selbstmörderin, noch dazu keine besonders begabte, wie sich ja nun herausgestellt hat. Das wollte ich Ihnen sagen.«

Maren Sommer blickte zu Lena hoch. Sie hofft inständig, dass ich ihr glaube, dachte Lena. Und wenn ich Karin Weber für eine Lügnerin halte, will sie nichts davon wissen. Wir haben jede unsere eigene Wahrheit und wollen nichts anderes hören.

»Ich bin müde«, sagte Karin Weber in die Stille hinein. »Glaubt mir oder glaubt mir nicht. Es ist mir egal.«

Auf dem Weg zum Fahrstuhl fasste Maren nach Lenas Arm.

»Was denken Sie?«, fragte sie, und Lena konnte ihrer Stimme anhören, wie aufgewühlt sie war.

Lena drückte den Rufknopf für den Fahrstuhl. »Ich bin nicht sicher …«

»Warum nicht?« Maren ließ ihren Arm nicht los. »Was ist so schwer daran, ihr ein wenig Vertrauen entgegenzubringen? Ihr eine Chance einzuräumen?«

Die Fahrstuhltür öffnete sich. Lena befreite sich sanft aus dem Griff, und sie betraten die Kabine.

»Vertrauen? Es geht nicht um Vertrauen«, sagte Lena. »Ich muss wissen, was passiert ist, um das Gericht überzeugen zu können. Und was ich an Umständen und Indizien vorfinde, ist bestenfalls hier und da nicht ganz schlüssig. Das lässt mich stutzen, in der Tat, und Sie ebenfalls, natürlich, aber das allein genügt bei weitem nicht, um darauf eine handfeste Unschuldsvermutung aufzubauen.«

Der Fahrstuhl summte leise, während er sich ruckend in Bewegung setzte.

Maren verschränkte die Arme vor der Brust. »Solange Sie davon ausgehen, dass Karin die Täterin ist, hat sie ohnehin keine Chance.«

»Ich gehe gar nicht davon aus, dass sie die Täterin ist«, widersprach Lena. »Ich habe sogar schon einiges recherchiert, was dagegen sprechen könnte, doch ich bin einfach nicht sicher, in welche Richtung ich …«

Maren hob das Kinn. Ihre Augen blitzten. »Was ist mit Ihrer berühmten Intuition? Ihrem Riecher? Warum funktioniert er nicht mehr? Verdammt noch mal, warum gerade jetzt nicht, wo es so nötig wäre?«

Lena verließ als Erste den Fahrstuhl. Sie hatte weiche Knie und ging eilig zum Ausgang. Maren blieb dicht hinter ihr.

Plötzlich verlangsamte Lena ihre Schritte und drehte sich um. Maren wäre beinahe in sie hineingerannt. Sie starrten sich an.

»Haben Sie schon mal darüber nachgedacht, dass Sie falschliegen könnten?«, fragte Lena mit bebender Stimme. »Haben Sie in Ihrer ganzen selbstherrlichen Emotionalität auch nur ein einziges Mal für einen winzigen Moment in Erwägung gezogen, dass Sie sich nicht hundertprozentig sicher sein können? Niemand kennt einen anderen Menschen hundertprozentig. Und Sie sind befangen, Maren. Karin steht Ihnen nahe.«

»Du bist auch befangen, vielleicht sogar mehr als ich«, entgegnete Maren heftig. »Vor einigen Jahren ist irgendeine riesengroße Scheiße passiert, von der du dich hast völlig blockieren lassen, und Karin darf es jetzt ausbaden. Wie lange willst du noch so weitermachen?«

Lena ballte die Hände zu Fäusten. »Sind wir jetzt beim Du? Na schön, soll mir recht sein. Dennoch: Es steht dir nicht zu, auf diese Weise Druck auszuüben, und du hast keinen blassen Schimmer, wovon du da sprichst ...«

»Dann klär mich doch auf!«

»Und wozu sollte das gut sein?«

»Das würde sich zeigen. Manchmal bändigt man die Geister, die einen bedrängen, indem man sie beim Namen nennt.«

Lena ließ die Hände sinken. »Warum die Mühe? Karin sollte sich von jemand anderem vertreten lassen ...«

»Kommt nicht in Frage.«

»Das entscheidest nicht du.«

Maren sah sie scharf an. »Da muss ich dir recht geben, denn vorrangig geht es darum, dass *du* eine Entscheidung triffst – also tu es endlich, in Gottes Namen! Es gibt keinen Grund, noch länger damit zu warten.«

Lena schluckte eine heftige Erwiderung herunter, drehte sich auf dem Absatz um und eilte ohne ein weiteres Wort in Richtung Parkplatz davon. Du kannst mich mal, dachte sie.

Am Abend setzte sie sich mit einem Glas Wein auf den Bootssteg. Das Wasser plätscherte leise schmatzend gegen die Bohlen. Sie hörte Pepe maunzen, dem es überhaupt nicht passte, dass sie so nahe am See saß. Schließlich kam er doch vorsichtig herangeschlichen und legte sich neben sie. Nein, ihre Intuition hatte nicht plötzlich, von einem Tag auf den anderen den Dienst verweigert und Lena damit in die Irre geleitet. Wahrscheinlich hatte sie das zu keinem Zeitpunkt. Lena war vielmehr nicht mehr fähig gewesen, die Impulse unvoreingenommen zu deuten, ohne dies jedoch zu merken – oder merken zu wollen. Ein schleichender Prozess der Selbsttäuschung hatte eingesetzt, dessen Ausmaß erst deutlich wurde, als es zu spät gewesen war. Vom Erfolg verwöhnt, hatte sie es kaum noch für nötig befunden, sich zu vergewissern, dass ihr Blick unverstellt und ihre Wahrnehmung so objektiv wie möglich war. Sie war wie selbstverständlich davon ausgegangen, stets die richtigen Fragen zu stellen. Lena Bokken irrte nicht, denn sie hatte die Wahrheit für sich gepachtet. Im Nachhinein hatte sie der Tatsache ins Auge blicken müssen, dass sie bequem und oberflächlich geworden war. Und stolz. Hochmütig.

Der Fall Mick Panter hatte schon auf ihrem Schreibtisch gelegen, als sie aus dem Urlaub mit Maika zurückgekommen war. Zwei Wochen Malediven. Lena war braungebrannt, erholt und energiegeladen. Sie blätterte gerade die Akte durch, als ihr Chef auch schon in der Tür stand.

»Brisante Geschichte«, sagte Reiner Lindhof nach einigen

artigen Bemerkungen über ihr blendendes Aussehen. »Ich bin froh, dass du das übernimmst.«

»Sitzt er in Untersuchungshaft?«

Er schüttelte den Kopf. »Nein, aber er hat einige Auflagen zu erfüllen und darf die Stadt nicht verlassen.«

»Keine Flucht- oder Verdunklungsgefahr?«

»Er ist Geschäftsmann – ohne sein Fitneßstudio sähe es ziemlich mau für ihn aus, und zu verdunkeln gibt es nicht viel«, antwortete Reiner. »Hier steht Aussage gegen Aussage. Sein ehemaliger Freund und Geschäftspartner Thomas Hagen behauptet, Mick Panter habe ihn ermorden wollen. Der wiederum sagt aus, dass es ein Unfall war.«

Lena steckte ihre Nase wieder in die Akte. »Welches Motiv sollte Mick Panter denn haben?«

»Das Fitneßstudio, sagt Thomas Hagen, woraufhin bei der Staatsanwaltschaft die Alarmglocken geschrillt haben. Panter wollte nach Einschätzung seines Partners nicht länger teilen. Der Laden läuft ziemlich gut und wirft eine Menge ab. Es gibt eine schriftliche Vereinbarung, dass im Falle des Todes oder einer schwerwiegenden Krankheit der Geschäftsanteil des einen auf den anderen Partner übergeht – im letzteren Fall für eine angemessene Abfindung. Damit wollten sie Erbschaftsstreitigkeiten verhindern, was ja gar nicht so dumm ist. Außerdem hat es zahlreiche Auseinandersetzungen über die Geschäftspolitik gegeben. Übrigens: Panter wollte unbedingt dich als Verteidigerin.«

»So?« Lena blickte hoch. »Hm. Ich glaube, den Knaben gucke ich mir gleich mal persönlich an.« Sie packte die Akte und ihren Terminplaner in ihre Ledertasche und stand auf.

»Gute Idee«, meinte Reiner. »Ich lasse Bescheid sagen, dass du unterwegs bist.«

Zwanzig Minuten später stand Lena im noblen Stadtteil

Zehlendorf, in dem ihre Großmutter vor einer halben Ewigkeit auch gelebt hatte, vor einem stattlichen Haus mit steilen Giebeln und großen Fensterflächen. Vor der Garage parkte ein nagelneuer Landrover. Das Studio scheint wirklich gut zu gehen, dachte Lena. Sie trat an ein schmiedeeisernes Tor und drückte den Klingelknopf. Das Tor öffnete sich knarzend, und kurz darauf erschien eine junge Frau in der Haustür und blickte ihr entgegen.

»Hallo – ich bin Frauke Sander, die Freundin von Mick. Und Sie sind die Anwältin, stimmt's?«

Lena lächelte. »Stimmt.«

Frauke Sander war jung und auf püppchenhafte Weise hübsch mit ihren dunkelblonden Locken, den samtbraunen Augen und der zierlichen Figur. Sie trug eine bauchfreie Stretchhose, in der ihre schmale Taille gut zur Geltung kam. Im Bauchnabel steckte ein Brilli. In ihrer Stimme schwang Unsicherheit und Neugier mit.

»Bitte, treten Sie ein. Mick ist in seinem Arbeitszimmer«, sagte sie.

Der Eingangsbereich bestand aus einem großzügigen, mit hellen Natursteinen ausgelegten Flur, von dem eine Treppe ins obere Stockwerk führte sowie verschiedene Türen und zwei weitere schmale Flure abgingen. Frauke Sander führte sie den hinteren Flur entlang und öffnete am Ende eine Tür. Lena betrat ein Büro, in dem Stahl und Chrom vorherrschten. Ihr Mandant saß am Schreibtisch und erhob sich rasch, um ihr entgegenzugehen. Mick Panter veranschaulichte in eindrucksvoller Weise, was ein gutes Fitnesstraining bewirken kann: Er war groß, schlank und muskulös. Lena blickte ihn aufmerksam an, während sie seinem Händedruck nachspürte. Panter lächelte verlegen und zeigte dabei ein Kirk-Douglas-Grübchen am Kinn.

»Danke, dass Sie sich die Zeit genommen haben«, sagte er mit wohlklingender Stimme. »Setzen wir uns?« Er zeigte auf eine kleine Ledersitzgruppe am Fenster. »Kann ich Ihnen etwas zu trinken anbieten? Tee? Kaffee? Oder lieber einen Saft?«

»Ja, danke. Ich würde gerne einen Saft trinken.«

Lena ließ ihn nicht aus den Augen, während er sich ihr gegenüber setzte und seiner Freundin mit einem Kopfnicken signalisierte, dass sie sich um die Getränke kümmern sollte. Er trug legere Sportkleidung, und seine Ausstrahlung war kraftvoll und klar. Erstaunlich klar, wenn man berücksichtigte, dass er lediglich gegen Kaution auf freiem Fuß war und sich wegen versuchten Mordes verantworten musste, dachte Lena. Einige zarte Linien und Schatten unter den tiefblauen Augen wiesen darauf hin, dass er in letzter Zeit nicht allzu gut geschlafen hatte, ansonsten bemühte er sich offenbar um eine souveräne Haltung. Lena war sicher, dass er sehr genau merkte, wie sie ihn taxierte. Es schien ihn nicht im Mindesten zu stören.

Mick Panter war ohne Zweifel ein sehr gutaussehender Mann, dem es leichtfiel, andere zu beeindrucken – Frauen ganz besonders – oder sogar zu manipulieren. Lena war überzeugt, dass sein Charme bei ihr nicht verfangen würde, und zwar nicht, weil sie sich lieber von Frauen beeindrucken ließ. Sie lächelte in sich hinein. Er fing ihren Blick auf.

»Sie sind sehr jung«, sagte er und strich sich die Haare zurück. »Ich hatte eine ältere Frau erwartet.«

»Und nun sind Sie enttäuscht?«

Er überlegte einen Moment. »Nein. Ich registriere es nur.«

Die Antwort gefiel ihr und das Gesicht, das er dazu aufsetzte, auch. »Sie sind auch sehr jung und sehr erfolgreich für Ihr Alter.« Sie sah sich um und breitete die Arme aus. »Wer kann sich mit Anfang, Mitte dreißig schon so ein Haus leisten?«

»Sie wahrscheinlich«, gab er zurück.

In dem Moment ging die Tür auf und Panters Freundin brachte die Getränke. Sie zögerte einen Moment, als erwarte sie, dazugebeten zu werden. Panter warf ihr einen schnellen Blick zu, und sie verschwand wieder. Lena registrierte die klare Rollenverteilung in dieser Beziehung.

»Erzählen Sie doch einfach mal«, forderte sie Mick Panter auf, als sie beide einen Schluck getrunken hatten. »Was ist passiert?«

Er wandte ihr kurz sein Profil zu, bevor er sie wieder ansah. Dann schlug er ein Bein über das andere und verschränkte die Hände. Die Anspannung war nun unübersehbar.

»Wir waren zu viert unterwegs – eine Art Betriebsausflug, den wir Team-Tag nennen und uns mindestens einmal im Jahr gönnen«, sagte er schließlich. »Frauke, Thomas Hagen, ich und Tim Pächter, das ist einer unserer neuen Mitarbeiter, ein junger Tanztrainer. Wir wollten uns zusammen einen schönen Tag machen: zunächst im Kletterwald im Potsdamer Abenteuerpark, anschließend auf einer Yacht, die uns ein Freund geliehen hat. Ein bisschen auf dem Schwielowsee und der Havel rumschippern, feiern und die Nacht dort verbringen ...«

»Was gab es denn zu feiern?«, unterbrach Lena ihn.

»Geschäftlich läuft es in letzter Zeit sehr gut. Die Idee, auch Power-Tanztraining für Männer anzubieten, hat richtig eingeschlagen.«

»War das Ihre Idee?«

»Ja, ich habe auch durchgesetzt, dass wir Tim einstellen. Er ist ein super Tanzlehrer, war einige Zeit in den USA unterwegs und macht seine Sache richtig klasse.« Panter nickte anerkennend. »Thomas war anfangs nicht so begeistert. Ich dachte, dass wir unterwegs, wenn die Stimmung gut ist, unsere Meinungsverschiedenheiten vielleicht begraben könnt.«

»Gab es öfter Meinungsverschiedenheiten?«

Mick Panter griff nach seinem Glas. »Geschäftspartner sind sich nicht immer einig – sollten sie auch gar nicht sein, dann wird es ja langweilig. Jeder von uns hat seine Stärken und Schwächen. Und natürlich wird auch mal heftig diskutiert, oder es kracht mal eine Tür etwas lauter ins Schloss. Thomas ist manchmal sehr aufbrausend.«

»Sie nicht?«

»Nein, ehrlich gesagt – das ist nicht meine Art. Ich behalte meistens einen kühlen Kopf.« Er lächelte. »Natürlich nicht immer.«

»Verstehe.« Sie blockte seinen Blick ab. »Und weiter?«

»Die Stimmung war insgesamt recht locker, würde ich sagen«, fuhr er fort. »Das Wetter war super, wir hatten Fun beim Klettern, auf dem Boot war es geil – gutes Essen, jede Menge Getränke, Musik ... Was will man mehr? Thomas war allerdings nicht ganz so gut drauf. Er hatte Kopfschmerzen. Er war nicht hundertprozentig bei der Sache, schon beim Klettern nicht, und wurde immer mauliger. Irgendwann verschwand er in der Kajüte und haute sich aufs Ohr. Niemand dachte sich was dabei. War eben nicht sein Tag. Es ging ihm in letzter Zeit ohnehin nicht so gut.« Panter hielt inne und strich sich mit der Hand übers Kinn. »Gegen vier Uhr morgens gingen wir anderen auch schlafen. Ich räumte noch einige Flaschen und das restliche Essen in die Kombüse und hörte plötzlich ein Geräusch ... Einen Schlag, ein Poltern – etwas in der Art. Ich ging wieder an Deck, beugte mich über die Reling, konnte aber nichts entdecken.«

»Haben Sie die Scheinwerfer angemacht?«, fragte Lena. »So eine Yacht hat doch sicherlich Scheinwerfer«, fügte sie hinzu.

Mick Panter nickte. »Klar, hat sie, aber … ehrlich gesagt, so großartig war das Geräusch nun auch wieder nicht gewesen. Ich hab mir nicht ganz so viel dabei gedacht, sondern bloß einen Blick in die Runde geworfen und bin dann wieder nach unten gegangen. Immerhin hatte ich auch was getrunken und war ziemlich fertig, um ehrlich zu sein.« Er strich sich über die Stirn. »Wenn ich geahnt hätte, dass Thomas …«

»Er ist über Bord gegangen und wäre beinahe ertrunken«, vervollständigte Lena den Satz. »Nachdem er sich zuvor bei einem Sturz an Deck eine Rückenverletzung zugezogen hat, die ihn nun an den Rollstuhl fesseln wird – wahrscheinlich für den Rest seines Lebens. Dass er überlebt hat, verdankt er seinem starken Willen, der Ankerkette, an die er sich mit einer Hand klammern konnte, und einem frühen Ruderer, der ihn im Morgengrauen zufällig entdeckte.«

Mick Panter war blass geworden. Er trank einen Schluck, während Lena ihn anblickte und gleichmäßig ein- und ausatmete. Sie spürte wenig. Eigentlich erstaunlich wenig. Ein bisschen Aufregung vielleicht, leichte Erschütterung, aber dieser Mann war nicht der Typ, der seinen Gefühlen gestattete, die Oberhand zu gewinnen.

»Es ist furchtbar«, sagte er schließlich. »Ein unfassbares Unglück.«

Lena lehnte sich zurück. »Verstehe ich Sie richtig – Sie meinen also, dass sich ein tragischer Unfall ereignet hat? Während Sie unter Deck damit beschäftigt sind, die Reste Ihrer Party zu beseitigen und die anderen bereits in ihren Kojen liegen, geht Thomas unbemerkt noch mal an Deck, warum auch immer, rutscht irgendwo aus, stürzt böse – sehr böse sogar – und geht über Bord. So in etwa?«

»Ja.«

»Aha. Thomas Hagen erzählt die Geschichte allerdings

etwas anders, wie Sie ja wissen«, fuhr Lena fort. »Er sagt, dass Sie ihn geweckt und aufgefordert hätten, an Deck zu kommen, als alle anderen bereits schliefen – um noch ein paar Worte mit Ihnen zu wechseln. Es kam zum Streit, in dessen Verlauf Sie ihn geschlagen und heftig geschubst hätten. Dabei stürzte er, schlug mit dem Nacken auf eine Kante und verlor die Besinnung. Als er wieder zu sich kam, lag er im Wasser und fand gerade noch die Kraft, sich an der Ankerkette festzuhalten. Sie blickten grinsend über die Reling zu ihm hinunter, mit einer Taschenlampe in der Hand, ohne einen Finger zu rühren, wie er sagt. Was meinen Sie dazu?«

»Ich bin schockiert.«

Lena beugte sich vor. »Einen Menschen unter Schock stelle ich mir anders vor.« Ihr Ton war bewusst leicht spöttisch. Vielleicht konnte sie ihn so ein wenig aus der Reserve locken.

»Mag sein«, gab er zurück. »Ich bin nicht der Typ, der seine Gefühle vor anderen ausbreitet oder sich von ihnen beherrschen lässt. Ich versuche locker und offen zu bleiben, egal was passiert, denn das, was geschehen ist, kann ich doch sowieso nicht mehr ändern.«

Eine wahre Zen-Haltung, Simon wäre begeistert, dachte Lena.

»Sie wirken abgeklärt und sehr ruhig. Ihr einstiger Freund und Geschäftspartner bezichtigt Sie des kaltblütigen Mordversuchs und Sie predigen Gelassenheit wie ein achtzigjähriger Weiser. Das finde ich ziemlich verblüffend.«

Mick Panter sah sie ohne mit der Wimper zu zucken an. »Vielleicht möchte ich so wirken.«

»Bloß keine Verletzlichkeit zeigen?«

»Ja, so in etwa. Der Mann will mir den Boden unter den Füßen wegziehen, das kann ich nicht an mich ranlassen – auch auf die Gefahr hin, dadurch als cooler Typ rüberzukommen.«

»Vergessen Sie nicht – ihm selbst ist der Boden unter den Füßen weggezogen worden, um im Bild zu bleiben«, wandte Lena ein.

»Aber nicht von mir. Und trotzdem will er mich mitziehen.«

»Und warum?«

Mick Panter schluckte. »Ich hab wohl nicht mitbekommen, wie sehr Thomas gegen mich gekämpft hat. Oder besser gesagt, gegen das Gefühl, mir unterlegen zu sein. Gerade in den letzten zwei Jahren hat er sich immer schwerer damit getan, dass ich ... ja ... ein gutes Händchen habe bei dem, was ich anpacke, häufig ein besseres als er. Wir haben das Studio gemeinsam aufgebaut – und das war gerade am Anfang ein harter Job, für uns beide. Ich komme mit Durststrecken und Rückschlägen besser klar als er und bleibe am Ball, auch wenn es Ärger gibt. Thomas hat schnell Stress, und er legt sich mit Gott und der Welt an, statt die Dinge einfach mal auf sich zukommen zu lassen. Und er braucht immer einen Schuldigen, wenn es nicht so läuft, wie er es sich vorgestellt hat. Dieser Sturz war ein Unfall mit bösen Folgen. Er will das nicht wahrhaben, und schon gar nicht will er wahrhaben, dass er ganz allein dafür verantwortlich ist. Niemand hat ihn gestoßen und wollte ihm schaden. Vielleicht glaubt er selbst sogar, was er da erzählt – das macht es ihm einfacher, die Folgen des Unfalls zu ertragen.«

»Warum sind Sie überhaupt Partner geworden?«, fragte Lena. »Einen Choleriker, auf den kein Verlass ist, als Geschäftspartner zu wählen, ist ja durchaus riskant – einen mimosenhaften Mann mit geringem Selbstbewusstsein, der sich schnell in die zweite Reihe geschoben fühlt. Das sind seine Schwächen. Wie sieht es denn mit seinen Stärken aus?«

»Er ist ein sehr guter Trainer, auch wenn er das selber nicht glaubt. Er hat die nötige geschäftliche Zurückhaltung, wo ich manchmal vor Begeisterung die Risiken nicht sehe, und wir haben uns oft einfach gut ergänzt, hatten ähnliche Ideen und Vorstellungen. Außerdem sind wir beide sportverrückt …« Panter brach ab. »Scheiße.« Nach einer Weile atmete er tief durch. »Wie geht es jetzt eigentlich weiter?«

»Ich werde versuchen, nacheinander mit allen Beteiligten zu sprechen, um mir ein umfassendes Bild zu machen.«

»Und dann?«

»Komme ich wieder zu Ihnen, denn meistens tauchen weitere Fragen auf, und ich konfrontiere Sie mit den Aussagen der anderen. So kann das einige Male hin und her gehen.«

»Glauben Sie mir eigentlich?« Kein Lächeln.

Lena stand auf. »Darüber reden wir ein andermal. Ich muss los, Herr Panter. Es gibt viel zu tun.«

Mick Panter erhob sich ebenfalls. Er hatte plötzlich ein nervöses Zucken im rechten Auge. Während er ihr die Hand gab, strich er sich mit der Linken über den Nacken und sah kurz zu Boden. Das rührte sie seltsam.

»Danke für Ihre Arbeit. Bis bald«, sagte er. »Übrigens: Ich will es wissen, wenn Sie mir nicht glauben.«

»Ich werde es Ihnen sagen.«

»Danke.«

»Keine Ursache.«

Es war empfindlich kalt geworden. Lena fröstelte und nahm ihr Weinglas. Sie stand auf. Ihre Gelenke fühlten sich steif an. Sie wusste nicht, wie viel Zeit vergangen war. Das spielte auch keine Rolle. Pepe strich an ihrem Knie entlang. Sie hob ihn hoch und ging ins Haus.

»Wollen wir Fisch essen und zum Nachtisch Kräcker in Frischkäse dippen?«, fragte sie den Kater, und der hatte offenbar nichts dagegen einzuwenden.

Eine Viertelstunde später saßen sie im Wohnzimmer und aßen. Es war so still, dass ihre Kaugeräusche und Pepes leises Schmatzen die einzigen Geräusche bildeten. Lena hatte sich noch ein weiteres Glas Wein eingeschenkt. Sie streckte sich auf dem Sofa aus, als sie gegessen hatte und dachte an Thomas Hagen. An diesen drahtigen hohlwangigen Mann mit den zornigen Augen. Verbittert war er gewesen und aufgewühlt. Seine heftigen Gefühle hatten sie anfangs eingehüllt wie eine Wolke. Sie hatte ihn im Krankenhaus aufgesucht, obwohl er am Telefon alles andere als freundlich reagiert hatte.

Als sie sein Zimmer betrat, blickte er ihr abweisend entgegen. Lena wurde heiß, als sie ihm in die Augen sah, und sie atmete tief durch, bevor sie grüßte und sich vorstellte.

»Das habe ich mir schon gedacht«, erwiderte er knapp. »Ich kriege nicht so viel Besuch. Meinen Namen kennen Sie ja.«

»Darf ich mich setzen?«

»Dauert es so lange?«

»Ich weiß nicht, wie lange es dauert. Ich würde Ihnen gerne einige Fragen stellen, und im Stehen redet es sich nicht so bequem.«

Sie versuchte, ihn mit einem Lächeln zu erreichen, aber er nickte nur in Richtung Fenster, wo an einem Tisch zwei Stühle standen. »Na schön, wie Sie wollen. Sie müssen wissen, dass ich mich langsam, aber sicher daran gewöhnen will, dass die Leute auf mich herabschauen, wenn ich im Rollstuhl sitze.«

Lena vermied eine spontane Reaktion, aber die Bemerkung traf sie.

»Herr Hagen, ich versuche, mir ein Bild zu machen, das

ist alles«, erklärte sie ruhig. »Ich habe noch keine Meinung. Ich weiß nicht, was passiert ist, und ich möchte alle Beteiligten um ihre Darstellung bitten. Das mache ich immer so. Der Erfolg hat mir bislang recht gegeben.«

Er zog den Mundwinkel hoch. »Ach? Sie boxen also die bösen Buben raus, oder wie? Interessant. Dazu reden Sie auch mit der Gegenseite. Ja, warum auch nicht? Schließlich kriegen Sie viel Geld dafür. Man sagt, dass Sie mit allen Wassern gewaschen sind. Klar, dass Mick so eine Anwältin hat.«

Lena ging nicht auf die Spitzen ein. »Ich will wissen, was wirklich passiert ist«, erklärte sie gelassen.

»Aber das hat Mick Ihnen doch sicherlich schon gesagt«, höhnte Hagen. »Sie können sich garantiert vorstellen, dass meine Version ein wenig anders klingt.«

»Eben.«

Er musterte sie mit unangenehm scharfem Blick. Hass strömte ihr entgegen, Verbitterung, Hilflosigkeit, überdeckt von Rachegelüsten. Erneut atmete sie tief durch und versuchte, die Wucht seiner Emotionen abzuwehren. Wie beim *Kokyu nage,* dachte sie – eine Atemkraft-Wurftechnik, die den angreifenden Partner auf einfache, aber wirkungsvolle Weise durch seinen eigenen Schwung wegkatapultiert.

»Heißt das, Sie glauben ihm nicht, oder heißt das, Sie wollen vor Gericht auf alles vorbereitet sein, was von meiner Seite kommen könnte, um sich entsprechend zu wappnen?«, hakte er nach.

»Ich will mich vorbereiten«, antwortete Lena nach kurzem Überlegen. »Und bisher, da wiederhole ich mich gerne, glaube ich noch gar nichts.«

»Sie vertreten den Mann, der versucht hat, mich umzubringen und der das Blaue vom Himmel herunterlügt. Warum sollte ich mich mit Ihnen abgeben?«

»Versuchen Sie doch, mich zu überzeugen.«

»Das Wesentliche habe ich doch schon ausgesagt. Lesen Sie die Polizeiakte und lassen Sie mich in Ruhe.«

Lena vermutete, dass er längst beschlossen hatte, mir ihr zu reden, aber keinesfalls nachgiebig erscheinen wollte. Sie musste um seine Aufmerksamkeit und Mitteilungsbereitschaft kämpfen und ihm nach Möglichkeit eine Brücke bauen.

»Herr Hagen, eine Polizeiakte ist ein Stapel Papier, der mir nicht das persönliche Gespräch ersetzen kann. Nicht einmal ansatzweise«, fügte sie hinzu. »Das geht mir übrigens bei jedem Fall so.«

Er zuckte die Achseln. Lena fragte sich, ab welchem Wirbel er bewegungsunfähig war. Hände, Arme und Schultern konnte er nutzen. Das war besser als nichts. Thomas Hagen lächelte plötzlich zynisch, als hätte er ihre Gedanken erraten.

»Na schön. Wie gesagt – ich bekomme nicht viel Besuch. Vielleicht ist es ganz amüsant, mit Ihnen zu plaudern«, bemerkte er.

Amüsant würde es ganz sicher nicht werden, aber Lena nickte freundlich lächelnd. »Danke.«

»Wo soll ich beginnen?«

»Nun, am besten bei Ihrem gemeinsamen Ausflug. Wer hatte denn die Idee dazu?«, fragte Lena.

»Mick hat vorgeschlagen, den Team-Tag erst im Kletterwald und dann auf der Yacht zu verbringen – Party inklusive. Tim und Frauke fanden die Idee riesig.«

»Sie nicht?«

»Nein, ich hatte überhaupt keine Lust, egal was geplant gewesen wäre. Es ging mir nicht besonders gut – ich fühlte mich seit einiger Zeit etwas kränklich, das Geturtel von Frauke und Mick ging mir mächtig auf den Keks, und mit Tim kann ich nichts anfangen, was übrigens auf Gegenseitigkeit beruht. Aber ich wurde überstimmt und hatte mir vorgenommen, nicht zu kneifen, sondern das Beste daraus zu machen. Ist mir nicht wirklich gelungen.« Er verzog den Mund.

»Sie haben sich früh zurückgezogen.«

»Ja, ich hatte Kopfschmerzen und bin kurz nach Mitternacht in die Koje gegangen.«

»Und dann?«

»Einige Stunden später hat Mick mich geweckt. Da war die Fete vorbei. Er sagte, dass er mit mir reden wollte. Ich hatte keine Lust darauf, aber er gab keine Ruhe, und weil ich ohnehin Durst hatte, bin ich hoch an Deck.«

»Und worüber haben Sie geredet?«

»Mick hat Streit gesucht, das war alles. Er warf mir geschäftsschädigendes Verhalten vor, erklärte, dass ich keine Ahnung hätte, nur blocken würde und so weiter und so fort. Irgendwann hatte ich die Schnauze voll. Ich hab mich abgewendet und wollte gehen. Da packte er mich, stellte mir ein Bein und stieß mich mit voller Wucht auf die Planken. Ich stand auf und krachte erneut zu Boden ... Dann wurde alles schwarz. Als ich wieder zu mir kam, lag ich im Wasser. Ich konnte nicht reden, nicht rufen, mich nur irgendwie mit einer Hand festhalten. Über mir tauchte auf einmal Micks Kopf auf und das Licht der Taschenlampe. Mick lächelte, winkte mir zu und verschwand.«

»Haben Sie versucht zu rufen?«

»Klar, aber ich hab keinen Ton rausgekriegt oder nur ein Krächzen. Eine Weile habe ich idiotischerweise noch geglaubt, er holt Hilfe, aber je mehr Zeit verging, desto klarer wurde mir, dass die ganze Aktion genau so geplant gewesen war.«

Lena schürzte die Lippen. »Meine nächste Frage wird Ihnen nicht gefallen.«

»Mir gefällt so einiges nicht.«

»Halten Sie es für völlig ausgeschlossen, dass Sie nachts allein an Deck gegangen sind, dort stürzten und über Bord gingen …?«

Thomas Hagen machte eine wegwerfende Handbewegung. »Sie meinen, ich hätte mir nur eingebildet, dass Mick mich geweckt, beschimpft, geschlagen und gestoßen hat? Glauben Sie mir oder lassen Sie es sein: Die Frage habe ich mir schon mehrmals gestellt, und bei der Polizei wollte man darauf natürlich auch eine Antwort hören. Aber nein – ich bin ganz sicher: Mick hat das alles genauestens eingefädelt. Ort und Zeitpunkt waren ideal, und ein guter Geschichtenerzähler ist er auch. Die anderen hatten mächtig gebechert und schliefen schon, mir ging es ohnehin nicht so gut, und Mick war relativ klar und fit. Übrigens: Seine Behauptung, er hätte mitten in der Nacht aufgeräumt, ist wirklich der Hammer – ich kann mich nicht daran erinnern, ihn in den letzten Jahren jemals beim Aufräumen erlebt zu haben, Party oder nicht Party. Mick hat nur Zeit geschunden, bis die anderen alle tief und fest schliefen und er sicher sein konnte, dass es keine Zeugen gab. Der wollte mich loswerden, und zwar richtig.«

»Aber das Studio scheint doch genug für Sie beide abzuwerfen. Warum sollte Mick plötzlich im Alleingang weitermachen wollen, nachdem Sie viele Jahre ein gutes und erfolgreiches Team waren? Und für dieses Ziel ist er Ihrer Aussage zufolge sogar bereit, einen Mordversuch an seinem bisherigen Partner und Freund zu verüben?«

Thomas Hagen drehte den Kopf kurz zur Seite. »Wir waren schon lange keine Freunde mehr.«

»Warum nicht?«

»Mick ist in den letzten Jahren immer exzentrischer geworden. Sie haben ihn kennengelernt und werden mir sicher recht geben: Er ist ein Gewinnertyp – strahlend und unwiderstehlich. Das war schon früher so, und nun macht ihn der Erfolg unersättlich und skrupellos«, sagte Thomas Hagen leise. »Die meisten Frauen himmeln ihn an, und Männer wollen ihm nacheifern oder suchen seine Freundschaft. Er wickelt alle um den Finger, und er meint, dass ihm alles zusteht, was er haben will. Das ist umso gefährlicher, weil man es zunächst nicht merkt, denn Mick ist natürlich immer charmant und wirkt jungenhaft unschuldig bis in die Haarspitzen. Keiner, der ihn so erlebt, würde ihm was Schlechtes zutrauen.«

»Und dadurch wird man von Freunden zu Todfeinden?«

»Ich war nicht sein Feind. Aber er offensichtlich meiner«, sagte Thomas Hagen. »Er hat mir die Freundin ausgespannt – ja, Frauke war meine Freundin, bis Mick entdeckte, dass sie mir wirklich etwas bedeutet. Und er will geschäftlich neue Wege gehen, ohne mich, doch ihm sind durch unsere Verträge die Hände gebunden. Wenn ich meinen Anteil nicht verkaufen will, muss er das akzeptieren. Aber wenn ich sterbe oder einen Unfall habe und im Job ausfalle – was ja jetzt der Fall sein wird –, kann er alleine weitermachen. Ich kriege eine Abfindung und muss raus aus dem Laden, ob ich will oder nicht.«

»Hat Panter Ihnen denn in letzter Zeit vorgeschlagen, dass Sie ihm Ihren Anteil verkaufen?«

»O ja, mehrfach, das kann ich belegen. Er war ganz wild darauf. Aber nun hat er ja sein Ziel auch so erreicht.«

»Herr Hagen, Mick Panter steht unter Mordanklage«, erinnerte Lena ihn sanft. »Sie behaupten, er hätte ein Motiv. Wenn er verurteilt wird, hat er sein Ziel wohl kaum erreicht.«

»Er ist nicht dumm«, unterbrach Thomas Hagen sie barsch. »Er hat bislang noch jeden reingelegt. Es gibt keine Zeugen, und die beiden, die vielleicht doch etwas mitgekriegt haben könnten oder zumindest ahnen, was geschehen ist, werden den Mund halten. Man wird mir unterstellen, dass ich den Unfall aus Neid und Missgunst als Mordversuch hindrehe, um Mick zu schaden und um mich zu rächen. Sie sind ja schon längst dabei.«

Lena hielt seinem Blick stand. »Herr Hagen, es ist gar nicht nötig, Ihnen etwas zu unterstellen, aber die Überlegung drängt sich förmlich auf, dass das Ganze ein schreckliches Unglück war, das in dem schwelenden Konflikt zwischen Ihnen beiden nun eine besonders heikle Bedeutung bekommen hat. Nicht mehr und nicht weniger.«

Thomas Hagen starrte sie einen Augenblick mit zusammengepressten Lippen an. Dann wandte er den Kopf. »Gehen Sie einfach. Wahrscheinlich haben Sie bald genug Material zusammen, um Ihren sauberen Mandanten rauszuhauen.«

»Nur damit wir uns richtig verstehen: Ich haue niemanden raus, indem ich den Sachverhalt verzerre oder Beweismittel manipuliere!«

»Er ist Ihr Mandant, und er bezahlt Sie dafür, dass Sie alles tun, um ihn so glimpflich wie möglich davonkommen zu lassen – am besten als Unschuldslamm.«

»Herr Hagen, Sie täuschen sich ganz gewaltig. So läuft das nicht mit mir.«

»Wir werden ja sehen.«

Danach sagte er nichts mehr. Nach zwei Minuten stand Lena auf und verließ mit leisem Gruß das Zimmer. Sie war aufgebracht. Ich lasse mich nicht einwickeln, dachte sie. Von niemandem.

Lena brachte ihr Weinglas in die Küche. Es war spät geworden. Sie war erschöpft und hellwach zugleich und konnte sich noch gut daran erinnern, dass sie an jenem Abend beim Aikidotraining unkonzentriert und fahrig gewesen war. Maika hatte sie einige Male bewusst schwungvoll auf die Matte geworfen und ihr klargemacht, dass sie unaufmerksam war. Später hatte sie Maika von ihrem neuen Fall erzählt, und die hatte wie immer mit leicht seitlich geneigtem Kopf gelauscht und sich gewundert, wie unwirsch Lena gewesen war. Es wäre besser gewesen, wenn Lena sich auch gewundert hätte.

Sie schlief tief und traumlos. Zu ihrer eigenen Verwunderung. Der nächste Tag war ein Sonntag. Um acht Uhr machte sie sich auf den Weg in die Kanzlei, um die gesamte Akte Karin Weber erneut durchzuarbeiten, jedes Detail einzeln zu betrachten und auf sich wirken zu lassen. Gut zwei Stunden später rief sie Maren an. »Hast du Lust auf eine Wanderung am Schwielowsee?«

»Na klar.«

»Ich hole dich ab. Bis gleich.«

Einem plötzlichen inneren Impuls folgend fuhr Lena über Tempelhof und bog in die Nebenstraße ab, in der Hildrun Baum gewohnt hatte. Auf den Eingangsstufen saß ein Mädchen und spielte mit einem Gameboy. Lena parkte nach kurzem Zögern den Wagen am Straßenrand und stieg aus.

12

Es war laut gewesen in der Nacht. Wieder einmal. Sie hatte sich irgendwann die Ohren zugehalten, aber die Stimmen ihrer Eltern waren weiterhin zu ihr durchgedrungen. Tief und wütend die ihres Vaters, bittend, fast winselnd die ihrer Mutter. Eine Weile später hatte das Bett zu quietschen begonnen. Ronja konnte sich ausmalen, was da vor sich ging. Es war noch gar nicht so lange her, da hatte sie mal durchs Schlüsselloch geguckt und gesehen, wie ihr Vater auf ihrer Mutter lag und sie mit seinem Körper bewegte – wie ein Ozeanriese bei hohem Wellengang. Und vorher hatte es auch Streit gegeben. Streit und Schläge. Danach das Quietschen. Ronja verstand das nicht, und sie wollte auch nicht darüber nachdenken. Hildrun hatte mal gesagt: »Die Liebe hat viele Gesichter.« An den Satz erinnerte sich Ronja noch genau. Ob sie dabei auch das wütende Gesicht ihres Vaters meinte? Nein, bestimmt nicht. Die beiden hatten sich nicht ausstehen können.

Obwohl Ronja wenig geschlafen hatte, war sie früh am Morgen wach. Sie schlich auf leisen Sohlen in die Küche, aß eine Portion Cornflakes und ging dann nach draußen. Auf dem Spielplatz war noch niemand. Also schaukelte sie eine Weile und setzte sich schließlich auf die Treppenstufen in die Sonne, um bei Pokémon das nächste Level zu erreichen.

Die Frau stand so plötzlich vor ihr, dass Ronja erschrak. Aber nur für einen Moment, denn sie blickte in ein freundlich lächelndes Gesicht.

»Hallo, ich bin Lena«, erklärte die Frau. Ihre Stimme klang warm.

Die Frau war schmal, hatte kurze schwarze Haare, und ihre Augen waren sehr groß und schimmerten dunkelgrün.

Es tat gut hineinzuschauen – als würde man an einem heißen Sommertag tief in einen kühlen Wald blicken.

»Hallo, ich bin Ronja.«

Lena setzte sich einfach neben sie auf die Stufen, als wären sie miteinander verabredet. Einen Moment saß sie still da – es sah aus, als horche sie in sich hinein –, dann blickte sie Ronja von der Seite an. »Kanntest du Hildrun?«

Ronja nickte sofort. »Klar.« Ihr Gesicht verdüsterte sich. »Aber sie ist tot.«

»Ich weiß.«

»Sind Sie eine Verwandte?«, fragte Ronja gespannt und suchte Lenas Blick.

»Nein. Aber ich kenne einige Leute, die mit Hildrun befreundet waren. Und nun möchten wir wissen, warum sie gestorben ist. Hast du eine Ahnung, was passiert sein könnte?«

Ronja zuckte die Achseln. »Sie lag einfach tot in ihrem Bett. Aber die Polizei war hier und hat die Leute befragt. Hildrun war ja krank, wissen Sie?«

Lena nickte.

»Meine Mutter hat gesagt, dass es ihr wirklich nicht gutging. Aber dann verstehe ich nicht, wieso die Polizei hier war – ich meine, es ist ja kein Verbrechen, krank zu sein, oder?« Ronja senkte die Stimme. »Keiner kann mehr in die Wohnung – die haben sie versiegelt.« Sie war stolz, sich den Ausdruck gemerkt zu haben.

»Wie bist du denn mit Hildrun klargekommen?«, fragte Lena.

»Na, super«, erklärte Ronja eifrig. »Ich habe sie oft besucht, und wir haben geredet oder zusammen Fernsehen geguckt. Na ja – in letzter Zeit klappte das alles nicht mehr so gut, weil sie so viel vergessen hat, aber sie hat sich immer gefreut, wenn ich da war. Nicht nur weil ich mich um die

Katze gekümmert habe. Manchmal hat das auch meine Mutter getan. Aber ich durfte auch kommen, wenn …«

Lena lächelte sie aufmunternd an.

»… wenn es zu Hause Krach gegeben hat«, fuhr Ronja fort. »Ich war da sicher.«

»Vor wem denn?«

Ronja zwinkerte. Wie schnell die Frage angeflitzt kam. »Ach, nur so. Es war immer schön bei ihr. Das meine ich damit.«

»Verstehe«, entgegnete Lena. »Kanntest du eigentlich Karin – ihre Nichte?«

Ronja nickte eifrig. »Klar. Die hat sich um alles Mögliche gekümmert. Ohne viel zu reden. Manchmal hat Hildrun mit ihr geschimpft – ich weiß aber nicht warum.«

»Und deine Eltern? Sind die auch gut mit Hildrun klargekommen?«

Ronja warf ihr einen unsicheren Blick zu. »Mein Vater kümmert sich nicht um Nachbarn und so was. Meine Mutter schon. Wir hatten ja auch einen Schlüssel.«

Lena nickte, als wäre ihr das längst klar. »Kannst du dich an den Tag erinnern, an dem Hildrun starb?«

»Wie erinnern?«

»Na, in allen Einzelheiten. Was hast du wann gemacht? Du bist morgens aufgestanden, hast gefrühstückt, ab in die Schule und so weiter.«

»Warum wollen Sie das eigentlich alles so genau wissen?«, fragte Ronja. Dabei rutschte sie unruhig hin und her. »Die Tage sind doch alle gleich, nur an dem Nachmittag war Hildrun tot.« Sie fuhr sich mit der Hand über die Nase. Eigentlich war seitdem nichts mehr wie vorher.

»Und dir ist nichts Besonderes aufgefallen? Leute im Haus, die du zuvor noch nie gesehen hattest, merkwürdige Geräusche …«, fuhr Lena fort. Ihre Stimme war immer noch warm und freundlich, aber zugleich angespannt.

»Nein, Karin war kurz da – das hat meine Mutter gesagt, als wir am Frühstücken waren, aber das war ja nichts Besonderes. Sie kam ja fast jeden Tag.«

Ronja sah auf ihren Gameboy, strich über den kleinen Bildschirm. Ihre Finger hinterließen Schlieren. Plötzlich kam ihr ein Gedanke. Sie blickte wieder auf. »Sind Sie vielleicht von der Polizei?«

Lena schüttelte den Kopf. »Nein. Das bin ich nicht. Ich bin Anwältin.«

In Ronjas Kopf begann es zu summen. Was hatte das zu bedeuten? Sie konnte die Frage nicht stellen, denn über ihr wurde plötzlich das Fenster aufgerissen, und ihr Vater beugte sich hinaus. Ronja zog rasch die Beine ein und rutschte zwei Stufen nach oben. Lena tat es ihr ohne zu zögern nach. Sie wies mit dem Zeigefinger nach oben und formte lautlos mit dem Mund: »Deine Eltern?«

Ronja nickte und bedeutete ihr, still zu sein.

»Ich weiß nicht, wo die sich am frühen Morgen schon wieder rumtreibt«, hörte Ronja ihren Vater schimpfen. »Deine Tochter! Wo soll das bloß noch hinführen? Ich könnte sie schon wieder windelweich …«

Der Rest ging im lauten Geklapper des Fensterschließens unter. Ronja spürte, dass sie rot geworden war, und Angst stieg in ihr hoch. Angst, die aus ganz vielen Ecken kroch und ihr Herz umklammerte.

»Ich muss jetzt gehen. Sonst …« Ronja stand auf und wagte ein schiefes Lächeln, aber die Anwältin erwiderte es nicht.

»Brauchst du Hilfe?«, fragte sie stattdessen so selbstverständlich, als hätte Ronja sich nach dem Weg erkundigt.

Ronja erstarrte mitten im Schritt und wandte Lena langsam das Gesicht zu. Aber sie konnte nichts sagen. Vielleicht hatte sie schon viel zu viel gesagt. Die Augen der Frau waren groß und klar. Sie schienen zu sprechen. Ronja schüttelte nur den Kopf, bevor sie die Haustür aufstieß und nach oben rannte.

13

Maren machte sich keinerlei Gedanken über die Tour. Sie liebte Bergwanderungen, war aber auch gern am Wasser unterwegs, und letztlich war die Ausflugsroute an diesem Tag zweitrangig.

Lena hatte sie von zu Hause abgeholt. Sie fuhren über Potsdam nach Caputh und wechselten während der Fahrt lediglich einige belanglose Worte. Maren glaubte die Anspannung zu spüren, die von Lena ausging, aber vielleicht war es auch nur ihre eigene Neugier und Erwartungshaltung. Von Caputh aus folgten sie dem Uferverlauf des Schwielowsees zunächst in südlicher Richtung, später in nördlicher bis Petzow, mal direkt am Wasser entlang, mal auf Waldwegen. Das Wetter war angenehm – ein klarer blauer Himmel bei frischen Temperaturen. Der See glitzerte in der Sonne. Vereinzelt waren Radfahrerinnen und Spaziergänger unterwegs. Maren warf Lena hin und wieder einen Seitenblick zu, entschloss sich aber, keine Fragen zu stellen, sondern abzuwarten, bis sie von selbst zu reden begann. Dass Lena das tun würde, daran bestand für sie keinerlei Zweifel.

Vor einigen Jahren war Hildrun auf Marens Bitten hin zu einer Wanderung in den Spreewald mitgekommen und hatte schon nach einer Stunde fürchterlich zu fluchen begonnen, weil sie sich den Ausflug ein wenig anders vorgestellt hatte.

Sie war nicht besonders sportlich gewesen, und unter Naturverbundenheit verstand sie den Konsum entsprechender Filme und Bücher sowie Zugreisen, bei denen sie sich die Nase an der Scheibe plattgedrückt hatte, um über die »wunderbare Landschaft» zu schwärmen. Sie war bequem gewesen. In gewisser Hinsicht. Wenn es jedoch darum gegangen war, Konflikte zu bewältigen oder Mißstände anzuprangern, war sie darauflosgestürmt wie eine Furie, um laut und wortreich ihre Meinung zu sagen – sei es einem mauligen Busfahrer oder einer Frau, die ihren Hund über die Straße zerrte, als wäre er ein fühlloses Ding. Karin war das oft peinlich gewesen, aber Hildrun hatte dann nur verächtlich geschnaubt.

Die Nachbarstochter Ronja hatte ihr sehr am Herzen gelegen, überlegte Maren. Die hatte es zu Hause nicht einfach, und Hildrun war über die schlagkräftige Erziehung des Vaters häufig erbost gewesen. Hatte sie nicht sogar das Jugendamt einschalten wollen? Was machte Ronja nun eigentlich – ohne Hildrun?

Maren spürte, wie sich ihre Atmung leicht beschleunigte. Sie waren seit einer guten Stunde flotten Schrittes unterwegs, und allmählich wurde es anstrengend. Die Luft schmeckte harzig. Wenn sie in dem Tempo weiterliefen, würden sie in knapp einer Stunde in Petzow eintreffen. Maren hörte Lena neben sich ruhig und regelmäßig atmen. Sie ging gleichmäßig wie ein Uhrwerk, ihr Schritt war fest und sicher.

An einer Wegbiegung verlangsamte Lena plötzlich ihren Schritt, blieb dann stehen und sah sich aufmerksam um. Maren trat neben sie und genoss die wunderschöne Aussicht auf den See.

»Dort drüben hat vor einigen Jahren nachts eine schicke Yacht vor Anker gelegen«, begann Lena in ruhigem Ton zu erzählen und wies kurz mit dem ausgestreckten Arm aufs Wasser hinaus. »Vier junge Leute auf einem Betriebsausflug – es wurde ausgiebig gefeiert. In den frühen Morgenstunden ist einer von ihnen, ein junger Mann namens Thomas Hagen, auf Deck gestürzt und über Bord gegangen, während die anderen in ihren Kojen lagen und schliefen. Er konnte sich zwar an die Ankerkette klammern, war aber zu schwer verletzt, um auf sich aufmerksam zu machen. Als man ihn ungefähr eine Stunde später zufällig entdeckte und aus dem Wasser fischte, lebte er noch, doch seitdem sitzt er im Rollstuhl«, erzählte Lena und starrte einen Moment vor sich hin, bevor sie fortfuhr. »Kaum konnte Thomas Hagen wieder halbwegs klar denken und sprechen, beschuldigte er seinen Geschäftspartner und Freund Mick Panter, einen Mordanschlag auf ihn verübt zu haben. Die beiden hätten sich gestritten, nachdem alle anderen bereits fest schliefen, und er wäre von Mick so heftig geschubst worden, dass er auf die Planken schlug und schließlich die Besinnung verlor. Als er wieder zu sich kam, befand er sich neben dem Boot im Wasser. Mick sah zu ihm hinunter, machte aber keinerlei Anstalten, ihm zu helfen. Ganz im Gegenteil – er grinste und wandte sich dann ab, so die Version von Thomas Hagen. Dass er nicht ertrank, verdankte er der Ankerkette und einem Ruderer, der in aller Frühe unterwegs war. Die Polizei nahm die Ermittlungen auf.«

Lena sah Maren kurz an, bevor sie langsam weiterging. »Ich war übrigens die Anwältin von Mick Panter.«

Maren nickte und schloss zu ihr auf. Sie war unschlüssig, ob sie etwas sagen oder fragen sollte.

»Thomas und Mick besaßen gemeinsam ein sehr gutgehendes Fitneßstudio in Mitte in der Nähe der Leipziger Straße«, fuhr Lena fort. »Nach Thomas' Aussage war Mick darauf aus gewesen, das Studio allein weiterzuführen, nachdem er schon einige Zeit zuvor Thomas Freundin Frauke ›übernommen‹ hatte, die übrigens neben Tim, einem neuen Mitarbeiter des Studios, auch bei dem Ausflug dabei war. Da Thomas aber gar nicht daran dachte, seinen Anteil zu verkaufen, hat Mick schlichtweg versucht ihn umzubringen. Er hatte zwar überlebt, konnte aber im Rollstuhl seinen Job nicht mehr machen, und der Vertrag zwischen den beiden sah für eine solche Situation vor, dass der andere Partner gegen eine ordentliche Abfindung das Geschäft allein weiterführt. Nach Micks Aussage hingegen neidete Thomas ihm den Erfolg, den er sowohl bei Frauen als auch geschäftlich hatte, und versuchte, einen tragischen Unglücksfall als Mordanschlag zu verkaufen, statt selbst die Verantwortung für das Geschehen zu übernehmen.«

»Kein einfacher Fall, oder?«

»O nein, aber ich fühlte mich kompetent und erfahren genug, denjenigen herauszufiltern, der log, und begann nach meiner gewohnten Routine zu ermitteln. Ich war mir meiner Sache sicher – zu sicher –, und übersah vieles, was mich hätte stutzig machen müssen. Außerdem wollte ich nicht zugeben, dass ich emotional reagierte. Beiden Männern war es auf ihre je eigene Art gelungen, meinen Selbstschutz zu unterlaufen. Aber statt mir das einzugestehen und gegenzusteuern, wie es nötig gewesen wäre, verdrängte ich es und spielte die glorreiche Anwältin, die immer den richtigen Riecher hat und sich von niemandem einwickeln lässt – weder von einem gutaussehenden Geschäftsmann mit Grübchen und athletischer Figur noch von einem zutiefst verbitterten Mann im Rollstuhl, der meint, immer zu kurz zu kommen und nach Gerechtigkeit schreit.« Ihre Stimme klang auf einmal spröde, unsicher.

Maren atmete tief aus. »Was hältst du davon, wenn wir demnächst eine längere Pause einlegen, uns in aller Ruhe stärken und du erzählst, was passiert ist?«

Lena lächelte. »Gute Idee. In Petzow kann man ganz gut essen. Schaffen wir das noch?«

»Ich denke schon.«

Eine Stunde später saßen sie in einem Gasthof und genossen ihr Bier, während sie auf das Essen warteten. Sie hatten beide Wild bestellt. Als die Kellnerin ihre Teller brachte, machten sie sich heißhungrig darüber her und aßen schweigend. Schließlich schob Lena ihren Teller beiseite. »Den Nachtisch gleich hinterher?«

Maren nickte. »Gerne. Wandern macht ziemlich hungrig.«

»Drei Stunden hartes, schnelles Aikidotraining ist auch sehr appetitanregend«, gab Lena zurück und bestellte Kaffee und Apfelkuchen mit Sahne.

»Wie bist du vorgegangen?«, nahm Maren den Gesprächsfaden wieder auf, als sie beide die Hälfte ihres Kuchens vertilgt hatten.

»Eigentlich wie immer. Ich habe die Akte studiert und dann zunächst einmal mit beiden gesprochen«, antwortete Lena ohne zu zögern. »Zuerst mit Mick, dann mit Thomas und anderen Zeugen. Ich war sicher, dass sich im Laufe der Beschäftigung mit dem Fall herauskristallisieren würde, in welche Richtung ich mich wenden musste.«

»So war es sonst immer?«, fragte Maren.

»Ja, nach diesem Muster lief es meistens ab. Ich entwickelte ein untrügliches Gespür dafür, was ich als Nächstes zu tun hatte. Wer wonach befragt werden musste, wo ein Motiv nicht schlüssig war und so weiter. Und spätestens bei den nachfolgenden Recherchen wurde mir klar, wer log. Der Rest ergab sich dann sozusagen von selbst.«

»Und das war diesmal anders? Aber warum?«

»Gute Frage. Ich nahm es als selbstverständlich hin, zwischen Lüge und Wahrheit unterscheiden zu können und immer richtig zu liegen. Wie hochmütig, nicht wahr? Ich hatte mich an den Erfolg gewöhnt wie ein Chirurg, der nach tausend Operationen wie im Schlaf vorgeht und meint, er müsse nicht mehr achtsam sein. Die Einzige, die mich seinerzeit hätte aufhalten können, wäre meine Großmutter Johanna gewesen. Sie hätte mich wahrscheinlich geschüttelt. Aber Johanna war krank, und ich wollte sie nicht unnötig belästigen. Und Simon natürlich, doch der war auf einer längeren Japanreise.« Lena setzte ein schiefes Lächeln auf. »Ausgerechnet die beiden Menschen, die mir bis dahin entscheidende Hinweise für mein Leben gegeben hatten, waren zur gleichen Zeit nicht erreichbar, und ich, in einer kritischen Situation auf mich allein gestellt ... ja, ich versagte. Ich ließ mich von meiner Eitelkeit beherrschen, und das treibt mir heute noch die Schamröte ins Gesicht.«

»Du bist verdammt streng mit dir«, sagte Maren.

»Du wirst bald verstehen, warum«, entgegnete Lena, und sie sollte recht behalten.

Lena hatte die Aussagen der beiden Männer schriftlich festgehalten und einander gegenübergestellt, um die Brüche auszuloten, erläuterte sie Maren in sachlichem Ton. Mick Panter beschrieb eingehend seine nächtliche Aufräumaktion an Bord und unter Deck. Warum eigentlich? Er hatte ein ungewöhnliches Geräusch gehört, war dem aber nicht weiter nachgegangen. Warum erwähnte er es dann überhaupt? Frauke Sander war zuerst mit Thomas Hagen zusammengewesen – warum hatte Mick Panter das nicht erwähnt? Hielt er es für unwichtig? Das wäre verwunderlich, fand

Lena, denn damit hatte Hagen nicht nur ein Motiv, sondern gleich zwei – Aspekte, die bei der Verteidigung von Panter eine Rolle spielen konnten. Und umgekehrt: Warum erzählte Hagen ihr davon, wo er sich doch ausrechnen konnte, dass diese Tatsache ihn belasten würde? Vielleicht nahmen beide an, dass dieser Teil der Geschichte ohnehin bekannt war oder bekannt werden würde.

Und was war mit der Staatsanwaltschaft? Die konzentrierte sich nach Lenas Auffassung auf das starke finanzielle Motiv, aber das allein dürfte nicht ausreichen, Panter den in tödlicher Absicht erfolgten Angriff auf Hagen anzuhängen. Es gab keine Zeugen beziehungsweise keine Zeugenaussagen und keine Spuren, die Mick als Täter eindeutig belasteten. Eine Verletzung in Hagens Gesicht hatte ein Arzt zwar als mögliche Folge eines Faustschlags eingestuft, aber zu einer definitiven Festlegung hatte er sich nicht durchringen können.

Am Tag nach dem Gespräch mit Thomas Hagen besuchte Lena das Fitneßstudio, um mit Tim Pächter zu sprechen. Das Studio breitete sich über drei Etagen aus und war gut besucht. Die Einrichtung war hell, modern und stilvoll bis ins Detail; üppige Pflanzen in Keramikkübeln standen zwischen großen Kraftmaschinen und Fitnessgeräten, die Atmosphäre war anregend und freundlich, im Hintergrund lief leise Musik.

Tim Pächter war in einem kleinen Gymnastikraum und machte sich mit Dehnübungen warm. Er sah genau so aus, wie man sich gemeinhin einen Tänzer vorstellt – schmal, aber muskulös, attraktiv, mit einem Gang, der ein wenig affektiert wirkte. Zu Lenas Erstaunen war er mit einer außergewöhnlich tiefen Stimme ausgestattet, die eher zu einem bärigen Typen gepasst hätte. Er gab ihr zur Begrüßung die Hand und ließ sich zu einem Lächeln herab, das mehr als aufgesetzt wirkte. Er wollte sie so schnell wie möglich wieder loswerden. Warum auch immer. Lena gönnte sich ein amüsiertes Lächeln, als Tim Pächter vor ihr stehenblieb und keine Anstalten machte, ihr einen Platz anzubieten.

»Danke, dass Sie sich Zeit für mich nehmen«, eröffnete Lena das Gespräch und nahm eine entspannte Haltung ein.

Wenn Tim Pächter wüsste, dass sie beim Aikido gelernt hatte, notfalls zwei Stunden regungslos auf der Stelle zu stehen, ohne dass es ihr auch nur das geringste Problem bereitet hätte, wäre er vielleicht auf eine andere Taktik verfallen, um es ihr ungemütlich zu machen.

»Keine Ursache.«

Er sah sie abwartend an, und Lena nahm sich Zeit, seinem Argwohn nachzuspüren.

»Wie stehen Sie zu Thomas Hagen?«, fragte sie schließlich.

Er massierte sich die Handgelenke. »Um ehrlich zu sein – wir waren nicht gerade ein Dream-Team. Etwas anderes zu behaupten wäre Schönfärberei.«

Interessant, dass er in der Vergangenheit erzählt, dachte Lena. Sie lächelte ihn auffordernd an.

»Er mochte mich nicht sonderlich«, fuhr er fort. »Und ich … na ja, sagen wir so: ein schwieriger Typ, der hinter allem und jedem Angriffe gegen sich selbst vermutete. Mick versuchte immer wieder, ihn zu motivieren und aufzumuntern, aber Thomas blockte alles ab, erst recht wenn es darum ging, neue Ideen umzusetzen.«

»Nun, das wird sich ja künftig ändern«, warf Lena ein. »Fürs Geschäft wird Thomas Hagen, so wie es aussieht, wohl gänzlich ausfallen. Da hat dann Mick Panter allein das Sagen – es sei denn, der Mordversuch kann ihm nachgewiesen werden und er landet im Gefängnis.« Sie warf Tim Pächter einen provozierenden Blick zu.

Der runzelte die Stirn und schüttelte den Kopf. »Hab ich da was missverstanden? Ich denke, Sie sind Micks Anwältin?«

»Und? Er steht unter Anklage, und darum muss ich alle Argumente kennen, die gegen ihn sprechen. Sie wirken jedenfalls alles andere als unglücklich, dass Thomas Hagen weg ist.«

»Was soll das denn?«, fauchte Pächter. »Wollen Sie andeuten, dass ich mich über den Unfall freue? So ein Schwachsinn! Ich kann mir verdammt gut vorstellen, dass der Typ mit seiner Behauptung echte Chancen hat, Mick in Schwierigkeiten zu bringen, wenn nicht sogar für lange Zeit hinter Gitter. Viele wissen, dass die beiden dauernd Zoff hatten und dass Mick ziemlich bedient war. Da liegt es ja nahe, dass er ihn nach der Party kurzerhand über Bord schmeißt und hofft, dass er absäuft, wie?« Pächter streckte das Kinn vor, und ein Schwall giftiger Emotionen schlug Lena entgegen. »Wahrscheinlich hatte Thomas mal wieder die eine oder andere Pille geschluckt und ist deswegen gestolpert und hingeknallt. Das will er natürlich nicht zugeben. Wenn Sie Mick vernünftig vertreten wollen ...» Er legte eine Kunstpause ein, um seine Zweifel anzumelden, »... sollten Sie sich in der Hinsicht mal schlau machen.«

»Danke für den Hinweis, aber warum sind Sie eigentlich so feindselig?«, entgegnete Lena. Sie war zufrieden, ihn aus der Reserve gelockt zu haben.

»Oh, das sage ich Ihnen gerne: Weil ich das Gefühl habe, dass Sie Mick nicht glauben, sondern Thomas. Ich an seiner Stelle hätte mir einen Mann als Anwalt genommen – Frauen fallen eher auf die Mitleidsnummer rein.«

Lena steckte den Hieb weg und fixierte Tim Pächter mit scharfem Blick. »Es geht hier nicht ums Glauben oder Wünschen oder irgendeine Mitleidsnummer. Für die optimale

Verteidigung muss ich wissen, was geschehen ist. Können Sie das nicht nachvollziehen? Ich verteidige jemanden, der tatsächlich einen Mordanschlag verübt hat, anders als jemanden, den ich für unschuldig halte. Und ob Sie es glauben oder nicht: Ich gehe davon aus, dass ein männlicher Kollege sich ähnlich mit dem Fall befassen würde wie eine Frau. Jedenfalls wenn es ihm wichtig ist zu erfahren, was sich da wirklich zugetragen hat.«

Tim Pächter hob beide Hände. »Schon gut, schon gut, tut mir leid, wenn ich etwas heftig war. Wissen Sie, Mick ist sicher kein Kind von Traurigkeit, und er weiß ganz gut, wie er seine Schäfchen ins Trockene bringt, aber Mord? Um Gottes willen, nein, das ist undenkbar. Außerdem – er mochte Thomas, er mag ihn sogar jetzt noch, was ich an seiner Stelle bestimmt nicht tun würde. Und auch wenn es nicht so aussieht – das Ganze nimmt ihn ziemlich mit. Sein ehemaliger Partner und Freund sitzt im Rollstuhl, er selbst könnte ins Gefängnis wandern … keine tollen Aussichten, wenn Sie mich fragen.«

»Was würde dann eigentlich aus dem Studio werden?«

»Da bin ich überfragt.«

»Sie haben einen festen Vertrag?«

»Ja, habe ich. Es ist ein lukrativer Vertrag, doch ich muss auch einiges dafür tun.«

»Arbeitet Frauke Sander eigentlich auch hier?«

»Ja, sie kümmert sich um den Service – Getränke, Snacks, Verkauf von Sportartikeln, Sportlernahrung, Klamotten und so weiter. Den Job hat sie schon seit einiger Zeit.«

Lena nickte. »Ich verstehe. Eine Frage noch zum Abschluss: Waren Sie eigentlich vorher schon mal alle gemeinsam auf einer Yacht unterwegs?«

Pächter zuckte mit den Achseln. »Zu meiner Zeit nicht,

aber ich bin ja noch nicht lange dabei. Erst ein Dreivierteljahr.«

»Ach so. Nun, dann will ich Sie nicht länger aufhalten. Danke für Ihre Auskünfte.«

Als Lena auf der Straße stand, musste sie einige Male kräftig ein- und ausatmen. Tim Pächter war mit seiner wuchtigen Emotionalität genau das Gegenteil von Panter. Zudem hatte er sie behandelt wie eine lästige Ermittlungsbeamtin. Doch der beiläufige Hinweis auf Tabletten, die Thomas Hagen genommen haben sollte, war interessant.

Lena hielt inne, während Maren sie gespannt ansah. »Und? Hatte er was genommen?«

Lena nickte zögernd. »Das Ergebnis der gerichtsmedizinischen Untersuchung einer Blutprobe, die kurz nach der Einlieferung ins Krankenhaus entnommen worden war, bestätigte die Einnahme von Schmerz- und Beruhigungsmitteln, und zwar in einer recht üppigen Dosis. Weitergehende Analysen wiesen später zudem auf einen bereits länger währenden Tablettenmissbrauch hin. Thomas Hagen selbst bestritt das vehement, benannte sogar seinen Hausarzt als Zeugen, gab aber zu, häufiger Kopfschmerztabletten genommen zu haben, da er unter Migräne litt. Später fand die Kripo in seinem Umkleideraum im Studio ein handelsübliches recht starkes Beruhigungsmedikament, und zwar versteckt in einer Paracetamolschachtel. Zu diesem Zeitpunkt schien mir die Staatsanwaltschaft ziemlich unschlüssig, denn was sich da so nach und nach fand, konnte auch zu Panters Gunsten ausgelegt werden. Aber Hagen tobte vor Empörung und behauptete steif und fest, dass Mick ihm die Pillen untergeschoben hätte, wahlweise auch Frauke Sander oder Tim Pächter. Panters Fingerabdrücke konnten zwar auf der Packung Schmerztabletten nachgewiesen werden, aber das wog nicht allzu schwer. Auch ein anderer Zeuge, den Panter mir genannt hatte und der seit Jahren im Studio trainierte und einen vertrauenswürdigen Eindruck machte, sagte vor Gericht überzeugend aus, dass Hagen seiner Kenntnis nach häufig zu Tabletten griff – Beruhigungs-, Aufputsch-, Schmerz- und Schlafmittel. Die Version, dass er vollgedröhnt ins Stolpern geraten war und nicht mehr so recht mitbekommen hatte, was passierte, drängte sich förmlich auf. Hinzu kam, dass Hagen ein Einzelgänger war und nur wenige Zeugen benennen konnte, die ihn besser aussehen ließen, also souveräner, charakterlich gefestigt, überzeugend und so weiter. Da half es auch nicht mehr viel, dass Mick Panter nach den Aussagen einiger Geschäftsleute, die die Staatsanwaltschaft präsentierte, als skrupelloses Schlitzohr mit nicht ganz sauberen Verbindungen eingestuft werden musste. Das ging nahezu unter. Nicht nur bei mir. Auf gut deutsch: Diesbezüglich hakte niemand mehr nach. Und die Einschätzungen ehemaliger Freundinnen sind immer mit Vorsicht zu genießen.«

»Und was sagte Frauke Sander zu der Pillengeschichte?«, fragte Maren. »Wenn ihr Ex-Freund tatsächlich tablettensüchtig war, hat sich das doch vielleicht schon während ihrer Beziehung angedeutet.«

»Sie war sehr zurückhaltend und wirkte ... ja, etwas zwiegespalten. Verständlicherweise. Auf der einen Seite war da ihre erst ein knappes Jahr zurückliegende Beziehung mit Thomas Hagen, den sie als schwierig und manchmal unberechenbar bezeichnet hatte, auf der anderen Seite war sie sehr in Mick verliebt und himmelte ihn an. Die Ereignisse hatten sie tief verunsichert, und sie schien Angst zu haben, irgendwem schaden zu können. All das kam bei unserem

Gespräch und auch bei ihrer Aussage vor Gericht sehr überzeugend bei mir an, nachdem ich während der ersten kurzen Begegnung in Panters Haus zunächst nur eine junge, verliebte und sich bereitwillig unterordnende Frau erlebt zu haben glaubte. Sie erklärte, dass Thomas Hagen oft Kopfschmerzmittel genommen habe, weil er regelmäßig unter Migräne litt. Von anderen Medikamenten wüsste sie nichts, doch das musste ja nicht viel heißen.«

»Es sah also nicht gut aus für Thomas Hagen, sondern entwickelte sich stetig besser für deinen Mandanten«, fasste Maren zusammen.

»Genau. Und das führte dazu, dass alle, auch ich oder besser: besonders ich, nur noch die Aspekte vor Augen hatten, die Hagen belasteten und Mick entlasteten. Ich ließ mich einlullen von den Indizien, statt auf Zwischen- und Misstöne abseits des Vordergründigen zu achten und dahin zu schauen, wo andere meinten, dass der Blick nicht lohne. Das war ja immer meine Stärke gewesen. Doch die konnte sich angesichts der überzeugenden Darstellung von Panter und seinem Umfeld und den vielen Punkten, die gegen Thomas Hagen sprachen, kaum entfalten. Plötzlich hatte auch ich nur noch einen zynischen, hasserfüllten, von Neid und Selbstmitleid zerfressenen Mann vor mir, der um sich schlug, um nicht alleinverantwortlich vor den Trümmern seines Lebens zu stehen. Alles schien vollkommen klar und logisch, und ich war auch noch stolz darauf, dass ich mich nicht vom Mitgefühl für einen an den Rollstuhl gefesselten Mann hatte beeinflussen lassen – dank meiner ach so ausgeprägten Menschenkenntnis und meiner unfehlbaren Intuition.«

Maren sah, dass Lenas Hände zitterten. »Mick Panter wurde freigesprochen?«

»Ja. Ohne Wenn und Aber.«

»Niemand hatte etwas anderes erwartet«, stellte Maren fest.

»Nein, natürlich nicht. Nach der Urteilsverkündung marschierte er als Erstes zu Thomas Hagen und wollte mit ihm sprechen. Doch der spuckte ihm ins Gesicht – buchstäblich. Panter blieb vollkommen beherrscht. Er wischte sich übers Gesicht und zog eine betroffene Miene, in der sich Anteilnahme und Schmerz perfekt mischten. Unter den unbeteiligten Zuschauern im Saal gab es, glaube ich, niemanden, der ihm diese Gefühle nicht abnahm.«

»Und dann?«, fragte Maren.

Mick Panter drehte sich zu Lena um, als wäre nichts gewesen, und streckte ihr die Hand entgegen.

»Danke«, sagte er mit warmer Stimme. »Das haben Sie wunderbar gemacht. Zögern Sie bitte nicht, mir umgehend Ihre Rechnung zu schicken.«

Lena fühlte sich ausgelaugt und müde, wie häufig nach solchen Prozessen. Außerdem tat ihr der Anblick von Thomas Hagen weh. Es hätte kaum ein krasseres Gegensatzpaar geben können als die beiden Männer – der eine stark, strahlend, aufrecht, der andere gebrochen, verbittert, bleich. Für einen Moment hatte Thomas Hagen ihr in die Augen gesehen, und sie war erschrocken, wie verletzt er war. Fast zerstört. Sie hatte sich abgewandt, was sie selten tat, und umständlich ihre Unterlagen zusammengepackt.

»Das tue ich sicherlich bald«, erwiderte sie dann in Richtung ihres Mandanten. »Was ich Sie schon lange fragen wollte – wie sind Sie eigentlich darauf gekommen, mich als Anwältin zu engagieren?«, schob sie hinterher. Die Frage klang beiläufig, fast wie ein Lückenfüller, aber während Lena sie aussprach, fuhr ihr durch den Kopf, dass es verdammt spät war, sie zu stellen. Zu spät. Was für ein merkwürdiger Gedanke.

»Ich wollte einen Freispruch erster Klasse – keine Einstellung mangels Beweisen oder so was in dieser Richtung. Da bleibt immer was kleben, verstehen Sie? Das kann ich mir als Geschäftsmann nicht leisten«, entgegnete Mick Panter sofort bereitwillig. »Die Leute besuchen kein Fitneßstudio, wenn gemunkelt wird, ich hätte meinen Partner ja vielleicht doch ins Wasser gestoßen oder ihm Hilfe verwehrt und seinen möglichen Tod in Kauf genommen, was mir bloß nicht nachgewiesen werden konnte.« Er lächelte. »Ich wusste, dass Sie überaus gründlich sind, alles sehr genau wissen wollen, und nun bin ich nicht nur freigesprochen, sondern alle sind zugleich davon überzeugt, dass Thomas mir etwas anhängen wollte. Besser geht es nicht.«

Lena nickte langsam. Er hatte sich verdammt gut vorbereitet. Panter rückte seine Krawatte zurecht und sah ihr dabei in die Augen.

»Ihr Ruf als Spürnase eilt Ihnen natürlich voraus«, ergänzte er. »Sie werden es bestimmt noch weit bringen.« Damit schob er sich an ihr vorbei in Richtung Ausgang.

Das klingt herablassend, dachte Lena, während Frauke Sander, die ziemlich mitgenommen aussah, an seine Seite trat und neben ihm den Gerichtssaal verließ. Lena folgte ihnen langsam. Wofür hält er sich, dass er mir in dieser altväterlichen Weise auf die Schulter klopft?

Draußen warteten einige Presseleute und Schaulustige, und Mick Panter war sichtlich erpicht, eine Erklärung abzugeben. Er fuhr sich durchs Haar und straffte die Schultern. Dann beschleunigte er seine Schritte und bedeutete seiner Freundin, hinter ihm zu bleiben, so dass sie nun neben Lena ging. Doch bevor Panter die Journalisten erreichte, schob sich plötzlich Thomas Hagens Rollstuhl seitlich an ihm vorbei, drehte bei und versperrte ihm den Weg. Mick Panter musste stehenbleiben, um nicht über ihn zu fallen. Frauke Sander und Lena blieben ebenfalls stehen.

Die beiden Männer starrten einander an, und auf einmal wurde es still. Man hörte nur noch das Klicken der Auslöser einiger Fotoapparate und unterdrücktes Räuspern. Lena trat unauffällig zwei Schritte beiseite, um die Szene besser beobachten zu können.

»Du hast es geschafft«, sagte Thomas Hagen leise, aber für die meisten gut hörbar. »Eigentlich hätte ich mir das alles sparen können, denn ich habe von Anfang an ernsthafte Zweifel gehegt, dass man mir tatsächlich Glauben schenken würde. Obwohl ...« Er sah kurz zu Lena hoch. »Einen wunderbaren Moment lang dachte ich, sie hätte verstanden, was hier läuft, oder sie hätte zumindest den Grips, es herauszufinden. Sie hat ehrliche Augen. Aber leider, leider – auch sie ist dir auf den Leim gegangen. Da kann man nichts machen. Du bist eben ein Genie und hast alles wunderbar eingefädelt und nichts dem Zufall überlassen. So kenne ich dich – ein echtes Naturtalent.«

»Thomas, hör zu, ich ...«

»Halt die Klappe, Mick!«, fuhr Hagen mit müder, resignierter Stimme dazwischen. »Es ist vorbei. Du bist ein mieses Arschloch, das auch vor Mord oder einem Mordversuch nicht zurückschreckt, um seine Ziele zu erreichen, so einfach ist das.« Ein zynisches Lächeln glitt über sein Gesicht. »Nun will ich nur noch dreierlei von dir: Erstens eine fulminante Abfindung, die den Laden hoffentlich in die Knie zwingt. Zweitens das Versprechen, dass du deine verlogene Visage nie wieder in meine Nähe bewegst. Und drittens meine alte Wasserflasche, die du nach dem Kletterparcours auf dem Rückweg an dich genommen hast. Vielleicht erinnerst du dich. Schick sie mir zu – meinetwegen zahle ich die Zustellgebühr. Sie war, wie du weißt, ein Geschenk meines Großvaters, und ich will sie wiederhaben.«

Einen Moment lang herrschte Totenstille. Lena wandte den Kopf und sah Mick Panter an, der für den Bruchteil einer Sekunde seltsam erstarrt wirkte. Dann schüttelte er den Kopf und beugte sich hinunter, um Thomas Hagen auf Augenhöhe anblicken zu können. Lena registrierte, dass er Hagen mit seinen breiten Schultern vor den Journalisten abschirmte.

»Den Gefallen kann ich dir nicht mehr tun, weil ich dir die Flasche zurückgegeben habe, bevor wir zur Yacht aufgebrochen sind«, sagte er leise. »Erinnerst du dich nicht daran?«

Merkwürdig, dachte Lena, dass er nach allem, was Thomas Hagen ihm hasserfüllt entgegengeschleudert hat, als Erstes auf die Flasche reagiert. Eine vielleicht schöne und für Hagen bedeutungsvolle, aber dennoch in diesem Zusammenhang völlig banale Wasserflasche. Sie wandte Frauke Sander den Kopf zu, die plötzlich noch zwei Nuancen bleicher wurde.

»Erzähl keinen Blödsinn«, erwiderte Hagen grob, aber im selben monotonen Tonfall. »Ich habe sie dir gegeben, weil du etwas trinken wolltest und deine Flasche leer war. Dann hast du sie eingesteckt – das habe ich genau gesehen. Schau mal bei deinen Sachen nach. Sie ist ja unverwechselbar mit ihren Lederschnüren und der Gravur am Boden.«

Lena spürte plötzlich eine Hitzewelle in sich aufsteigen und schnappte unwillkürlich nach Luft. Hagens dumpfe Stimme, seine spontane Entgegnung, die keinerlei Zweifel an der Richtigkeit seiner Erinnerung weckte, und Micks spürbare Anspannung, seine für Sekundenbruchteile deutlich sichtbare Fassungslosigkeit sowie Frauke Sanders seltsam heftige Reaktion hallten in ihr nach. Die Flasche, dachte sie, was ist mit dieser Flasche? Warum ist sie plötzlich so wichtig? Und warum habe ich nicht vorher auf solche Details geachtet?

Mick Panter lächelte auf einmal und zuckte die Achseln.

»Ja, ich sehe noch mal nach«, erklärte er rasch, viel zu rasch. »Vielleicht hast du ja doch recht.«

Eine Bemerkung, die beiläufig und lässig hingeworfen wirken sollte. Dazu zwinkerte er freundlich. Beides war aufgesetzt, fehl am Platz. Zum ersten Mal sah Lena die Maske, die Panter trug, und zwar nur deshalb, weil sie Risse bekommen hatte. Während Thomas Hagen seinen Rollstuhl herumschwang und ohne ein weiteres Wort dem Hinterausgang zustrebte, sah Mick Panter Lena an und hob mit einer hilflosen Geste die Hände. Wieder ein Lächeln auf den Lippen, das jedoch nicht die Augen erreichte. Dann grüßte er und ging zu den Journalisten hinüber.

Lena blieb stehen. Wie eingefroren. Die Hitze hatte sich in Eisstarre verwandelt. Sie spürte mehr als sie sah, dass Frauke Sander sich abwandte und davoneilte, während Mick Panter mit großer Gestik und breitem Lächeln sein Statement vor der Presse abgab.

Einen Moment sagte keine etwas. Maren rührte den kalten Rest ihres Kaffees um, während sie überlegte, ob Lena nur eine Kunstpause einlegte oder eine längere Unterbrechung wünschte, was ihr gar nicht recht wäre.

Lena warf einen Blick auf ihre Uhr. »Es ist spät. Wir sollten langsam aufbrechen.« Sie klang müde.

Maren nickte. »Aber die Geschichte ist noch nicht zu Ende, oder?«

»Nein, keineswegs. Eigentlich geht sie jetzt erst richtig los.«

Maren legte ihre Hände auf den Tisch. »Und? Du kannst doch jetzt nicht einfach …!«

»Zu Hause wartet ein hungriger Kater auf mich.«

»Dann muss er wohl gefüttert werden.« Maren lächelte.

Lena lächelte zurück. »Trinken wir noch ein Glas Wein bei mir? Ich könnte dich später nach Potsdam zum Bahnhof bringen. Ein Regionalzug fährt auch am späteren Abend noch regelmäßig nach Berlin.«

Maren nickte sofort. »Klingt gut.«

Kurz darauf brachen sie mit etwas steifen Beinen in Richtung Caputh auf, wo Lenas Wagen stand. Die Rückfahrt verlief ähnlich schweigsam wie die Hinfahrt am Mittag. Als sie am Bootshaus eintrafen, war es früher Abend. Die Luft war noch erstaunlich mild und weich, und die Abendsonne hatte den Horizont mit flammendem Dunkelrot übergossen. Sie setzten sich auf die Terrasse, nachdem Lena den Kater gefüttert hatte. Sie öffnete eine Flasche Rotwein und stellte ein Schälchen mit Knabbereien bereit.

»Wenn es kühl wird, können wir ja reingehen«, sagte sie und schenkte ein.

»Oder einen Pullover überziehen«, entgegnete Maren. »Es ist wunderschön hier draußen.«

Lena prostete ihr kurz zu. »Auf dein Wohl.«

»Auf deins«, entgegnete Maren und kaum einen Atemzug später: »Mick Panter hat es also doch getan?«

»Das hat er.«

»Und die Wasserflasche spielte eine besondere Rolle?«

»Ja.«

»Aber …?« Maren schüttelte den Kopf. Der Aikidolehrer Simon fiel ihr plötzlich ein. Hatte er Lena wegen dieses Falls die Tür gewiesen? Dass er es getan hatte, stand für Maren außer Frage, auch wenn Lena bislang nicht darüber gesprochen hatte. Fest stand, dass sie nicht mehr ins Dojo ging.

»Kann das nicht jedem passieren, dass er mal einem windigen Typen auf den Leim geht, wenn der es schlau genug einfädelt?«, hob Maren an. »Niemand ist unfehlbar – und wenn du noch so viel Intuition besitzt. Das kann doch niemand verlangen.«

»Das ist genau der Punkt«, entgegnete Lena. »Ich bin nicht unfehlbar. Auf diesen Typen wären wohl die meisten reingefallen, warum nicht auch ich? Die Sache ist aber zum einen die, dass ich einen Irrtum meinerseits für völlig ausgeschlossen hielt und ihn dadurch wahrscheinlich überhaupt erst ermöglicht habe. Und zum anderen konnte ich es einfach nicht ertragen, derart hereingelegt worden zu sein. Mick Panter hatte mich nach allen Regeln der Kunst vorgeführt, und das wollte ich auf keinen Fall auf mir sitzenlassen.«

»Du bist ganz schön streng mit dir selbst – eine solche Erfahrung schätzt wohl niemand«, warf Maren ein.

»Wahrscheinlich nicht, aber ... Um ehrlich zu sein – das Unrecht, das Thomas Hagen angetan worden war, bedrückte mich in diesem Moment erst an zweiter Stelle. An erster Stelle wollte ich nichts anderes als Genugtuung, und dieser Wunsch war erschreckend stark.«

»Hm. Verstehe. Gab es denn die Möglichkeit, das Verfahren noch mal aufzurollen?«, fragte Maren. Nach allem, was sie von Steffens Aikido-Unterricht in Erinnerung behalten hatte, konnte sie sich gut vorstellen, dass eine Schülerin von Simon, noch dazu eine Dan-Trägerin, Gefühlen wie Wut und Rachedurst nicht nachgeben durfte.

»Ja, im Prinzip schon«, erwiderte Lena. »Dazu brauchte ich jedoch neue Beweise und weitere Aussagen. Deren Beschaffung wäre zweifellos ausgesprochen schwierig gewesen und hätte darüber hinaus kein gutes Licht auf meine Arbeit in diesem Prozess geworfen. Doch mein dringender Wunsch, der Sache auf jeden Fall weiter nachzugehen, war sehr viel stärker als sämtliche Bedenken. Ich konnte das unmöglich so stehenlassen. Vielleicht gelang es mir ja doch, neue Zeugen aufzutreiben oder auf bislang unbeachtete Hinweise zu stoßen, zumal Mick sich ja nun in Sicherheit wähnte. Vielleicht, vielleicht …«

»Was sagte dein Chef dazu?«

»Oh, der war natürlich alles andere als begeistert, als ich ihn davon in Kenntnis setzte, dass ich weitere Nachforschungen anstellen wollte. Er riet mir ab – am liebsten hätte er es mir verboten – und hielt sich nur zurück, weil ich zu diesem Zeitpunkt sein bestes Pferd im Stall war. Für ihn bot die Beweislage keine Möglichkeit, neue Ansatzpunkte zu finden, um ein Wiederaufnahmeverfahren in Gang zu setzen. Außerdem gab er zu bedenken, dass Panter, sollte er tatsächlich schuldig sein, was für ihn keineswegs erwiesen war, inzwischen genug Zeit gehabt hätte, eventuell doch noch vorhandene Spuren zu beseitigen. Letztlich hing fast alles von den Zeugenaussagen ab, und es war klar, dass niemand in Micks Umgebung seine Aussage mal eben so revidieren würde – egal, ob er nun bewusst log, weil er mit Mick unter einer Decke steckte und vielleicht sogar von ihm bezahlt wurde – Tim Pächter zum Beispiel –, oder ob er bloß Schlüsse gezogen hatte, die ihm von Mick nahegelegt worden waren. Ich denke, dass so wenige Leute wie möglich eingeweiht waren und dass er den Coup seit Monaten geplant hatte. Im Grunde hatte er nur einen einzigen Fehler gemacht. Und das war die Sache mit der Wasserflasche.«

14

Lena konnte sich kaum erinnern, wie sie nach der Gerichtsverhandlung in ihre Dachwohnung gekommen war. Ihr Kopf wollte schier platzen, zugleich war ihr übel. Sie hatte einen furchtbaren Fehler gemacht, und plötzlich stürmten all die Fragezeichen, denen sie zuvor kaum Beachtung geschenkt hatte, auf sie ein, begleitet von einer ohnmächtigen Wut.

Warum war es ihr nicht früher in den Sinn gekommen, Thomas Hagen im Detail nach den Geschehnissen vor der nächtlichen Auseinandersetzung mit Mick zu befragen und näher auf den Ausflug in den Kletterwald einzugehen? Oder ernsthaft auf den Vorwurf zu reagieren, Mick hätte ihm Tabletten untergeschoben? Wahrscheinlich hatte sie Thomas längst vorverurteilt gehabt. Nein – Lena ging in die Küche und holte sich ein Glas Wasser –, das stimmte auch nicht. Sie hatte einfach nicht aufgepasst und sich für unfehlbar gehalten.

Mick Panter hatte auf Thomas Hagens Frage nach der Flasche einen Wimpernschlag lang mit Verwirrung und Unsicherheit reagiert, was vielleicht nicht einmal Lena aufgefallen wäre, hätte er nicht die ganze Zeit über einen so souveränen Eindruck gemacht. Aber diesmal war er auf dem falschen Fuß erwischt worden. Außerdem hatte er unangemessen reagiert, indem er in aller Öffentlichkeit ausführlich auf Hagens Frage eingegangen war, statt sie achselzuckend zu übergehen, sich dumm zu stellen. Panter war es wichtig gewesen, in aller Deutlichkeit klarzustellen, dass es die Flasche nicht mehr gab, aber die zur Schau gestellte Lässigkeit, mit der er Hagen abservierte, hatte zumindest Lena nicht überzeugt.

Und was war mit Frauke Sander? Was hatte sie in diesem Augenblick so erschüttert? Die Situation im Allgemeinen oder doch etwas Bestimmtes?

Lena durchquerte ihr weiträumiges Wohnzimmer, trat auf die Dachterrasse und setzte sich in einen Korbsessel. Für den weiten Blick über die Stadt hatte sie in diesem Moment kein Auge. Panter hatte nicht nach der Flasche gefragt, weil er Durst gehabt hatte, sondern weil dem Wasser etwas zugesetzt worden war, überlegte sie und spürte, wie gut es ihr tat, ihren Gedanken freien Lauf zu lassen. Er konnte nicht das Risiko eingehen, dass sie womöglich in der Kriminaltechnik landete und hatte sie eingesteckt, um sie später in aller Seelenruhe zu entsorgen.

Ich muss noch einmal mit Thomas Hagen sprechen, dachte sie. Wenn es zutrifft, dass Panter ihm seit Monaten Tabletten untergejubelt hat, muss es Hinweise geben, denen ich nachgehen kann. Aber er wird mich gar nicht empfangen. Oder er wird mich empfangen und ebenfalls anspucken. Geschähe mir ganz recht. Sie starrte über die Dächer der Stadt und konnte sich nicht erinnern, wann sie sich das letzte Mal so elend und hohl gefühlt hatte.

Als Maika sie abends zum Training abholen wollte, erzählte sie ihr, dass sie Kopfschmerzen habe und Aikido für sie ausfallen müsse. Das war nicht gelogen. Aber es war nicht der Grund, warum sie das Dojo mied. Maika zog sie in die Arme und strich ihr über den Rücken.

»Du bist ziemlich verspannt. Kann ich etwas für dich tun?«, fragte sie.

»Nein, es geht schon, danke.«

»Ich könnte nachher noch einmal vorbeikommen und dich massieren«, bot Maika ihr an.

Ihr Lächeln war genau die Mischung aus Verschmitztheit und Wärme, die Lena so liebte, die sie von Anfang an geliebt hatte.

»Das ist ein verführerisches Angebot, aber ich glaube, es

ist das Beste, wenn ich einfach früh schlafen gehe«, erwiderte sie. »Morgen geht es mir bestimmt besser.«

Warum? dachte sie. Warum will ich sie nicht bei mir haben, gerade jetzt? Sie könnte mich massieren, und ich würde mich erst entspannen und dann nach ihr sehnen, nach ihrem mageren muskulösen Körper, nach dem Zusammenspiel unserer Körper; sie würde mich zum Lachen bringen und zum Seufzen und zum Stöhnen, und alles andere wäre unwichtig.

Maika nahm den Kopf zurück und sah sie an. »Wie du meinst. Wenn du es dir anders überlegen solltest, schreib mir eine SMS.«

Sie nickte. Ihr Kuss war flüchtig.

Drei Tage später stand sie vor dem Zimmer von Thomas Hagen. Er war in einer Rehabilitationsklinik und hatte auf ihre Anrufe nicht reagiert. Sie klopfte zweimal und drückte die Klinke herunter, nachdem er kurz und schneidend »Herein!« gerufen hatte. Er saß am Fenster und blickte ihr entgegen. Seine Lippen waren blutleer, die dunklen Haare wirkten ungepflegt, die Augen lauernd. Sie machte zwei Schritte auf ihn zu und blieb stehen.

»Das habe ich mir gedacht«, sagte er ohne Einleitung und musterte sie von oben bis unten. »Was wollen Sie noch? Warum respektieren Sie nicht, dass ich nicht mit Ihnen sprechen will?«

»Haben Sie Ihre Wasserflasche bekommen?«

Thomas Hagen stutzte. »Bitte? Was soll das denn jetzt?«

»Nun sagen Sie schon – hat Mick Panter Ihnen die Wasserflasche geschickt?«

»Nein, bislang nicht«, antwortete er. »Was interessiert Sie denn meine Wasserflasche? Erzählen Sie mir nicht, dass Sie deswegen hier aufgekreuzt sind.«

Lena atmete tief durch. Sie hatte seine Neugier geweckt. Das war gut. Das war zumindest ein Anfang.

»Doch, genau darum bin ich hier«, fuhr sie fort. »Panter wird Ihnen die Flasche nämlich weder heute noch morgen oder nächste Woche zurückgeben. Er hat sie höchstwahrscheinlich längst entsorgt, und zwar endgültig.«

Thomas Hagen verschränkte die Hände und starrte sie an. »Wie kommen Sie denn darauf?«

»Ich vermute, dass er Ihnen Tabletten ins Wasser gemischt hat. Derlei Rückstände lassen sich heutzutage im Labor ohne Probleme nachweisen. Also musste die Flasche verschwinden, und zwar noch bevor Sie auf die Yacht gingen und so unauffällig wie möglich, damit ihr Verbleib gar nicht erst zur Sprache kommt. Er hatte nie vor, sie Ihnen zurückzugeben. Das Risiko war viel zu groß, dass sie untersucht worden wäre.«

»Ach?« Er war verblüfft. Und wirkte für einen Moment hilflos wie ein kleiner Junge.

Lena schluckte. »Panter hat Sie um Ihre Wasserflasche gebeten. Hatte er das je zuvor getan? Und, nebenbei bemerkt: Garantiert hat er nicht daraus getrunken, sondern nur so getan. Dann hat er sie, weil sie angeblich leer war, der Einfachheit halber eingesteckt. Das fiel gar nicht weiter auf: Sie waren mit Klettern beschäftigt. Die Flasche konnte er Ihnen auch später zurückgeben, oder?«

Thomas Hagen nickte langsam. »Sie war fast leer. Das habe ich ihm auch gesagt und mich noch darüber gewundert, dass er trotzdem den kleinen Rest haben wollte … Und an diesem Tag ging es mir besonders schlecht …«

Er sah sie lange schweigend an. »Es ist vorbei«, sagte er dann ruhig. »Die Verhandlung ist gelaufen. Warum kommen Sie jetzt damit?«

Lena wich seinem Blick aus. »Das ist eine berechtigte Frage. Ich bin stutzig geworden, als Sie nach dem Gerichtsurteil nach der Flasche fragten und es Panter so auffallend wichtig war klarzustellen, dass er sie nicht hat. Da kamen mir Zweifel und mit den Zweifeln stellten sich plötzlich Fragen ein, die mir vorher nicht in den Sinn gekommen waren … Er hat mich hereingelegt, genau wie Sie es vorausgesagt haben. Glauben Sie mir – so etwas ist mir noch nie passiert.«

Für einen Moment herrschte Stille. Er starrte sie an, und sie sah, dass seine Fingerknöchel weiß hervortraten, so fest presste er die Hände zusammen.

»Es tut mir leid, dass Ihr Selbstwertgefühl einen solchen Dämpfer bekommen hat.« Seine Stimme troff plötzlich vor Ironie. »Ich hoffe, Sie erholen sich bald wieder davon.«

»Es tut mir leid – es tut mir sogar furchtbar leid, glauben Sie mir das bitte. Ich habe nicht vor, das Urteil so stehenzulassen«, erwiderte sie schnell.

Er blickte kurz zum Fenster hinaus. »Wie meinen Sie das?« Er fuhr sich durch die Haare und sah sie wieder an.

»Ich werde versuchen, das Ganze noch einmal aufzurollen.«

Thomas Hagen verzog den Mund. »Vergessen Sie's. Micks Geschichte hat Hand und Fuß, das wissen Sie doch nur allzu gut – schließlich haben Sie sie ja mit Ihrer hervorragenden Arbeit auch noch gestützt und mich als einen vollgedröhnten neidischen Trottel hingestellt. Die Kleinigkeit mit der Flasche … nun, was hilft es schon, vor allem wenn sie nie wieder auftaucht?«

»Unter Umständen eine ganze Menge«, erklärte Lena mit Nachdruck und steckte den Vorwurf unkommentiert ein. »Darf ich mich setzen?« Sie wies auf den Stuhl neben ihm und nahm Platz, noch bevor er mit einem gerade eben wahrnehmbaren Nicken zugestimmt hatte. »Ich gehe davon aus, dass Panter Ihnen seit Monaten immer wieder einen hübschen Tablettencocktail untergejubelt hat, denn Ihre Blut- und Leberwerte beweisen einen längerfristigen Missbrauch, keine einmalige Einnahme. Außerdem konnte klar belegt werden, dass es sich nicht um simple Kopfschmerz- oder Migränetabletten handelte. Da stellt sich nun erstens die berechtigte Frage: Wie konnte er Ihnen die Pillen andauernd untermischen? Und zweitens: Wo hatte er das Zeug her?«

Thomas Hagen winkte ab. »Im Studio wird immer viel getrunken, und jeder hat ständig irgendein Getränk herumstehen. Es dürfte nicht weiter schwierig gewesen sein, Tabletten in mein Glas oder meine Flasche zu mogeln. Und die Frage der Beschaffung war sicherlich auch kein Problem für Mick. Er kennt nun wirklich Gott und die Welt.«

»Gott und die Welt helfen in dem Fall nicht weiter«, meinte Lena. »Denken Sie nach! Es muss jemanden geben, der ihm so was unter der Hand besorgt hat – nicht nachweisbar. Außerdem muss es jemand sein, der auf jeden Fall dichthält oder aber von nichts eine Ahnung hat. Was ist mit diesem Norbert Klein, der seit Jahren ins Studio kommt und ausgesagt hat, Sie würden regelmäßig Beruhigungs-, Schlaf- und Aufputschtabletten nehmen? Was könnte er für eine Rolle spielen?«

»Norbert«, antwortete Hagen nachdenklich. »Seine Aussage war schon ein ziemlicher Hammer. Wir sind immer gut miteinander ausgekommen. Ich schätze, Mick hat ihn gekauft.«

Lena stützte das Kinn in die Hand. Ihr Kopf dröhnte. »Er machte eigentlich keinen käuflichen Eindruck …«

Thomas Hagen warf ihr einen schrägen Blick zu. »Verzeihung, Frau Anwältin, aber Mick …«

»Schon gut«, unterbrach Lena ihn eilig. »Ich weiß, was Sie sagen wollen, doch ist es nicht möglich, dass Norbert ohne sein Wissen in die Sache hineingezogen wurde? Er hat ausgesagt, dass er häufig mitgekriegt hat, wie Sie Tabletten genommen haben, und er war sich ziemlich sicher, dass es sich dabei nicht um Vitaminpillen oder Ähnliches handelte, weil es zum einen aussah, als würden Sie sie heimlich konsumieren, was ja ganz typisch bei einer Tablettensucht ist, und er zum anderen in Ihrem Papierkorb leere Pillenpackungen gesehen haben will.«

Thomas Hagen schüttelte den Kopf. »Die Packungen gab es nicht, oder Mick hat auch hier seine Hände im Spiel gehabt. Außerdem glaube ich, dass Sie es zu kompliziert machen. Ich habe hin und wieder Medikamente genommen und auch Nahrungsergänzungsmittel für Sportler – damit bin ich nicht schaulaufen gegangen, warum auch? Norbert hat das Mick zuliebe einfach ein bisschen krasser ausgedrückt, und schon entstand vor Gericht das Bild eines durchgeknallten Junkies, der einem aufrechten, tüchtigen Geschäftsmann ans Bein pinkeln wollte oder unter Wahrnehmungsstörungen litt und sowieso nicht mehr wusste, was los war. Außerdem – wenn Mick meine Getränke seit geraumer Zeit präpariert hatte, werde ich ja wohl tatsächlich tablettensüchtig gewesen sein. Das erklärt vielleicht auch so manches Wehwehchen, manchen Aussetzer und meine Gereiztheit in den letzten Monaten.«

»Ja, das ist ein zusätzlicher Punkt, den er für sich nutzen konnte«, stimmte Lena zu. »Trotzdem, ich werde Norbert Klein noch mal auf den Zahn fühlen.«

»Sie müssen das nicht tun, jedenfalls nicht meinetwegen«, erwiderte Hagen. »Sie haben sowieso keine Chance. Die Mordabsicht ist einfach nicht nachweisbar, oder glauben

Sie etwa, dass irgendein Zeuge vielleicht doch noch auspackt? Die haben entweder Schiss vor Mick oder wissen nicht, was wirklich Sache ist, oder sind finanziell von ihm abhängig und darum überhaupt nicht daran interessiert, dass er in den Knast wandert.«

»Es muss eine Lücke geben – es gibt immer eine.«

»Sie wünschen sich, dass es eine gibt, so wie ich anfangs gehofft habe, dass er mit seinem miesen Spiel nicht durchkommt. Wie war das noch gleich – die Hoffnung stirbt zuletzt?«

Lena stand auf. »Ich will es trotzdem versuchen«, beharrte sie.

Plötzlich lächelte Thomas Hagen, und sie konnte sich dieses Lächeln nicht erklären. Sie konnte es auch nicht spüren. Es kam nicht bei ihr an – es war, als befände sie sich hinter einer Glasscheibe. Sie musterte seine Gesichtszüge, streckte ihre Fühler aus, aber es folgte kein Echo.

»Tun Sie, was Sie nicht lassen können«, erwiderte er nach langem Schweigen. »Nur eines sollten Sie sich klarmachen: Für mich tun Sie das nicht.«

Er hat recht, dachte sie und fröstelte.

Als Lena nach Hause kam, hatte Maika auf ihren Anrufbeantworter gesprochen. Ihre Stimme war wie immer warm und leise, und Lena lauschte einen Moment dem Klang nach. Dann löschte sie die Nachricht. Ich kann später zurückrufen, dachte sie und wusste im selben Augenblick, dass sie es nicht tun würde.

Lena ließ sich keine Zeit, um zur Ruhe zu kommen. Alles, nur das nicht. Gleich am nächsten Tag rief sie unter falschem Namen im Studio an, erkundigte sich nach Norbert Klein und erfuhr, dass man ihn gegen achtzehn Uhr zum Training erwartete. Um kurz nach neunzehn Uhr parkte sie ihren Wagen einige Meter abseits des Eingangs am Straßenrand, und etwa eine halbe Stunde danach sah sie ihn das Studio verlassen.

Norbert Klein trug seinen Namen zu Recht. Er war klein, fast schmächtig und unscheinbar, Mitte dreißig, gelernter Großhandelskaufmann. Das jahrelange Trainieren mit Gewichten hat ihm nicht allzu viel gebracht, fand Lena, als sie seine zierliche Gestalt betrachtete. Seine Haare waren noch nass, und er ging rasch die Straße hinunter. Lena stieg aus und folgte ihm in einigem Abstand.

Als sie das erste Mal mit ihm gesprochen hatte, war er sehr zurückhaltend gewesen und hatte zunächst gar nichts sagen wollen. Die Aussicht, als Zeuge vor Gericht aufzutreten, war ihm sichtlich unangenehm gewesen, und Lena hatte ihm eine Weile ins Gewissen reden müssen, um ihn davon zu überzeugen, dass Freundschaft und Rücksichtnahme beim Anklagepunkt Mordversuch aufhörten. Seine zögerliche Schilderung von einem Thomas Hagen, der häufig unter Stimmungsschwankungen litt und noch häufiger in seiner Umkleidekabine verschwand, um Tabletten einzunehmen, war mehr als glaubwürdig gewesen. Nicht eine einzige Alarmglocke hatte geschrillt, jedenfalls hatte sie nichts gehört. Seine Unsicherheit war zwar auffällig gewesen, aber Lena hatte sie darauf zurückgeführt, dass Norbert sich als Schnüffler outen musste. Wer gab schon gern zu, durch halboffene Türen gelinst und den Mülleimer eines angeblichen Freundes durchsucht zu haben? Insofern hatte sie seine Schilderung nicht angezweifelt.

Während sie ihm nun die Straße hinunter folgte, versuchte sie, alle Gedanken und Überlegungen aus ihrem Kopf zu verbannen und ihre Atmung zu regulieren. Wenn sie noch eine

Chance haben wollte, seinen tatsächlichen Beweggründen auf die Spur zu kommen, musste sie offen und wertfrei auf ihn zugehen.

Norbert Klein blieb am Schaufenster eines Bekleidungsgeschäftes stehen. Lena schloss zu ihm auf und stellte sich neben ihn.

»Guten Abend, Herr Klein. Wie war Ihr Training?«, fragte sie und setzte ein freundliches Lächeln auf.

Er wandte sich um und blickte sie überrascht an. Mit einer Hand fuhr er sich durch das nasse Haar und rückte die Brille zurecht, die andere steckte er in die Hosentasche. »Ach, hallo, das ist ja ein Zufall, Frau Bokken.« Er sah auf die Sporttasche zu seinen Füßen. »Stimmt, ich war beim Training. Hat Spaß gemacht, wie meistens.«

Lena nickte. »Wie läuft es denn so – ohne Thomas Hagen?«

»Ach ... ganz gut ... glaube ich. Ich meine ... er fehlt ja schon eine ganze Weile, und es muss ohne ihn weitergehen.«

»Vermisst ihn denn niemand?« Lena war einen Schritt näher getreten.

»Wie meinen Sie das?«

»Nun – so, wie ich es sage.« Zu forsch, dachte sie im gleichen Moment.

Klein stutzte und machte einen halben Schritt zur Seite. »Na ja, nach allem, was passiert ist ...«

»Ich verstehe«, unterbrach Lena ihn. »Thomas hat Mick ja so richtig in die Pfanne hauen wollen, nicht wahr? Andererseits – sind Sie nicht auch mal mit ihm befreundet gewesen?«

Norbert kratzte sich im Nacken. Dann sah er auf seine Armbanduhr und bemühte sich halbherzig um ein Lächeln.

»Hören Sie, Frau Bokken, ich muss weiter«, sagte er. »Die Geschichte ist vorbei – ich mag nicht mehr darüber reden.

Sie haben Mick großartig verteidigt, und nun sollte der ganz normale Alltag wieder einkehren. Das ist für alle Beteiligten wahrscheinlich das Beste.«

»Wissen Sie, wie der ganz normale Alltag für Thomas Hagen jetzt aussieht?«

Norbert Klein trat einen weiteren Schritt zurück. »Nein, natürlich nicht, wie sollte ich? Aber ... Sagen Sie mal, was wollen Sie eigentlich von mir? Ich verstehe Ihre Fragerei nicht. Es ist vorbei ...«

Lena rückte mit zwei Schritten nach. Sie wusste, dass sie ihn damit in die Enge trieb. Vielleicht machte er einen Fehler.

»Ach, wissen Sie, ich bin grundsätzlich ein nachdenklicher Mensch«, sagte sie ruhig, fast sanft. »Mir geistern häufig viele Fragen durch den Kopf – auch wenn ein Fall abgeschlossen ist. Manchmal stoße ich dabei auf Ungereimtheiten, die mich nicht mehr loslassen und die ich unbedingt klären muss. Da zeigt sich dann auch mal, dass ein Fall keineswegs abgeschlossen ist, nur weil ein Urteil gefällt wurde. Und Urteile können, wie Sie wissen, revidiert werden. Das ist zwar vergleichsweise selten, aber bei entsprechender Beweislage durchaus möglich. Verstehen Sie?«

Sein linkes Augenlid zuckte plötzlich. Er blickte sie starr an, und sie konnte förmlich riechen, dass Angst in ihm hochstieg, keine Verunsicherung oder Irritation wie zuvor, nein – Angst. Sie strömte ihm aus allen Poren. Lena fixierte ihn. Der Wunsch, ihn zu packen und zu schütteln, wurde beinahe übermächtig. Zugleich wusste sie, dass sie ihm auf keinen Fall nachgeben durfte und dass ihre Wut nur ein Ventil suchte.

»Lassen Sie mich in Ruhe«, sagte Norbert Klein, hob seine Tasche auf und wollte gehen.

Lena versperrte ihm mit einem einzigen Schritt den Weg.

»Ich werde herausbekommen, was passiert ist. Und ich werde auch herausbekommen, welche Rolle Sie dabei gespielt haben.«

Sein Adamsapfel hüpfte auf und ab. Er hob die Tasche wie einen Schutzschild vor die Brust. »Lassen Sie mich vorbei. Sie haben überhaupt kein Recht ...«

»Es wird weitergehen, Herr Klein, und dann sind auch Sie dran, das können Sie mir glauben«, erklärte Lena mit eisiger Stimme.

Dann gab sie den Weg frei, und Norbert Klein stolperte an ihr vorbei. Wenig später saß Lena wieder in ihrem Wagen. Sie zitterte und war verschwitzt. Noch nie war sie so massiv vorgegangen und hatte einen Zeugen derart eingeschüchtert. Es ist nicht schwer, dachte sie, einen Mann wie Klein einzuschüchtern. Und nach allem, was geschehen war, durfte sie doch auch mal ein wenig Genugtuung empfinden.

Am nächsten Abend sprach Maika sie auf den Fall an. Nachdem Lena ihr einige Tage zuvor lediglich in groben Zügen erzählt hatte, was geschehen war, sah sie nun keine Möglichkeit mehr, ihr auszuweichen und berichtete von ihrer Auseinandersetzung mit Norbert Klein. Bereits an Maikas Gesichtsausdruck sah sie, dass diese ihre Vorgehensweise für falsch hielt.

»Auf die sanfte Tour komme ich hier nicht weiter«, erklärte sie, als sie gemeinsam beim Essen saßen. »Die lachen sich eins ins Fäustchen. Ich muss sie aus der Reserve locken.«

Maika nahm sich eine Tomate. »Hast du schon mit dem Staatsanwalt gesprochen?«

»Nein. Solange ich keine neuen Erkenntnisse und schlüssigen Beweise vorlegen kann, hat das keinen Sinn. Er wird sich nicht mal die Zeit nehmen, mich überhaupt anzuhören.«

»Und du bist sicher, dass Mick Panter doch schuldig ist?«

»Ja, ich bin sicher.«

Maika sah sie an. »Lena, sei bitte ...«

»Keine Sorge, ich bin vorsichtig«, unterbrach sie die Freundin. »Es ist furchtbar«, fügte sie einen Moment später hinzu. »Ich habe mich ... blenden lassen. Wie eine Anfängerin. Wie ...«

»Du hast diesmal dem Falschen geglaubt – das kann auch dir mal passieren.«

»Ich muss es geraderücken, sonst wird mich das ewig verfolgen.«

»Ich dachte, du musst es geraderücken, damit ein Verbrechen aufgeklärt wird.«

Sie spürte, wie sie rot wurde. »Ich glaube nicht, dass das der richtige Augenblick für philosophische Betrachtungen ist.«

»Warum nicht? Es ist immer wichtig, sich darüber im Klaren zu sein, warum man etwas tut.«

Lena schob ihren Teller energisch beiseite. »Vielleicht will ich ja zwei Fliegen mit einer Klappe schlagen – ist das verboten, nur weil mich die Sache auch persönlich betrifft?«

Maika lächelte sanft. »Nein, nur ... es klingt überhastet, wie du das Ganze in Angriff nimmst und ...«

»Was soll ich denn deiner Meinung nach jetzt machen – erst mal die Hände in den Schoß legen und warten, bis ich eine Eingebung habe und sämtliche persönlichen Gefühle in den Hintergrund getreten sind?«, fragte sie aufgebracht. »Dann ist kein einziger Beweis mehr zu erbringen.«

»Umgekehrt wird es wohl eher funktionieren.«

»Bitte?«

»Wenn sämtliche persönlichen Gefühle in den Hintergrund getreten sind, wirst du eine Eingebung haben«, sagte Maika, und sie sah aus, als meinte sie das ernst. »Erinnerst du dich, wie Simon beim letzten Training vor seiner Reise Shantideva zitiert hat?«

»Nein«, antwortete Lena. Und sie war auch nicht sicher, ob sie es hören wollte.

»Wenn das Herz sich als erregt erweist, als spöttisch, stolz, überheblich, anklagend, gehässig, arglistig, lobhungrig, verächtlich, grob, zänkisch, dann gilt es unbeweglich zu verharren wie ein Holzklotz«, zitierte Maika.

»Ich bewundere dein Gedächtnis – wirklich, ganz erstaunlich.«

»Warum bist du auf einmal so zynisch?« Maika wirkte unbeeindruckt, aber Lena spürte, dass sie ärgerlich war. »Ist das, was Simon uns lehrt, nur so lange interessant, wie es nützlich ist und dir den Weg weist, den du ohnehin gehen wolltest?«

Lena zuckte zusammen. »Du verstehst sehr viel von Aikido und Zen und bildender Kunst«, sagte sie leise. »Doch das Strafrecht ist nicht dein Fachgebiet.«

»Und ich dachte immer, dass alles irgendwie zusammenhängt.«

Dazu sagte Lena nichts mehr, und das Gespräch war beendet. Maika blieb nicht mehr lange nach dem Essen, und Lena hielt sie nicht auf. Einen Moment lang überlegte sie, zum Bootshaus zu fahren. Dann entschied sie sich dagegen und setzte sich mit einem Glas Wein vor den Fernseher.

Seit Boran nicht mehr lebte, verbrachte sie weniger Zeit in ihrem Wochenendhaus. Zu vieles erinnerte an ihn. Es war gerade mal ein Jahr her, dass er erschossen worden war, und manchmal fühlte sich der Schmerz an wie eine Wunde, die einfach nicht verheilte. Sie schaltete eine Nachrichtensendung ein. Sie wollte weder über Boran noch über Maika und ihren Groll nachdenken. Und noch viel weniger wollte sie sich mit dem Mick-Panter-Fall beschäftigen. Ein Korrespondent berichtete aus dem Nahen Osten, doch Lena konnte sich nicht konzentrieren und bekam kaum die Hälfte mit. Unerwünschte Gedanken zuckten ihr durch den Kopf und ließen sich immer nur für wenige Augenblicke verscheuchen. Vielleicht ist Boran mein Glücksbringer gewesen? War sie seitdem vom Pech verfolgt? Nein, aber ... War sie vor Boran vom Pech verfolgt gewesen? Natürlich nicht, aber ...

Lena schaltete den Fernseher wieder aus. Ich suche nach Erklärungen, nach Ursachen für das, was geschehen ist, nach Zusammenhängen, dachte sie – dabei ist es doch ganz einfach und liegt auf der Hand: Dieser Kerl hat mich an der Nase herumgeführt, und ich will es einfach nicht wahrhaben.

Es war nun doch merklich kühl geworden. Maren fröstelte, und Lena holte zwei Pullover. »Müde?«

Maren schüttelte den Kopf. »Nicht die Spur. Aber Hunger habe ich schon wieder.«

»Jetzt, wo du es sagst ...«

Lena kochte Kaffee, trug Brot, Schinken, Käse und Tomaten auf, entzündete einige Windlichter, und sie griffen schweigend zu.

»Wenn ich es richtig verstanden habe, hat dieser Norbert Klein plötzlich Angst bekommen«, resümierte Maren nach einer Weile, als hätte es gar keine Unterbrechung gegeben. »Und dem bist du dann weiter nachgegangen?«

»Ja – schließlich war diese Angst ein deutlicher Hinweis darauf, dass etwas nicht in Ordnung war. Warum sollte er sonst so reagieren?«

Maren nickte. »Er hätte genervt sein können, ärgerlich oder irgendwie betroffen, aber eingeschüchtert? War es Panter, vor dem er Angst hatte?«

»Davon ging ich aus. Klein befürchtete, dass ich tatsächlich eine Spur entdeckt hatte oder aber noch entdecken könnte, was ja nichts anderes hieß, als dass es noch etwas zu finden gab.«

Lena nahm sich ein Stück Käse und kaute eine Weile schweigend vor sich hin. Maika tauchte plötzlich vor ihrem inneren Auge auf. Ihre mahnenden Worte, die sie hochmütig zurückgewiesen hatte, klangen in ihr nach.

»Gleich am nächsten Tag forschte ich nach, was der Bursche beruflich machte«, fuhr sie schließlich fort. »Ich wusste, dass er als Großhandelskaufmann in einem mittelständischen Unternehmen arbeitete. Aber diese Information war ja nicht besonders aussagekräftig. Sie war so banal, dass ich mich vorher gar nicht damit beschäftigt hatte.«

Maren warf ihr einen schrägen Blick zu. »Pharmaindustrie?«

»Eben nicht«, antwortete Lena. »Sportgeräte. Nach einigen Telefonaten stellte sich heraus, dass Norbert Klein noch nicht lange dort beschäftigt war, erst einige Monate, und ...«

»Wie bekommt man denn so was am Telefon heraus?«, fragte Maren verblüfft.

»Nun«, Lena lächelte vielsagend, »man tauscht sich mit einer netten Sekretärin aus oder gibt vor, von der Krankenkasse zu sein und so weiter ...«

»Gehört das zum beruflichen Handwerkszeug?«

»Manchmal schon, wenn man schnell und unauffällig Informationen benötigt.«

»Aha, verstehe. Und was hast du noch herausgefunden?«

Lena streckte die Beine aus. »Zum einen, dass der Chef der Firma nicht nur geschäftlich mit Panter verbandelt ist, sondern auch privat. Aber bedeutend wichtiger war die Feststellung, dass Klein vorher bei einem Unternehmen gearbeitet hatte, das Verpackungsmaterial für die Pharmaindustrie liefert.« Sie machte eine kleine Pause, bevor sie fortfuhr. »Dort war es wesentlich schwieriger zu recherchieren, wie du dir denken kannst, aber immerhin fand ich heraus, dass Norbert Klein dort nicht lange beschäftigt gewesen war und dass das Arbeitsverhältnis nicht in bestem Einvernehmen beendet wurde.«

»Oh.«

»Genau das dachte ich auch. Plötzlich schien sonnenklar, was da abgelaufen war – es drängte sich förmlich auf. Doch das große Problem war, dass ich die Geschichte nicht beweisen konnte, solange nicht zumindest ein Beteiligter auspackte.«

»Hast du noch mal versucht, mit Norbert Klein zu reden?«, hakte Maren nach.

»Ja. Er hat mich abblitzen lassen – auf eine Weise, die den Eindruck erweckte, ihm hätte jemand gesagt, wie das geht. Und zwei Tage später wurde mir sehr eindrucksvoll vor Augen geführt, dass ich es hier nicht mit kleinen Gaunern zu tun hatte, die sich ein wenig auf die Füße getreten fühlten, sondern mit großen. Ziemlich großen sogar, die sich nicht scheuten, Denkzettel zu verpassen. Und dass meine Unruhe, mein ständiges Spannungsgefühl, die üblen Träume nicht allein auf den unrühmlichen Verlauf des Prozesses zurückzuführen waren.«

Zuerst dachte Lena, dass sie sich geirrt hatte. Dass sie vor dem falschen Wagen stand. Oder doch vor dem richtigen, aber dass das Bild, das sich ihr bot, ein Produkt ihrer Phantasie war – Ergebnis ihrer Überreizung, ein Streßsymptom oder Ähnliches. Sie zwinkerte, kontrollierte das Kennzeichen, erstarrte dann. Alle vier Reifen waren zerstochen, und zahllose Schmierereien verunstalteten den Lack. Die Außenspiegel waren verbogen, die Türen wiesen tiefe Dellen und Kratzer auf.

Sie spürte, wie ihre Knie weich wurden. Vorübergehende Passanten musterten sie neugierig. Sie zweifelte nicht einen Augenblick daran, wer dafür verantwortlich war, aber natürlich hatte niemand etwas gesehen oder gehört. Einen Moment war sie wie erstarrt, dann griff sie zu ihrem Handy und rief die Polizei an. Anzeige gegen Unbekannt. Mehr war nicht drin, solange es keine Zeugen oder Beweise gab.

Eine Stunde später saß sie in einem Leihwagen und fuhr zum Bootshaus. Nur sehr wenige Menschen wussten von ihrem Haus am See. Der Gedanke, dass sich dort jemand Zutritt verschafft haben könnte, schnürte ihr den Hals zu. Ihre Hände umklammerten das Lenkrad, und sie gab Gas.

Auf den ersten Blick war alles, wie es sein sollte. Auf den ersten Blick war meistens alles, wie es sein sollte, erinnerte sie sich an einen Lieblingsspruch ihrer Großmutter. Lena ging langsam von Raum zu Raum, erkundete das Grundstück und versuchte zur Ruhe zu kommen. Johanna, dachte sie, dich bräuchte ich jetzt hier – du würdest sehr genau spüren, ob sich hier jemand zu schaffen gemacht hat. Ich traue meiner eigenen Gewissheit nicht mehr über den Weg. Ich darf es auch nicht. Ich bin befangen. Gefangen. Ihre Großmutter war krank. Vielleicht war es auch besser, sie da nicht mit hineinzuziehen. Diese Suppe musste sie ganz allein auslöffeln.

In der Nacht klingelte mehrmals das Telefon. Am anderen Ende war immer nur ein Atmen zu hören. Lena stand mit nackten Füßen im Wohnzimmer und spürte, wie sich ihr die Nackenhaare sträubten. Sie erschrak, als sie auf ihre Hände sah, die zu Fäusten geballt waren. Brodelnde Wut erfüllte sie und verdrängte das Gefühl der Bedrohung. Eine Wut, die sie auch auf dem Kissen nicht loswurde – im Angesicht von Buddha –, also nahm sie ihr Holzschwert und ging hinaus auf den Bootssteg.

Nicht eine einzige *Kata* gelang ihr. Das Schwert lag wie ein Prügel in ihren Händen, es gab keine Verbindung zu ihrem Körper. Üben, ich muss viel mehr üben, dachte sie. Der Schweiß lief ihr den Rücken hinab, als sie ihr Bokken schließlich beiseite legte und an den Rand des Stegs trat. Sie sah über das Wasser, ihr Atem beruhigte sich, aber der Stachel der Wut steckte tief in ihrem Herzen.

15

Ein paar Tage schottete sie sich ab und unternahm nichts. Sie ging in die Kanzlei, arbeitete liegengebliebene Akten auf und erweckte den Eindruck, wieder im normalen Alltag einer Anwältin angekommen zu sein, was insbesondere Reiner Lindhof sehr freute. Sie half einem Kollegen bei einem schwierigen Wirtschaftsfall, hielt einen Vortrag an der Humboldt-Universität und ging regelmäßig zum Aikidotraining, ohne jedoch am Zazen teilzunehmen. Da Simon noch in Japan war, mussten sie ihre Stunden selbst organisieren.

Maika freute sich jedes Mal, wenn Lena auf der Matte war, und wirkte erleichtert. Lena gab sich entspannt und konzentriert, und sie war sicher, Maika von ihrer Ausgeglichenheit zu überzeugen. Wahrscheinlich geht sie davon aus, dass ich ihren Rat beherzigt und mich beruhigt habe, dachte Lena. Sie weiß nicht, wie es in mir aussieht. Oder nur zum Teil – wenn ich Nähe zulasse. Wenn ich will, kann ich mich vor ihr verschließen wie vor anderen Menschen auch.

Manchmal fuhren sie anschließend zu Maika nach Hause –

sie wohnte in Kreuzberg in einer Dachwohnung mit einem kleinen Atelier. Dann zeigte Maika Lena ihre neuesten Bilder und Skulpturen, und sie aßen zusammen. Lena mied jegliches Gespräch über ihre Arbeit. Also redeten sie stundenlang über Aikido oder schliefen miteinander. Hin und wieder dachte Lena an den gemeinsamen Urlaub zurück und war erstaunt, wie viel Zeit seitdem vergangen zu sein schien.

Ungefähr zwei Wochen nachdem ihr Wagen demoliert worden war, brachte die Büroleiterin der Kanzlei sie auf eine Idee. Constanze Seifert brütete über einem Kalender, als Lena gerade im Begriff war, ihr Büro zu betreten, und stöhnte leise vor sich.

»Kann ich dir helfen?«, fragte Lena freundlich.

Constanze blickte hoch. »Glaub mir, das willst du nicht wirklich. Dein Kollege zwei Türen weiter hat mich dazu verdonnert, die Telefonlisten der letzten drei Monate nach den Anrufen eines Mandanten zu filzen. Da kommt richtig Freude auf.«

Lena stützte eine Hand auf den Schreibtisch. »Wie lange heben wir diese Listen eigentlich auf?«

»Ein Jahr lang bleiben sie hier oben zur ständigen Verfügung, dann werden sie archiviert und bleiben noch einmal zwei Jahre liegen. Mindestens.«

»Warum eigentlich dieser ganze bürokratische Aufwand für jeden einzelnen Anruf?«, fragte Lena. »Noch dazu ganz altmodisch auf Papier?«

»Ganz einfach: Wir haben einen ausgesprochen penibles Chef, der stets auf Nummer sicher geht und lieber alles fünfmal zu viel als einmal zu wenig dokumentiert – dagegen ist Monk ein schludriger Waisenknabe! PCs können abstürzen und digitale Daten verlorengehen, sagt er, nicht zu Unrecht übrigens. Außerdem versäumen Juristen es ja doch immer mal wieder, einen Vermerk über ein geführtes Gespräch in der Akte zu notieren, wie im aktuellen Fall. Da aber jeder Anruf zunächst in der Zentrale landet, wird er dort grundsätzlich mit ein, zwei Stichworten festgehalten. Das ist auch sinnvoll, wenn ihr zum Beispiel unterwegs seid und schnell informiert werden wollt. Ein weiterer Aspekt sind die Rechnungen: Hier wird zur Kontrolle häufig auch die Liste herangezogen. Schließlich sind telefonische Beratungen kostenpflichtig. Außerdem ist es immer wieder bedeutsam, Anrufe belegen zu können.«

»Aha«, sagte Lena. »Das gilt aber nur für eingehende Anrufe. Wer selbst zum Hörer greift und sich dann keinen Vermerk macht …«

»… ist selber schuld«, führte Constanze den Satz zu Ende. »Warum interessiert dich das eigentlich so brennend? Hast du nichts zu tun?«

Sie lächelte durch ihre dunkle Hornbrille und strich sich eine Haarsträhne hinters Ohr. Constanze Seifert war Mitte Fünfzig und seit zwanzig Jahren in der Kanzlei. Sie hatte ein phänomenales Gedächtnis und war ein richtiges Arbeitstier. Ihre manchmal etwas spitze Zunge mochte nicht jeder, ihre Vorliebe für grellbunte Blusen und enge Röcke teilten nur wenige. Lena kam gut mit ihr aus.

»Du bringst mich gerade auf eine Idee«, antwortete sie nachdenklich. »Was ist eigentlich, wenn jemand anruft, der sich einfach nur mal informieren will? Über die Kanzlei, die einzelnen Kollegen und ihre Schwerpunkte.«

»Das wird natürlich auch festgehalten.«

»Mit Namen, Datum, Uhrzeit und so weiter?«

»Natürlich.«

Lena setzte sich auf die Schreibtischkante und sah Constanze an. »Interessant. Sehr interessant sogar.«

Die Büroleiterin hob eine Augenbraue. »Wenn du damit sagen willst, dass ich ...«

Lena winkte ab. »Nein, nein, keine Sorge, das mache ich schon selbst.«

»Welchen Zeitraum hast du denn im Visier?«

»Ungefähr sechs Monate.«

»Ach du liebe Güte! Du hast wirklich nichts zu tun.«

Lena lächelte und stand wieder auf. »Bringst du mir die Listen, bevor du Feierabend machst?«

»Selbstverständlich. Und dann bin ich schneller verschwunden, als du gucken kannst.«

»Das glaube ich dir aufs Wort.«

Glücklicherweise hatte Nicole Maurer, die Empfangssekretärin der Kanzlei, eine gut lesbare Handschrift und verwendete Abkürzungen, die allgemein verständlich waren. Fein säuberlich vermerkte sie Tag für Tag alle eingehenden Anrufe mit der genauen Uhrzeit und dem Anlass des Gesprächs sowie dem Kürzel des Anwalts, den der Anruf betraf.

Lena seufzte, als sie den Stapel Kladden, der sich auf ihrem Schreibtisch türmte, betrachtete. Wonach suchte sie eigentlich? Sie klopfte sich mit einem Bleistift an die Zähne. Panter hatte kaum etwas dem Zufall überlassen, überlegte sie. Die Wahl seiner juristischen Vertretung im Vorfeld war sicherlich eine der wichtigsten Entscheidungen gewesen, um die er sich in aller Stille und nicht nachweisbar gekümmert haben musste. Wie hatte er sich informiert? Per Internet, Zeitungen, Zeitschriften? Sehr wahrscheinlich. Reichte das, um fundierte Informationen zu gewinnen und eine Wahl treffen zu können? Garantiert nicht. Aber Berichte über Strafprozesse waren aufschlussreich – wenn man wusste, wonach man suchte. Im nächsten Schritt war sicherlich der persönliche Kontakt am vielversprechendsten ...

Lena legte den Stift beiseite. Sie traute es Panter zu, unter falschem Namen in der Kanzlei anzurufen und, einen belanglosen Grund vorschiebend, Informationen einzuholen, die wichtig für ihn waren. Sie selbst würde das auch nicht anders machen ... Übelkeit stieg in ihr hoch. Sie griff zur ersten Kladde.

Um drei Uhr in der Frühe wurde sie fündig. Vier Monate zuvor hatte ein Michael Pallheim angerufen. Der Name sprang Lena sofort ins Auge, und ihre Müdigkeit war für einen Moment wie weggeblasen. Mick Panter war tatsächlich eitel genug gewesen, jeweils die ersten beiden Anfangsbuchstaben seines Vor- und Nachnamens beizubehalten. Gut so – das hinterließ Spuren. Lena lächelte grimmig. Angeblich hatte er sich nach einem guten Anwalt erkundigen wollen, weil ein Freund in Schwierigkeiten geraten war, dem er unbedingt helfen wollte. Ende, aus. Eine kurze, spröde Bemerkung, der natürlich nicht zu entnehmen war, was Nicole Maurer ihm erzählt hatte. Die üblichen Kurzporträts? Oder mehr?

Lena massierte sich mit den Fingerspitzen die Schläfen. Sie musste dringend ins Bett. Eine kleine Mahlzeit wäre auch nicht schlecht. Glücklicherweise brauchte sie kaum zehn Minuten bis zu ihrer Stadtwohnung. Eine gute halbe Stunde später schlüpfte sie unter die Bettdecke und schlief mit der Gewissheit ein, auf ein wichtiges Indiz gestoßen zu sein.

Nicole Maurer beugte sich über den Eintrag in der Kladde, auf den Lena zeigte, und verzog den Mund.

»Das ist Monate her«, sagte sie seufzend.

»Ich weiß«, gab Lena sanft zurück. »Trotzdem – bitte versuch dich zu erinnern. Es ist wichtig.«

Es war kurz nach acht Uhr, und Lena fühlte sich trotz der wenigen Stunden Schlaf munter. Sie war als Erste in der Kanzlei gewesen und hatte nur darauf gewartet, dass die Empfangssekretärin auftauchte. Nun saßen sie einander mit dampfenden Kaffeetassen an dem kleinen Besprechungstisch in Lenas Büro gegenüber.

»Michael Pallheim«, murmelte Nicole leise.

Plötzlich weiteten sich für Sekundenbruchteile ihre Pupillen. Sie atmete langsam aus und warf Lena einen unsicheren Blick zu. »Netter Typ«, fügte sie dann zögernd hinzu. »Charmant, wortgewandt, selbstsicher ...«

»Was wollte er?«, fragte Lena.

»Sich erkundigen«, gab Nicole prompt zurück. Sie verschränkte die Arme vor der Brust und warf einen Blick durch die offene Tür, bevor sie sich wieder Lena zuwandte. »Für einen Freund, der wohl in üble Gesellschaft geraten war. Er suchte eine Anwältin, die mit Herz und Verstand bei der Sache war und sich um lückenlose Aufklärung bemühte.«

»So drückte er sich aus?«

»Ja – so ähnlich jedenfalls.« Nicole schlug ein Bein über das andere. »Warum ist das auf einmal so wichtig?«

»Er sprach ganz klar von einer Anwältin?«, hakte Lena nach, ohne sich um die Frage zu kümmern. »Nicht allgemein von Anwälten?«

Nicole wiegte den Kopf. »Doch, ja – er sprach ganz klar von einer Anwältin.« Sie biss sich auf die Unterlippe.

»Er wollte wissen, wie ich arbeite, nicht wahr?«

»Das kann man doch verstehen, ich meine ...«

»Hast du dich mit ihm getroffen und ein bisschen geplaudert?«

Lena fixierte die Mitarbeiterin mit scharfem Blick und wunderte sich nicht, dass Nicole zusammenzuckte. Blicke konnten ohne Zweifel körperliche Symptome auslösen. Unangenehme in diesem Fall.

»Ich weiß nicht …«

»Du weißt sehr genau.«

Aus dem Flur waren Schritte, Stimmen, Schlüsselgeklapper zu hören. Die Kolleginnen und Kollegen trudelten allmählich ein. Lena stand schnell auf und schloss die Tür. »Nun?«

Nicole blickte kurz zu Boden. »Er hat auf mich gewartet und mich zum Kaffee eingeladen.«

Lena nickte und setzte sich wieder auf ihren Platz. »Erzähl mir, was er wissen wollte. Ganz genau.«

Nicole schluckte. »Wie gesagt – ja, er wollte wissen, wie du arbeitest. Wie erfolgreich du bist. Ob es stimmt, dass du eine so gute Nase hast. Ich habe keinerlei vertrauliche Dinge ausgeplaudert, Lena, glaub mir bitte«, beeilte sie sich hinzuzufügen. »Es waren allgemeine Informationen, die …«

»Würdest du ihn wiedererkennen?«

»Ich glaube schon.«

Lena ging an ihren Schreibtisch, fuhr den Computer hoch und loggte sich ins Internet ein. Auf der Website des Fitneßstudios gab es auch Fotos von den Mitarbeitern. Sie rief die Seite auf und winkte die Empfangssekretärin heran.

»Ist er hier dabei?«

Nicole musterte die Fotos aufmerksam. »Hm, ich weiß nicht. Der große Typ hier hat Ähnlichkeit mit ihm, aber …«

Der große Typ war Mick.

»Aber was?«

»Der Pallheim hatte einen Bart und viel dunklere Haare. Außerdem trug er eine Brille und ganz andere Klamotten.«

Mick wird sich verkleidet haben, denn er konnte ja nicht

ausschließen, Nicole Maurer eventuell noch einmal über den Weg zu laufen, überlegte Lena.

»Würdest du seine Telefonstimme wiedererkennen?«, fragte sie einen Moment später.

»Telefonstimmen sind meine Spezialität«, erwiderte Nicole. Ihre Wangen hatten inzwischen rote Flecken, und sie wusste nicht so recht, wohin mit ihren Händen. »Soll ich gleich anrufen?«

»Ja, aber nicht von hier. Wir gehen in eine Telefonzelle.«

Nicole machte große Augen. »Das hört sich ja richtig konspirativ an. Nur – er könnte meine Stimme doch auch wiedererkennen.«

»Das Gespräch liegt Monate zurück«, wandte Lena ein. »Außerdem ist er ahnungslos. Doch zur Sicherheit legen wir ein Taschentuch über den Hörer und du sprichst etwas undeutlich.«

»Ist es so wichtig?«

»Es ist sehr wichtig, doch du hältst den Mund – und ich halte meinen, einverstanden?«

Nicole nickte eifrig. »Wir können zur Post gehen – ich muss ohnehin Unterlagen wegbringen.«

Zehn Minuten später standen sie gemeinsam in einer Telefonzelle. Lena rief im Fitneßstudio an und verlangte Mick Panter zu sprechen.

»Es geht um die neuen Reifen seines Landrovers«, fügte sie mit aufgeräumter Stimme hinzu und übersah geflissentlich, dass Nicole sich eine Hand vor den Mund hielt wie ein Backfisch aus den fünfziger Jahren, der eine anzügliche Bemerkung mitbekommen hatte. In der kurzen Pause, bis Panter das Gespräch annahm, reichte sie Nicole den Hörer mit dem Taschentuch, wobei sie ein Ohr ebenfalls an die Muschel presste.

»Ja, wie gesagt – es geht um die neuen Reifen«, wiederholte Nicole zunächst ein wenig holprig. »Einer unserer Mitarbeiter hat vergessen, sich das genaue Fabrikat aufzuschreiben.«

»Was für neue Reifen? Ich habe keine Reifen bestellt.«

»Nein? Sind Sie sicher?«

»Ganz sicher! Daran würde ich mich bestimmt erinnern.«

»Ach …? Nun, tja, es tut mir leid, dann muss hier wohl ein Versehen vorliegen. Kommt nicht wieder vor«, erklärte Nicole entschuldigend. Dabei nickte sie Lena zu.

»Macht ja nichts, kann überall mal passieren«, erwiderte Mick Panter freundlich. »Einen schönen Tag noch. Ach, übrigens, falls Sie Interesse an einem guten Fitneßstudio haben – in dem Punkt sind Sie bei mir garantiert an der richtigen Adresse!«

»Das kann ich mir gut vorstellen«, flötete Nicole zurück, während Lena die Augen verdrehte. »Ihnen auch einen schönen Tag.« Damit legte sie auf. »Eindeutig – das war er.«

»Du bist wirklich sicher?«

»Hundertprozentig. Dieser charmante Unterton ... Doch, den erkennt man einfach wieder.«

Sie verließen die Telefonzelle und machten sich auf den Rückweg zur Kanzlei. Lenas Herzschlag hatte sich beschleunigt.

»Und ich kann mich auf dich verlassen?«, fragte Nicole leise, als sie die Tür zur Kanzlei öffnete.

»Das kannst du.«

»Danke – und es kommt nicht wieder vor. Ganz bestimmt nicht.«

»Davon gehe ich aus.«

Lena beschäftigte sich noch zwei Stunden an ihrem Schreibtisch, dann gab sie der Unruhe nach und verließ die Kanzlei. Sie überlegte nicht lange, sondern schlug den Weg nach Zehlendorf zu Mick Panters Haus ein. Sie parkte ihren Mini in einer abgelegenen Seitenstraße hinter einem Bauwagen, tauschte ihre schicken Pumps gegen bequeme Sportschuhe und den Blazer gegen ein Sweatshirt, was sie beides immer im Wagen hatte, und spazierte zu Mick Panters Haus.

Der Landrover stand, wie kaum anders zu erwarten, nicht vor der Garage, dafür aber ein kleiner Lieferwagen mit der Aufschrift einer Reinigungsfirma. Frauke wird auch im Studio sein, überlegte Lena, als sie auf der gegenüberliegenden Straßenseite stehenblieb, sich bückte und ihre Schnürsenkel neu band. Mehrere Fenster waren geöffnet. Sie hörte den Klang eines Staubsaugers und das Pochen ihres Herzschlags, der plötzlich immer schneller wurde. Das ist verrückt, dachte sie, vollkommen verrückt. Damit könnte ich meine Zulassung verlieren. Aber wenn ich es geschickt anstelle ... Wozu bin ich intuitiv so begabt? Bin ich das wirklich? Zweifel sind durchaus angebracht. Und was ist mit der Wahrhaftigkeit, von der Simon immer spricht? Vielleicht muss man es manchmal in Kauf nehmen, den weniger geraden Weg zu gehen, um der Wahrheit auf die Sprünge zu helfen. Das riecht verdammt nach Rechtfertigung, andererseits kann ich hier noch stundenlang das Für und Wider abwägen, ohne zu einem Ergebnis zu gelangen. Lena seufzte frustriert, dann wischte sie ihre Gedanken beiseite. Okay, wenn das hier gutgeht, bin ich auf dem richtigen Weg und mache weiter. Wenn nicht, ist sowieso alles vorbei.

Sie biss sich auf die Unterlippe und richtete sich auf. Dann wechselte sie die Straßenseite und ging betont langsam am Haus vorbei. Sie ließ ihre Atmung tief und ruhig werden und direkt in das Zentrum unterhalb des Bauchnabels strömen; der Herzschlag schloss sich nach einigem Zögern an. Ein-

und ausatmen, Konzentration auf die Wahrnehmung, bis sie das Gefühl hatte, dass ihre Umgebung immer heller wurde, eindringlicher. Du kannst die Fliege im anderen Zimmer an der Wand hochkrabbeln hören, hatte Simon mal zu ihr gesagt, wenn du lernst, ganz und gar offen für sie zu sein. Das Haus. Ich bin offen für das Haus und die Leute darin. Wo sind sie? Ja, es sind mehrere. Welche Räume sind sicher? Ihr Kopf war plötzlich ganz leicht, ihre Hände kribbelten. Sie ging den Weg ebenso langsam wieder zurück und hatte das Gefühl, alles spüren zu können, was um sie herum geschah. Zwei Autos fuhren vorüber, ein Radfahrer bog in eine Nebenstraße ein, eine junge Frau schob ihren Kinderwagen eilig vor sich her und verschwand um die nächste Ecke. Irgendwo bellte ein Hund, das Geräusch hallte in ihr wider. Lena begutachtete das schmiedeeiserne Tor und die ungefähr zwei Meter hohe Natursteinmauer, die das Anwesen umschloss, ohne dass ihre innere Wachheit auch nur eine Nuance schwächer wurde. Hinüberzuklettern dürfte kein Problem für sie darstellen. Sie lauschte. Atmete. Dann, ganz plötzlich, umfasste sie die Eisenstangen des Tores, hangelte sich ein Stück nach oben, schwang ein Bein seitlich über die Mauerbrüstung und zog sich blitzschnell hoch. Wieder lauschen, atmen, dann vorsichtig herablassen. Geduckt lief sie zur linken Seite des Hauses, wo dichtes Gebüsch sicheren Schutz bot. Mit dem Rücken presste sie sich an die Hauswand, kauerte sich hin und kontrollierte wieder ihre Atmung. Über ihr war ein Fenster geöffnet. Eine Milchglasscheibe. Also handelte es sich wahrscheinlich um ein Badezimmer. Lena richtete sich langsam auf. Sie spürte, wie ihr der Schweiß über den Rücken lief. Ein lauer Wind kühlte für einen Moment ihr Gesicht. Sie stellte sich auf die Zehenspitzen, fasste nach dem Fenster und zog es behutsam zu. Von drinnen waren plötzlich zwei Stimmen zu vernehmen. Lena hockte sich rasch wieder hin. Ein Mann lachte. Eine Frau machte eine Bemerkung. Dann wurde irgendetwas polternd zur Seite gerückt.

»Heh, pass auf!«, rief die männliche Stimme. »Und beeil dich, wir haben noch mehr zu tun.«

»Kannst dich ja auch mal etwas schneller bewegen«, gab die Frau zurück. »Mach doch schon mal die Fenster zu, dann können wir in fünf Minuten verschwunden sein.«

Lena hielt die Luft an.

»Ja, ja, du mit deiner blöden Lüfterei«, brummelte der Mann unwillig, aber Lena hörte, wie er von Zimmer zu Zimmer ging, um die Fenster zu schließen.

Die Badezimmertür wurde einen Moment später herangezogen. Niemand hatte den Knauf des Fensters herumgedreht. Lenas Rechnung war aufgegangen. Sie atmete tief durch und wartete, bis der Lieferwagen weggefahren war. Dann erhob sie sich.

Noch konnte sie zurück. Aber was hätte sie davon? Sie stieß das Fenster auf und kletterte ins Haus. Das Badezimmer war groß und orange-blau gefliest. Es roch aufdringlich nach Putzmitteln. Lena öffnete die Tür und lauschte zwei volle Minuten lang. Dann war sie hundertprozentig sicher, dass das Haus leer war. Natürlich konnte jeden Moment jemand kommen, doch sie ging davon aus, dass sie genügend Zeit haben würde, durch ein Fenster zu verschwinden oder sich zu verstecken, bis die Luft rein war. Für irgendetwas mussten die Räuber-und-Gendarm-Spiele ihrer Kindheit doch schließlich gut gewesen sein.

Vorsichtig betrat sie den Flur. Sie durfte auf keinen Fall in ihrer Wachsamkeit nachlassen. Wonach suchte sie? War sie nicht davon ausgegangen, dass Mick nahezu fehlerfrei agiert hatte und dass ihm genügend Zeit geblieben war, jedes noch so winzige Indiz, das ihn eventuell belasten könnte, zu beseitigen? Er wusste, dass sie Norbert Klein gelöchert hatte und war bestimmt so klug gewesen, sich jede Einzelheit seines Vorgehens noch einmal zu vergegenwärtigen. Er fühlte sich sicher, sonst hätte er ihren Wagen nicht demolieren lassen. Er war eitel, und er ging davon aus, dass nichts auf der Welt ihn noch überführen konnte, was ja durchaus im Rahmen des Wahrscheinlichen lag. Solange niemand auspackte und ihn belastete und sich selbst gleich mit. Mick Panter. Michael Pallheim. Seht – wie gut ich bin. Selbst wenn ihr ahnt oder wisst, was geschehen ist: Ihr kriegt mich nicht. Ich bin schlauer und immer zwei Schritte voraus. Mir kann niemand was.

Lenas Puls beschleunigte sich, als sie von der Küche durchs Wohnzimmer in den kleinen Flur schlich, von dem Micks Arbeitszimmer abging. Die Tür war verschlossen. Sie nahm die Hand von der Klinke und sah sich das Schloss an. Ein einfacher, leicht zu überwindender Mechanismus, stellte sie schnell fest. Ihre jahrelange Beschäftigung mit Verbrechen aller Art hatte ihr diverse Kenntnisse im Gaunerhandwerk eingebracht, und einige davon verstand sie geschickt anzuwenden. So konnte sie im Notfall ein Schloss knacken, würde jedoch mit Sicherheit verräterische Spuren hinterlassen, erst recht unter Zeitdruck.

Lena zögerte einen Moment. Dann ging sie in die Küche. Unter der Spüle fand sie Putzlappen und Gummihandschuhe. Sie zog ein Paar über, griff nach einem Lappen und entnahm der Besteckschublade ein schmales, biegsames Messer, mit dem sie zur Bürotür zurückkehrte. Behutsam umwickelte sie das Messer mit dem Lappen und führte es auf Höhe des Schlosses zwischen Tür und Rahmen in den Spalt ein. Wie nicht anders zu erwarten gewesen war, splitterte etwas Holz ab, und Lena hoffte, dass ihr genügend Zeit bleiben würde, um den Schaden auszubessern. Nicht jetzt darüber nachdenken, ermahnte sie sich, als sie den Widerstand des Riegels spürte. Das kann warten. Jetzt muss ich erst mal hier rein. Das ist der Augenblick, um den ich mich kümmern muss. Sie bog den Riegel zurück, und die Tür sprang auf. Lena bückte sich nach den Holzsplittern und steckte sie ein. Dann sah sie sich um.

Das Zimmer war so, wie sie es in Erinnerung hatte: nüchtern, kühl, sachlich, sehr männlich. Hinter dem Schreibtisch zog sich ein Stahlregal die gesamte Wand entlang. Ordner, Zeitschriften, einige gerahmte Fotos vom Studio und seinem Team, Bücher über Betriebswirtschaft und Trainingslehre und eine DVD-Anlage waren darin untergebracht. In der obersten Reihe standen einige Pflanzen und Blumen in Keramiktöpfen und Vasen, die Farbe in den Raum brachten.

Den Geschäftsunterlagen war zumindest beim flüchtigen Durchblättern nichts Besonderes zu entnehmen. Dass der Laden gut lief, war bekannt; dass Thomas eine Abfindung erhalten würde, auch; dass die Bilanzen an der einen oder anderen Stelle das Produkt von Mick Panters Phantasie und Raffgier waren, durfte sie getrost voraussetzen. Doch darum ging es nicht.

Lena trat hinter den Schreibtisch. Die Schubladen waren nicht abgeschlossen, dafür enthielten sie auch nichts Aufregendes: Schreibpapier, Umschläge, Büroklammern, leere Disketten und CDs, Stifte ... Warum schloss der Mann sein Büro überhaupt ab? Gewohnheit? Übertriebene Vorsicht? Geheimniskrämerei? Oder sollte Frauke ausgesperrt werden? Was könnte sie denn hier finden? Ein paar Ordner und Bürokram. Lena nahm die DVDs zur Hand. Filme über Sport,

Lehrfilme, Werbefilme. Alle Rocky-Streifen mit Sylvester Stallone. Lena musste gegen ihren Willen lächeln. Dann ließ sie ihren Blick wieder schweifen. Die Boxer-Filme waren die einzige persönliche Note in diesem Zimmer – abgesehen von den Blumen und Pflanzen auf dem obersten Regal.

Warum stellte Mick sein Grünzeug eigentlich so weit nach oben? Lena legte den Kopf in den Nacken. Es nervt ihn oder ist ihm zumindest völlig egal, aber er hat es geschenkt bekommen, vielleicht von seiner Freundin, und muss es höflichkeitshalber irgendwo unterbringen. Lena nickte. Ihr Blick blieb an einem zierlichen Strauß Margeriten in einer kleinen Vase mit schmalem und auffallend kurzem Hals hängen. Eine hübsche Vase. Etwas ungewöhnlich. Sie wandte sich ab, sah dann aber noch einmal genauer hin. Seltsam – eine braune Schnur hing seitlich an der Vase herab. Lena stieg auf den Bürostuhl und nahm die Vase an sich. Ihr stockte der Atem. Das war keine Vase. Es war eine Trinkflasche. Rustikal, unmodern. Eine Rarität. Vorsichtig hob sie das gute Stück hoch und sah unter den Flaschenboden. Am Rand war eine zarte Gravur zu erkennen: ›Für meinen Enkel Thomas‹.

Lena stieg pochenden Herzens mit der Flasche vom Stuhl herunter und betrachtete sie verblüfft. Im selben Moment hörte sie einen Wagen vorfahren und spürte, wie sich ihr die Nackenhaare sträubten. Mit festem Griff umfasste sie die Flasche, raste aus dem Büro zurück ins Bad und kletterte auf die Fensterbank. Ihr Herzschlag hatte sich verdoppelt. Sie konnte die Blumen nicht mehr in eine andere Vase stellen, um Mick zu täuschen oder zumindest Zeit zu gewinnen. Aber wahrscheinlich wäre das ohnehin vergebliche Mühe gewesen, denn wenn er feststellte, dass jemand in seinem Zimmer gewesen war, würde er garantiert als Erstes nach der Flasche sehen. Seine schöne Trophäe ...

Lena hörte den Schlüssel im Haustürschloss, gleich darauf Schritte und ein Räuspern. Dann eine leise Stimme. Und noch eine. Mick Panter und Tim Pächter. Sie warf die Blumen aus dem Fenster, hängte sich die Flasche um den Hals und sprang. Dann zog sie leise das Fenster zu und schlich geduckt zur Rückfront des Hauses. Sobald Mick die aufgebrochene Tür entdeckte, würde er garantiert aus dem Fenster nach vorn zur Straße hinausspähen oder sogar hinauslaufen. Die Gefahr, ihm in die Arme zu laufen, war zu groß.

Lena hörte, dass sie keuchte. Angst? Anspannung? Aufregung? Ich wüsste mich zu wehren, dachte sie bebend. Komm mir bloß nicht zu nahe! Oder trag die Konsequenzen. Sie ballte die Hände.

16

Maren Sommer starrte sie so entsetzt an, dass Lena lächeln musste.

»Das ist ja verrückt!«, stieß sie hervor. »Der Kerl hat versucht, einen Mann umzubringen, er hat deinen Wagen demoliert, und du steigst in sein Haus ein, um nach Beweisen zu suchen? Man müsste dir nachträglich …«

»Ja, verrückt war es ganz eindeutig«, stimmte Lena ihr rasch zu, und das Lächeln verschwand so schnell, wie es gekommen war. »Ich hatte alle Bedenken beiseite geschoben, um irgendetwas zu finden, womit ich ihn entlarven konnte. Nur das zählte noch. Ich war bereit, zu illegalen Mitteln zu greifen, weil ich mit den legalen nichts erreichen würde – das meinte ich zumindest. Aber diese Entscheidung beschäftigte mich erst hinterher. Als es längst zu spät war.«

»Hast du denn mit der Vase beziehungsweise Flasche etwas

anfangen können?«, fragte Maren Sommer und schenkte sich einen weiteren Kaffee ein. Offensichtlich ging sie davon aus, dass der Abend noch lange nicht zu Ende sein würde.

»Ja und nein. Gerichtsmedizinisch verwertbare Spuren von Medikamenten waren nicht mehr nachzuweisen«, erläuterte Lena. »Das fand ich natürlich sehr bedauerlich, zumal ich meine gesamte Überredungskunst hatte aufbringen müssen, um Frau Dr. Heise zu der Untersuchung zu bewegen. Panter muss die Flasche stundenlang mit irgendwelchem scharfen Zeug geschrubbt haben. Doch davon abgesehen hätten mich eventuelle Rückstände ohnehin nicht besonders weit gebracht, gerichtlich jedenfalls nicht, denn solange es keine Aussage von Norbert Klein oder Frauke Sander oder Tim Pächter gab, konnte ich nicht beweisen, dass Panter die Tabletten in die Flasche getan hatte, und die Tatsache, dass er sie Thomas nicht zurückgeben wollte – nun ja, das war nicht wirklich ein aufsehenerregender Tatbestand.«

»Ja, aber wozu dann ...?«

Lena hob eine Hand. »Ich wollte einfach wissen, ob ich auf der richtigen Fährte war, ob ich diesmal ins Schwarze getroffen hatte mit meinen Vermutungen. Als ich in das Haus eindrang, wusste ich zwar noch nicht, wonach ich suchte, ob ich überhaupt fündig werden oder nach fünf Minuten wieder gehen würde, aber ... ja, ich ging das Risiko ein, verräterische Spuren zu hinterlassen, die Panter mit mir in Verbindung bringen würde, und konnte mir denken, dass er toben würde – zumindest innerlich. Im Nachhinein hoffte ich dann, dass seine Wut ihn zu Fehlern verleiten würde. So wie Norbert Klein plötzlich einen Fehler machte und seine Angst zeigte, als ich ihn in die Enge getrieben hatte.«

»Aber Panter ist nicht Klein, stimmt's?«

»Richtig.«

»Hattest du denn gar keine Angst, dass er dir auf die Pelle rücken würde?«

»Nicht besonders.«

Maren schüttelte den Kopf. »Das verstehe ich nicht.«

»Wart's ab.«

Lena kletterte über die rückwärtige Mauer in den Nachbargarten, blieb dort einige Minuten hinter einem Brombeerstrauch hocken und sprang dann über einen wesentlich niedrigeren Zaun auf den Gehweg. Ihr Herz schien in jeder Zelle laut zu pochen. Während sie auf vielen Umwegen durch das Viertel zu ihrem Wagen schlenderte – ganz müßige Spaziergängerin –, richtete sie ihr Augenmerk sowohl auf ihre Umgebung als auch darauf, ihre Aufregung unter Kontrolle zu bekommen. Aber es war nicht allein Aufregung. Es war ... Gier. Sie erschrak und wusste doch nur zu genau, dass das die Wahrheit war. Sie war begierig, Panter zu stellen, und brannte darauf, ihm zu zeigen, wer wirklich die Stärkere, Klügere, Schnellere war. Hör auf damit, rief Lena sich selbst zur Ordnung. Das ist kein Spiel, und du bist keine Heldin, die sich im Kampf bewähren muss. Die Zeit ist längst vorbei. Werd erwachsen! Das bin ich. Und ich weiß, dass es kein Spiel ist. Umso schlimmer.

Im Wagen angekommen, rief sie in der Kanzlei an und bat Nicole Maurer, eventuelle Anrufer, die sie zu sprechen wünschten, egal, um wen es sich handelte, mit dem Hinweis zu vertrösten, dass sie in einer Besprechung sei. Dann fuhr sie ins Bootshaus. Dort fand sie auf dem Band eine Nachricht von Maika vor. Sie vermisste Lena. Ob sie sich beim Training sehen würden. Simon sei ja immer noch in Japan, und eigentlich wäre sie mal dran, das Training zu leiten. Keine Zeit, dachte Lena. Außerdem wollte sie niemanden sehen.

Wie ging es weiter? Wie sah der nächste Schritt aus? Frauke Sander.

Lena ging unter die Dusche und bereitete anschließend für sich und Pepe Bratkartoffeln mit Schinken und Eiern zu. Nach dem Essen unternahm sie einen langen Spaziergang um den See. Meditatives Gehen. Erst leer werden und die Leere spüren. Gehen und atmen – nichts anderes. Dann konzentrierte sie sich auf Frauke Sander. Sie rief sich ihr püppchenhaftes Gesicht in Erinnerung, ihre glaubwürdige Zerrissenheit und den hastigen Aufbruch nach der Gerichtsverhandlung. Wie geht es dir, Frauke? Steckst du in der ganzen Sache mit drin? Oder verschließt du einfach nur die Augen und stellst keine dummen Fragen? Schaut er dich argwöhnisch an? Hast du Angst vor ihm oder ist dir inzwischen alles egal?

Nach dem Rundgang legte sie sich eine halbe Stunde aufs Sofa. Schlafen konnte sie nicht, aber ruhen, entspannen. Pepe streckte sich auf ihrem Bauch aus. Er war schwer und warm. Danach trank sie einen starken Kaffee und zog sich an: schwarze bequeme Baumwollhosen, Sweatshirt, Sportschuhe, Basecap. Es wurde gerade dunkel, als sie beim Fitneßstudio eintraf. Die abendlichen Trainingsstunden waren in vollem Gange. Der Landrover stand in der Hofeinfahrt.

Lena fuhr langsam am Studio vorbei. Es war viel Betrieb. Als zwei Leute auf die Straße traten, kurbelte sie ihre Fensterscheibe herunter, grüßte freundlich und fragte, ob Mick und Frauke auch noch da wären. Die beiden bejahten, ohne zu zögern. Sie bedankte sich winkend und fuhr zwei Straßen weiter, um zu parken. Gegenüber vom Studio befand sich ein Postgebäude mit breitem steinernem Treppenaufgang. Sie stieg die Stufen hinauf und verschmolz mit der Dunkelheit vor der Eichentür. Es wurde langsam kühl, und Lena war froh, noch ein langärmliges T-Shirt untergezogen zu haben. Wenn sie Pech hatte, musste sie mehrere Stunden warten. Wenn sie Glück hatte, überließen es Chef und Freundin den Angestellten, nach dem letzten Gast abzuschließen.

Nach knapp einer Stunde, die Lena in halbtiefer Meditation verbracht hatte, traten Tim Pächter, Mick Panter und Frauke Sander zusammen aus dem Studio. Lena presste sich eng an die Hauswand. Abschiedsworte wurden gewechselt. Frauke Sander und Mick Panter gingen zum Landrover, Tim Pächter verschwand wieder im Studio. Lena glitt geduckt die Treppenstufen hinunter. Sie hörte, wie die beiden miteinander sprachen. Panters Stimme klang ungehalten, Sanders zart, müde. Wagentüren wurden geöffnet. Lena war auf dem Fuß der Treppe angelangt und blieb im Schutz der Treppenbrüstung hocken.

»Du kannst mich doch bei ihr absetzen«, hörte sie Frauke Sander in bittendem Ton sagen. »Es ist kein großer Umweg für dich, über Lichterfelde zu fahren.«

»Ja, schon gut, wenn du unbedingt willst«, gab Panter zurück. »Ich dachte allerdings, wir könnten vorher noch eine Kleinigkeit zusammen essen. Außerdem wollte ich was mit dir besprechen.«

Lena war ziemlich sicher, dass sie den Anlass der Unterredung kannte. Sie atmete noch flacher, während sie die Ohren spitzte.

»Hat das nicht Zeit bis morgen? Ich habe Monika ewig nicht gesehen und hab ihr versprochen ...«

»Ja, schon gut, ich hab's verstanden. Steig ein!«, unterbrach Panter sie unwirsch.

Lena wartete, bis der Landrover gewendet und einige Meter zurückgelegt hatte, dann sprang sie auf und rannte zu ihrem Auto. Es musste ihr gelingen, an den beiden dranzubleiben. Glücklicherweise war der Landrover ein auffälliges Fahrzeug.

Nach einigen Minuten hegte Lena schon die Befürchtung, dass die beiden ihr entwischt waren, als sie das Auto plötzlich doch wieder entdeckte: Gut zweihundert Meter und drei Wagen vor ihr machte sie den Landrover aus, der erst Kurs auf Schöneberg und Friedenau nahm und sich dann in Richtung Lichterfelde-Ost wandte. Lena blieb stets ein, zwei Wagen hinter ihm, um ja nicht aufzufallen. Auf der Lankwitzer Straße bog Panter in Richtung Oberhofer Platz links ab. Lena folgte ihm und blieb nach dem Abbiegen ein Stück zurück. Panter fuhr durch einige kleinere Anliegerstraßen, ließ den Lilienthal-Park hinter sich und hielt schließlich am Ende der Schütte-Lanz-Straße, die direkt auf den ehemaligen Grenzstreifen und nach Brandenburg führte. Früher war das Gebiet beherrscht von Soldaten, Mauer und Schießbefehl, inzwischen hieß es Umweltinitiative Teltower Platte und war ein Jogger- und Hundeparadies.

Lena sah die Bremslichter aufleuchten und bog kurzerhand in die Garageneinfahrt eines Einfamilienhauses ein, weil die enge Straße keine Parkmöglichkeiten bot und sie auf keinen Fall am Landrover vorbeifahren wollte. Sie stellte den Motor ab und hoffte inständig, dass die Hausbesitzer nicht gerade in diesem Moment auf die Straße blickten und sie entdeckten. Keine halbe Minute später hatte der Landrover gewendet und brauste mit lautem Röhren an ihr vorbei.

Lena starrte angestrengt nach vorn. Es war dunkel am Ende der Straße, aber sie konnte die Silhouette von Frauke Sander erkennen. Sie stand reglos am Gartenzaun vor einem kleinen Haus und blickte Panter noch einen Moment hinterher. Dann drehte sie sich abrupt um und öffnete die Gartenpforte. Lena ließ ihre Scheibe herunter. Sie hörte Schlüsselgeklapper.

Eine Tür quietschte. Keine Begrüßungsworte. Vielleicht ist Monika eine so gute Freundin, dass Frauke Sander die Schlüssel zu ihrem Haus hat, überlegte Lena. Oder sie ist eine Verwandte. Oder aber ...

Lena ließ den Motor wieder an und parkte den Wagen im Jenbacher Weg, einige Meter von dem Haus entfernt, in dem Frauke verschwunden war. Sie stieg aus und ließ die Atmosphäre auf sich wirken. Irgendwo bellte ein Hund, zwei Radfahrer fuhren an ihr vorbei. Hohe Bäume und dichtes Gebüsch schirmten den Mauerweg ab und sorgten für zusätzliche Dunkelheit. Hier gab es jede Menge Wildschweine, erinnerte Lena sich irgendwo gelesen zu haben. Und Füchse.

Das Haus war klein, der Vorgarten wirkte nicht sonderlich gepflegt – selbst im Dunkeln. Lena ging jede Wette ein, dass die Gärten der anderen Ein- und Zweifamilienhäuser am Jenbacher Weg um einiges besser aussahen. Es roch nach Flieder. In zwei Zimmern brannte Licht. Lena horchte einen Moment in sich hinein, dann betrat sie kurzentschlossen das Grundstück und klingelte. Die Tür wurde so schnell geöffnet, dass sie fast zurückgeschreckt wäre. Frauke Sander starrte sie mit leicht geöffnetem Mund an.

»Sie haben Panter erwartet?«, fragte Lena leise. »Keine Sorge, er ist weg. Wir sind ungestört.«

»Sie? Was ... Was wollen Sie?«, stammelte Frauke Sander. »Gehen Sie!«

Lena war sich plötzlich hundertprozentig sicher, dass außer Frauke niemand im Haus war. »Panter hat Ihnen eingetrichtert, dass Sie nicht mit mir reden sollen, nicht wahr?«

Frauke Sander wollte die Tür schließen, doch Lena stellte rasch einen Fuß in den Spalt.

»Lassen Sie das, sonst rufe ich die Polizei!«, erklärte Panters Freundin mit erhobenem Kinn und zittriger Stimme.

»Okay, machen Sie das – es wird sowieso Zeit, dass wieder offiziell ermittelt wird. Dann übrigens auch gegen Sie.«

Frauke Sander ließ die Tür los. Sie war plötzlich bleich. »Meine Freundin wartet auf mich«, sagte sie leise.

Lena schüttelte den Kopf. »Monika ist nicht da. Sie sind hierhergekommen, um allein zu sein, stimmt's? Ein bisschen nachdenken? Oder abschalten? Was beschäftigt Sie? Ihr Ex Thomas? Oder eher Mick? Was wissen Sie wirklich?«

»Hören Sie auf! Sie haben kein Recht ...«

»Doch, habe ich. Ihr Freund Mick hat versucht, Thomas Hagen umzubringen, und Sie unterstützen ihn.«

»Gar nichts tue ich«, entgegnete Frauke Sander heftig. »Er ist freigesprochen, haben Sie das schon vergessen? Thomas ist krank – krank vor Eifersucht und Neid. Und überhaupt – was soll der ganze Quatsch auf einmal? Sie selbst haben doch dafür gesorgt, dass Mick als freier Mann das Gericht verlassen hat. Und jetzt dieser plötzliche Sinneswandel? Das ist wenig überzeugend.«

Lena zuckte zusammen. »Das war ein großer Fehler«, sagte sie. »Der größte, den ich je gemacht habe.«

»Ach? Es interessiert mich nicht, dass Sie plötzlich Ihre Meinung geändert haben. Das interessiert niemanden. Und nun gehen Sie endlich! Ich will meine Ruhe haben.« Frauke Sander fasste erneut nach der Türklinke.

»Das kann ich mir denken, aber den Gefallen werde ich Ihnen nicht tun. Und wenn ich die ganze Nacht hier ausharren muss«, erklärte Lena bestimmt.

Frauke Sander atmete laut aus. »Was wollen Sie von mir?«

»Reden. Mit Ihnen reden. Beweise sammeln. Indizien.«

»Gehen Sie nach Hause. Es ist vorbei.«

»Ist es nicht. Denken Sie zum Beispiel an die Wasserflasche.«

»Was meinen Sie? Welche Wasserflasche?«

»Sie wissen genau, was ich meine. Lassen Sie mich jetzt rein oder soll ich hier auf der Straße erzählen, was ich bereits herausgefunden habe?«

Lena schob die Tür in dem Moment auf, als Frauke Sander sie freigab. Sie standen sich im Flur gegenüber. Frauke zitterte. Sie sah übermüdet aus. Erschöpft.

»Vielleicht kann Monika uns einen Kaffee kochen«, versuchte Lena ihr ein Lächeln zu entlocken. Es gelang ihr nicht.

Die zierliche Frau mit der Figur einer Tänzerin drehte sich um und schob eine weitere Tür auf, die in die Küche führte. »Setzen Sie sich, wenn Sie wollen.«

Ein alter blankgewienerter Esstisch stand an der rechten Seite, darüber hing ein billiger Kalender, wie man ihn in Drogerien kurz vor Jahresende geschenkt bekommt, und auf einem Bord war ein Radio untergebracht, das gut und gerne seine dreißig Jahre auf dem Buckel hatte. An der gegenüberliegenden Wand befand sich die Küchenzeile: Herd und Schränke in trübem Grau. Eine Reihe Kakteen nahm das Fensterbrett ein. Lena setzte sich. Die Einrichtung war karg. Das war nicht das Haus einer Frau in Fraukes Alter. Vielleicht geerbt, mutmaßte Lena. Auf dem Tisch standen ein Aschenbecher und ein Glas Rotwein. Frauke Sander blieb an der Spüle stehen und lehnte sich dagegen, während Lena sich setzte. »Wollen Sie wirklich Kaffee? Oder lieber auch ein Glas Wein?«

Mit so viel Freundlichkeit hatte Lena gar nicht gerechnet. Sie sah ihre Gastgeberin wider Willen an. Vielleicht hatte sie ihre Abwehrhaltung aufgegeben, zumindest teilweise. Das würde vieles vereinfachen. »Eine Tasse Kaffee würde ich sehr gerne trinken.«

Frauke Sander setzte ohne weiteren Kommentar Wasser auf und löffelte Kaffeepulver in einen Filter.

»Ich sehe, Sie mögen auch keine Kaffeemaschinen«, stellte Lena in lockerem Plauderton fest.

»Monika mag keine Kaffeemaschinen.«

»Ach so. Wo ist Monika eigentlich?«

»Macht Urlaub. Ich kümmere mich um ihr Haus.«

»Und weil Panter nichts davon weiß, haben Sie hier Ihre Ruhe, stimmt's?«

Frauke Sander fuhr herum. »Sie sind wohl mächtig stolz darauf, so viel herausbekommen zu haben, was? Gratuliere, Sie Meisterdetektivin! Aber es ist ein bisschen spät, oder?«

Lena steckte den Hieb mehr schlecht als recht ein. »Ja, aber nicht zu spät.«

»Und was haben Sie in der Hand?«, fragte Frauke Sander, während sie den Wasserkessel von der Gasflamme nahm und den Kaffee aufgoss. Herber Duft breitete sich in der Küche aus. »Was ist mit der Wasserflasche, die Sie vorhin erwähnt haben?«

»Es wurden Rückstände von Medikamenten nachgewiesen«, log Lena, ohne mit der Wimper zu zucken.

»Quatsch!« Frauke lachte laut auf. Sie öffnete einen Schrank und nahm eine Tasse mit violettem Blümchenmuster heraus. »Sie wollen mich wohl für blöd verkaufen. Milch?«, setzte sie hinzu und stellte Kaffee und Dosenmilch auf den Tisch, als Lena nickte. Sie selbst blieb stehen – mit verschränkten Armen. »Die Flasche hat Thomas irgendwo verbummelt oder sie ist nach dem Klettern verlorengegangen oder so. Das wissen Sie doch.« Sie wirkte erleichtert – etwas Farbe war in ihre Wangen zurückgekehrt, und ein leiser Triumph schwang in ihrer Stimme mit.

»Das ist sie nicht«, gab Lena ruhig zurück und trank einen Schluck Kaffee. »Der ist übrigens gut. Vielen Dank, dass Sie sich die Mühe gemacht haben.« Sie lächelte und trank erneut.

Dosenmilch im Kaffee konnte sie nicht ausstehen, aber sie wollte nicht unverschämt sein. »Ich denke, Sie wissen ganz genau, dass es nicht so ist. Mick wollte unbedingt den Eindruck erwecken, dass er nicht im Besitz der Flasche ist, und dafür hat er einen guten Grund. Einen sehr guten.«

Frauke Sander ließ langsam die Arme sinken. »Sie bluffen!«

»Von wegen. Möchten Sie einen Beweis?«

»Und ob.«

»Sie ist zur Vase umfunktioniert worden«, erklärte Lena und ließ Frauke nicht aus den Augen. »Und nun hören Sie am besten mit dem Versteckspiel auf.«

»Was soll der Blödsinn?«, gab Frauke Sander zurück, aber ihre Unterlippe zitterte leicht. »Warum sollte Mick so was tun? Wenn die Flasche wirklich eine Rolle spielt, hätte er sie doch verschwinden lassen. Warum sollte er ein solches Risiko eingehen? Ich glaube, Sie sehen Gespenster.«

»Eher nicht. Mick ist ein ziemlich eitler Typ, das werden Sie kaum bestreiten. Die Wasserflasche stellt eine Art Trophäe für den über Hagen errungenen Sieg dar, und dass er sie als Vase tarnt, spricht wohl für sich. Bleibt nur noch die Frage, welche Rolle Sie dabei spielen. Wahrscheinlich haben Sie Hagen die Medikamente untergejubelt, die ihn langsam, aber sicher süchtig gemacht haben. Kommen Sie eigentlich mit der Vorstellung klar, dass Sie mit dafür verantwortlich sind, dass er für den Rest seines Lebens im Rollstuhl sitzen muss?«

»Verdammt noch mal, was reden Sie da?« Frauke Sander war bleich geworden.

»Sie wissen genau, wovon ich rede! Wenn Sie nicht langsam anfangen auszupacken, lasse ich das Haus hier auf den Kopf stellen und Panters ebenfalls, und glauben Sie mir – da findet sich garantiert etwas.«

Das war starker Tobak, aber Frauke war inzwischen so in die Enge getrieben, dass sie die Drohung schlucken würde. Sie starrte Lena einen Moment mit geballten Fäusten an, dann richtete sie den Blick zu Boden. Ihre Schultern verkrampften sich. Lena zog einen der anderen Küchenstühle unter dem Tisch hervor. »Setzen Sie sich zu mir. Bitte.«

Frauke nahm nach kurzem Zögern Platz. Sie griff zum Weinglas und tastete gleichzeitig nach der Schachtel Zigaretten, die in der Brusttasche ihrer Bluse steckte. Sie zündete sich eine an und inhalierte tief. Lena spürte, wie ein leiser Triumph in ihr aufstieg.

»Woher wissen Sie das alles?«, fragte Frauke schließlich.

»Das spielt keine Rolle. Ich weiß es. Und jetzt sagen Sie mir, was Sie wissen.«

Frauke nickte langsam. Sie fuhr sich über die Augen, dann sah sie Lena an. »Ich habe nichts damit zu tun. Das müssen Sie mir glauben.«

»Sie meinen, Sie sind unschuldig?« Lena lächelte ironisch. »Wie unschuldig ist man denn, wenn man die drei Affen spielt: nicht sehen, nicht hören, nicht sprechen?«

»Ähnlich unschuldig wie Sie.«

Lenas Lächeln verflüchtigte sich augenblicklich. Frauke hatte recht. »Okay – der Punkt geht an Sie.«

Frauke Sander streifte die Asche ab und zog erneut an ihrer Zigarette. »Ich habe nicht an Micks Darstellung gezweifelt, zumindest anfangs nicht, denn Thomas' Behauptung klang ja wirklich ungeheuerlich«, begann sie zu erzählen. »Allerdings ... na ja ... irgendwie ... Also, es war schon ein bisschen merkwürdig, dass bei Mick alles hundertprozentig zusammenpasste. Er hatte wirklich für alles und jedes eine logische Erklärung, die natürlich auch gestützt wurde von Zeugenaussagen, und wartete förmlich darauf, die nächste Frage gestellt zu bekommen. Wirklich perfekt. Zu perfekt. Das machte mich hellhörig – gegen meinen Willen könnte man sagen, denn ich wollte ihm glauben, so leid mir Thomas auch tat.« Sie massierte sich kurz den Nacken und sah Lena an. »Aber der andere Gedanke war so ungeheuerlich ...«

»Verstehe. Und was genau ist Ihnen aufgefallen?«

»Nur Kleinigkeiten. Die fügten sich jedoch zusammen, wenn auch erst hinterher.« Frauke räusperte sich. »Da war zum Beispiel ein Telefonat, das Mick mit Norbert geführt hat. Seine Bürotür stand einen Spaltbreit offen, und ich war gerade im Begriff, nach hinten durchzugehen, als ich ihn sprechen hörte. Er war sauer, deswegen stutzte ich. Ich hörte, wie er Norbert beschwor, die Nerven zu behalten und sich nicht in die Hose zu machen, weil eine kleine Anwältin plötzlich Geistesblitze zu haben meinte.« Frauke Sander warf Lena einen entschuldigenden Blick zu. »Tut mir leid – ich gebe nur seine Worte wieder.«

»Schon gut.«

»Dann sagte er noch, dass er sich darum kümmern würde ...«

»Das hat er«, unterbrach Lena. »Mein Auto war kaum wiederzuerkennen – zerstochene Reifen, Lack zerkratzt, Beulen und so weiter. Das sollte wohl eine unmissverständliche Warnung sein. Und es war ein großer Fehler. Im Grunde hat er sich damit verraten.«

»Sie werden es ihm nicht beweisen können, schätze ich.«

»Mag sein, aber wir beide wissen, was los ist, oder?«

Frauke drückte ihre Zigarette aus. »Norbert hat Geld von Mick bekommen. Viel Geld. Er hatte Spielschulden.«

»Woher wissen Sie das?«

»Mick wies ihn bei dem Telefongespräch klipp und klar darauf hin – er solle nicht vergessen, wem er es zu verdanken habe, dass er wieder ohne Sorgen ins Casino gehen könne und so weiter.«

»Wussten Sie, dass Norbert ein Spieler ist?«, fragte Lena.

»Nein, ich hörte zum ersten Mal davon, und natürlich interessierte mich, wofür Mick ihm Geld gegeben hatte.«

»Und?«

Frauke zuckte die Achseln. »Ich habe Augen und Ohren offen gehalten und bin zunächst auf etwas anderes gestoßen. Mick hatte sich Notizen gemacht – vor Monaten schon – über verschiedene Anwälte. Ihr Name war auch dabei.«

»Ja, ich weiß, er hat in der Kanzlei angerufen und sich nach mir erkundigt.«

»Tja, und dann habe ich mitbekommen, wie er die Wasserflasche gereinigt hat. Es war Zufall – wie das eben manchmal so ist.« Sie griff sich eine weitere Zigarette. »Ich wollte einkaufen und musste noch mal ins Haus zurück, weil ich etwas vergessen hatte. Die Kellertür stand offen, und aus irgendeinem Grund ging ich leise die Treppe hinunter. Mick stand in der Waschküche und schrubbte die Flasche. Ich schlich wieder nach oben und redete mir ein, dass das keine besondere Bedeutung hätte – dass Mick sich einfach geirrt hatte, als er Thomas gegenüber behauptete, dass er ihm die Flasche zurückgegeben hätte. Hätte ja sein können – bei all der Aufregung. Und nun wollte er sie eben behalten, statt seinen Irrtum zu korrigieren. Einfach so.«

»Einfach so«, wiederholte Lena.

»Dann, einige Tage später, entdeckte ich die Flasche in seinem Büro – als Vase getarnt«, fuhr Frauke fort.

»Haben Sie ihn darauf angesprochen?«

»Nein.«

»Warum nicht?«

»Ich hatte Angst.«

»Ist Ihnen klar, dass Mick Thomas monatelang mit Tabletten vergiftet hat?«, fragte Lena.

Frauke sah sie nicht an. »Das wurde mir erst so richtig klar, als ich Norbert und Mick dabei überraschte, wie sie Medikamente in größeren Mengen entsorgten.«

»Wie bitte? Wo? Im Studio?«

»Nein. Norbert war auf dem Weg zum Recyclinghof und kam vorher bei uns vorbei ...«

»Wann war das?«

»Einige Tage nach dem Telefonat mit Norbert. Mick wollte einen Haufen Altpapier und einen alten Kühlschrank loswerden – so hatte er es angekündigt. Die beiden hievten das Zeug in den Landrover, während ich in der Küche am Fenster stand und sie heimlich beobachtete. Norbert holte eine Plastiktüte aus seinem Wagen, und Mick sah kurz hinein, bevor er auch sie im Landrover verstaute – ich sah, dass Mick die Kühlschranktür öffnete und sie reinschob. Dann gingen die beiden noch mal in den Keller ...«

Lena pfiff leise durch die Zähne. »Und Sie sind rausgerannt und haben sich die Tüte mal kurz genauer angeschaut, stimmt's?«

»Ja. Genau.«

»Und?«

»Diverse Medikamente – Valium unter anderem. Viel konnte ich auf die Schnelle nicht erkennen. Ich musste ja ständig damit rechnen, dass die beiden zurückkommen.«

»Und wenn es so gewesen wäre?«, hakte Lena nach.

Frauke lächelte. Zum ersten Mal. »Ich hatte mir aus der Küche einen Karton geschnappt«, sagte sie. »Um notfalls behaupten zu können, dass der auch noch mit sollte.«

»Schlau«, kommentierte Lena. »Ziemlich schlau sogar. Wo ist die Tüte mit den Pillen jetzt?«, setzte sie schnell nach.

»Auf dem Recyclinghof natürlich.«

Lena spürte ein sanftes Ziehen im Bauch. Sie fasste Frauke scharf ins Auge. Die zwinkerte unruhig.

»Wo soll sie denn sonst sein?«

Lena schenkte sich einen weiteren Kaffee ein. »Vielleicht haben Sie ja einige Schachteln beiseitegeschafft oder sogar die ganze Tüte – nur so, als kleines Sicherheitspaket sozusagen. Falls Mick Ihnen mal ganz blöd kommt oder die Sache doch noch zu kippen droht ... Es wäre ja dann kein Problem, die Pillen im geeigneten Moment wieder auftauchen zu lassen. Und Sie wären fein raus.«

Frauke schluckte.

»Ich habe übrigens die Wasserflasche«, fügte Lena gleich darauf hinzu. »Zusammen mit den Tabletten wäre ...«

»Das glaube ich nicht!«, fuhr Frauke dazwischen.

»Dann lassen Sie es eben bleiben. Nur: Woher weiß ich dann, dass sie als Vase benutzt wurde? Und warum sollte ich so was behaupten, wenn es nicht stimmte?«

»Keine Ahnung, woher Sie das wissen. Aber Sie wollen, dass ich möglichst viel preisgebe, ganz einfach.«

»Dann haben Sie die Tüte also doch in Verwahrung genommen«, stellte Lena fest. »Das war ausgesprochen klug.« Sie rieb sich innerlich die Hände.

Frauke starrte sie an und gab sich schließlich einen Ruck. »Na schön – ja, Sie haben recht. Ich war noch mal am Wagen, als Mick telefonierte und Norbert auf dem Klo war. Ich bin mit dem Mülleimer nach draußen, habe die Medikamente darin verstaut und in die ursprüngliche Tüte schnell anderen Abfall gestopft – damit sie nicht so leer aussieht, falls die doch noch mal nachgucken.«

Lena konnte sich ein Grinsen nicht verkneifen. »Klasse! Und wo ist das Zeug jetzt?«

»In einem sicheren Versteck.«

Lena beugte sich vor. »Frau Sander – Sie müssen die Sachen herausgeben. Damit können wir den ganzen Fall erneut aufrollen.«

Frauke standen plötzlich die Tränen in den Augen. »So einfach ist das nicht. Nichts stimmt mehr, verstehen Sie ... wenn ich nun gegen Mick ...« Sie senkte den Kopf.

»Es stimmt doch auch so schon nicht mehr, und es wird nie wieder stimmen«, sagte Lena. »Sie verstecken sich im Haus einer Freundin, weil Sie Mick längst nicht mehr über den Weg trauen und müssen damit fertig werden, dass Sie mit einem Verbrecher zusammenleben, der Ihren Ex-Freund töten wollte. Ist das das Leben, das Sie sich gewünscht haben?«

Frauke leerte ihr Glas. Langsam schüttelte sie den Kopf.

»Wo ist die Tüte? Hier?«

»Nein, ich hatte erst vor, sie hierherzubringen, aber ... Mick ist sehr gereizt und misstrauisch, habe ich jedenfalls das Gefühl. Und ich will Monika da nicht mit reinziehen.«

»Ja, das verstehe ich. Aber wissen Sie, was ich mich die ganze Zeit über frage?«, grübelte Lena. »Warum haben die beiden das Zeug nicht sofort vernichtet? Haben sie sich so sicher gefühlt? Mick ist ein Perfektionist – die Sache mit der Wasserflasche ist seiner Eitelkeit geschuldet, aber die restlichen Pillen aufzuheben war ein sträflicher Fehler, der sich jetzt rächt. Wie konnte er so unvorsichtig sein?«

»Vielleicht war das gar nicht seine Idee«, überlegte Frauke. »Norbert sollte das Zeug entsorgen und hat damit gewartet ...«

»Klar. Es könnten sich ja auch noch andere Geschäfte damit machen lassen«, grübelte Lena. »Ein Spieler kann immer mal wieder in finanzielle Engpässe geraten. Und da die Geschichte zunächst genau so verlief wie geplant, sah Norbert keinen Anlass, die Pillen zu vernichten. Bis ich anfing, Fragen zu stellen.«

»Und Mick Druck auf ihn ausübte«, fügte Frauke hinzu.

Einen Moment herrschte Stille in der Küche. Die Uhr tickte laut.

»Wo ist die Tüte?«, fragte Lena dann ein weiteres Mal.

»In einem Schließfach.«

»Am Hauptbahnhof?«

»Ja.«

»Lassen Sie uns hinfahren.«

»Jetzt sofort?«

»Natürlich.«

Frauke schüttelte den Kopf. »Ich habe den Schlüssel nicht dabei.«

Lena verdrehte die Augen. »Der liegt zu Hause bei Ihnen herum?«

»Ich fahre damit nicht spazieren. Er ist in meinem Zimmer versteckt.«

»Na schön, da kann man nichts machen. Wie geht es jetzt weiter?«, fragte Lena. »Machen Sie einen Vorschlag.«

»Mick wird mich morgen früh abholen, so haben wir es verabredet. Wir fahren dann gemeinsam ins Studio. Mittags erledige ich meistens einige Einkäufe. Ich beeile mich, hole schnell den Schlüssel, und dann könnten wir uns am Bahnhof treffen.«

»Das hört sich gut an.«

Frauke lächelte traurig. »Finden Sie? Mir ist einfach nur elend.«

»Glauben Sie mir – das wird sich bald ändern. Mick wird nicht erfahren, wie die Pillen wieder aufgetaucht sind.«

»Mick erfährt alles, und wenn es erneut zur Anklage kommt, muss ich auch aussagen – das wissen Sie doch ganz genau.«

»Denken Sie an Thomas.« Das klang lahm, aber Lena hatte das Gefühl, ihn erwähnen zu müssen.

Frauke nickte. »Ja. Das versuche ich.« Sie stand abrupt auf. »Ich möchte jetzt allein sein.«

Lena erhob sich sofort. Mehr konnte sie im Moment nicht erreichen. Sie tauschten die Handynummern, und Frauke brachte Lena zur Haustür.

»Danke, dass Sie mit mir geredet haben«, sagte Lena zum Abschied.

Die Tür schnappte ins Schloss, und sie machte sich mit eiligen Schritten auf den Weg zu ihrem Wagen. Als sie hinterm Steuer saß, spürte sie, wie ihr Energielevel absackte. Sie war hochzufrieden mit dem Ergebnis der Unterredung – es hätte gar nicht besser laufen können –, aber es hatte viel Kraft gekostet, so auf Frauke einzuwirken, dass sie redete. Sie fühlte sich ausgelaugt und erschöpft, als hätte sie zwei Aikidoeinheiten hintereinander absolviert oder ein mehrstündiges Plädoyer gehalten. Morgen, dachte Lena, morgen geht es erst richtig los. Sie schlug den Weg zu ihrer Stadtwohnung ein und freute sich auf ihr Bett.

Die Beleuchtung am Garagentor war defekt. Ich muss dem Elektriker Bescheid sagen, dachte Lena. Seit ihr Mini demoliert worden war, parkte sie ihn nicht mehr auf der Straße, sondern stets in der Tiefgarage. Sie stieg aus, schloss das Tor auf und tastete an der Wand nach dem Schalter für die Innenbeleuchtung, als sie ein Geräusch hörte, das nicht in die Umgebung und zu der nächtlichen Stunde passte. Sie drehte sich um und sah im gleichen Augenblick den Schatten. Adrenalin schoss durch ihren Körper, und die Erschöpfung fiel augenblicklich und restlos von ihr ab. Sie glitt zur Seite und griff gleichzeitig nach dem Lichtschalter. Mick Panter war ebenso schnell und löste den Schließmechanismus aus. Als das Licht aufflackerte, begann sich das Tor zu schließen, und er stand keine drei Meter vor ihr und versperrte ihr den Fluchtweg nach draußen. Dunkel gekleidet, groß, lächelnd, gutaussehend, erfüllt von kalter Wut, die Lena so deutlich spürte wie ihren Herzschlag.

»Wir sollten uns in aller Ruhe unterhalten, Frau Anwältin«, sagte er leise und steckte die Hände in die Hosentaschen. »Sie schnüffeln in meinem Leben herum, und das gefällt mir gar nicht. Was wollten Sie von Frauke?«

Er ist zum Haus zurückgekehrt und hat beobachtet, wie Frauke mich hereingelassen hat, fuhr es Lena durch den Kopf. Danach ist er zu mir gefahren und hat sich auf die Lauer gelegt, ohne dass ich irgendetwas bemerkt habe. Soviel zum Thema Achtsamkeit und Intuition. Lena schob ihre Überraschung beiseite und signalisierte Entspannung, indem sie ihre Arme locker herabhängen ließ, doch in Wirklichkeit war jede Faser ihres Körpers in höchster Alarmbereitschaft. Sie atmete tief in ihr Zentrum hinein, um möglichst unauffällig Kraft und Konzentration zu sammeln.

»Wir haben ein bisschen geplaudert, das ist alles«, antwortete sie lässig.

Panter machte einen Schritt nach vorn. »Verarschen Sie mich nicht! Was wollten Sie von Frauke?«

Lena lächelte. »Ich sagte doch, nichts von Belang.«

Der Schlag kündigte sich deutlich an. Lena sah ihn wie einen Lichtblitz, noch bevor Mick den Arm gehoben hatte, und trat sofort aus der Linie. Er stolperte, von seinem eigenen Schwung aus dem Gleichgewicht gebracht, nach vorn, während sie seitlich hinter ihn glitt, ihre Hände wie zum Gebet verschränkte und ihn mit einem kräftigen Hieb in den Nacken zum Straucheln brachte. Der Schlag war nötig, denn

Panter war zu gefährlich, um ihn nur ins Leere laufen zu lassen. Er ging zu Boden, sprang aber rasch wieder auf und nahm sie erbost ins Visier. Sie genoss seinen irritierten Blick, während sie Wärme in sich aufsteigen spürte, die langsam zur Hitze wurde. Kampfhitze. Gleichmäßiger Puls. Schweiß. Gewissheit. Einssein von Körper und Geist. Als er erneut auf sie zukam, streckte sie die Hände aus und bot ihm unauffällig ihre rechte Seite an. Er griff nach ihrem Sweatshirt, sie nahm mit einer Drehung die Schulter zurück, packte gleichzeitig sein Ellenbogengelenk, während sie blitzschnell in die Knie ging, und schleuderte ihn über ihre Schulter. Als er sich hochrappelte, stand sie schon wieder vor ihm und schlug mit der Handkante zu. Sie traf ihn am Hals. Triumph schnellte in ihr hoch, während sein hasserfüllter Blick sie traf.

»Das wirst du bereuen!«, keuchte er. »Bitter bereuen.« Er war jetzt so wütend, dass er nur noch Fehler machen konnte.

»Zieh Leine, bevor ich dich windelweich prügele«, warnte sie ihn. Später würde ihr auffallen, dass sie noch nie so geredet hatte. So wie sie einiges noch nie zuvor getan hatte.

Wieder stürzte er auf sie zu. Sie wartete, bis er sie fast erreicht hatte und trat im letzten Moment zur Seite. Gleichzeitig stieß sie ihm einen Fuß ins Knie. Er stürzte zu Boden. Im selben Augenblick war sie am Lichtschalter und knipste das Licht aus. Rabenschwarze Nacht. Sein Keuchen. Sie glitt zur Seite, hörte, wie er aufstand, roch seinen Schweiß. Draußen lief immer noch der Motor ihres Wagens.

Sie atmete in den Raum hinein und spürte ihn von der linken Seite kommen. Diesmal stieß sie ihm ihren Fuß in den Magen, sprang schnell um ihn herum und riss ihn zu Boden. Als er hochkommen wollte, traf sie sein Kinn. Seine Angriffswut ließ nach. Sie hörte es daran, wie er aufstand. Mühsam.

Verletzt. Sie erschrak, wie stark ihre Lust war weiterzumachen. Es fühlte sich gut an, ihn zu verletzen, ihm Schmerzen zuzufügen, ihn zu erniedrigen. Schließlich blieb sie stehen und hielt schwer atmend inne. Sein Keuchen, ihr Atem. Sie schob sich an der Wand entlang und betätigte die Schalter für Licht und Toröffnung. Einen Augenblick später blendeten sie die Scheinwerfer ihres Wagens.

»Verschwinde!«, sagte sie leise. »Ganz schnell, bevor ich ernst mache.«

Er sah sie erst wieder an, als er die Garagenauffahrt erreicht hatte.

»Das wirst du bereuen! Glaub mir, das wirst du fürchterlich bereuen!«

Lena erwiderte nichts. Sie wartete, bis er verschwunden war. Dann fuhr sie den Wagen in die Garage und begab sich anschließend mit dem Fahrstuhl nach oben in ihre Wohnung. Taubheit erfüllte sie plötzlich, begleitet von der Gewissheit, dass nichts mehr in Ordnung war, obwohl sich die Dinge doch genau so fügten, wie sie es sich vorgestellt hatte. Sie hatte nur noch einen Wunsch: alles so schnell wie möglich zu beenden und dann nicht mehr daran zu denken. Doch bevor sie abschalten und ins Bett gehen konnte, musste sie unbedingt Frauke informieren.

Lena wählte ihre Nummer, und Frauke ging nach dem zweiten Klingeln ans Telefon.

»Ich muss Sie warnen: Ich hatte eine Auseinandersetzung mit Mick. Er weiß, dass ich bei Ihnen war«, sagte Lena.

Einen Moment blieb es still in der Leitung.

»Mick hat mich aus dem Auto angerufen, als Sie gerade aufgebrochen waren«, erwiderte Frauke schließlich. »Er war stinksauer und wollte natürlich wissen, was wir zu besprechen hatten.«

»Und was haben Sie ihm geantwortet?«

»Ich hab ihm erzählt, dass Sie Norbert hinterherschnüffeln und ich nicht weiß, was das ganze Theater soll.«

Clevere Antwort. Lena atmete tief durch. »Hat er Ihnen das abgenommen?«

»Ja.«

»Warum sind Sie da so sicher?«

»Er traut mir keine Lüge zu. Kein eigenmächtiges Handeln.«

Lena nickte. »Okay. Dann bis morgen. Wie besprochen.«

»Ja. Bis dann.«

Wie verabredet wartete Lena um vierzehn Uhr am Hauptbahnhof in der Nähe des Infostandes im Erdgeschoss. Frauke Sander hatte ihr eine SMS geschrieben, als sie zum Einkaufen aufgebrochen war und sich danach nicht mehr gemeldet, also ging Lena davon aus, dass alles nach Plan lief und sie in Kürze auftauchen würde. Ihre Hände waren verschwitzt, und sie wusste, dass sie mitgenommen aussah. Sie war am Morgen noch in der Kanzlei gewesen. Reiner Lindhof hatte sie auffällig lange gemustert und sie dann – wie immer freundlich und zuvorkommend – gebeten, in den nächsten Tagen Zeit für ein Gespräch mit ihm einzuplanen. Sie wischte sich über die Stirn und sah hoch zur Uhr. Viertel nach zwei. Nun gut, eine Verabredung war nicht immer genau einzuhalten. Vielleicht war Frauke aufgehalten worden oder musste länger nach einem Parkplatz suchen. Warum hatte sie nicht angerufen? Weil sie in Eile war und davon ausging, dass Lena auch eine Viertelstunde länger warten würde, ohne ungeduldig zu werden oder gar die Ruhe zu verlieren.

Um halb drei rief Lena Frauke auf dem Handy an. Keine Verbindung. Wahrscheinlich saß sie im Wagen und hatte es ausgestellt. Unruhe machte sich in Lena breit. Eine halbe

Stunde Verspätung war Anlass zur Sorge, erst recht unter diesen Umständen. Frauke hätte zumindest eine SMS schicken können.

Lena ging an die Kaffeebar und bestellte sich einen Cappuccino. Die Serviererin stellte ihr die Tasse hin und wandte sich dann wieder dem kleinen Fernseher zu, der hinter der Theke stand. Eine Berliner Nachrichtensendung. Lena blickte auf den Bildschirm. Aufnahmen von einem Unfall auf einer Landstraße in der Nähe von Heinersdorf kurz hinter der südlichen Stadtgrenze von Berlin. Der Unfallverursacher hatte Fahrerflucht begangen. Ein Zeuge hatte ausgesagt, dass es sich um einen Fahrer oder eine Fahrerin in einem Geländewagen handelte, nach dem nun gefahndet wurde. Das Unfallopfer war schwer verletzt und lag im Koma.

Lena hielt sich an der Theke fest, dass ihre Knöchel weiß hervortraten. Frauke. Sie war mit dem Landrover unterwegs gewesen. Lena verließ die Kaffeebar mit langsamen, steifen Schritten. Alle Geräusche verdichteten sich zu einem undeutlichen Rauschen.

17

Am Horizont zeigte sich zu Lenas Verwunderung ein erster blassvioletter Lichtstreifen. Maren sah sie an, und Lena hatte das Gefühl, dass sie sich nicht traute, auch nur eine Frage zu stellen, obwohl ihr vermutlich eine ganze Reihe auf der Zunge brannten. Zaghaftes Vogelgezwitscher setzte nach und nach ein. Lena stand auf und streckte sich. Hatten sie wirklich die ganze Nacht hier gesessen?

»Hat man herausbekommen, was genau passiert ist?«, fragte Maren schließlich.

Sie war neben Lena getreten, und gemeinsam gingen sie zum Bootssteg hinunter. Nebel lag über dem Wasser.

»Soweit ich in Erfahrung bringen konnte, ergaben die polizeilichen Ermittlungen, wie nicht anders zu erwarten gewesen war, dass Panter der Halter des Fahrzeugs war. Und er sagte aus, dass seine Freundin damit unterwegs gewesen war, wie meistens in den Mittagsstunden. Er konnte mehrere Zeugen dafür benennen, dass er die ganze Zeit im Studio gewesen war. Frauke hingegen blieb verschwunden und der Wagen ebenfalls.«

»Bis heute?«

»Ja – das nehme ich jedenfalls an. Ich habe die Geschichte irgendwann nicht mehr verfolgt. Man vermutete, dass Frauke den anderen Wagen von der Fahrbahn abgedrängt oder geschnitten hatte, so dass der sich überschlug, sie selbst dabei aber kaum zu Schaden kam und nach kurzem Stopp in heilloser Panik floh, vielleicht sogar ins Ausland. Panter schürte diese Vermutung, indem er aussagte, dass sie in letzter Zeit ein ziemliches Nervenbündel gewesen sei. Er wies auf den Prozess hin und die monatelange Anspannung, unter der auch ihre Beziehung gelitten habe und so weiter und so fort. Eine Zeitlang stellte man ihn unter Beobachtung, aber Frauke Sander setzte sich nicht mit ihm in Verbindung, jedenfalls nicht nachweislich.«

»Und das Unfallopfer?«

»Lag einige Zeit im Koma. Dann wachte er auf – erfreulicherweise. Soweit ich weiß, geht es dem Mann heute wieder ganz gut, aber er hat Schäden zurückbehalten, die ihm ein Leben lang zu schaffen machen werden. Er kann nicht arbeiten und leidet unter Gedächtnisverlust.« Lena blickte über den See. »Einmal war ich im Krankenhaus und habe ihn gesehen. Um ja nicht zu vergessen.«

»Frauke hat also auf dem Weg zum Bahnhof einen Unfall verursacht und ist dann völlig aufgelöst geflohen?«, fasste Maren nach einer Pause zusammen. Sie klang skeptisch. »Aber der Bahnhof liegt nicht im Süden von Berlin, geschweige denn außerhalb.«

»Ich vermute, dass Panter Frauke gefolgt ist – sein Alibi war sicher gekauft. Er wollte sich vergewissern, ob er sich wirklich noch auf sie verlassen konnte«, meinte Lena. »Sie hat das mitbekommen und ist nicht wie geplant zum Hauptbahnhof gefahren, sondern zunächst zum Haus ihrer Freundin Monika. Vielleicht glaubte sie, dass Panter das Interesse an der Verfolgung verlieren würde, wenn ihm das Ziel klar wurde. Aber Panter blieb dran, und Frauke wollte ihm nicht gegenübertreten. Also fuhr sie weiter in Richtung Süden und bog auf die Landstraße nach Heinersdorf ab. Sie war nervös – mehr noch: Sie hatte Angst vor Panter, sie wusste nicht, wie sie die Situation lösen sollte. Ihr wurde klar, dass er ihr sehr wohl zutraute, zu lügen und eigenmächtig zu handeln und dass er natürlich nicht bereit war, das hinzunehmen. Sie geriet immer mehr in Panik und verursachte schließlich den Unfall.«

»Sie war eine ganze Weile unterwegs und hat es nicht geschafft, dich übers Handy zu informieren?«, hakte Maren nach.

»Vielleicht hat Panter ihr das Handy im Studio abgenommen oder es manipuliert, ohne dass sie es merkte«, gab Lena zu bedenken. »Ich traue ihm das zu. Ein Typ wie er denkt an fast alles. Oder sie war tatsächlich so aufgelöst, dass sie es nicht bedienen konnte.«

»Hm. Und dann? Wie ist es direkt nach dem Unfall weitergegangen?«

»Panter war in allernächster Nähe und konnte demnach

blitzschnell handeln«, erklärte Lena. »Ich nehme an, dass Frauke völlig entsetzt abbremste und anhielt, als sie sah, was passiert war. Panter versteckte seinen Wagen kurzerhand ein paar Meter abseits – an der Strecke gibt es kleinere Waldabschnitte –, stieg zu Frauke in den Landrover und fuhr mit ihr davon. Die Aktion kann in zwei Minuten über die Bühne gegangen sein. Frauke stand unter Schock oder war womöglich sogar leicht verletzt, auf jeden Fall aber nicht in der Lage, ihm irgendwas entgegenzusetzen. Hinzu kommt, dass die Gegend nur im Berufsverkehr morgens und gegen Abend stark befahren ist. Mittags ist da nicht viel los: Es gab ja auch nur einen Zeugen, der einen davonrasenden Landrover gesehen hatte. Dass er lediglich eine Person ausmachen konnte, ist kein Gegenargument. Entweder hat er sich geirrt oder einer der beiden war schlichtweg nicht zu sehen, weil er lag oder sich geduckt hatte. Später hat Panter den Landrover und Frauke verschwinden lassen – so oder so –, selbstverständlich nachdem er seine Freundin über den tatsächlichen Inhalt unseres Gesprächs ausgequetscht und ihr auch den Schlüssel für das Schließfach abgenommen hatte.«

Maren schluckte. »Verstehe ich dich richtig: Mit Verschwinden meinst du, dass er sie umgebracht haben könnte?«

»Ich fürchte ja – oder er hat jemanden beauftragt.«

»Vielleicht ist sie ja doch ins Ausland entkommen«, wandte Maren ein. »Mit Panters Hilfe, dem daran sehr gelegen sein konnte. Er hat ihr irgendwie Geld zukommen lassen und war sie los. Wegen der Fahrerfluchtgeschichte kann sie ohnehin nicht mehr zurück, ohne Gefahr zu laufen, dafür zur Verantwortung gezogen zu werden.«

Lena nickte und wandte Maren das Gesicht zu. »Ja, das kann man natürlich nicht ausschließen. Andererseits ist Frauke zu einem Sicherheitsrisiko für ihn geworden – auch weit weg von Berlin. Wenn sie nicht so schlau war, ihm auf der Flucht ein Schnippchen zu schlagen, würde ich keine Wette darauf abschließen, dass sie noch lebt.«

Maren sah Lena einen Moment schweigend an. »Und du? Was hast du danach gemacht?«, fragte sie schließlich.

»Ich wollte meinen Beruf an den Nagel hängen. Ich hatte nicht nur auf eigene Faust wilde Detektivspiele betrieben, um mein gekränktes Ego wieder aufzurichten, statt sauber zu recherchieren und die Behörden einzuschalten – ich hatte auch noch fatale Fehler dabei gemacht. Niemals hätte ich Frauke nach unserem Gespräch allein lassen dürfen – und nach der Prügelei mit Panter schon gar nicht. Er war so wütend, dass mir hätte klar sein müssen, in welcher Gefahr Frauke schwebte, auch wenn sie selbst das bei unserem Telefonat anders einschätzte. Dennoch hätte ich mich mit der Polizei in Verbindung setzen müssen, statt mich darauf zu verlassen, dass Mick Frauke kein selbständiges Handeln zutraute. Dann wäre der Unfall nicht passiert und alles Weitere danach auch nicht.«

»Das ist reine Spekulation«, wandte Maren ein.

»Das ist ein bisschen mehr«, hielt Lena dagegen. »Du willst mich nur trösten. Das habe ich nicht verdient. Ich war völlig auf meinen Plan fokussiert. Die Aussicht, Panter mit Beweisen zu konfrontieren, die ich persönlich zusammengetragen hatte, und ihn dann verhaften zu lassen, hat mich den Gefahren gegenüber blind gemacht.«

»Du gehst verdammt streng mit dir ins Gericht«, entgegnete Maren heftig und hob die Hand, als Lena sie unterbrechen wollte. »Und sag jetzt nicht, das sei ja auch nur angemessen! Du hast dich diesem Verbrecher an die Fersen geheftet, um die Wahrheit ans Licht zu bringen und zu spät gemerkt, dass das keine Angelegenheit für einen Alleingang ist. Das kann passieren – sollte nicht, kann aber. Ärzte machen auch Fehler – unter Umständen tödliche Fehler. Sie bereuen es bitter, hadern mit sich und schlafen wahrscheinlich schlecht, aber sie machen weiter. Außerdem hätte Frauke vielleicht gar nicht mitgespielt, wenn du von vornherein die Polizei eingeschaltet hättest.«

Lena schüttelte den Kopf. »Ich habe vollkommen eigennützig gehandelt und nicht aus edlen Motiven.«

»Du wolltest den Typ in die Pfanne hauen, und er hat sogar Schläge bezogen. Ich finde, er hat sie verdient!«

»Maren, bitte!«, wandte Lena ein. »Glaub mir, das stand mir nicht zu. Mit dieser Einstellung habe ich dazu beigetragen, dass die Situation eskalierte.«

»Hat dein Chef das genauso gesehen? Immerhin hast du ja deinen Job noch.«

Lena atmete tief aus. »Ich war ohne Wenn und Aber geständig, wie es so schön heißt, und er hielt nicht hinterm Berg mit seiner Ansicht, dass ich eine Menge Mist gebaut hatte. Er befahl mir, sofort und endgültig die Finger von der Sache zu lassen, wollte jedoch auf keinen Fall, dass ich meinen Job aufgab, zumal seiner Ansicht nach gar nicht klar war, wie sich der Unfall tatsächlich ereignet hatte. Der schwerverletzte Mann konnte sich später an nichts mehr erinnern, und sonstige verwertbare Aussagen gab es nicht. Es wäre viel zu einfach, wenn ich mich davonmachen würde, meinte Reiner, und damit hatte er nicht ganz unrecht, denn in den darauffolgenden Monaten erlebte ich eine ziemliche Hölle – es war der private und berufliche Absturz. Und auch jetzt geht es mir, wie du weißt, nicht gerade blendend.« Lena räusperte sich, bevor sie fortfuhr. »Hinzu kam, dass Panter auf ganzer Linie gewonnen hatte und seinen Sieg und das Leben an sich in vollen Zügen breit grinsend genießen konnte. Er wusste schließlich ganz genau, dass ich nichts mehr zu melden hatte, nachdem das wichtigste Beweismaterial zurückerobert und Frauke unauffindbar war.«

»Und das tut er heute noch?«

»Ich denke ja. Wahrscheinlich informiert er sich immer mal wieder über laufende Gerichtsprozesse, um dann händereibend festzustellen, dass ich als Anwältin kaum noch erwähnt werde – jedenfalls nicht bei großen Fällen.«

»Und Simon?«

Lena sah über den See zur Koppel hinüber, wo drei Pferde friedlich grasten.

»Ich habe ihm alles erzählt, sobald er wieder da war. Simon hörte sich meinen Bericht an und sagte kein einziges Wort, stellte keine einzige Frage«, sagte sie leise. »Nach einer elend langen Pause, in der er mir in die Augen starrte, bis es körperlich weh tat, blickte er auf meinen Hakama. Ich zog ihn aus und war seitdem nicht mehr im Dojo.«

Das Schweigen war damals das Schlimmste gewesen. Nicht ein einziges Wort hatte er an sie gerichtet, und sie hatte nicht gewagt, ihn darum zu bitten. Keine Berührung. Durch den Nebel ihres Schmerzes hindurch hatte sie für einen Moment gespürt, wie grenzenlos enttäuscht er war. Tagelang hatte sie sich in ihrem Bootshaus verkrochen, wie gelähmt und dem Gefühl ausgesetzt, ins Bodenlose zu stürzen. Wenig später hatte sie sich von Maika getrennt. Ohne viele Worte.

»Meine Beziehung ging auch in die Brüche, und zu meiner Großmutter traute ich mich viele Monate nicht«, fuhr Lena fort. »Inzwischen sehen wir uns wieder ab und zu, aber unser Verhältnis ist distanzierter geworden. Meine sogenannte Intuition habe ich tief in mir vergraben ... und eigentlich wollte ich mich nie wieder auf sie verlassen. Ich habe alles verspielt, was mir lieb und teuer war – aus Stolz und Hochmut.«

Maren nickte langsam. »Und plötzlich hast du doch wieder mit einem komplizierten Fall zu tun, der dich tief berührt. Merkwürdig, nicht?«

Lena war nach ihrem stundenlangen Bericht einigermaßen erstaunt, wie mühelos und unbefangen Maren in die Gegenwart wechselte.

»Wie meinst du das?«

»Ganz einfach: Du bist gefordert. Das ist ein wichtiger Prozess – für alle Beteiligten«, erklärte Maren munter.

»Kannst du nicht verstehen, dass ich ... Bedenken habe, Ängste ... und mir selbst misstraue?«

»Na klar kann ich das verstehen. Aber davon solltest du dich nicht abhalten lassen. Ich finde, es ist ein Zeichen, nach vorne zu blicken – weiterzumachen.«

»Es ist verdammt schwierig ...«

»Niemand hat behauptet, dass es leicht sein würde. Aber der Fall ist wie gemacht für dich – finde ich jedenfalls.«

Lena blickte Maren mit gerunzelter Stirn an. »Aha. Und wie kommst du darauf?«

»Kein anderer Anwalt, keine andere Anwältin wäre so übervorsichtig an die Sache herangegangen.«

»Ach, hör auf«, winkte Lena ab. »Du hast dich doch anfangs mächtig darüber aufgeregt, dass ich gezögert und gezweifelt habe – an allem und jedem. Das hat dir doch überhaupt nicht gepasst, wenn ich dich erinnern darf.«

»Natürlich nicht. Schließlich bin ich parteiisch und ungeduldig.« Maren lächelte achselzuckend. »Ziemlich ungeduldig. Und ich darf das auch sein. Doch wenn du nach all dem, was du in den letzten Jahren erlebt hast, jetzt Nachforschungen anstellst, kann man davon ausgehen, dass du hundertprozentig gründlich sein wirst. Und wer weiß, was dabei herauskommt.«

Marens Stimme klang richtiggehend fröhlich. Plötzlich fasste sie nach Lenas Schultern und zog sie zu sich heran. »Danke für dein Vertrauen«, flüsterte sie. »Ich bin davon überzeugt, dass du das hinkriegst.«

Lena verkrampfte sich für einen Augenblick, dann gab sie nach und begann zu ihrer eigenen Verblüffung hemmungslos zu weinen. Minuten später spürte sie, dass Maren sie küsste. Behutsam die Tränen wegküsste.

»Ich bin gerade ziemlich wehrlos«, flüsterte Lena, als sie merkte, dass ihr Körper heftig reagierte und ihre Lippen sich wie von selbst öffneten.

»Möchtest du, dass ich das ausnutze?« Maren strich über ihren Rücken und umfasste mit beiden Händen Lenas Po.

»Eigentlich nicht ... mitten in einem Fall ... Ich meine, du bist ja sogar involviert und ...«

»Und uneigentlich?«

»Ich weiß nicht ...«

Maren küsste sie erneut. Lena erschauderte. Nichts hätte sie lieber getan, als sich verführen zu lassen. Doch der Augenblick stimmte nicht. Sie wusste es nur allzu gut. Es würde einen schalen Nachgeschmack hinterlassen. Das wollte sie auf keinen Fall. Lena riss sich so plötzlich los, dass Maren taumelte.

»Nein!«, sagte sie. »Bitte – es tut mir leid, aber ich muss erst diesen Fall abschließen. Und der braucht meine ganze Konzentration! Es hat nichts mit dir zu tun.«

Maren atmete tief durch. Dann nickte sie. »Okay, okay, beruhige dich. Ich verstehe. Ich bin zwar ungeduldig, aber in dem Fall warte ich gerne.« Sie strich sich die Haare zurück und schenkte Lena ein Lächeln. »Am besten, du fährst mich jetzt zum Bahnhof nach Potsdam.«

Als Lena zurückkehrte, spülte sie das Geschirr und fütterte den Kater. Dann zog sie sich aus und sprang in den See. Das Wasser war eiskalt und raubte ihr in den ersten Minuten fast den Atem. Dann spürte sie, wie sie wach wurde, hellwach bis in jede einzelne Haarspitze. Das Morgenlicht schimmerte an der Wasseroberfläche.

Anschließend trocknete sie sich sorgfältig ab und zog ihren Aikidoanzug an. Barfuß betrat sie ihr kleines Dojo unter dem Dach. Ein Zittern fuhr ihr den Rücken hinab, als sie sich verbeugte und die Matte betrat. Sie setzte sich mit geradem Rücken auf ihr Kissen und legte die Hände offen ineinander. Kaum hatte sie sich entspannt und einen ruhigen Atemrhythmus gefunden, brach die Stille über sie herein. Sie sah Simon vor sich und hörte all die Worte, die er nicht ausgesprochen hatte. Die Schuld lag zentnerschwer auf ihren Schultern. Sie beugte sich nach vorn, bis ihre Stirn die Matte berührte und erhob sich erst, als ihr Körper den Schmerz akzeptiert hatte.

Sie stellte sich mit geschlossenen Augen und ausgebreiteten Armen an den Rand der Matte. Zehn Minuten stehen. Zehn Minuten gehen. Nur gehen und atmen. Dann *Tai sabaki* – fünfzehn Minuten lang: einen Schritt nach vorn, um die eigene Achse drehen und dabei mit dem anderen Fuß einen Schritt nach hinten setzen, um sich dann erneut mit leichtem Schwung aus der Hüfte wieder nach vorn zu drehen. Die Arme locker mitführen, wobei eine Hand zu Beginn und am Schluss der Bewegung ausgestreckt nach vorn zeigte, als würde man einem imaginären Partner ein deutliches Halt signalisieren; die Atmung floss gleichmäßig durch den Körper, und das Zentrum war hellwach. Wie hatte der Meister immer gesagt: Einen Schritt vor, Drehung, einen Schritt zurück, das konnte man lernen, wenn man sich konzentrierte, atmete und zuließ, dass der Körper sich natürlich bewegte.

Als sie das Dojo verließ, war eine Stunde vergangen. Sie duschte heiß und legte sich ins Bett. Innerhalb einer Minute war sie eingeschlafen.

18

Die Frau war wieder da. Die Frau mit den großen Augen und den dunklen Haaren. Lena. Ronja kam gerade aus der Haustür, da stand sie plötzlich am Straßenrand und sah sie an, als hätte sie auf Ronja gewartet.

»Erinnerst du dich an mich?«, fragte sie, und da war wieder dieses Lächeln.

»Na klar – ist doch erst ein paar Tage her, seit Sie hier waren. So schnell vergesse ich nicht.«

Lena lächelte. »Du gehst doch sicherlich zur Schule. Darf ich ein Stück mitkommen?«

»Warum nicht?«

Sie wandten sich um und gingen die Straße hinunter.

»Macht dir die Schule eigentlich Spaß?«, fragte Lena.

»Na ja ... einiges schon, andere Sachen nerven.« Ronja sah die Frau von der Seite an.

Die nickte zustimmend. »Ja, so war es bei mir auch.«

Sie bogen auf die Hauptstraße ein und schwiegen einen Moment. An einer Ampel staute sich der Verkehr hinter einem Müllfahrzeug. Es ging nur im Schritttempo voran. Verkniffene Gesichter. Ronja sah, dass ein Mann am Steuer herzhaft gähnte.

»Gibt es immer noch Fragen wegen Hildrun?«, unterbrach sie schließlich das Schweigen. Die Anwältin war bestimmt nicht nur gekommen, um sie zur Schule zu begleiten.

Lena nickte. »Ich weiß nur noch nicht welche.«

»Das verstehe ich nicht.«

»Nun, wenn man die richtigen Fragen stellt, erhält man meistens auch die Antworten, die man sucht. Oder man bekommt Antworten, bei denen einem auffällt, dass man nach ihnen hätte fragen müssen.«

»Aha.« Ronja verstand nicht genau, was die Anwältin meinte, aber sie nickte eifrig, denn was sie sagte, hörte sich klug an.

»Hast du Ärger bekommen an dem Tag? Ich meine – mit deinem Vater?«

Ronja schrak kurz zusammen, dann winkte sie lässig ab. »Halb so wild. Der regt sich dauernd auf.«

»Verstehe. Jetzt kannst du ja leider nicht mehr zu Hildrun, wenn so richtig dicke Luft ist.«

Ronja stutzte. War das eine Frage? Oder wusste diese Lena mehr? Der geheime Gang war vielleicht doch nicht so geheim. Ronja erschrak. Und versuchte es zu verbergen. Die Frau war nett, aber schließlich konnte man nie wissen. Ihr Vater war auch manchmal nett. Und er konnte von einer Sekunde zur anderen explodieren. Dann zerriss die Wut sein Gesicht.

»Nein«, sagte sie einfach. »Kann ich nicht mehr.«

»Ist dir eigentlich noch was eingefallen, was den Tag betrifft, an dem Hildrun gestorben ist?«

Ronja zuckte die Achseln. »Nö.«

»Tust du mir einen Gefallen?«

»Was denn?«

Lena blieb an einer großen Kreuzung stehen und holte eine Visitenkarte aus ihrer Hosentasche. »Ruf mich bitte an, wenn dir was einfällt. Es kann auch etwas scheinbar völlig Nebensächliches sein.«

Ronja nahm die Karte und betrachtete sie ehrfürchtig.

»Mach ich. Klar.«

»Danke dir. Mach's gut.«

»Ja. Tschüs.«

Ronja steckte die Visitenkarte schnell ein, winkte noch einmal zurück und überquerte rasch die Straße. Auf der anderen Seite wartete ihre Freundin Kim. Lena war schon um die nächste Ecke verschwunden, als Ronja Kim begrüßte.

»Wer war denn das?«, fragte die Freundin misstrauisch und schaute an Ronja vorbei. Kims lange rote Haare glänzten im Morgenlicht, aber ihr Blick war mürrisch.

»Eine Anwältin«, gab Ronja mit stolzem Unterton zurück. »Guck mal, sie hat mir ihre Visitenkarte gegeben.«

Kim begutachtete das Kärtchen. »Warum das denn? Was will die denn von dir?«

»Die war wegen Hildrun da. Du weißt doch ...«

»Ja, ja, ich weiß. Aber was will die denn von dir?«

»Sie forscht ein bisschen, hat sie gesagt. Es geht um Hildruns Tod.«

Kim verlangsamte ihren Schritt. »Und warum stellt sie dir Fragen?«

»Na, wir waren doch Nachbarn ...«

»Das weiß ich auch.«

Ronja schüttelte den Kopf. Kim war manchmal sehr ungeduldig. »Sie meint, ich hätte vielleicht irgendwas mitbekommen, was wichtig sein könnte. Ist doch spannend, oder?«

Eine Weile trotteten sie schweigend weiter. Dann blieb Kim plötzlich wie angewurzelt stehen. »Sag mal – das war doch an dem Tag, an dem wir die Schule geschwänzt haben, oder?«

Ronja war auch stehengeblieben. Ihr war auf einmal übel.

»Halt bloß die Klappe, sonst kommt das noch raus, und wir beide kriegen eine Menge Ärger«, sagte Kim.

Ronja nickte langsam. Kim hatte recht. Sie durfte sich nicht verplappern. Wenn rauskam, dass sie nicht in der Schule gewesen war ... Die beiden gingen langsam weiter.

»Ich bin doch nicht blöd«, sagte Ronja schließlich, bevor sie das Schulgebäude betraten.

Kim antwortete nicht darauf. Sie zog ein Gesicht, als hätte sie berechtigte Zweifel an Ronjas Behauptung.

19

Sie ließ die Gardine los und trat rasch vom Fenster zurück. Schon wieder diese Frau. Eine Anwältin. Was wollte die denn noch? Gabi erinnerte sich gut an sie, weil sie freundlich gewesen war und detaillierte Fragen gestellt hatte, ohne dass man erkennen konnte, worauf sie eigentlich hinauswollte. Karin Webers Anwältin. Darüber mochte Gabi gar nicht nachdenken. Sie hatte selbst genug Sorgen. Aber sie war entsetzt gewesen, als sie mitbekommen hatte, dass die Nichte offensichtlich unter Verdacht stand, etwas mit dem Tod ihrer Tante zu tun zu haben. Unvorstellbar.

Ihre Hände zitterten, während sie Ronjas Geschirr abräumte. Nebenan im Bad rauschte die Toilettenspülung. Ihr Mann musste erst spät zur Arbeit. Gabi mochte es nicht, wenn er morgens in der Wohnung herumlungerte, während sie im Büro und Ronja in der Schule war. Und ihre Tochter konnte es nicht ausstehen, wenn sie nach Hause kam und ihr Vater sie empfing. Gabi kochte frischen Kaffee. Konrad mochte ihn stark – so stark, dass der Löffel darin stand, wie er sagte.

Sie hörte, wie er ins Schlafzimmer ging, um sich anzuziehen. Sie strich ihre Bluse glatt und schenkte den Kaffee ein, als er zur Tür hereinkam. Die Zeitung lag bereit. Er setzte sich an den Tisch und warf ihr einen kurzen Blick zu.

»Ronja in der Schule?«

Gabi nickte. »Natürlich. Schon vor einer Viertelstunde.« Sie sah auf die Uhr. »Wann musst du heute los?«

Konrad Krause schlug die Zeitung auf und nahm sich eine Scheibe Brot. »Ich weiß noch nicht genau – mittags erst.«

Gabi fand es merkwürdig, dass ihr Mann so unregelmäßige Arbeitszeiten hatte, aber sie sagte lieber nichts dazu. Er verdiente recht gut mit seinem Job als Hausmeister-Handwerker-Fahrer und mochte es nicht, wenn sie Fragen stellte. Sie hielt sich daran. Was sonst? Außerdem war sie heilfroh, dass er überhaupt wieder eine Stelle hatte. Manchmal überlegte sie, wann es begonnen hatte – die Angst, die Demütigungen, das Schweigen, ihre Unfähigkeit, sich zu wehren oder zumindest zu fliehen, das Versteckspiel. Als Konrad arbeitslos wurde? Nein, da wurde es besonders schlimm, aber begonnen hatte es schon viel früher. Irgendwann hatte er festgestellt, dass er Angst verbreiten konnte. Das gefiel ihm. Sein Gesicht strahlte dann trotz der Wut eine seltsame Zufriedenheit aus. Nach der schien er sich ständig zu sehnen. Seit gut einem Jahr hatte er wieder Arbeit, was ein Segen war, konradfreie Zeit für sie und Ronja, aber seine Wutausbrüche erfolgten trotzdem mit unerschütterlicher Regelmäßigkeit.

Man konnte Hilfe in Anspruch nehmen, das wusste Gabi. Man konnte sich trennen, ihn aus der Wohnung werfen lassen. Nichts würde sich ändern, befürchtete sie. Sie würde immer Angst vor ihm haben. Manchmal hatte sie den innigen Wunsch, Konrad möge sterben. Bald sterben …

»Was ist das eigentlich für ein Teller?«

Gabi schrak zusammen. Das war eine dieser Fragen, die so harmlos daherkamen, aber es war eine Frage, die nur dazu diente, Streit vom Zaun zu brechen. Ich muss ins Büro, dachte sie. Ihr Mund zitterte, als er sie ansah. Er hielt den Teller hoch. Ein blauer Teller mit Blümchenmuster.

»Wie meinst du das?«, erwiderte sie langsam.

»*Wie meinst du das?*«, äffte er sie nach. »Ist das so schwer zu kapieren? Was ist das für ein Teller?«

Sie sah genauer hin. Es war der Teller, für den Ronja vor gar nicht allzu langer Zeit Prügel bezogen hatte. Er war ihr heruntergefallen, und obwohl sie ihn sehr geschickt geklebt hatte, war ihr Vater ausgerastet und über sie hergefallen. Natürlich. Das Kind hatte fürchterlich ausgesehen. Es hatte geweint und nach Hildrun gerufen. Ja, die alte Dame hatte Mumm gehabt – als sie noch gesund war. Eine streitbare mutige Frau, die sogar Konrad den Marsch geblasen hatte. Sie hat mich verachtet und ihn gehasst, dachte Gabi. Dann zuckte sie zusammen.

»Hast du die Sprache verloren, oder was?«

»Nein, entschuldige«, beeilte sie sich zu versichern. »Ich überlege nur ...«

»Das ist allerdings neu.«

Gabi unternahm einen zweiten Anlauf. »Das ist der Teller, der Ronja letztens heruntergefallen ist. Sie hat ihn geklebt.«

Konrad Krause betrachtete ihn aufmerksam. »Ja, stimmt, das ist der Teller. Aber ist dir noch gar nicht aufgefallen, dass es keiner von unseren ist?«

Sie schüttelte erstaunt den Kopf. Sie hatten ein bunt gemischtes Sammelsurium an Frühstückstellern, da fiel es nicht weiter auf, wenn einer hinzukam. Doch als sie genauer hinsah, musste sie Konrad recht geben. Er passte nicht zu ihrem billigen Kaufhausgeschirr. Hildrun ...?

»Ja, jetzt wo du es sagst.«

»Wo ist der her?«

»Ich weiß es nicht. Vielleicht von meiner Mutter. Sie gibt Ronja manchmal etwas zu essen mit.«

»Auf einem Teller?« Er tippte sich an die Stirn. »Wie soll Ronja den denn auf dem Fahrrad transportieren?«

Du machst dir Gedanken, dachte Gabi, ist ja reizend. »Du weißt doch, meine Mutter ist ein bisschen eigen – sie weigert sich, Plastikdosen zu benutzen, weil sie der Meinung ist, dass das Essen …«

»Deine Mutter hat 'nen Knall!«, unterbrach Krause sie und warf ihr einen scharfen Blick zu. »Sieh zu, dass sie den Teller wieder zurückkriegt. Ich will kein Zeug von ihr hier haben.«

»Mach ich.«

Ich hasse mich für diesen unterwürfigen Ton, dachte Gabi, dabei geht er mir so leicht von der Zunge, und hin und wieder verhinderte er sogar das Schlimmste. Eine Viertelstunde später eilte sie aus dem Haus zur Bushaltestelle. Der Postbote war schon da gewesen. Sie steckte die Telefonrechnung ein. Wenn Konrad nichts zu tun hatte, konnte er auf die Idee kommen, die Telefonkosten unter die Lupe zu nehmen, um ihr und Ronja anschließend vorzuhalten, wie viel Geld sie ihn kosteten. Dass Gabi die Rechnung bezahlte, interessierte ihn herzlich wenig.

In der Frühstückspause öffnete sie den Umschlag an der schmalen Seite mit einem scharfen Messer, um ihn später wieder unauffällig zukleben zu können. Sie atmete erleichtert auf. Das ging ja noch. Die Einzelaufstellung war wie immer nicht sehr lang. Sie huschte von Zeile zu Zeile. Alles Ortsgespräche. An einem Morgen ein sehr langes. Gabi stutzte. Vielleicht hatte Konrad frei gehabt oder Spätschicht. Er telefonierte selten länger. Sie nahm ihren Terminkalender zur Hand. An dem Tag war Konrad schon am frühen Morgen unterwegs gewesen. Jedenfalls hatte er weit vor ihr das Haus verlassen. Ein Mittwoch. Das Datum kam ihr bekannt vor. Sie sah langsam auf. Hildrun, dachte sie. An dem Tag war ihre Nachbarin gestorben. Danach hatte die Polizei ermittelt, und seitdem stand Hildruns Nichte unter Mordverdacht. Das Siegel war immer noch an der Tür.

Gabi ließ sich einige Minuten Zeit, dann wählte sie die Nummer, die auf der Rechnung angegeben war. Es klingelte drei Mal. Dann meldete sich am anderen Ende eine Frau Landau. Gabi kannte keine Frau Landau. Langsam legte sie den Hörer wieder auf.

Als sie am frühen Abend nach Hause kam, lag Ronja in ihrem Bett. Sie fühlte sich nicht wohl. Gabi fragte nicht warum – sie mochte es nicht hören, nicht jetzt –, sondern ging in die Küche, um einen Tee für ihre Tochter zu kochen. In ihre Verzweiflung stahl sich plötzlich ein Gedanke. Eine Ahnung. Ein Verdacht. Eine Möglichkeit. Als sie an Ronjas Bett saß, strich sie ihr übers Haar und wollte nun doch wissen, was passiert war. Das Mädchen erzählte mit müder Stimme, und Gabi hörte aufmerksam zu.

Später verließ sie eilig noch einmal das Haus und fertigte eine Kopie der Telefonrechnung an. Ihr Herz bebte.

20

Lena ging alles noch einmal durch – die gesamte Akte, Seite für Seite – Daten, Notizen, Berichte, Zeugenaussagen: die bettlägerige Hildrun Baum; Karin Webers Kuchen, der mit dem Mageninhalt nicht oder nur teilweise übereinstimmte; die Nichte, die als Einzige ein Motiv und die Gelegenheit gehabt hatte, ihrer Tante Nüsse unter den Kuchen zu mischen, dies aber beharrlich abstritt und nach einem Suizidversuch im Krankenhaus lag; Aussagen der Arbeitskolleginnen sowie

Nachbarinnen und Nachbarn von Karin Weber; das Vernehmungsprotokoll Maren Sommer; Aussagen der Nachbarn und Nachbarinnen von Hildrun Baum.

Lena sah hoch. Immer wieder spielte sie in Gedanken durch, was an jenem Morgen passiert sein könnte, und ebenso oft kam sie zu der Erkenntnis, dass sich die Ereignisse nicht als schlüssiges Gesamtbild erschlossen – zumindest ihr nicht.

Ronja fiel ihr ein – die kleine Krause. Ein hübsches, aufgewecktes Mädchen mit einem offensichtlich sehr strengen Vater. Der hatte sich mit Hildrun Baum nicht sonderlich gut verstanden. Aber die war wohl auch nicht so einfach gewesen. Eine borstige Frau, die kein Blatt vor den Mund nahm. Mit solchen Menschen war nicht immer leicht auszukommen. Und wenn Ronjas Vater herrisch veranlagt war, wunderte es nicht weiter, wenn es häufiger Streit gegeben hatte.

Lena wollte weiterblättern. Irgendetwas ließ sie stutzen. Sie griff zum Telefon und rief nach kurzem Zögern zunächst Maren an.

»Ich sitze über der Akte«, erklärte sie nach der Begrüßung rasch. Sie hoffte sehr, dass Maren sich über ihren geschäftsmäßigen Ton nicht allzu sehr wunderte oder gar verletzt war. »Sag mal – der Krause und Hildrun, die waren sich nicht grün, stimmt's? Die Aussage taucht jedenfalls bei mir auf.«

»Das kann man wohl sagen«, erwiderte Maren prompt, und ihre Stimme klang zu Lenas Erleichterung freundlich und warm.

»Kannst du auch noch mehr dazu sagen?«

»Kann ich. Ich erinnere mich, dass Hildrun den Kerl beim Jugendamt melden wollte. Das ist schon eine Weile her – da war sie noch deutlich munterer. Sie war ganz vernarrt in die kleine Ronja und behauptete, dass der Vater das Kind regelmäßig schlägt – und die Mutter bekommt wahrscheinlich auch einiges ab.«

»Hm. Welchen Eindruck hast du?«

»Wenn Hildrun so was gesagt hat, wird es wohl stimmen. Ich selbst kenne das Mädchen zwar, allerdings nur flüchtig. Sie kam meistens, wenn Hildrun alleine war.«

»Ach so. Na, dann muss ich da wohl mal nachhaken. Ich danke dir erst mal.«

»Keine Ursache.«

»Bis bald.«

»Ja, bis bald.«

Lena lauschte einen Moment in die Stille, nachdem Maren aufgelegt hatte, dann bat sie Nicole Maurer, sie mit dem zuständigen Jugendamtsleiter zu verbinden, den sie wenige Minuten später in der Leitung hatte. Dr. Heinze vergewisserte sich, dass er tatsächlich mit einer Anwältin sprach, indem er zurückrief, klärte sie aber nach kurzer Schilderung ihres Anliegens umgehend darüber auf, dass er ohne richterlichen Beschluss keine sensiblen Daten herausgeben dürfe, schon gar nicht am Telefon.

»Das weiß ich, und das ist auch gut so«, erklärte Lena sofort. Sie wusste, dass er sich entspannen würde, wenn sie ihm zunächst ohne zu zögern recht gab. »Wenn ich mich jedoch erst an die Polizei wende und auf die Entscheidung des Richters warte, ist der Prozess wahrscheinlich längst gelaufen ...«

»Das tut mir leid«, sagte Dr. Heinze in bedauerndem Tonfall. »Aber ich kann trotzdem nichts sagen.«

»Auch nicht ja und nein?«

Der Amtsleiter stöhnte leise. »Liebe Frau ...«

»Bokken«, half Lena mit fröhlicher Stimme aus.

»Frau Bokken«, wiederholte Dr. Heinze. »Sie wissen doch ...«

»Ich nenne Ihnen zwei Namen, und Sie sagen nein, wenn die beiden nicht in Ihrer Akte stehen, und ja, falls sie dort auftauchen. In letzterem Fall sorge ich umgehend für den Beschluss und kann mir in der Zwischenzeit schon mal weitergehende Gedanken machen. Falls ich Ihr Nein höre, spare ich viel Zeit – meine, die des Richters, Ihre. Ist das nichts?«

Dr. Heinze stöhnte wieder. Lena überhörte es einfach.

»Hildrun Baum und Konrad Krause«, sagte sie langsam und deutlich und fügte Adresse und Geburtsdatum der beiden hinzu, obwohl Heinze beharrlich schwieg. »Ich vermute, dass Frau Baum Herrn Krause angezeigt hat, weil er seine Tochter Ronja schlägt. Das Mädchen ist zwölf Jahre alt. Der Vorgang dürfte einige Monate zurückliegen –«

»Hören Sie –«

»Ich habe das Mädchen in letzter Zeit einige Male gesprochen«, fuhr Lena unbeirrt fort. »Es ist ziemlich offensichtlich, dass sie Angst vor ihrem Vater hat. Und noch was: Frau Baum ist kürzlich verstorben. Es wird wegen Mordes ermittelt. Vielleicht erhöht das Ihre Auskunftsfreudigkeit und räumt Ihre Bedenken aus.«

Lena hörte, dass Dr. Heinze scharf einatmete. »Ermordet?«

»Dieser Verdacht besteht, und ich möchte das Umfeld ausleuchten.«

»Ist das nicht Aufgabe der Polizei?«

»Natürlich, aber ich gehe gern direkt vor – einen Fall nur aus Akten rekonstruieren zu wollen ist meine Sache nicht. Das war es noch nie.«

Einen Moment herrschte Stille. Dann ein Räuspern. »Die beiden Namen kommen mir sehr bekannt vor.«

»Ich danke Ihnen, Dr. Heinze. Sie haben was gut bei mir.«

»Schweigen wir lieber darüber.«

»Auch okay.«

Lena legte auf, machte sich einige Notizen und starrte dann geschlagene zehn Minuten zum Fenster hinaus. War das die Spur, die sie gesucht hatte? Die sie weiterverfolgen musste? Das bestätigende Gefühl, das sich früher in solchen Fällen häufig mit klaren körperlichen Signalen gemeldet hatte, war nicht sonderlich ausgeprägt, sondern nur ganz zart zu spüren. Kein Wunder, dachte sie, ich bin seit einigen Jahren aus der Übung. Was kann ich da schon erwarten?

Das ausführliche Gespräch mit Maren hatte ihr gutgetan. Die Nähe zwischen ihnen auch – was immer sich daraus noch entwickeln würde. Seitdem fühlte sie sich klarer und optimistischer, nichtsdestotrotz nagte die Unsicherheit an ihr. Das Misstrauen. Es war ein großer Unterschied, ob sie ihr Handeln und ihre Reaktionen immer wieder aufmerksam überprüfte oder angstvoll alles in Frage stellte, was sich in ihr rührte. Diesen Balanceakt musste sie ganz allein bewältigen.

Lena strich sich das Haar zurück, dann wandte sie sich wieder dem Schreibtisch zu und suchte in der Akte die Aussage von Gabi Krause. Da stand nichts Besonderes – die ganze Familie war zur fraglichen Zeit außer Haus gewesen –, aber zur Überprüfung des Alibis war der Arbeitgeber erwähnt. Lena notierte sich die Adresse und machte sich auf den Weg.

Gabi Krause arbeitete als Sekretärin in einem Autohaus und hatte um siebzehn Uhr Feierabend. Lena parkte vor der Werkstatt und hielt Ausschau. Einige Minuten nachdem die ersten Angestellten das Gebäude verlassen hatten, entdeckte sie die hochgewachsene schmale Gestalt. Gabi Krause schritt flott aus. Ihr Blouson war abgetragen und mindestens eine Nummer zu groß. Lena stieg aus und ging ihr entgegen. Mit leichtem Schritt und einem Lächeln auf den Lippen.

»Hallo, Frau Krause. Erinnern Sie sich an mich?«, fragte

sie. Das Zusammenzucken in dem hageren Gesicht entging ihr nicht.

»Ja ... Sie sind die Anwältin.« Gabi Krause blieb zögernd stehen und blickte sich um. »Was ...? Warum kommen Sie hierher?«

»Ich habe einige Fragen, und ich vermute, es ist Ihnen lieber, wenn wir uns alleine unterhalten als bei Ihnen zu Hause«, erklärte Lena unumwunden.

Frau Krause umfasste ihre Handtasche und warf die blondgetönten Haare über die Schulter zurück. »Was meinen Sie damit?« Sie hob kurz das spitze Kinn, aber die Geste wirkte verloren und alles andere als selbstbewusst oder gar kämpferisch.

»Ich halte es für besser, wenn Ihre Tochter nichts von unserem Gespräch mitbekommt. Und Ihr Mann auch nicht. Auf der anderen Straßenseite ist ein kleines Café. Trinken wir zusammen einen Kaffee?«, schlug Lena vor und machte eine einladende Geste.

Gabi Krause sah kurz über die Straße und nickte dann. »Meinetwegen. Ich weiß zwar nicht, was Sie von mir wollen ...«

»Das erfahren Sie gleich.«

Das Café hatte nur wenige Sitzplätze und wirkte mit seinen Spitzendeckchen und den schnurgerade angeordneten Tischen bieder, altbacken – ein Ort für ältere Damen, die ihre schleifchenverzierten Pudel Gassi geführt hatten und sich anschließend zum wohlverdienten Kaffeekränzchen einfanden. Die Kellnerin war dezent geschminkt, trug eine gestärkte Schürze über dem dunklen Rock, schwarze Feinstrumpfhosen und ein weißes Häubchen. Mit wichtiger Miene zückte sie Stift und Bestellblock. Lena bestellte Kaffee und ein Stück Erdbeerkuchen, Gabi Krause schloss sich an.

»Meistens ist der Kuchen in solchen Cafés sehr gut«, erläuterte Lena.

Gabi Krause nickte ohne sonderliches Interesse. »Was wollen Sie?«

Lena ließ sich von dem unwirschen Ton nicht abschrecken. Sie war ziemlich sicher, dass die Frau angespannt war, vielleicht sogar Angst hatte. Frauen mit prügelnden Ehemännern waren häufig gute Schauspielerinnen.

»Sie wissen wahrscheinlich schon, dass die Nichte von Hildrun Baum unter Mordverdacht steht«, hob Lena an.

»Ich habe davon gehört. Die Polizei war da und hat alle vernommen. Und Sie haben ja auch schon mal Fragen gestellt. Später hat sich dann herumgesprochen, dass Karin Weber was damit zu tun haben soll.«

»Können Sie sich das vorstellen?«

Gabi Krause blickte Lena an. »Eigentlich nicht.«

»Und uneigentlich?«

»Tja ...«

Die Serviererin brachte Kaffee und Kuchen auf silbernen Tabletts und stellte Zucker und Milch genau in die Mitte des Tisches, bevor sie sich umwandte und die beiden Frauen wieder allein ließ. Gabi Krause nippte sofort an ihrem Kaffee. Er war rabenschwarz und roch fast aufdringlich aromatisch.

»Man kann nicht hineinschauen in die Menschen – das meine ich damit«, fuhr sie in beiläufigem Ton fort. »Manch einer wirkt wie ein Schwerverbrecher und ist harmlos wie ein Neugeborenes. Und umgekehrt natürlich.«

Interessant, dachte Lena. Sie hält sich bedeckt. Oder spricht aus Erfahrung.

»Ich weiß nicht viel von ihr. Sie war immer sehr still, sehr zurückhaltend und hat sich um ihre Tante gekümmert«, fuhr

Gabi Krause unaufgefordert fort. »Vorstellen kann ich mir nicht, dass sie ihr was getan haben soll. Warum sollte sie auch? Aber wie gesagt – man steckt ja nicht drin in den Menschen.«

Sie spricht plötzlich ungewöhnlich viel, überlegte Lena. Das war vor wenigen Minuten noch nicht zu vermuten gewesen.

»Vielleicht wegen des Geldes?«, schlug Lena vor und stach ihre Gabel schwungvoll in den Erdbeerkuchen. »Frau Baum war nicht unvermögend.«

Gabi Krause tat es ihr gleich und schüttelte den Kopf. »Sie war doch, soweit ich weiß, die einzige Verwandte und hätte ohnehin alles geerbt. Und Frau Baum war krank.«

»Vielleicht hatte Karin es eilig«, ergänzte Lena vorsichtig. Über deren Schulden wollte und durfte sie kein Wort verlieren. »Und Demenzkranke können sehr alt werden.«

»Davon habe ich keine Ahnung. Wie ist sie eigentlich genau gestorben?«

Während laufender Ermittlungen durfte über Einzelheiten der Todesumstände nicht gesprochen werden. Es sei denn, es diente unmittelbar der Wahrheitsfindung. Lena zögerte einen Moment, dann gab sie dem Impuls nach.

»Sie hat Nusskuchen gegessen«, sagte sie und fasste die Frau scharf ins Auge. »Aber ich verlasse mich darauf, dass Sie das für sich behalten.«

»Wie bitte?« Gabi Krause blickte sie so perplex an, dass Lena keinen Zweifel daran hegte, dass diese Information neu für sie war und sie auch von Hildrun Baums schwerer Allergie nichts wusste. »Und davon stirbt man?«

»Man nicht, aber Frau Baum – sie war hochallergisch gegen Nüsse und ist in einen anaphylaktischen Schock gefallen. Wenig später war sie tot.«

»Und ihre Nichte soll den Kuchen gebacken haben?« Gabi Krause legte ihre Gabel beiseite. Offensichtlich war ihr der Appetit vergangen.

»Angeblich. Aber sagen Sie mal – Sie waren seit vielen Jahren Nachbarinnen, haben sich in letzter Zeit um die Katze gekümmert, Ihre Tochter war häufig bei Frau Baum, und Sie wussten nicht, dass sie keine Nüsse essen durfte? Über so was redet man doch mal, und sei es nur nebenbei.«

Gabi Krause nahm die Gabel wieder in die Hand. Sie war plötzlich in Gedanken versunken.

»Frau Krause?«

Gabi Krause sah hoch. »Entschuldigung – ich überlege gerade, ob wir je darüber gesprochen haben.«

»Und?«

»In letzter Zeit sowieso nicht. Da wusste man ja oft nicht ... Na ja, Sie wissen schon. Ihre Verwirrung war nicht zu übersehen. Es hatte keinen Sinn, ein Thema anzuschneiden.«

»Und vorher?«, hakte Lena geduldig nach. »Ist nie die Rede gewesen von ihrer Lebensmittelallergie? Oder hat Karin Weber nicht mal etwas erwähnt? Das ist doch eine wichtige Information, eine lebenswichtige sogar, gerade wenn jemand geistig nicht mehr hundertprozentig fit ist.«

»Tut mir leid – ich weiß wirklich nichts darüber.« Gabi Krause schüttelte den Kopf. »Sie hat nur mal gesagt, dass sie keine Nüsse mag. Ich wiederhole: nicht *mag*. Nüsse und Rosinen. Das ist schon eine Weile her. Zwei Jahre vielleicht. Ich glaube, es war zur Weihnachtszeit ... Aber das Wort Allergie ist dabei nicht gefallen. Frau Baum war eine sehr resolute Person. Sie hat nicht über Krankheiten gesprochen. Außerdem«, Gabi Krause hob abwehrend die Hände, »wir waren ja nicht dick befreundet und haben auch nicht dauernd geklönt oder uns zum Kaffeeklatsch zusammengesetzt, wo das hätte zur Sprache kommen können. Mein Mann wollte das nicht«, schob sie schnell mit verschlossenem Gesicht hinterher.

Lena nickte. »Wusste Ihre Tochter von der Allergie?«

»Das kann ich mir nicht vorstellen«, wehrte Gabi Krause sofort vehement ab. »Ich glaube nicht, dass sie weiß, was eine Allergie ist, geschweige denn, dass sie abschätzen könnte, wie gefährlich so was ist. Und sie hätte mir bestimmt davon erzählt.«

»Ihre Tochter ist zwölf und sehr aufgeweckt. Es ist durchaus vorstellbar, dass sie davon wusste, weil Frau Baum es doch mal erwähnt hat – ohne es groß zu betonen, weswegen Ronja vielleicht gar keinen Grund sah, mit Ihnen darüber zu sprechen.« Lena machte eine kleine Pause, bevor sie lächelnd hinzufügte: »Ich glaube, Sie unterschätzen Ronja.«

»Haben Sie Kinder?«

»Nein. Vielleicht bin ich ja deswegen weniger betriebsblind.«

Gabi Krause atmete tief aus. »Fragen Sie sie selbst. Das tun Sie doch ohnehin schon.« Sie starrte Lena einen Moment in die Augen, dann wandte sie rasch den Kopf ab.

Lena ging nicht darauf ein. »Ronja und Hildrun haben sich sehr gut verstanden.«

»Das Kind hat die Katze versorgt – ich manchmal auch. Die beiden haben öfter zusammen Fernsehen geguckt, mehr nicht.«

»Ronja hat Schutz gesucht.«

»Was reden Sie da?« Gabi Krause schob ihren Teller mit einer heftigen Bewegung von sich.

»Gut – lassen wir das«, beschwichtigte Lena sie. »Ihr Mann konnte Frau Baum nicht ausstehen.«

»Mein Mann ist nicht sehr kontaktfreudig.«

»Frau Baum hat ihn beim Jugendamt angezeigt.«

»Ach?« Gabi Krause schluckte und sah zum Fenster hinaus.

»Wollen Sie mir erzählen, Sie hätten nichts davon gewusst? Das kann doch gar nicht sein.«

»Sie hat damit gedroht – als es ihr noch besser ging«, gab Gabi Krause nach einer längeren Pause zu. »Aber ich hab nicht gedacht, dass sie ernst macht. Konrad, mein Mann, war ziemlich sauer, weil sie sich in unsere Angelegenheiten gemischt hat.«

»Was waren denn Ihre Angelegenheiten?«

Gabi Krause kniff kurz die Lippen zusammen. »Mein Mann ist streng – ja. Das geht niemanden etwas an. Aber Frau Baum sah das wohl anders.«

»Streng?« Lena hob eine Augenbraue. »Die Gesetze zum Schutz von Kindern sind eindeutig. Auch die sogenannten Backpfeifen oder der berühmte Klaps hintendrauf fallen unter Gewaltanwendung, und die ist schlicht verboten. Es war doch sicher jemand vom Jugendamt da und hat sich mit Ihnen unterhalten. Und mit Ronja und Ihrem Mann. Stimmt's?«

Gabi Krause zog ein Taschentuch hervor und zerknüllte es in ihrer Hand. Sie senkte den Blick und schwieg.

»Frau Krause, ich werde die Akte vom Jugendamt ohnehin anfordern«, sagte Lena. »Da steht alles drin. Es wäre besser, wenn Sie mit jetzt sagen, was los war oder los ist.«

Gabi Krause sah auf. »Ich weiß überhaupt nicht, was Sie wollen! Was hat denn das eine mit dem anderen zu tun? Ja – es gab ein Gespräch. Das liegt schon länger zurück. Ein Gespräch und mehr nicht. Und? Wo ist denn da die Verbindung zu Ihrem Fall?«

»Das weiß ich noch nicht«, gab Lena zu. »Ich schätze jedoch, dass Ihr Mann getobt hat, oder? Da mischte sich einfach jemand ein und setzte ihn unter Druck. Ich kann mir gut vorstellen, dass ihm das gewaltig gegen den Strich ging – um es vorsichtig zu formulieren. Er ist kein Typ, der sich von anderen gerne was sagen lässt, schon gar nicht von einer Frau und erst recht nicht, wenn es um seine Familie geht. Liege ich da richtig?«

Lena spürte bis in die Haarspitzen, dass sie richtig lag. Gabi Krause war die typische unterdrückte Ehefrau, die mit allen Mitteln zu verbergen suchte, was sich in ihren vier Wänden abspielte – aus Angst und in der vermeintlich guten Absicht, sich und ihr Kind damit vor weitaus Schlimmerem zu bewahren.

Gabi Krause zog den Teller wieder zu sich heran. »Wenn mein Mann erfährt, dass ich hier mit Ihnen ...«

»Das wird er nicht«, beschwichtigte Lena sie. »Der Schlüssel zu Hildrun Baums Wohnung – wo befand er sich an jenem Morgen?«

»Ich hatte ihn dabei, wie meistens.«

»Warum? Warum haben Sie ihn mit sich herumgetragen und nicht zu Hause gelassen?«

Lena schob die letzten Krümel des Kuchens zusammen, der ausgezeichnet gewesen war. Sie sah hoch, als Gabi Krause zögerte.

»Ich hatte ihn vor einiger Zeit mal verlegt, und seitdem trug ich ihn immer am Schlüsselbund ...«

Lena nickte beiläufig, während sie innerlich plötzlich aufs Äußerste angespannt war. »Möchten Sie noch einen Kaffee?«

»Nein. Ich möchte nach Hause.«

Lena machte keinen Einwand. Sie bezahlte. Als sie draußen standen, hatte Gabi Krause es sehr eilig. Lena reichte ihr eine Visitenkarte.

»Rufen Sie mich bitte an, wenn Sie etwas loswerden wollen. Oder Hilfe brauchen. Das meine ich ernst«, sagte sie.

Gabi Krause sagte nichts dazu. Mit knappem Gruß wandte sie sich um und eilte zur Bushaltestelle.

Lena blickte ihr einen Moment hinterher, dann setzte sie sich in ihren Wagen und nahm die Handakte aus ihrer Tasche. Konrad Krauses Arbeitgeber war eine Gerätebau-, reparatur- und -transportgesellschaft, die im Gewerbegebiet an der Gottlieb-Dunkel-Straße in Tempelhof angesiedelt war. Der Name sagte ihr nichts. Hört sich ähnlich aufschlussreich an wie Export-Import, dachte Lena seufzend und machte sich auf den Weg zu der angegebenen Adresse.

Knapp zwanzig Minuten später parkte sie gegenüber der Hofeinfahrt. Einige Lieferwagen und PKWs standen auf dem Gelände vor einem zweistöckigen roten Backsteingebäude. Die untere Etage umfasste offenbar den Werkstattbereich – eines der beiden breiten Rolltore war geöffnet und gab den Blick frei in eine Montagehalle, aus der Maschinenlärm dröhnte. Im ersten Stock waren Lamellenrollos an den Fenstern zu erkennen. Ein breites Firmenschild mit fetter Aufschrift hing über der Einfahrt. Zwei Männer in blauen Overalls stiefelten rauchend und laut lachend über den Hof. Lena wartete über eine Stunde, dann stieg sie aus und fragte einen jungen Mann, der gerade vom Hof radeln wollte, nach Konrad Krause.

»Ach, der macht heute eine Tour und kommt erst spät zurück«, antwortete er freundlich. »Kann ich was ausrichten?«

Bloß nicht, dachte Lena. »Nicht nötig. Ich bin nur zufällig in der Gegend ... Hätte ja sein können, dass er gerade da ist. Danke für die Auskunft.«

Der junge Mann nickte und radelte weiter. Vergiss mich ganz schnell wieder, beschwor Lena ihn in Gedanken und ging zu ihrem Wagen zurück.

21

Konrad Krause schwitzte Blut und Wasser. Er wusste, dass er nicht länger warten durfte und endlich den Mund aufmachen musste, aber er wusste auch, dass sein Chef toben würde. Unauffälligkeit und Seriosität waren seiner Ansicht nach das Allerwichtigste in ihrem Geschäft, und natürlich hatte er recht. Als die Ermittlungen wegen der alten Ziege begonnen hatten, war ihm gar nichts anderes übrig geblieben, als seinen Arbeitgeber anzugeben – das war nun mal so üblich. Glücklicherweise war der Chef unterwegs gewesen, und die Kleine im Büro, die den Anruf der Polizei entgegengenommen und bestätigt hatte, dass Konrad ein Mitarbeiter war, würde den Mund halten. Immerhin hatte Konrad ihr einen Hunderter gegeben. Aber nun war etwas Unvorhergesehenes passiert, das ihn in Schwierigkeiten bringen konnte – wenn er Pech hatte. Und er hatte öfter mal Pech.

Konrad hatte mit seinem Chef vier reparierte und generalüberholte Geräte nach Leipzig gebracht, und nun bogen sie in die Gottlieb-Dunkel-Straße ein. Während der langen Rückfahrt hatte Konrad mehrmals angesetzt, aber immer wieder einen Rückzieher gemacht. Dabei wusste er, dass es ein günstiger Zeitpunkt war, mit der Sprache herauszurücken, denn der Chef war guter Laune.

Konrad fuhr aufs Firmengelände in die Garage, stellte den Motor ab und wischte sich den Schweiß von der Stirn.

Der Chef griente. »Gut gelaufen. Alles klar, Krause …«

Konrad gab sich einen gewaltigen Ruck. »Chef, hätten Sie noch ein paar Minuten Zeit?«

»Was gibt's denn? Hast du was angestellt?«

Konrad grinste, hatte aber ein flaues Gefühl im Magen. »Ich weiß nicht, aber ich hab was, was ich loswerden muss.«

Sein Chef warf ihm einen langen Blick zu. »Okay. Komm mit.«

Sie gingen nach oben ins Büro. Der Chef reichte Konrad eine Flasche Bier und zeigte auf die Sitzgruppe. »Setz dich. Also, was gibt's?«

Konrad nahm einen langen Schluck und wischte sich über den Mund. Es störte ihn nicht im Geringsten, dass sein Chef, obwohl wesentlich jünger, ihn ständig duzte, während er sich selbst konsequent siezen ließ. Er hatte irgendwie diese Autorität. Ein Chef musste Autorität haben. So wie ein Familienvater. Konrad schluckte.

»Bei mir im Haus hat's Ärger gegeben«, sagte er schließlich. Er hätte gern eine Zigarette geraucht, verkniff es sich aber, weil der Chef es nicht ausstehen konnte, vollgequalmt zu werden.

»Hat deine Alte die Flurwoche nicht gemacht?«

Konrad grinste halbherzig. »Unsere Nachbarin hat's erwischt – ich meine, die ist letztens gestorben. Wenn es nach mir ginge, hätte sie das schon vor zwanzig Jahren tun können oder vor fünfzig, aber ...«

»Ich hab's verstanden. Komm auf den Punkt, Konrad!«

»Die ermitteln wegen Mord.«

»Aha. Und?«

»Da sind Schnüffler unterwegs. Unter anderem eine Anwältin, die meine Tochter belästigt und aushorcht. Sie haben mal gesagt, dass Sie immer wissen wollen, wenn ...«

»Ich weiß, was ich gesagt habe. Was ist das für eine Anwältin?«

»Ich habe eine Visitenkarte bei meiner Tochter gefunden.« Konrad nestelte sie eilig aus seiner Jackentasche. »Hier.«

Einen Moment herrschte Totenstille. Der Chef starrte die Karte an, sein Mund verzog sich zu einer schmalen Linie, sein Blick wurde hart. Er sah hoch. »Seit wann weißt du davon?«

Konrad zuckte die Achseln. Er fröstelte. »Sie ist noch nicht lange tot, ein paar Wochen, aber ...«

»Höre ich recht: ein paar Wochen? Und du erzählst das erst jetzt?«

»Ja, aber ich wusste doch nicht, dass ...«

»Halt die Klappe, du Idiot!«

Konrad zuckte zusammen. Das war deutlich.

»Verschwinde. Ich muss nachdenken.«

So schnell hatte Konrad noch nie das Büro verlassen. Als er zu Hause ankam, lag Gabi schon schlafend im Bett. Er zog sich aus, warf ihre Bettdecke zurück und spreizte ihre Beine. Sie wehrte sich. Das war gut so. Er lachte und schlug zu. Hinterher ging es ihm etwas besser.

22

Er blickte auf die Visitenkarte, zum wievielten Male wusste er nicht zu sagen. So sah man sich also wieder. Unglaublich. Lena Bokken. Seine anfängliche Wut war verraucht, zumindest hatte er sich wieder unter Kontrolle, und das war entscheidend.

Mick stand auf und trat ans Fenster. Krause war ein guter Mann – loyal, nahezu unterwürfig, alles andere als zimperlich, zwar nicht der Allerhellste, eher die Sorte bauernschlau. Mit fünfzig war er auch nicht mehr der Jüngste und darum umso mehr darauf erpicht, sich seinen Arbeitsplatz – mit welchen Mitteln auch immer – zu sichern. Er redete nicht viel und käme gar nicht auf die Idee, irgendwas zu hinterfragen, was Mick anordnete. Außerdem war er ein fleißiger, geschickter Handwerker, der mit jedem Fahrzeug umzugehen wusste und ein Faible für Maschinen jeglicher Art hatte. In seinem bisherigen Leben war er nicht gerade vom Glück verfolgt gewesen, und allein deshalb konnte er sich längst keine moralischen Bedenken mehr leisten. Seine Moral war die seines Chefs – ganz einfach. Mick täte es leid, auf ihn verzichten zu müssen. In was für eine Sache war er da reingeraten – durch Zufall? Und die Bokken war mal wieder am Werk. Auch Zufall?

Eigentlich war Mick davon ausgegangen, dass ihre Zeit abgelaufen war. Nach jener Sache damals war nicht mehr viel von ihr zu hören gewesen. Mick hatte sich ins Fäustchen gelacht. Das Einzige, was ihn in dem Zusammenhang wurmte, war die Tatsache, dass er seinen Triumph nicht offener hatte auskosten können. Ein stiller Genuss war nicht zu verachten, aber es hätte ihn euphorischer gestimmt, wenn sie so richtig baden gegangen wäre – Verlust der Zulassung und des Jobs und so weiter. Da er sich seinerzeit jedoch wegen der unerwarteten Wendung der Dinge bescheiden im Hintergrund hatte halten müssen, waren ihm entsprechende Maßnahmen nicht möglich gewesen.

Außerdem nagte es an ihm, dass er sich trotz der langen Zeit, die inzwischen vergangen war, nach wie vor nicht traute, den Landrover wieder zu benutzen, wann und wo immer er Lust dazu verspürte. Mick liebte diesen Wagen, aber das Fahrzeug war nun mal sehr auffällig, und er fuhr vorsichtshalber nur außerhalb der Stadt und der näheren Umgebung damit. Damals hatte er ihn verschwinden lassen – so wie Frauke –, und ihm war klar, dass er den Wagen, um jegliches Risiko auszuschließen, eigentlich hätte abschaffen müssen. Zweimal war er kurz davor gewesen, ihn zu verkaufen, um es sich im letzten Moment dann doch anders zu überlegen.

Mick ließ sich ungern etwas aufzwingen. Krause hatte ihm den Wagen schließlich umgespritzt, die Motornummer gefälscht und andere Sitze eingebaut – seine erste Aufgabe wenige Wochen nach seiner Einstellung. Er hatte sie bravourös gelöst.

Mick fuhr sich mit der Zunge über die Unterlippe. Er würde sich nicht persönlich die Finger an ihr schmutzig machen. Das war zu gefährlich. Aber er könnte zuschauen – die meiste Zeit jedenfalls – und dafür sorgen, dass seine Spuren inmitten all der anderen Spuren bedeutungslos wurden. Allein die Vorstellung, ihre Erniedrigung auszukosten, ließ sein Herz plötzlich laut klopfen, und Erregung durchströmte ihn.

Sie hätte ihn damals nicht schlagen dürfen. Ein großer Fehler, den Mick nie vergessen würde. So wie er nie vergaß, dass Frauke ihn hatte verraten wollen. Sie hatte bitter dafür bezahlen müssen.

Musubi
Zusammenbringen

23

Es war gefährlich gewesen einzureisen. Selbst nach mehr als drei Jahren und mit professionell gefälschten Papieren, in völlig anderer Aufmachung und mit neuem Selbstbewusstsein. Aber Monikas Tod war ein stärkeres Argument als die Vorsicht. Thomas hatte ihr eine Mail geschickt und sie beschworen, nicht mal im Traum in Erwägung zu ziehen, auf der Beerdigung aufzutauchen. Allein schon dieser Satz hatte sie in Unruhe versetzt. Wenige Stunden später war sie bereits eifrig am Planen gewesen, und was zunächst als verrückte Spinnerei begonnen hatte, war immer konkreter geworden, bis kein Zurück mehr möglich schien.

Nun saß sie bei Thomas auf der Couch, und Frauke sah, dass er es kaum fassen konnte, ihr gegenüberzusitzen. Aber ihr ging es ja ganz ähnlich. Nach allem, was geschehen war, hatte sie nicht damit rechnen können oder dürfen, ihn je wiederzusehen.

»Du siehst toll aus«, sagte er schließlich deutlich verlegen. »Ganz anders als damals, aber toll.«

»Danke.«

»Und es ist schön, dass du da bist, aber du hättest auf mich hören sollen«, fügte Thomas schnell hinzu. »Es ist zu gefährlich. Mick macht große Geschäfte, und wenn er irgendwie ...«

»Wird er nicht«, wiegelte Frauke ab. »Er ist fest davon überzeugt, dass ich in Sizilien vor ein Auto gestoßen worden bin, wie er es in Auftrag gegeben hatte, und wähnt sich in Sicherheit.«

Wenn sie daran zurückdachte, wie entsetzt sie gewesen war, als sich herausgestellt hatte, dass Mick über Leichen ging – auch über ihre –, um seine Ziele zu erreichen, wurde ihr immer noch übel. Nach dem Unfall war sie förmlich zusammengebrochen, und Mick hatte keine Mühe gehabt, ihr klarzumachen, dass sie sofort verschwinden musste. Er hatte den Schlüssel für das Schließfach an sich genommen und Frauke von einem Freund abholen lassen, der sie bei sich versteckt hatte, bis sie mit Geld und falschen Papieren ausgestattet war. Dann sollte sie nach Holland fahren und von dort nach Palermo fliegen. Mick war schon immer ein guter Organisator gewesen, der über beste Kontakte verfügte, und sie hatte alles brav befolgt, fast willenlos, wie betäubt und kaum fähig, die Ereignisse in ihrer ganzen Tragweite zu begreifen.

Sie war in einer billigen Pension einige Kilometer nördlich von Palermo untergetaucht und hatte sich vierzehn Tage lang kaum aus dem Haus getraut. Dann wurde sie mutiger, neugieriger, begann die Gegend zu erkunden und akklimatisierte sich allmählich. In dem Moment, als sie anfing, sich mit ihrer neuen Umgebung vertraut zu machen und konkrete Überlegungen anstellte, wie es weitergehen sollte, spürte sie, dass sie verfolgt wurde – von einem jungen Typen, dem es offenbar völlig egal war, dass sie ihn bemerkt hatte. In einer panischen Nacht- und Nebelaktion floh sie erneut. Auf dem Flughafen tauchte er plötzlich wie aus dem Nichts wenige Schritte neben ihr auf.

»Verschwinde irgendwohin!«, raunte er ihr zu, als sie wie erstarrt stehenblieb – überzeugt, dass nun endgültig alles aus war. »Mick schickt mich, verstehst du? Du darfst niemals nach Deutschland zurückkehren. Er wird glauben, dass der Auftrag ausgeführt wurde.«

»Welcher Auftrag?«

Aber er antwortete nicht, sondern verschwand ebenso plötzlich, wie er aufgetaucht war.

Zwei Stunden später bestieg Frauke einen Flieger nach Portugal, ganz einfach weil der nächste Flug nach Lissabon ging. Auf Anraten einer jungen Niederländerin, die im Flugzeug neben ihr gesessen hatte, bewarb sie sich in einem großen deutschen Ferienclub in der Nähe von Porto um einen Job als Fitnesstrainerin und konnte wenige Tage später anfangen. Es dauerte Wochen, bis die Anspannung endlich spürbar nachließ und sie das erste Mal wieder durchschlafen konnte.

Als einige Monate ins Land gegangen waren und Frauke sich eingelebt hatte, recherchierte sie im Internet. Dabei stieß sie auf einen Artikel über ihren angeblich tödlichen Unfall in Italien, aufgrund dessen die deutschen Behörden die Fahrerfluchtakte geschlossen hatten. Die halten mich für tot, dachte sie verblüfft. Auch Thomas. Ein merkwürdiges Gefühl. Wenn er überhaupt davon erfahren hatte. Wieso sollte ausgerechnet er nach ihrem Verbleib forschen? Das interessierte wohl lediglich Mick, für den der Artikel aller Wahrscheinlichkeit nach lanciert worden war und der sich diebisch freute, sie endgültig los zu sein. Und was war mit Monika?

Einmal damit befasst, ließ Frauke die Sache keine Ruhe mehr. Sie setzte sich mit Thomas in Verbindung, dessen E-Mail-Adresse glücklicherweise noch gültig war, sandte ihm ein Lebenszeichen und bat ihn, Monika von ihr zu grüßen. Frauke hatte es nicht zu hoffen gewagt, doch seitdem mailten sie sich regelmäßig. Als sie erfuhr, dass der Mann, der in den Unfall verwickelt gewesen war, gar nicht tot war, wie Mick ihr weisgemacht hatte, sondern überlebt hatte und aus dem Koma erwacht war, heulte sie Rotz und Wasser. Thomas berichtete ihr außerdem, dass Mick allen erzählt hatte, sie sei in Panik geflohen und im Ausland untergetaucht und dort buchstäblich unter die Räder gekommen, während er selbst mal wieder als Unschuldslamm dastand.

Aber wer waren überhaupt »alle«? Ein paar Bekannte und sogenannte Freunde, hauptsächlich aus Micks Umkreis. Familie? Sie war mit siebzehn von zu Hause ausgezogen und hatte seitdem so gut wie keinen Kontakt mehr zu ihren Eltern. Das Verhältnis hatte auch in den Jahren zuvor kaum als herzlich bezeichnet werden können. Ihr Bruder war schon vor Jahren nach Australien ausgewandert und hatte nach einigen Postkarten nichts mehr von sich hören lassen. Frauke auch nicht. Monika war inzwischen tot. Die gute alte Monika, die ihr Mutter, Großmutter und beste Freundin gewesen war und die sie vor einer halben Ewigkeit im Krankenhaus kennengelernt hatte, als sie eine Abtreibung hinter sich bringen und Monika ihre Gallenblase loswerden musste.

Wie lange war das eigentlich her? Zehn Jahre? Ja, einige Monate zuvor hatte sie ihr Elternhaus verlassen, um mit ihrem Freund zusammenzuziehen. Plötzlich war sie schwanger, der Freund hatte sich davongemacht, und sie war davon überzeugt, vor dem Nichts zu stehen. Monika hatte ihre Einschätzung sehr amüsant gefunden. Seitdem waren sie füreinander dagewesen, ohne sich in das Leben der jeweils anderen einzumischen. Frauke wusste, dass Monika Mick nicht hatte ausstehen können, aber das war, wie Monika damals gemeint hatte, nicht ihre Sache. Nun gab es nur noch Thomas.

»Ich weiß nicht, ob ich dich mutig oder verrückt finden soll«, sagte er nun.

»Wenn ich damals ein bisschen mutiger –«

»Wenn das Wörtchen Wenn nicht wäre«, unterbrach er sie und winkte ab. »Hast du Hunger?«

Als sie nickte, wendete er seinen Rollstuhl, und sie begaben sich in die Küche. Frauke war froh, dass Thomas offensichtlich einen neuen Lebensweg eingeschlagen hatte. Der verhärmte Zug um seinen Mund war nicht ganz verschwunden, fiel aber wesentlich milder aus; er wirkte ausgeglichen, und seine Wangen hatten Farbe bekommen. Er sei viel draußen, sagte er, mit seinem Hund – ein speziell für seine Bedürfnisse ausgebildetes Tier, das ihm große Freude mache. Der Hund war ein schwarzer Labrador mit sanften braunen Augen und hieß Anubis. Frauke konnte sich nicht daran erinnern, dass Thomas sich vorher je für Tiere interessiert hatte. Vorher ...

»Magst du chinesisch?«

»Ja, gerne. Soll ich dir helfen?«, fragte Frauke.

»Nein, lass mal. Setz dich, trink ein Glas Wein und erzähl mir was. Ich koche währenddessen.«

Das war auch neu. Ein kochender Thomas. Und sogar ein gut kochender, wie sie kaum eine halbe Stunde später feststellen konnte. Der Reis war scharf gewürzt, das Gemüse knackig und das Fleisch knusprig und doch zart. Während des Essens erzählte Thomas von seinem Job als Spieleprogrammierer bei einem Softwareunternehmen, und Frauke berichtete über Portugal.

»Ziemlich arm, kreativ, durchaus chaotisch und wunderschön«, sagte sie, als sie beim Nachtisch angelangt waren. »Dort heiße ich übrigens Maritta Schantes. Wie findest du den Namen?«

»Schön.«

Sie senkte plötzlich den Kopf. »Thomas, sag mal –«

»Lass uns bitte nicht über die Vergangenheit reden«, unterbrach er sie sofort.

»Woher weißt du, dass ich das will?«

»Dein Ton verrät das ziemlich deutlich«, antwortete er. »Es ist viel passiert, und wir haben alle Federn lassen müssen.

Du hast dein Zuhause verloren, ich meine Beine oder besser gesagt: deren Funktion ... aber wir haben trotzdem noch was aus unserem Leben gemacht, nicht wahr?«

Sie nickte. Ihr Hals war eng. »Hast du noch mal was von der Anwältin gehört?«

Thomas schüttelte den Kopf. »Nein, nach deinem Unfall nicht mehr.«

»Sie war damals verdammt nahe dran. Eigentlich bewundernswert, wie sie sich eingesetzt hat.«

»Sie hätte ihn zu gerne geschnappt«, fügte Thomas hinzu. »So ist sie noch nie gelinkt worden. Das hat sie ziemlich fuchtig gemacht.«

»Ich würde sie gerne ...«

»Tu es nicht, Frauke! Ich sage es noch einmal: Lass die Vergangenheit ruhen. Es ist alles gerade so friedlich.«

»Woher willst du das wissen?«, gab sie zurück. »Mick ist groß im Geschäft, das hast du selbst gesagt – er managt neben dem Studio sogar eine Sportgerätefirma. Nebenbei bemerkt: Du lässt die Vergangenheit doch auch nicht ruhen, wenn du im Bilde bist, was bei ihm so läuft, oder? Wer weiß, was der alles anstellt, während wir hier sitzen und uns unseres ach so friedlichen Lebens freuen.«

»Sag mal – ist dir irgendwie langweilig, weil dir seit jenen aufregenden Tagen vor einigen Jahren niemand mehr nach dem Leben getrachtet hat?«, fragte Thomas.

»Meine Güte – nein, aber ...« Sie sah ihn an. »Es ist alles viel näher, als wenn ich in Portugal bin, das musst du verstehen.«

»Du bist wegen Monika hergekommen«, erinnerte Thomas sie. »Und du fliegst nach der Beerdigung sofort wieder zurück.« Sein Tonfall war streng, fast scharf – er räusperte sich, als er es merkte. »Ich meine ...«

Sie legte ihm kurz eine Hand auf den Unterarm. »Schon gut. Ich muss dir übrigens noch was sagen.«

Er runzelte die Stirn. »Das klingt nicht gut.«

Sie wiegte den Kopf. »Mal sehen. Du weißt doch, dass Monika eine alleinstehende alte Dame war. Sie hatte keine Familie mehr und lebte sehr zurückgezogen.«

Thomas nickte. »Ja, ich weiß. Worauf willst du hinaus?«

»Zunächst mal bin ich dir sehr dankbar, dass du dich ein bisschen um sie gekümmert hast.«

Thomas winkte ab. »Das hat mir nichts ausgemacht. Sie war wirklich ganz reizend.«

»Du erinnerst dich sicherlich, dass du mir vor einigen Wochen ausrichten solltest, dass sie den dringenden Wunsch hatte, persönlich mit mir zu sprechen.«

»Ja, natürlich. Es ging ihr nicht besonders gut – sonst hätte sie kaum an ein Telefonat mit dir gedacht. Du weißt ja, dass sie immer Angst hatte, man würde dich noch verfolgen und Telefone abhören und so. Du hast sie angerufen?«

»Ja, natürlich. Es war unser letztes Gespräch«, sagte Frauke. »Es war ihr klar, dass ihr nicht mehr viel Zeit blieb, und sie wollte noch einige Dinge regeln. Zum Beispiel ihr Testament.«

»Verständlich.«

»Früher hat sie immer gesagt, dass ich eines Tages ihr Häuschen erben würde, und ich musste ihr versprechen, dass es Blumen im Garten geben würde. Und eine Wiese, keinen Rasen – das war ihr wichtig«, fuhr Frauke eifrig fort. »Aus naheliegenden Gründen kann ich das Haus aber nicht erben.«

»Hast du ihr das klargemacht?«

Frauke lächelte. »Und ob. Ich habe ihr sogar einen anderen Erben vorgeschlagen, mit dem sie sofort einverstanden war.«

»Ach?«

»Ja – du.«

»Was?«

»Na, wer denn sonst?« Sie lachte ihn an. »Hast du einen besseren Vorschlag?«

Er stützte sein Kinn in die Hand und blickte sie an. »Warum habe ich das untrügliche Gefühl, dass du etwas im Schilde führst?«

Frauke lächelte unschuldig. Thomas fuhr sich mit beiden Händen hektisch durchs Haar. Am liebsten wäre er wohl aufgesprungen und hin- und hergelaufen. Das hatte er früher immer gemacht, wenn er sehr aufgeregt war.

»Irgendwann will ich zurückkommen«, sagte sie nach einer kleinen Pause. »Das musst du doch verstehen. Portugal ist toll, aber –«

»Du kannst nicht zurückkommen – für die deutschen Behörden bist du tot!«, fuhr Thomas sie an. »Und wenn du hier quietschlebendig wieder auftauchst, stecken sie dich schneller in den Knast, als du gucken kannst! Fahrerflucht bleibt Fahrerflucht, auch wenn der Mann überlebt hat ...«

»Das ist irgendwann verjährt.«

»Aber nicht nach drei Jahren! Und selbst wenn du diesem Schicksal auf welche Weise auch immer irgendwie entgehen solltest, ist da noch Mick, der früher oder später mitkriegen würde, wenn du wieder da bist. Muss ich dir das wirklich alles erklären?«

»Ich komme natürlich nicht unter meinem richtigen Namen zurück ...«

»In Deutschland fliegt so was irgendwann auf.«

»Und Mick wird nichts mitbekommen«, fuhr sie fort, ohne auf seinen Einwand einzugehen. »Er hat mich abgeschrieben, sozusagen aus seinem Programm gestrichen. Außerdem: Berlin ist groß, ich sehe anders aus, und ich bin auch anders. Ich habe ja nicht vor, ins Studio zu marschieren und einen Fitnesskurs zu belegen.«

»Sehr witzig. Du kannst noch nicht mal eine Lohnsteuerkarte beantragen oder eine Wohnung mieten, ohne dass es Probleme gibt.«

»Wenn ich tatsächlich eine Steuerkarte benötige, wird sich ein Weg finden«, beharrte Frauke. »Und was die Unterkunft angeht – da gibt es ja bereits eine Lösung.«

Er starrte sie an. »Wie lange planst du das schon?«

»Seit ich wusste, dass ich zur Beerdigung fahren würde. Und jetzt, wo ich hier bin ... Ich habe keine Lust mehr, mich zu verstecken. Ist das wirklich so schwer zu verstehen?«

»Ich glaube nicht, dass es eine Frage der Lust ist. Außerdem hast du dir dort ein Leben aufgebaut, sogar ein ganz passables, oder?«, hielt Thomas ihr entgegen. Seine Stimme klang beschwörend. »Das hast du selbst gesagt. Du hast einen Job, dein Auskommen, wahrscheinlich sogar Freunde.«

Frauke nickte. »Aber es bleibt trotzdem ein Versteckspiel – ein Leben, das ich mir nicht freiwillig ausgesucht habe. Ich kann doch nicht ewig so weitermachen.«

»Das wäre hier noch viel schlimmer. Außerdem hätte ich ständig Angst um dich.«

Frauke sah an ihm vorbei zum Fenster hinaus. Sie stand auf und stellte das Geschirr zusammen, um es in die Küche zu tragen. Sie räumte Teller und Besteck in den Geschirrspüler, dann schloss sie schwungvoll die Klappe, drehte sich um und sah Thomas an. Sie wusste genau, dass er sie die ganze Zeit beobachtet hatte.

»Ich habe immer noch einen Schlüssel zu Monikas Haus«, sagte sie. »Ich werde dort wohnen. Erst mal – bis nach der Beerdigung.«

»Erst mal?«

»Ja, erst mal. Und dann sehe ich weiter.«

Thomas schwieg. Am liebsten wäre sie zu ihm gegangen und hätte die Arme um ihn geschlungen. Aber das durfte sie nicht. Dafür war es zu spät.

24

Die Visitenkarte hatte sie in die nächste Mülltonne geworfen. Zu gefährlich. Gabi erledigte eilig ein paar Einkäufe und fuhr dann nach Hause. Sie war so aufgeregt, dass sie einen Schluckauf bekam. Ein lächerlich freudiges Glücksgefühl überkam sie, als sie die Haustür aufschloss und sich in Erinnerung rief, dass Konrad Spätdienst hatte und sicherlich nicht vor elf, zwölf Uhr nachts da sein würde. Verrückt, dachte sie, das ist doch verrückt. Ich könnte schreien vor Freude, weil er weg ist – Ruhe, Frieden ... Wie hatte sie damals nur auf die Idee kommen können, dass dieser Mann der richtige für sie war? Unfassbar. Klar, er hatte sie nicht von Anfang an geschlagen, aber als er es dann tat – warum war sie nicht gegangen? Manchmal war er so hilflos gewesen. Durcheinander, nervös. Das hatte sie seltsam angerührt. Sie schüttelte die Gedanken ab. Es war müßig, über Dinge zu grübeln, die sowieso nicht mehr zu ändern waren. Zum Beispiel die Vergangenheit.

Gabi ging in das Zimmer ihrer Tochter. Ronja lag auf dem Bett, hatte Kopfhörer auf und schnippte mit den Fingern im Rhythmus der Musik. Sie lächelte und summte leise, bevor sie die Kopfhörer herunterzog und ihre Mutter begrüßte. Gabi biss die Zähne zusammen, als sie die blauen, nur allmählich verblassenden Flecken an ihrer Schläfe betrachtete.

So geht es nicht weiter, dachte sie. Eigentlich hätte es niemals anfangen dürfen.

»Ich muss mit dir reden, Schatz«, sagte sie. »Magst du Pudding zum Nachtisch?«

Ronja sprang auf. »Na klar!«

Sie gingen in die Küche. Gabi stellte den Milchtopf auf den Herd und räumte die Einkäufe weg, während Ronja das Puddingpulver mit Zucker und Milch verrührte. Im Hintergrund lief das Radio. Musik aus den Achtzigern. Später saßen sie am Esstisch – Ronja machte sich über ihren Pudding her, nachdem sie ein Käsebrot gegessen hatte; Gabi war nicht hungrig und trank nur ein Glas Apfelsaft.

»Willst du nicht doch mal probieren?«, fragte Ronja. »Der ist echt lecker.«

»Nein, nein, iss mal.«

Ronja nickte. »Papa kommt erst spät, nicht wahr?«

»Ja.« Gabis Herz zog sich schmerzhaft zusammen, als ein Strahlen über das Gesicht ihrer Tochter flog. So sollte man nicht aufwachsen. »Sag mal, Schatz – weißt du eigentlich, was eine Allergie ist?«, fragte sie einen Moment später. Sie schloss die Hände um ihr Glas und lauschte ihrer Stimme nach. Sie klang entspannt – jedenfalls in ihren Ohren.

Ronja kratzte ihr Schälchen so eifrig aus, dass Gabi befürchtete, es könnte dabei zu Bruch gehen, und sah mit gerunzelter Stirn hoch. »Eine Allergie? Ja, davon hab ich schon mal gehört. In meiner Klasse gibt's ein paar, die das haben. Die kriegen Heuschnupfen und müssen im Frühling dauernd niesen. Ein Junge hat Asthma. Meinst du das?« Sie kratzte weiter.

Gabi nickte. Tatsächlich, diese kinderlose Anwältin hatte recht. »Weißt du auch, dass so was richtig schlimm sein kann?«

Ronja zuckte die Achseln. »Ja ... schon.«

»Nun, es gibt Leute, die dürfen bestimmte Sachen nicht essen, und wenn sie es doch tun und niemand da ist, der Hilfe holt, können sie sogar daran sterben.«

»Echt? Das wusste ich nicht.«

»Hildrun war Allergikerin«, sagte Gabi sanft.

Ronja legte ihren Löffel beiseite. In dem kleinen Gesicht machten sich Staunen und Nachdenklichkeit breit, das sah Gabi deutlich. Was wusste ihre Tochter?

»Hat sie mal mit dir darüber gesprochen?«

»Nein, Mama.«

»Ganz bestimmt nicht?«

Ronja schüttelte den Kopf.

»Sie durfte keine Nüsse essen«, fuhr Gabi langsam fort und ließ ihre Tochter nicht aus den Augen.

»Nüsse? Ganz normale Nüsse? Krass.«

»Ronja?«

Das Mädchen blickte zu ihr auf.

»Ist an dem Morgen, als Hildrun starb, irgendwas Besonderes vorgefallen?« Gabi gab sich Mühe, sowohl ernst als auch freundlich zu klingen.

»Nein, Mama. Das hat mich die Anwältin auch schon gefragt. Außerdem war ich doch gar nicht da. Ich hatte Schule.« Ronja schluckte und war blass um die Nase geworden. »Wie soll ich denn da was mitbekommen haben?«

Ihre Mutter nickte eifrig. »Klar – das geht ja gar nicht. Aber vielleicht hattest du ja was vergessen und bist in der großen Pause noch mal nach Hause gekommen?«, gab sie zu bedenken. »Das kann ja mal passieren, und so was vergisst man schnell wieder, weil es nicht der Rede wert ist. Oder dir war vielleicht ein bisschen übel und du musstest heimgehen und dich ausruhen. Auch das kommt vor und ist überhaupt nicht schlimm. Bei einem Mädchen in deinem Alter ...« Gabi lächelte breit und beugte sich ein wenig vor. »Ich möchte es nur wissen. Dann hättest du vielleicht gehört, ob sich nebenan was tut, ob fremde Leute im Haus sind oder so.«

Ronja schluckte wieder. Gabi war sicher, dass ihre Tochter sie genau verstanden hatte.

»Es waren keine fremden Leute im Haus«, flüsterte Ronja. Ihre Unterlippe zitterte. »Und Papa war zur Arbeit.«

Gabi nickte. Ihr Herz raste auf einmal. »Hast du Hildrun an dem Morgen vielleicht gesehen?«

Ronja atmete schnell. »Mama, ich ...«

»Niemand erfährt davon, wirklich niemand – es ist unser Geheimnis. Aber ich muss es wissen. Unbedingt.«

»Aber ...«

»Kein Aber – du sagst mir jetzt die Wahrheit, bevor dein Vater auf die Idee kommt, dich zu befragen!«, forderte Gabi in deutlich schärferem Ton. Es tat ihr weh, dass sie Ronja diese Drohung nicht ersparen konnte. Verzeih mir, flüsterte sie stumm, aber ich muss wissen, was passiert ist.

Ronja verzog das Gesicht, als hätte sie einen Hieb in den Magen bekommen. »Kim meint, dass ... also ich ...«

»Ihr habt die Schule geschwänzt?«

Ronja senkte kurz den Kopf. »Ja. Und ich war bei Hildrun drüben. Es ging ihr gut. Sie ist eingeschlafen, und später habe ich mich noch kurz mit Kim getroffen. Weiter war nichts.«

Gabi atmete flach und regelmäßig. »Hast du telefoniert an dem Morgen?«

»Mit Kim. Erst von uns aus, dann drüben von Hildruns Telefon. Kim war bei ihrer Tante. Die verrät sie nicht, wenn sie mal schwänzt. Später haben wir uns noch getroffen.« Ronjas Gesicht hatte eine ungesunde Färbung angenommen.

»Habt ihr irgendwas zusammen gegessen?«

»Kim und ich?«

»Nein – du und Hildrun.«

»Karins Kuchen.« Ronja nickte eifrig. »Der war total lecker. Ich habe ihn fast ganz alleine gegessen ... und dann ...«

»Und dann?« Gabi wagte kaum zu atmen.

»Dann habe ich Hildrun noch ein Stück von Omas Kuchen gebracht, bevor ich gegangen bin. Da schlief sie schon. Du weißt doch, dass ich am Tag vorher bei Oma war?«, beeilte sich Ronja hinzuzufügen. Ihre Stimme war hell und hatte einen flehenden Unterton. »Kirschkuchen. Damit sie noch ein Stück hat, wenn sie wieder aufwacht – weil ich ihr doch fast alles weggegessen hatte. Das war doch in Ordnung, oder?«

Kirschkuchen. Der Kirschkuchen ihrer Mutter war phantastisch. Gabi hatte selbst davon gekostet. Allerdings war dieser Kuchen gar nichts für Hildrun. Schlimmer noch: Sie hätte ihn niemals essen dürfen, denn er enthielt Mandeln. In diesem Zusammenhang ist auch der Teller bei uns gelandet und später zu Bruch gegangen, dachte Gabi. Wie banal. Oder auch nicht. Sie schloss kurz die Augen.

»Mama, bitte, sag doch was!«

Gabi griff über den Tisch nach Ronjas Händen. »Beruhige dich, mein Schatz, es ist alles in Ordnung.« Endlich, dachte sie, endlich kann ich etwas für dich tun. Etwas gutmachen.

»Wirklich?«

»Ganz bestimmt.« Plötzlich kam ihr ein Gedanke, der in der Aufregung bislang untergegangen war. »Aber eines verstehe ich nicht. Wie bist du eigentlich in die Wohnung gekommen? Ich hatte doch den Schlüssel.«

Ronja lächelte verlegen. »Du verrätst es nicht?«

»Ehrenwort!«

»Es gibt einen Geheimgang.«

Gabi runzelte die Stirn. »Du veralberst mich, oder?«

»Gar nicht – ich kann ihn dir zeigen«, triumphierte Ronja. Sie zappelte auf ihrem Stuhl herum. »Vom Keller aus führt eine kleine Leiter hoch in Hildruns Besenkammer. Nur Hildrun und ich wussten davon. Sie hat mir erlaubt, über den Geheimgang zu ihr zu kommen, wenn ... also ... wenn ich es mal wieder sehr eilig hatte.«

Gabi nickte. »Verstehe.«

Einen Moment herrschte angespannte Stille. Dann stand Gabi so plötzlich auf, dass Ronja zusammenzuckte, und stellte Schälchen und Glas in die Spüle. Sie spürte den Blick ihrer Tochter im Rücken und drehte sich zu ihr um.

»Hör zu, Schatz«, sagte sie energisch. »Was du mir eben erzählt hast, darf niemand sonst erfahren – warum und weshalb spielt jetzt keine Rolle. Niemand, auch die Anwältin nicht, hörst du? Du bleibst dabei, dass du in der Schule warst und nichts gesehen und gehört hast, Ende, aus. Klar?«

»Ja, aber was ist denn ...?«

Gabi schüttelte den Kopf. »Frag nicht. Es ist besser so. Ich möchte, dass nur wir beide davon wissen. Das ist das eine. Das andere ist der Geheimgang. Du wirst ihn mir zeigen und danach nie wieder benutzen, ist das klar?«

Ronja nickte mit großen Augen.

»Und auch das bleibt unter uns. Kein Mensch darf erfahren, dass es ihn gibt. Falls das doch mal rauskommt, haben wir keinen blassen Schimmer, hörst du?«

Gabi sah ihre Tochter an. Sie war verängstigt. Das war in Ordnung so – mit Angst schwieg es sich leichter. Davon wusste sie ein Lied zu singen. Allerdings durfte das Gefühl nicht zu stark sein, sonst bekamen vielleicht andere mit, dass etwas nicht in Ordnung war. Zum Beispiel diese Anwältin.

»Es ist für uns beide besser, wenn niemand auf die Idee kommt, noch weitere Fragen in der Angelegenheit zu stellen«, fügte sie schließlich hinzu. »Ich befürchte einfach, dass dein Vater ... wenn er das mitbekommt ... du kennst ihn ja.«

Ronja winkte ab. Die Geste wirkte viel zu resigniert für eine Zwölfjährige. »Ja, ich weiß, was du meinst.«

»Gut. Dann zeig mir jetzt den Gang, und danach reden wir nicht mehr darüber.«

Ronja nickte und sprang auf.

Spät am Abend, als sie sicher war, dass ihre Tochter schlief und Konrad frühestens in einer Stunde zu erwarten war, verließ Gabi die Wohnung und ging noch einmal in den Keller. Der Zugang zu Hildruns Wohnung war ebenso simpel wie unauffällig. Im ehemaligen Kohlenkeller, der seit ewigen Zeit von allen Hausbewohnern stillschweigend als Abstellraum für Gerümpel jeglicher Art genutzt wurde, gab es in der dunkelsten Ecke, abgeschirmt von einer alten Küchenanrichte und einem Besenschrank, eine Deckenluke, die zu Hildruns Wohnung führte. Eine Leiter, die unter einem dreckstarrenden Tuch im Besenschrank stand, ermöglichte den Einstieg.

Gabi verkniff es sich, die Wohnung zu betreten. Ihr Herz schlug schnell, zu schnell. Sie hatte Gummihandschuhe angezogen und holte einen Putzlappen aus ihrer Hosentasche. Der Overall, den sie trug, war ihr viel zu groß – mindestens drei Nummern – wie die Gummistiefel und das alte Baumwollhemd auch. Sachen von Konrad. Es war schmutzig hier unten. Niemand kümmerte sich um diesen Teil des Kellers.

Gabi wischte Türklinke und Treppengeländer sorgsam ab, ebenso den Schrank, in dem die Leiter untergebracht war, und den Griff an der Deckenluke. An zwei Stellen schabte sie mit dem Ärmel an der Wand entlang, und bevor sie den Keller wieder verließ, legte sie eine alte Zigarettenkippe an den Treppenabsatz. In ihrer Wohnung angekommen, zog sie sich aus und verstaute die Sachen in einer alten Plastiktüte, die sie wieder an ihrem angestammten Platz im Flurschrank neben Staubsauger und Putzutensilien deponierte. Wenn Konrad das nächste Mal sein altes Arbeitszeug hervorkramte, das er immer anzog, wenn er den Hinterhof fegte oder das Auto wusch, würde er nichts bemerken.

Danach duschte Gabi ausgiebig und ging ins Bett. Ihr Schlaf war tief und traumlos. Sie hörte nicht einmal, als Konrad kam.

25

Lena lächelte ihr charmantestes Lächeln, während Bernd Langner sie einen Moment abwartend musterte, bevor er es halbherzig erwiderte. Langners Schreibtisch war unaufgeräumt und zeugte von mehr Arbeit, als er offensichtlich gerade bewältigen konnte. So war der Zeitpunkt für Lenas frühmorgendlichen Besuch nicht unbedingt perfekt gewählt.

»Sie haben eine Spur?«, fasste er Lenas einleitende Sätze zusammen. Seine Stimme klang müde. »Ich dachte eigentlich, da wäre alles klar. Die Ermittlungen sind so gut wie abgeschlossen.«

»Davon bin ich zeitweise auch ausgegangen, aber plötzlich kommt doch noch Bewegung in die Sache«, entgegnete Lena. Sie drehte sich suchend nach einem Stuhl um, entdeckte ihn neben der Garderobe und nickte dem Kripobeamten zu. »Ich darf doch?« Sie zog ihn vor Langners Schreibtisch und nahm Platz, noch bevor er Zeit für ein zustimmendes Nicken gehabt hätte.

Langner beäugte sie einen Moment, ohne eine Miene zu verziehen. »Ach bitte, setzen Sie sich doch«, fügte er dann mit ironischem Unterton hinzu.

»Danke, gerne«, gab Lena zurück. Sie lächelte.

»Also?« Langner beugte sich vor. »Ich höre.«

»Beim Jugendamt liegt eine Akte über Konrad Krause«, begann Lena. »Hildrun Baum hat ihn bezichtigt, seine Tochter zu schlagen.«

»Ich weiß, dass das nachbarschaftliche Verhältnis nicht besonders gut war«, erinnerte Bernd Langner sich und zog eine Schublade an seinem Schreibtisch auf. Er kramte eine Akte heraus und schlug sie auf.

»Haben Sie denn beim Jugendamt mal nachgeforscht?«, fragte Lena.

Langner warf ihr einen Blick zu. »Nö. Warum sollte ich mir die Arbeit machen? Der Mann hat ein Alibi und keinen Wohnungsschlüssel.«

Lena wiegte den Kopf von einer Seite zur anderen. Sie hatte natürlich keinerlei Recht, dem Kommissar Ermittlungen aufs Auge zu drücken, andererseits wirkte Bernd Langner souverän und offen genug, auf Vorschläge einzugehen, wenn sie gut begründet waren. »Ich habe noch mal mit Frau Krause gesprochen und auch mit der Tochter. Vater Krause wird oft handgreiflich. Ein unangenehmer Zeitgenosse, jähzornig. Außerdem war der Schlüssel zu Frau Baums Wohnung zeitweilig mal verschwunden ... sagt Gabi Krause.« Lena legte eine bedeutungsvolle Pause ein.

Langner kratzte sich am Kinn. »Und Sie meinen, dass dem noch mal nachgegangen werden sollte? Aber das Alibi seines Arbeitgebers ...«

»Könnte man ja sicherheitshalber ein zweites Mal überprüfen«, schlug Lena vor. »Ich würde da gerne selbst ein bisschen aktiv werden – natürlich nur, wenn Sie nichts dagegen haben.«

»Ein bisschen aktiv werden«, murmelte Langner. »Hört sich interessant an.« Er warf ihr einen schrägen Blick zu, den Lena mit einem weiteren Lächeln auffing.

»Wie sieht denn Ihre Theorie aus, Frau Anwältin, wenn Krause wirklich mitgemischt hat? Dann müsste er ja auch von der Allergie gewusst haben. Ist das realistisch?«

»Bislang habe ich noch keine fertige Theorie, sondern nur einen Ansatzpunkt, den ich mir genauer anschauen will. Aber natürlich möchte ich nicht versäumen, mich vorher mit Ihnen abzusprechen, Herr Kommissar«, entgegnete Lena forsch.

Langner war interessiert, das spürte sie deutlich – und zwar nicht zuletzt, weil sie ihm keine zusätzliche Arbeit aufbürdete und mit ihrem Vortasten seine Position als Ermittlungsleiter, ohne dessen Einwilligung nichts passierte, ausdrücklich respektierte.

»Wie reizend.« Bernd Langner lächelte und zog die Augenbrauen hoch.

»Nicht wahr?«

Plötzlich legte er die Akte zur Seite legte und warf ihr einen unerwartet scharfen Blick zu. »Sie halten mich auf dem Laufenden – und keine Abenteuer, verstanden?«

Lena räusperte sich. »Verstanden.«

»Sie haben meine Handynummer?«

»Noch nicht.«

Er schob ihr eine Visitenkarte über den Tisch zu, während Lena eine von ihren aus der Tasche zog.

»Ich kümmere mich ums Jugendamt«, sagte Langner, und das klang abschließend.

»Das würde ich sehr begrüßen.«

»Wie geht es eigentlich Ihrer Mandantin?«

»Sie ist noch im Krankenhaus«, antwortete Lena, während sie aufstand. »Ich statte ihr gleich einen Besuch ab.«

Der Beamte nickte. »Denken Sie an unsere Absprache und melden Sie sich.«

»Natürlich. Und: danke.«

Lena verließ das Präsidium mit beschwingten Schritten.

Karin Weber schlief, als Lena auf Zehenspitzen ihr Zimmer betrat, obwohl sie auf ihr leises Klopfen keine Antwort erhalten hatte. Ihre Mandantin war immer noch blass, und das Eindrucksvollste in ihrem Gesicht waren die dunklen Augenränder. Lena trat näher, und Karin Weber öffnete plötzlich die Augen. Einen Moment lang sahen sie sich stumm an. Hoffentlich, dachte Lena, hoffentlich ... ja, was eigentlich genau?

»Maren war gestern hier«, sagte Karin Weber so unvermittelt, als hätten sie sich bereits eine halbe Stunde unterhalten. »Sie meinte, ich sähe richtig gut aus. Teilen Sie ihre Meinung?«

Lena lächelte. »Selbstverständlich.«

Ihre Mandantin richtete sich ein wenig auf und schob sich ein Kopfkissen in den Rücken. »Eigentlich müsste ich gar nicht mehr im Bett liegen und auch nicht im Krankenhaus, aber ich hab ziemliche Kreislaufbeschwerden.«

Wen wundert's, dachte Lena, die hätte ich an ihrer Stelle auch. Doch davon abgesehen schien Karin insgesamt gefestigter und ruhiger – weniger verbittert und resigniert. Lena hoffte sehr, dass nicht nur das Medikament, das sie sicherlich gegen ihre Depressionen erhielt, dafür verantwortlich war. Vielleicht hat Maren sie aufgemuntert. Darin war sie ziemlich gut.

»Gibt es Neuigkeiten?«, wechselte Karin Weber das Thema.

»Ich nehme Konrad Krause ein wenig unter die Lupe.«

»Den Nachbarn?« Das klang erfreulich interessiert.

»Ja, genau den. Fällt Ihnen zu dem noch irgendwas ein?«

Karin Weber verzog den Mund. »Ein ekelhafter Typ – das fällt mir dazu ein. Laut und brutal.«

»Er hat Ihre Tante gehasst.«

»Das hat er ganz bestimmt, und ich traue ihm so manches zu, aber Krauses wussten nichts von der Allergie«, sagte Karin Weber mit ungewöhnlicher Bestimmtheit. »Kaum jemand wusste davon. Meine Tante sprach nicht darüber – sie konnte Krankheiten nicht ausstehen und auch nur schwer tolerieren, ihre eigenen schon gar nicht.«

»Manchmal spielt der Zufall eine Rolle«, wandte Lena ein. »Ich werde mich jedenfalls in dieser Richtung umhören. Wie sieht der Mann überhaupt aus? Er ist mir bislang noch nicht begegnet.«

»Groß, kräftig, rotbraunes Haar. Fünfzig, Schnauzer. Aber es ist auch schon eine Weile her, dass ich ihn mal gesehen habe, und wenn dann nur kurz im Flur oder vor der Haustür.«

»Die Leute vom Pflegedienst – waren die verlässlich?«

»Da gab es nichts zu bemängeln. Von oben herrschte ein ziemlicher Druck. Es musste alles picobello sein, sonst waren die Pflegerinnen ihren Job ganz schnell los«, erläuterte Karin Weber.

Es würde nicht einfach sein, dort jemanden zum Sprechen zu bringen, überlegte Lena, doch versuchen sollte man es. Sie spürte Karin Webers Blick auf ihrem Gesicht.

»Sie wirken ... hm ... zielstrebiger, wenn ich das mal so sagen darf.«

Lena nickte. »Ja, das dürfen Sie so sagen. Es stimmt.«

Ihre Mandantin lächelte. Ein verhaltenes, nicht gerade fröhliches Lächeln, aber ein Lächeln. Das war mehr, als noch vor wenigen Tagen zu erwarten gewesen war.

Lena stand auf. »Ich muss los. Weiterhin gute Besserung.«

Als sie draußen war, durchströmte sie plötzlich freudige Erregung. Die Richtung stimmt, dachte sie, ich bin auf dem richtigen Weg oder zumindest dabei, ihn zu finden – ein so positives Gefühl kann ich mir nicht einbilden. Oder doch? Sie schluckte und beschloss, sich weder um ihre Zweifel noch um ihre Aufregung zu kümmern, sondern ihre Arbeit zu machen.

Lena stellte den Wagen wieder auf der gegenüberliegenden Straßenseite der Gerätebau-Firma ab und blieb einen Moment still sitzen, um tief durchzuatmen, bevor sie ihr Handy herausholte und die Nummer wählte, die auf dem Firmenschild angegeben war. Eine fröhliche Sekretärinnenstimme meldete sich nach zweimaligem Läuten. Lena fragte mit verstellter Stimme nach Konrad Krause.

»Warten Sie bitte, ich schaue mal nach, wo er gerade ist«, sagte die Frau zuvorkommend. Dann war Musik in der Leitung, allerdings nur für wenige Augenblicke. »Hören Sie bitte? Er hat gerade in der Werkhalle zu tun und muss sich um einen Transport kümmern. Kann ich etwas ausrichten? Oder möchten Sie noch einmal anrufen?«

Lena bedankte sich, erklärte, dass sie sich später noch mal melden würde und legte auf. Im Nachhinein schien es ihr seltsam, dass sie Krause nie begegnet war. Sie legte das Handy beiseite und griff zu der Thermoskanne, die auf dem Beifahrersitz lag. Kaffeegeruch machte sich im Wagen breit, während Lena sich zurücklehnte.

Ungefähr eine halbe Stunde später fuhr ein grauer Transporter mit roter Firmenaufschrift vom Hof. Lena nahm ihr Fernglas zur Hand. Am Steuer saß ein Mann, auf den Karin Webers Beschreibung zutraf. Lena fädelte sich in den fließenden Verkehr ein und folgte dem Fahrzeug in angemessenem Abstand.

Es schien eine längere Tour zu werden, denn Krause fuhr auf die Autobahn und hielt sich in Richtung Magdeburg. Einen Moment lang überlegte Lena, ob sie die Verfolgung abbrechen sollte – bestimmt würde sich noch eine andere Gelegenheit ergeben, den Mann unbeobachtet in Augenschein zu nehmen –, dann beschloss sie dranzubleiben. Dieser Tag war so gut wie jeder andere. Nein, dieser Tag war besser, das sagte zumindest ihr Bauch.

Lena achtete streng darauf, immer mindestens zwei Wagen zwischen sich und dem Transporter zu lassen. Als Krause knapp eine Stunde später in Brandenburg an der Havel abfuhr und sich in Richtung Innenstadt hielt, stieg ihre Anspannung. Sie kannte sich in der Stadt so gut wie gar nicht aus, wusste nichts über Krauses Auftrag und durfte den Wagen keinesfalls verlieren. Wenn sie jedoch zu dicht an seiner Stoßstange klebte, würde sie über kurz oder lang auffallen.

Lena begann sich gerade zu fragen, wie sinnvoll ihr Vorgehen war, als der Transporter plötzlich von der Fontanestraße abbog und in einer Seitenstraße vor einer Garageneinfahrt mit quietschenden Bremsen zum Stehen kam. Lena fand hundert Meter weiter eine Parkmöglichkeit. Als sie zu Fuß zur Einfahrt zurückeilte, war der Transporter nicht mehr zu sehen und das Garagentor geschlossen. Lena lief an der Häuserreihe entlang, bis sie auf einen Weg stieß, der in eine Fußgängerzone führte. Wahrscheinlich belieferte Krause irgendein Geschäft. Sie atmete tief durch und sah sich eingehend um.

Die meisten Geschäfte hatten bescheidene Ausmaße und waren gut besucht. Lena sah sich die Schaufenster der Läden an und spähte ins Innere. Neben Bäcker, Café, Buchhandlung, Geschäften für Kinderbekleidung und PC-Bedarf gab es ein Kino, ein Fitneßstudio, einen Friseur und einen Jugendtreff. Fitneßstudio. Lena warf einen zweiten, längeren Blick durchs Fenster. Nie würde sie verstehen, was sportlich motivierte Menschen dazu veranlasste, sich an Kraftmaschinen zu schinden. Sie sah sich die Preisliste an und ließ ihren Blick immer wieder unauffällig über das Geschehen im Inneren schweifen. Menschen aller Altersklassen schwitzten an unterschiedlichen Geräten. Manche sahen sehr verkniffen aus, andere mühten sich mit großer Anstrengung, doch Lena musste zugeben, dass es auch Leute gab, die sich bestens zu amüsieren schienen.

Am Empfang war eine junge, auffallend attraktive Frau gerade dabei, mit konzentrierter Miene ein lilafarbenes Getränk einzuschenken, das alles andere als gesund aussah. So ein Zeug hat Frauke Sander damals wohl auch ausgeschenkt, dachte Lena unwillkürlich.

Im Hintergrund wurde eine Tür geöffnet. Zu ihrer Verblüffung kam Krause herein und ging zum Tresen. Lena atmete scharf ein und wandte sich rasch ab. Krause belieferte ein Fitneßstudio? Warum eigentlich nicht? Gerätebau konnte schließlich alles Mögliche heißen. Dass sie dabei an technische Anlagen und Maschinen für die Fertigung irgendwelcher Produkte gedacht hatte und weniger an Kraftsportgeräte, musste ja nichts heißen. Sie sah wieder durchs Fenster. Krause sprach mit der Frau am Empfang. Einige Minuten später traten zwei großgewachsene junge Männer dazu, die gemeinsam mit Krause nach hinten gingen. Sie brauchten eine ganze Weile, bis sie mit einem offensichtlich schweren Gerät, das sie auf einem Hubwagen hereinschoben und das nur teilweise aufgebaut war, wieder nach vorn kamen. Krause kümmerte sich um den restlichen Aufbau, wobei er sich nicht helfen lassen wollte, wie Lena seiner Gestik zu entnehmen meinte, trank dann ein Glas von dem lilafarbenen Zeug und verabschiedete sich.

Die ganze Aktion hatte nicht länger als zwanzig Minuten gedauert, stellte Lena mit einem Blick auf ihre Uhr fest. Sie ging rasch den Weg zurück bis zur Garageneinfahrt, wechselte die Straßenseite und blieb an einer Bushaltestelle stehen. Das Garagentor öffnete sich kurz darauf, aber Krause saß nicht im Wagen, sondern trat mit dem Handy am Ohr nach draußen. Er nickte eifrig. »Alles erledigt«, verstand Lena undeutlich und »was essen gehen«.

Ohne lange zu überlegen, heftete sie sich an seine Fersen. Wie gut, dass wir einander noch nicht begegnet sind, dachte sie.

Ein paar hundert Meter weiter bog Krause in eine Gasse ein und betrat ein Lokal, in dem er offensichtlich Stammgast war, denn der Wirt begrüßte ihn mit Handschlag, wie Lena feststellte, als sie hinter ihm eintrat. Krause bestellte ein Bier, Bratkartoffeln und Sülze und setzte sich an einen Tisch im hinteren Bereich. Lena wählte den Tisch vor ihm, rutschte an die Wandseite und gab vor, sich in eine der ausliegenden Zeitungen zu vertiefen, während sie Krause unauffällig im Auge behielt. Sie bestellte ein Kännchen Kaffee. Am Tresen saßen einige Leute vor ihren Biergläsern, ein Spielautomat ließ seinen nervtötenden Singsang hören, und aus der Musikbox ertönte Wolfgang Petrys *Hölle, Hölle*. Krause aß hastig, aber mit Genuss. Als er fertig war, klingelte sein Handy.

»Ja, Chef«, sagte er gedämpft. »Ich mach mich gleich auf den Rückweg. Wie gesagt, alles bestens –« Er brach ab und hörte zu. »Gut, okay, ich schau gleich noch mal kurz vorbei, ob er jetzt da ist ... Sagen Sie mal, Chef, ganz kurz noch ...« Krause senkte seine Stimme noch weiter, und Lena musste sich gewaltig anstrengen, um seine Worte zu verstehen. »Die Geschichte letztens, die ich Ihnen erzählt habe, als wir so spät zurückkamen ... ähm, Sie wissen schon ... Haben Sie –?«

Offensichtlich wurde Krause mitten im Satz unterbrochen.

»Nein, nein, natürlich nicht ... Na klar halte ich die Augen offen ... immer ... Danke, Chef, Sie können jederzeit auf mich zählen. Wäre doch gelacht ... nur weil die da rumschnüffelt ...« Er grölte ins Handy, bevor er das Gespräch beendete.

Lenas Herzfrequenz schien sich innerhalb eines Augenblicks zu verdoppeln. Während sie äußerlich gelassen zu bleiben versuchte, in scheinbarer Gemütsruhe ihren Kaffee austrank und die Zeitung wie zufällig vors Gesicht nahm, als Krause bezahlte und aufbrach, hatte sie Mühe, die einstürmenden Gedanken und Fragen zu sortieren.

Krause sah nicht mal zur Seite, als er an ihr vorbeiging und das Lokal verließ. Lena bezahlte einige Minuten später und machte sich auf den Heimweg.

26

Frauke war nach der Beerdigung direkt zu Monikas Haus gefahren. Der Ersatzschlüssel befand sich in seinem üblichen Versteck in dem verlassenen Nistkasten im Garten – für den Fall der Fälle, hatte Monika immer gesagt. Für einen Moment schien es, als sei die Zeit stehengeblieben. Frauke wischte sich übers Gesicht, als wäre sie in ein Spinnwebennetz geraten.

Im Haus roch es muffig. Kein Wunder – Monika war einige Wochen bettlägerig und später dann im Krankenhaus gewesen, und niemand außer Thomas hatte nach dem Rechten gesehen. Andererseits hätte sie das wohl auch gar nicht gewollt. Ihr Leben lang hatte sie auf eigenen Füßen gestanden und war immer stolz darauf gewesen.

Frauke öffnete nach kurzem Zögern alle Fenster. Sie würde erst gar nicht den Versuch unternehmen, sich hier zu verstecken. Sie hatte sich einen gründlichen Frühjahrsputz vorgenommen, und es war klar, dass ihr Treiben nicht unbemerkt bleiben würde. Die Neugier der Nachbarinnen und Nachbarn würde sie befriedigen, indem sie sich als entfernte Verwandte von Monika ausgab.

Frauke teilte Thomas' Befürchtungen nicht, dass zumindest einige aus der Nachbarschaft sich an sie erinnern würden. Monika hatte wenig Kontakt zu den Leuten in den umliegenden Häusern gehabt und Frauke noch viel weniger. Außerdem erinnerte kaum noch etwas an die blonde junge Frau, die sie damals gewesen war.

Sie schlief unruhig in der ersten Nacht und war froh, als die Dämmerung anbrach und sie aufstehen und sich in die Arbeit stürzen konnte. Zwei Tage lang war sie mit nichts anderem beschäftigt, als Müll auf den Recyclinghof der Berliner Stadtreinigung zu fahren, einschließlich alter klappriger Schränke, verschlissener Teppiche, einsturzgefährdeter Regale und tausenderlei Krimskrams, der schon seit Jahren in allen möglichen Ecken im Keller und auf dem Dachboden verrottete. Thomas hatte ihr seinen Wagen zur Verfügung gestellt, nachdem es ihm nicht gelungen war, sie von ihren Plänen abzubringen.

»Sonst kommst du noch auf die grandiose Idee, dir einen Mietwagen zu nehmen«, hatte er gebrummt und ihr den Autoschlüssel gegeben.

Drei weitere Tage putzte sie vom Keller bis zum Dachboden

und entschied sich dann, dem inzwischen blitzblanken Häuschen innen und außen einige Eimer Farbe zu spendieren und dringend nötige Renovierungsarbeiten vorzunehmen – Türen und Fensterrahmen mussten abgeschliffen und lackiert werden, die Heizkörper ebenso, und die Fußböden waren zum Teil in einem erbarmungswürdigen Zustand.

»Das wird Wochen dauern!«, erklärte Thomas, als sie ihm von ihren Plänen erzählte, und Frauke hörte seiner Stimme an, dass er sich gleich wieder aufregen würde.

»Na und? Stört mich nicht. Ich bin gut in solchen Sachen – es macht mir sogar Spaß«, erklärte sie achselzuckend. »Außerdem gehört das Haus jetzt dir, und du erteilst mir einfach den Auftrag. Für Elektro- und Sanitärarbeiten beschäftigen wir kleinere Firmen. Im Nu ist hier alles wieder richtig schön.«

Sie saßen in Monikas Küche – es hatte einige Mühe gemacht, Thomas' Rollstuhl ins Haus zu bugsieren –, und Frauke war so guter Dinge wie schon lange nicht mehr.

»Erwartet man dich denn nicht zurück?«, fragte Thomas, nachdem er sie eine Weile stumm gemustert hatte. »Du kannst doch nicht einfach ohne Erklärung –«

»Ich habe Urlaub.«

»Ach, du hast Urlaub? Mitten in den Vorbereitungen für die anstehende Hauptsaison in einem Ferienort?« Sein Ton war schneidend.

Frauke wurde rot. Sie winkte ab. »Meine Güte – ich habe denen gesagt, dass es einen Trauerfall gegeben hat, was ja auch stimmt, und letzte Woche habe ich angerufen, um Bescheid zu sagen, dass ich meinen Aufenthalt auf unbestimmte Zeit verlängern müsste, um einige Familienangelegenheiten zu klären. So was kommt überall mal vor und ist schließlich nicht mal richtig gelogen.«

»Und das nehmen die einfach so hin?«

Frauke nickte eifrig. »Klar, warum nicht?«

»Du musst dort ja eine ganz große Nummer sein«, spottete Thomas.

Natürlich hatte Fraukes Arbeitgeber das nicht einfach so hingenommen. Wenn sie sich nicht in spätestens einer Woche wieder in dem Ferienclub einfand, hatte sie mal einen Job gehabt. Das war die lapidare Mitteilung der Sekretärin ihres Chefs gewesen. Aber so genau wollte sie das Thomas gar nicht erzählen. Sie genoss es, zu Hause zu sein, dort, wo sie herkam und wo es sie hinzog, und der Gedanke, irgendwann wieder angstfrei durch Berlin spazieren zu können und sich vielleicht sogar eine neue Existenz aufzubauen, ohne dass die alte Frauke ins Visier der Behörden geriet, schien ihr von Tag zu Tag verlockender.

Monika hatte ihr nicht nur das Haus hinterlassen, das nun pro forma auf Thomas' Namen im Grundbuch stehen würde, sondern auch einen ansehnlichen Geldbetrag auf einem Onlinekonto, über das sie komplikationslos per Internet oder EC-Karte verfügen konnte – ein Verfahren, das sie seinerzeit mit Monika vereinbart hatte, damit das Geld sicher bei Frauke landete, ohne dass sie dadurch Probleme bekam. So verfügte sie über eine beruhigende und unauffällige Geldquelle, mit deren Hilfe sie einige Zeit über die Runden kommen würde. Problematisch blieb nach wie vor die Tatsache, dass sie falsche Papiere hatte.

»Ich sag dir was«, hob Thomas plötzlich an und unterbrach ihre Gedanken. »Wenn du wirklich zurückwillst, wird dir nichts anderes übrigbleiben, als irgendwann reinen Tisch zu machen. Richtig reinen Tisch meine ich, mit allem, was dazugehört. Du kannst nicht ewig unter einem anderen Namen durch die Gegend laufen und erwarten, dass sich mit der Zeit alles schon so fügen wird, wie du es gerne hättest.«

Sie wusste, dass er recht hatte, doch der richtige Zeitpunkt war noch nicht gekommen.

27

Sie hatte die U-Bahn genommen, um in Spandau ein Buch zu kaufen. Buch war zu viel gesagt – es handelte sich eher um eine Broschüre. Informationen für Betroffene und Angehörige. Nicht zu medizinisch und abgehoben, sondern in Alltagssprache abgefasst und dennoch aussagekräftig.

Gabi gönnte sich ein kleines Lächeln, als sie am späten Nachmittag den Bahnsteig verließ. Konrad war keine intellektuelle Leuchte, nein, wirklich nicht. Doch man durfte keinesfalls den Fehler machen, ihn zu unterschätzen – seine hinterlistige Schlauheit überraschte sie immer wieder. Und andere wahrscheinlich auch. Dennoch wäre es unrealistisch, ihm anspruchsvolle Fachliteratur anzudichten. Wenn Konrad las, dann die Tageszeitung und Zeitschriften, die sich mit Autos und Sport befassten, hin und wieder einen Krimi.

Gabi bog beschwingten Schrittes in die Altstadt ab. Vor Jahren hatte es hier eine gutsortierte Buchhandlung gegeben, und sie hoffte sehr, dass sie sich trotz des Zeitalters von Internet und großen Handelsketten hatte behaupten können. Ich hätte anrufen sollen, dachte sie, statt einfach auf gut Glück loszufahren. Schließlich bin ich schon ewig nicht mehr hiergewesen, und die Dinge verändern sich unglaublich schnell. Einen Moment lang ärgerte sie sich, dann erkannte sie von weitem das Schild der Buchhandlung. Ihr Herz klopfte aufgeregt, und sie beschleunigte ihren Schritt.

Das leise Bimmeln der Türglocke rief angenehme Erinnerungen hervor. Sie war früher oft mit einer Freundin hergekommen – sie hatten sich Liebesromane gekauft oder stundenlang die Regale und Tische durchstöbert. Den alten Inhaber gab es nicht mehr – er war damals schon über siebzig gewesen und zumindest körperlich gebrechlich. An seiner Stelle beriet eine junge Frau gerade eine ältere Dame. Sie sah kurz hoch und nickte Gabi zur Begrüßung zu.

»Wenn Sie sich bitte einen Augenblick gedulden – ich bin gleich bei Ihnen«, sagte sie freundlich.

»Keine Eile«, entgegnete Gabi. »Ich finde mich schon alleine zurecht.«

Damit verschwand sie im hinteren Teil des Ladens, wo genau wie früher wissenschaftliche Bücher und Ratgeber zu finden waren. Sie brauchte nicht lange, bis sie das Geeignete fand. Ein schmales Bändchen über Allergien. Die Erklärungen waren einleuchtend und klar formuliert, auf Fachvokabular war weitgehend verzichtet worden. Gabi bezahlte und achtete darauf, nicht in ein Gespräch verwickelt zu werden. Sie ließ sich keine Quittung geben und verließ das Geschäft eilig, so gern sie sich mehr Zeit genommen hätte. Zu Hause wischte sie das Buch sorgfältig ab, bevor sie schließlich einzelne Seiten knickte und mit Eselsohren versah. Auf eine Seite verstreute sie etwas Zigarettenasche. Bevor Ronja kam, versteckte sie es in dem Korb mit der Bügelwäsche. Ein zufriedenes Lächeln auf den Lippen.

Am späten Abend schlich Gabi in den Keller und deponierte das Buch in einer Werkzeugschublade.

28

Am Tag nach Konrad Krauses Sportgeräte-Auslieferung in Brandenburg stand Lena in aller Frühe auf. Sie nahm sich Zeit für dreißig Minuten Zazen. Die Stille war erträglich. Gedanken hingen tief wie schwarze Gewitterwolken und lösten bedrängende Gefühle aus, bevor sie endlich träge weiterzogen, wie Lena mit einem leisen Gefühl der Erleichterung und Zufriedenheit feststellte. Nichts hat Bestand, dachte sie. Wie oft habe ich diesen Satz schon gehört, und erst jetzt beginne ich ihn zu begreifen. Sie verbeugte sich und eilte nach unten.

Nach der Dusche fuhr sie sofort in die Kanzlei – frühstücken konnte sie im Büro. Es war noch niemand da. Lena stellte die Espressomaschine an und schäumte heiße Milch auf. Sie genoss die Ruhe, trank ihren Kaffee und aß ein Käsebrötchen, während sie ihre Notizen durchging.

Wie konnte Konrad Krause erfahren haben, dass sie herumschnüffelte, wie er es ausgedrückt hatte? Sie zweifelte keinen Moment daran, dass er sie gemeint hatte. Entweder von seiner Frau oder von seiner Tochter Ronja. So weit, so gut. Aber warum berichtete er seinem Chef davon? Was ging es einen Vorgesetzten überhaupt an, wenn im Haus eines Mitarbeiters die Todesumstände einer Nachbarin unter die Lupe genommen wurden? Die aufgeschnappten Gesprächsfetzen hatten darüber hinaus geklungen, als seien die beiden sich irgendwie einig gewesen – *wäre doch gelacht ... nur weil die da rumschnüffelt* ... Höchst merkwürdig.

Um kurz nach acht rief Lena bei der Kripo an und hoffte, dass Bernd Langner schon im Büro war. Nach zweimaligem Klingeln wurde der Hörer abgenommen, und Lena vernahm ein Brummen, das mit sehr gutem Willen und viel Phantasie als ein »Guten Morgen« entschlüsselt werden konnte. Sie grüßte umso munterer und erzählte ohne große Einleitung von Krauses Beschattung und seinen eigentümlichen Bemerkungen am Handy.

»Was halten Sie davon?«, fragte sie schließlich und schob sich den letzten Bissen ihres Frühstücks in den Mund.

»Klingt irgendwie komisch«, kommentierte Langner zwar wortkarg, aber doch schon deutlich wacher.

»Das finde ich auch, denn wenn er wirklich etwas damit zu tun hat, warum erzählt er seinem Chef davon?«, fuhr sie fort. »Stecken die vielleicht unter einer Decke, und wenn ja: Was hat das zu bedeuten? Und wenn Krause nichts damit zu tun hat, verstehe ich seine Redseligkeit noch weniger. Welchen Chef interessieren solche Geschichten?«

»So viele Fragen so früh am Morgen«, meinte Bernd Langner und seufzte vernehmlich. »Ich schlage vor, wir finden als Erstes heraus, wer Krauses Chef ist. Vielleicht kommt dann schon ein wenig mehr Licht in die Sache.«

»Klingt gut. Ich kümmere mich währenddessen mal um den Pflegedienst.«

»Alles klar – wir telefonieren.« Langner legte auf.

Lena wartete nicht, bis ihr Chef eintraf. Sie hatte das Gefühl, dass Reiner Lindhof sie von ihrem Plan abhalten würde, wenn er davon erfuhr.

Die Geschäftsstelle des Pflegedienstes befand sich in einem vierstöckigen nüchternen Haus, dessen Fassadenrenovierung gerade abgeschlossen wurde. Lena hatte im Berufsverkehr eine knappe halbe Stunde gebraucht und ohne Mühe einen Parkplatz gefunden. Zwei Arbeiter waren damit beschäftigt, Abdeckplanen zusammenzurollen. In der Nähe gab es eine weitläufige Parkanlage, in der Joggerinnen und Jogger ihre Runden drehten. Es roch nach frischer Farbe.

Lena hatte sich keine Gesprächsstrategie zurechtgelegt. Als sie am Empfang einer gepflegten älteren Dame in Rock, weißer Bluse und dunkelgrauem Blazer gegenüberstand, die sie mit forschenden blauen Augen musterte, entschied sie sich spontan, die Anwältin im Hintergrund zu lassen.

»Verzeihen Sie, dass ich ohne Termin einfach so aufkreuze«, sagte Lena nach der Begrüßung mit einer Portion gespielter Verlegenheit und sah kurz auf den Namenszug auf dem Revers der Empfangsdame. »Das ist sonst ganz und gar nicht meine Art, Frau Voss, doch als ich hier eben vorbeifuhr und das Schild las, dachte ich, es könnte ja nicht schaden ... Na ja, wie das manchmal so ist ...«

Frau Voss zeigte mit einem winzigen Zucken über ihrem rechten Auge an, dass sie sich Lenas Erläuterungen auch in gestraffter Form vorzustellen vermochte. Gleichzeitig verzog sie ihre Lippen zu einem unverbindlichen Lächeln, was eine seltsame Disharmonie ihrer Mimik zur Folge hatte.

»Worum geht es denn? Wie kann ich Ihnen helfen?«, fragte sie und faltete die Hände vor dem Bauch. »Gibt es Probleme in der Familie?«

Lena nickte betrübt. »Schon seit geraumer Zeit. Wir werden nicht umhin können, demnächst professionelle Hilfe in Anspruch zu nehmen. Meine Großmutter ist weit über achtzig und ausgesprochen rüstig, doch ...« Hör einfach weg, Johanna, fügte Lena in Gedanken hinzu, du bist damit nicht gemeint.

»Ist sie krank?«, fragte Frau Voss.

»Seit einem Sturz vor einigen Wochen baut sie zunehmend ab«, phantasierte Lena weiter. »Und ich finde es wichtig, allmählich auch an andere Möglichkeiten der Betreuung zu denken.«

»Das ist sehr weitsichtig«, lobte Frau Voss mit inzwischen

entspannteren Gesichtszügen. »Und nun möchten Sie sich einfach mal ein wenig informieren, stimmt's?«

Lena nickte eifrig, während Frau Voss einen raschen Blick in den Tagesplaner warf, der vor ihr auf dem Tresen lag, und dann kurz zur Uhr sah. »Ich habe allerdings in Kürze einen Termin. Hätten Sie Zeit, ein paar Minuten zu warten? Eine Kollegin hat demnächst ihre erste Morgenrunde absolviert und wird gleich eintreffen. Ihr könnten Sie einige Fragen stellen. Ist das in Ihrem Sinne?«

»Das wäre wunderbar. Danke für Ihre spontane Hilfe«, antwortete Lena nahezu überschwänglich.

Frau Voss lächelte milde. »Keine Ursache. Gerne.«

Das Telefon klingelte. Lena ging zu einer Sitzecke hinüber, während Frau Voss das Gespräch annahm. Kaum zehn Minuten später eilte eine junge Frau in Dienstkleidung zur Tür herein. Lena beobachtete sie, während Frau Voss kurz erläuterte, worum es ging. Die Frau war höchstens Ende zwanzig und wirkte abgehetzt. Ihr Namensschild mit dem Aufdruck *Schwester Veronika* saß schief, und sie schien wenig erfreut über die zusätzliche Aufgabe.

Lena konnte sich an einen Fernsehbericht erinnern, in dem es um die angespannte finanzielle Situation der Pflegedienste gegangen war, unter der die Qualität ihrer Arbeit erheblich litt, was die Patientinnen und Patienten genauso zu spüren bekamen wie die Angestellten. Dem Pflegepersonal blieb gar nichts anderes übrig, als ihre Arbeit im Eiltempo zu verrichten, und genau diesen Eindruck vermittelte Schwester Veronika. Im Gegensatz dazu strahlten die Einrichtung der Geschäftsstelle und Frau Voss als Repräsentantin Entspannung und Gleichmut aus.

Lena stand auf und ging der Krankenschwester entgegen, während Frau Voss im Büro verschwand.

»Mein Name ist Lena Bokken. Ich werde Sie nicht lange aufhalten«, versprach Lena. »Wann müssen Sie denn wieder los?«

Schwester Veronika sah auf ihre Armbanduhr. »Vor zehn Minuten. Ich muss noch Medikamente zusammenstellen und –«

»Verstehe. Gehen Sie doch einfach Ihrer Arbeit nach – ich geselle mich dazu und stelle die eine oder andere Frage«, schlug Lena vor und lächelte herzlich.

Schwester Veronika stutzte kurz, nickte dann aber und ging vor. »Na gut, wenn Sie meinen.«

Sie betraten einen Flur, und Lena folgte der Schwester in einen kleinen Raum am Ende des Ganges.

»Was genau wollen Sie denn wissen?«, fragte Schwester Veronika, während sie ihre Tasche auf einem Tisch abstellte und einen hohen Wandschrank aufschloss. Mit konzentrierter Miene begann sie, Medikamente einzupacken.

»Ich habe eine wunderbare Großmutter«, sagte Lena. »Aber die ist mehr als eigenwillig und meist quicklebendig. Und wenn sie das mal nicht ist, will sie allein sein und irgendeinen Kräutertee trinken. Sie würde jeden Pflegedienst hinauswerfen.«

Schwester Veronika hielt inne und sah von ihrer Liste mit Patientennamen und Verordnungen hoch. »Alte Menschen sind manchmal sehr schwierig.«

»Das meine ich nicht.«

»Was meinen Sie dann?«

Lena entschied sich, mit offenen Karten zu spielen. »Ich interessiere mich nicht aus familiären Gründen für den Pflegedienst, obwohl ich diesen Eindruck erweckt habe.«

Schwester Veronika runzelte die Stirn. »Sind Sie von einer Behörde?«

»Nein, keine Sorge.«

»Zeitung?«

»Auch nicht. Ich bin Anwältin ...«

»Ach, du liebe Güte! Sparen Sie sich die Mühe. Ich werde nicht eine einzige Frage beantworten ...«

Lena hob die Hände. »Ich denke, Sie missverstehen mich. Ich vertrete keine Patienten- oder Angehörigeninteressen, jedenfalls nicht direkt.«

Schwester Veronika schüttelte den Kopf. »Das ist mir egal. Ich will keinen Ärger, und es ist wirklich besser, wenn Sie jetzt gehen.« Sie verschloss den Schrank und steckte den Schlüssel ein. »Sie haben Frau Voss nicht den wahren Grund gesagt, warum Sie hier sind, oder?«

»Stimmt«, gab Lena zu. »Und den wird sie auch nicht erfahren. Sagt Ihnen der Name Hildrun Baum etwas?«

Schwester Veronika blickte zur Tür. Nichts lag ihr ferner, als sich Ärger einzuhandeln. Es war unübersehbar, dass sie von ihrem Job gestresst war. Lena hoffte, dass sie darüber hinaus nicht die allerbeste Meinung von ihrem Arbeitgeber hatte. In der Regel erhöhte das die Gesprächsbereitschaft von Mitarbeiterinnen und Mitarbeitern um ein Vielfaches.

»Eine Kollegin hat sie versorgt«, antwortete sie nach einer kurzen Pause leise. »Mehr weiß ich nicht.«

»Sie ist keines natürlichen Todes gestorben«, erläuterte Lena. »Und die Kripo war hier und hat schon ihre Fragen gestellt – das weiß ich. Ich kenne die Akten.«

»Na bitte. Was wollen Sie dann noch?«

»Ich vertrete die Nichte. Sie steht unter Mordanklage.«

»Ach, du liebe Güte.«

»Sie war es nicht.«

Schwester Veronika lächelte. »Das sagen doch wohl alle Anwälte von ihren Mandanten.«

Lena lächelte zurück. »Keineswegs. Ich möchte den Geschehnissen auf den Grund gehen. Das bin ich beiden schuldig – der Toten und ihrer Nichte.«

Die Krankenschwester zuckte die Achseln, aber Lena spürte, dass sie nachdenklich geworden war.

»Ich wüsste nicht, wie ich Ihnen helfen könnte. Alle in diesem Zusammenhang wichtigen Punkte wurden bereits von der Polizei aufgenommen«, entgegnete sie.

»Ich interessiere mich für die Schweigepflicht.«

»Bitte?«

»Niemand darf außerhalb des Pflegedienstes ein Wort über die Krankheiten der Patienten verlieren, nicht wahr?«

»Natürlich nicht.«

»Aber fällt nicht doch hier und da mal ein Wort ...«

»Unsinn – und wen sollte das schon interessieren? Ob jemand Herzklabastern hat oder Arthrose oder beides ist doch eigentlich völlig schnuppe.«

»Nicht wenn jemand unlautere Absichten hat.«

Schwester Veronika ließ das Schloss ihrer Tasche zuschnappen und legte die Hände auf den Griff.

»Die Information über eine lebensgefährliche Allergie ist dann schon ziemlich interessant«, fuhr Lena fort. »Würden Sie mir da grundsätzlich zustimmen?«

Die Krankenschwester starrte sie mit großen Augen an.

»Wenn also Ihre Kollegin oder wer auch immer mal so ganz nebenbei und natürlich ohne böse Absicht darüber geplaudert hat, was Frau Baum keinesfalls zu sich nehmen darf –«

»Ich hab's verstanden«, unterbrach Schwester Veronika sie barsch. »Aber was wollen Sie von mir? Ich habe damit nichts zu tun. Sie war nicht meine Patientin, auch nicht aushilfsweise, und ich bin auch keine Quasselstrippe. Dazu ist ohnehin keine Zeit.«

Lena nickte. »Das wollte ich damit auch gar nicht gesagt haben. Aber vielleicht wissen Sie ja, wer …«

Schwester Veronika winkte ungeduldig ab. »Glauben Sie im Ernst, ich würde meine Kolleginnen bezichtigen, herumgetratscht zu haben, oder Spekulationen darüber anstellen, wer dafür unter Umständen in Frage käme?«

»Vor Gericht und unter Eid vielleicht schon.«

Die Schwester wurde blass. »Ich will keinen Ärger.«

»Und ich will niemandem Ärger machen. Ich will nur wissen, was passiert ist. Ich will Zusammenhänge erkennen. Meine Mandantin ist unschuldig. Zurzeit liegt sie nach einem Suizidversuch im Krankenhaus. Meinen Sie nicht auch, dass Ihre Schweigsamkeit und Ihr ehrenwertes Ansinnen, Kolleginnen schützen beziehungsweise nicht in Misskredit bringen zu wollen, angesichts dieser Umstände Grenzen haben sollten?«

»Sie bringen mich in eine unmögliche Situation.«

»Nein, das tue ich nicht. Nennen Sie mir einfach nur ein, zwei Namen, und ich gehe hier raus, und niemand wird erfahren, von wem ich die habe.«

»Und wenn nicht?«

»Lasse ich Sie als Zeugin vor Gericht laden. Das kann unangenehm werden.«

Schwester Veronika biss sich auf die Lippen. Sie war empört und aufgewühlt, und Lena wusste, dass sie nicht unbedingt eine neue Freundin gewonnen hatte.

»Gudrun Kleber«, sagte die Schwester schließlich so leise, dass es gerade noch zu verstehen war. »Sie ist Springerin – hilft überall mal aus –, eine sympathische Frau, die alle mögen. Ich auch. Sie kommt mit jedem klar – hier und draußen.«

Lena nickte aufmunternd und wartete, dass sie weitersprach.

»Sie ist sehr ... ja, mitteilungsfreudig. Es hat vor geraumer Zeit schon mal Ärger mit der Leitung gegeben. Wenn sie erfährt, dass ich Ihnen was –«

»Das wird sie nicht. Vertrauen Sie mir.«

Schwester Veronika setzte ein schiefes Lächeln auf. Sie sah aus, als rechne sie mit dem Schlimmsten.

Lena wandte sich zur Tür um. »Danke, vielen Dank. Sie haben mir sehr geholfen.«

Sie bekam keine Antwort.

Das Gespräch mit Schwester Gudrun nahm Lena sich nach kurzem Überlegen für den frühen Abend vor. Sie fuhr in die Kanzlei zurück und hatte das sichere Gefühl, einen Schritt weitergekommen zu sein, wenn sie auch noch nicht wusste, wohin er führte. Kaum war sie im Büro angekommen und hatte sich mit einer Tasse Kaffee an den Schreibtisch gesetzt, klingelte das Telefon. Gabi Krause. Das ging aber schnell, dachte Lena überrascht.

»Hallo, Frau Krause«, sagte sie. »Was kann ich für Sie tun? Alles in Ordnung bei Ihnen?«

»Ja, schon ... aber ...«

Lenas Alarmglocken schrillten. »Ist was passiert?« Ihr erster Gedanke galt Ronja.

»Können Sie vorbeikommen?«

»Jetzt gleich?«

»Das wäre am besten. Ich habe frei, und mein Mann ist unterwegs«, fügte Gabi Krause leise hinzu. »Bitte kommen Sie. Ich habe etwas gefunden, das wichtig sein könnte.« Damit legte sie auf.

Lena trank hastig zwei Schlucke Kaffee und machte sich wieder auf den Weg. Sie war zutiefst beunruhigt.

Glücklicherweise war mit Ronja alles in Ordnung. Frau

Krause schüttelte den Kopf, als Lena sofort nach ihr fragte, kaum dass sie die Tür geöffnet hatte. »Sie ist in der Schule. Möchten Sie einen Kaffee?«

Lena folgte Gabi Krause durch den dunklen Flur in die Küche und nahm das Angebot dankend an. »Gerne. Meinen habe ich gerade im Büro stehenlassen.«

Sie setzte sich an den Küchentisch, während Gabi Krause hastig eine Tasse aus dem Schrank nahm, Kaffee einschenkte, Milch und Zucker bereitstellte und dann ebenfalls Platz nahm. Für einen Moment überkam Lena das seltsame Gefühl eines Déjà-vu. Die Situation in der Küche erinnerte sie an jenen nächtlichen Besuch bei Frauke Sander, der so fatale Folgen nach sich gezogen hatte. Die Einrichtung war ähnlich bescheiden, unmodern, gräulich, und es roch ein wenig nach Rauch. Wahrscheinlich war Konrad Krause Raucher. Lena hatte die junge Frau damals zum letzten Mal gesehen. Sie war abweisend und aufgebracht gewesen. Darin unterschied Gabi Krause sich im Moment jedoch von Frauke. Sie war zwar immer noch blass und nervös, aber im Gegensatz zu ihrer letzten Begegnung hatte diesmal sie die Initiative ergriffen, und genauso wirkte sie auch: entschlossen.

»Ich habe mir vieles von dem, was Sie gesagt haben, noch mal durch den Kopf gehen lassen«, sagte Gabi Krause schließlich und legte die Hände vor sich auf den Tisch. »Man macht sich ja doch so seine Gedanken.«

Lena nickte zustimmend. »Ist Ihnen im Nachhinein noch etwas aufgefallen?«

Gabi Krause erhob sich abrupt, ging zur Spüle, wischte mit einem Lappen kurz über die Arbeitsplatte, deren Oberfläche an mehreren Stellen abgeblättert war, und setzte sich dann wieder. »Ich habe etwas gefunden – durch puren Zufall.«

Zufall, dachte Lena. Zufälle passierten zu oft, als dass man ihrem absichtslosen Charakter wirklich Glauben schenken konnte. Oder durfte. »Erzählen Sie.«

»Ich habe gestern Abend ein Stück Wäscheleine gesucht, das ich im Hof anbringen wollte«, begann Gabi Krause. »In der Wohnung hab ich keine gefunden, also bin ich in den Keller gegangen, um dort nachzusehen. Wissen Sie, Konrad hebt immer alles Mögliche auf. Vielleicht braucht man es ja doch irgendwann mal, sagt er immer. Ich habe die Schränke durchsucht, aber nichts gefunden.«

Lena lehnte sich zurück und nippte an ihrem Kaffee. Sie wirkte entspannt, ließ die Frau jedoch keinen Moment aus den Augen.

»Dann habe ich in der Werkzeugschublade nachgesehen und ...« Gabi Krause stockte.

»Und was?«

»Ich habe dort ein Buch gefunden, besser ein Büchlein – es war ganz nach hinten geschoben, und ich bin nur darauf gestoßen, weil ich die Schublade komplett durchsucht habe.«

Lena setzte sich wieder gerade auf. »Was für ein Buch?«

»Eine Art Broschüre – über ... Allergien.«

Das war allerdings eine Neuigkeit. Lena hielt einen Moment die Luft an. Gabi Krause war sich der Bedeutung ihrer Entdeckung durchaus bewusst. Vielleicht hatte sie sich nach dem letzten Gespräch mit ihr sogar zielstrebig auf die Suche begeben.

»Wo ist das Buch jetzt?«

»Immer noch dort. Ich hatte Angst, es mit nach oben zu nehmen. Wenn Konrad es in der Wohnung entdeckt hätte ...«

Lena nickte langsam. »Das ist in der Tat hochinteressant. Sind Sie sicher, dass es seins ist?«

»Natürlich. An die Werkzeugschublade darf außer ihm sonst keiner ran.«

»Verstehe. Ich frage mich allerdings, wieso er es versteckt und nicht weggeworfen hat – verbrannt, versenkt, was auch immer. Haben Sie eine Erklärung für sein Verhalten?«

Gabi Krause trank einen Schluck Kaffee und schürzte dann die Lippen. »Darüber habe ich mir auch schon den Kopf zerbrochen. Ich vermute zum einen, dass er sich absolut sicher ist, dass nie jemand auf ihn kommen würde, auch wenn der Fall noch nicht abgeschlossen ist. Zum anderen – Konrad ist eine Krämerseele. Der wirft nie was weg. Und weiß man denn, was in Männern vor sich geht?«

Nicht wirklich, dachte Lena. Ich kannte mal einen, der die Wasserflasche seines Opfers als Trophäe aufgehoben hat, obwohl das ausgesprochen dumm war. Doch letztlich hatte er tatsächlich als Gewinner dagestanden, weil ich entscheidende Fehler gemacht habe. So kann es kommen.

»Sie wissen, dass dieser Sachverhalt ein völlig neues Licht auf die Angelegenheit wirft?«, fragte sie. »Wir müssen die Kripo einschalten. Wo ist Ihr Mann jetzt?«

»Unterwegs. Er kommt höchstwahrscheinlich erst übermorgen wieder, weil er eine zusätzliche Tour übernehmen musste. Sein Chef hat vorhin angerufen – ich hab dann gleich die Gelegenheit genutzt, mich mit Ihnen in Verbindung zu setzen.«

Das ist gut, dachte Lena. Wir gewinnen etwas Zeit. Sie erhob sich. »Lassen Sie uns gemeinsam nach unten gehen. Ich nehme das Buch mit und bringe es zur Kripo.«

Gabi Krause stand sofort auf.

Der Keller war dunkel und verwinkelt, es roch muffig, und eine nackte Birne spendete dunstiges Dämmerlicht: ein vollgerümpelter Keller mit engen, niedrigen Gängen und zahllosen Möglichkeiten, sich zu verstecken. Lena hatte Frau Krause um eine Plastiktüte gebeten und packte das Buch sorgfältig ein, während sie die Atmosphäre auf sich wirken ließ. Als sie wieder in der Wohnung waren, verstaute Lena die Tüte in ihrer Aktentasche und sah Gabi Krause forschend an.

»Demnach hat Ihr Mann also doch mehr über Ihre Nachbarin gewusst, als es zunächst den Anschein hatte, oder?«, fragte sie und zog ihre Jacke über.

»Er war, wie Sie schon sagten, fürchterlich aufgebracht, dass Frau Baum ihn dem Jugendamt gemeldet hat. Nun sieht es so aus, als hätte er eine günstige Gelegenheit abgewartet, um sich an ihr zu rächen.«

»Aber Mord? Und woher wusste er von der Allergie? Sie haben gesagt, dass ...«

Gabi Krause winkte rasch ab. »Ja, habe ich, aber nach unserem Gespräch bin ich ziemlich ins Grübeln geraten. Und mir ist eingefallen, dass mal eine andere Krankenschwester ein paar Tage ausgeholfen hat – das ist schon eine ganze Weile her – ein nettes Ding, das selbst Konrad anlächelte. Ich war ganz verdattert. Die beiden haben sogar mal miteinander geplaudert.«

»Geht das genauer?«

Gabi Krause nickte. »Mein Mann war dabei, den Hof zu fegen, als die Pflegerin gerade auf dem Weg zu den Mülltonnen war. Ich hatte das Schlafzimmerfenster auf und hörte beim Wäscheeinräumen, wie sie redeten, belangloses Zeug, so schien es mir, und ich habe auch nicht weiter darauf geachtet. Später meinte Konrad dann zu mir, dass die Baum wirklich einen Knall haben müsste – die würde nichts essen, wo Nüsse drin wären ... Ich bin da nicht weiter drauf eingegangen. Vielleicht ist ihm ja die Bemerkung der Krankenschwester wieder eingefallen, als der Ärger mit dem Jugendamt losging, und dann hat er angefangen, sich Gedanken zu machen. Könnte doch sein.«

Nicht von der Hand zu weisen, dachte Lena. Andererseits hatte sie das Gefühl, dass hinter der Geschichte mehr steckte als ein jähzorniger und rachsüchtiger Nachbar. So verführerisch der Gedanke auch war, Gabi Krauses Hinweise zu einem Bild zusammenzufügen und nun den Schuldigen oder zumindest einen weiteren Verdächtigen präsentieren zu können – das Ganze wirkte nicht nur banal, sondern seltsam unvollständig.

»Sie belasten Ihren Mann schwer damit – ist Ihnen das klar? Außerdem hat er für die Tatzeit ein Alibi«, entgegnete Lena zögernd.

»Ich weiß. Ich sag ja nur, was mir inzwischen noch eingefallen ist. Und die Sache mit dem Buch ist ja schon merkwürdig.«

Lena nickte. »Zweifellos.«

»Muss ich eigentlich vor Gericht aussagen?«

»Das wäre gut. Sie können sich als Ehefrau natürlich auch auf Ihr Aussageverweigerungsrecht berufen.«

»Ich bin unschlüssig«, meine Gabi Krause nachdenklich. »Konrad würde nicht ruhen, bis er sich an mir gerächt hätte. Und Ronja ...«

»Keine Panik! Warten wir erst mal ab«, beruhigte Lena sie. »Ich melde mich bei Ihnen, sobald ich weiß, wie es weitergeht.« Sie öffnete die Tür. »Grüßen Sie Ihre Tochter von mir. Und danke für Ihren Anruf.«

Als Lena auf die Straße trat, atmete sie mehrmals tief durch und ließ die Situation nachklingen. Merkwürdig – als sie das erste Mal länger mit Gabi Krause gesprochen hatte, schien ihr der Ehemann durchaus verdächtig und war im Zuge ihrer Nachforschungen sogar in den Mittelpunkt gerückt. Nun gab es tatsächlich handfeste Beweise, und sie spürte plötzlich eine deutliche Skepsis. War die Zweiflerin in ihr daran schuld? Oder hatte sie schlichtweg Angst vor dem erneuten Versagen und traute ihrer eigenen Wahrnehmung nicht?

Es war nicht von der Hand zu weisen, dass ein detailliert geplanter Mord nicht zu Konrad passte, überlegte Lena weiter, als sie in ihren Wagen stieg. Ein jähzorniger Kinder- und Frauenschläger, der sich ein Buch über Allergien besorgte, zum richtigen Zeitpunkt in die Wohnung seiner Nachbarin schlich und Kuchen bereitstellte, der Hildrun Baum nicht nur den Garaus machte, sondern den Verdacht sofort auf die Nichte lenkte, kam ihr seltsam vor. Wenn die Frau erschlagen worden wäre – ja. Aber vergiften? Außerdem war da immer noch das Alibi.

Ebenso wenig durfte sie jedoch vernachlässigen, dass der Mann wahrscheinlich klüger und abgebrühter war, als es auf den ersten Blick schien und unter Umständen schamlos ausnutzte, dass man ihn unterschätzte. Gabi Krause hatte zudem erwähnt, dass der Schlüssel zu Hildrun Baums Wohnung mal eine Zeitlang verschwunden gewesen war, und das Alibi konnte vorgeschoben oder gekauft sein. Gabi Krauses Bereitschaft, ihren Mann zu belasten, ihm wahrscheinlich sogar nachzuschnüffeln, zeigte sich sehr plötzlich, doch vielleicht war ihr tatsächlich klar geworden, dass sie einen Mörder schützte, wenn sie schwieg oder weiterhin wegschaute.

Lena entschied sich, die Zweifel nicht beiseitezudrängen. Sie sorgten dafür, dass sie sich bemühte, alle Seiten auszuleuchten, jedem Aspekt nachzugehen und sich nicht voreilig festzulegen. Sie setzte sich ins Auto und versuchte, Bernd

Langner zu erreichen. Im Büro war er nicht anzutreffen, und am Handy meldete sich nur die Mobilbox. Sie hinterließ eine kurze Nachricht und fuhr zurück in die Kanzlei, um die Tüte mit dem Buch im Tresor zu deponieren.

Das geplante Gespräch mit Gudrun Kleber nahm sie sich nach einem Blick auf die Uhr für den nächsten Tag vor.

29

Konrad drückte die eins auf seinem Handy. Die eingespeicherte Nummer war die seines Chefs.

»Sie ist losgefahren«, sagte er und hielt nach dem Wagen vor sich Ausschau. »Soll ich dranbleiben?«

»Ja, verdammt noch mal! Wie lange war sie bei deiner Frau?«

Konrad sah auf die Uhr. »Vierzig Minuten.« Er hörte, dass sein Chef laut ausatmete.

»Scheiße – was kann sie da nur gewollt haben?«

Konrad schnippte die Asche seiner Zigarette durchs offene Fenster des Lieferwagens. Seine Hände zitterten.

»Ich weiß nicht, Chef. Wirklich nicht«, sagte er leise. »Vielleicht ist es ja auch ganz –«

»Scheiße!«

»Tut mir –«

»Spar dir die Spucke und pass auf! Du hältst dich völlig im Hintergrund, verstanden? Ich will wissen, wo sie hinfährt.«

»Klar, verstanden. Und meine Tour?«

»Die machst du anschließend, wie abgesprochen. Und sieh zu, dass man dich unterwegs ein paar Mal sieht. An der Tankstelle zum Beispiel. Kauf was Besonderes, damit man sich an dich erinnert. Wenn du auf dem Rückweg bist, meldest du dich wieder bei mir, und dann sehen wir weiter. Alles klar?«

Konrad nickte. »Ja, Chef, alles klar.« Er schnippte die Zigarette aus dem Fenster.

Das Gespräch war beendet. Konrad starrte durch die Scheibe und wischte sich den Schweiß von der Stirn. Er hatte den Wagen gut im Blick. Er hatte keine Ahnung, warum sich sein Chef derart über diese Anwältin aufregte. Natürlich wollte er keinesfalls in irgendwelche Ermittlungen geraten, doch was hatte Mick Panter mit der alten Baum zu tun, die längst am Verrotten war? Nichts. So blöd könnte man manchmal gar nicht um die Ecke denken, wie irgendwelche armseligen Beamtenhirne Verbindungen knüpften, hatte er letztens lautstark gewütet, als Konrad es gewagt hatte, ihm genau diese Frage zu stellen. Der Chef mochte solche Fragen nicht.

Wenig später informierte Konrad ihn, dass die Anwältin in ihrer Kanzlei angekommen war. Dann fuhr er auf die Autobahn. Er hatte eine lange Tour vor sich. Viel Zeit, sich darüber Gedanken zu machen, was er alles mit Gabi anstellen würde, wenn er wieder zu Hause war. Er stellte sich vor, wie er sie mit einem Ledergürtel verprügelte und anschließend fesselte, um es ihr zu besorgen. Selber schuld – was quatschte die Schlampe auch mit dieser kleinen Schnüfflerin.

30

Thomas wusste nichts von ihren Ausflügen. Er durfte auch nichts davon wissen. Ihr Herz klopfte, als hätte sie ein Rendezvous. Sie war gut gekleidet, und sie gab sich gelassen und selbstsicher, obwohl sie innerlich angespannt war.

Es war aufregend, in Steglitz auf der Schloßstraße zu flanieren, Plätze und Gebäude wiederzukennen, Veränderungen festzustellen und sogar Leuten zu begegnen, die sie von früher kannte, ohne dass jemand auch nur stutzte, wenn ihr Blick sie streifte. Der Bäcker und Konditor gegenüber von C&A zum Beispiel. Beim ersten Ausflug hatte sie ein paar Hörnchen und etwas Kuchen gekauft; beim zweiten Mal Sahnetorte und Puddingschnecken. Und obwohl sie den Meister mit dem breiten Grinsen unter der Halbglatze, der früher oft zu einem Scherz oder einem kurzen Wortwechsel mit ihr aufgelegt gewesen war, direkt angesehen und gelächelt hatte, war sein Blick zwar freundlich, aber oberflächlich und uninteressiert geblieben. Nicht die geringste Spur eines Wiedererkennens. Frauke war immer wieder aufs Neue überrascht, wie schnell sich Menschen von einigen äußeren Merkmalen ablenken ließen, aber natürlich auch froh, dass es ihr so leichtgemacht wurde.

Eigentlich war es Zufall gewesen; sie hatte einige Tage zuvor Kleister und Farbe gebraucht, außerdem neue Blätter für die Stichsäge, und der Kühlschrank war auch fast leer gewesen. Thomas wollte sie nicht schon wieder losschicken – also hatte sie sich seinen Wagen ausgeliehen, um ihre Besorgungen selbst zu erledigen. Der Abstecher in die Schloßstraße hatte sich wie von selbst ergeben. Na ja, fast jedenfalls …

Zwei Tage später fehlten Schrauben und Batterien – zumindest fand sie, dass es nicht schaden könne, einen kleinen Vorrat anzulegen –, außerdem hatte sie Appetit auf frischen Fisch. Und beim dritten Mal suchte sie erst gar nicht lange nach einer Ausrede, sondern fuhr gleich nach dem Frühstück los.

Später würde sie sich fragen, ob der Gedanke, den Ausflug diesmal in die Stadtmitte zu verlegen und mit der S-Bahn zum Potsdamer Platz zu fahren, wirklich so spontan aufgetaucht war. Als sie die Arkaden verließ, hielt sie nur einen Moment inne, um dann die Leipziger Straße hinunterzugehen. Das Studio befand sich noch in weiter Ferne. Außerdem: Warum eigentlich nicht einfach mal daran vorbeilaufen und in sich hineinhorchen? Von weitem natürlich. Was sollte denn schon passieren?

Auf Höhe der Post verlangsamte sie ihre Schritte und sah auf die gegenüberliegende Straßenseite zum Panoramafenster des Studios hinüber. Es war neu und ansprechend dekoriert, einige Autos und viele Fahrräder standen davor. Nur mal einen kurzen Blick hineinwerfen, dachte sie, und im gleichen Moment: Du bist vollkommen verrückt! Na und? Kein Mensch erkannte sie – ihm würde es nicht anders ergehen, wenn er denn überhaupt da war und sie wahrnahm. Schließlich war sie tot für ihn.

Frauke überquerte die Straße und blieb, die Preisliste studierend, an der Eingangstür stehen. Hin und wieder warf sie einen Blick ins Innere. Einige Geräte sahen neu aus, im hinteren Bereich waren die Kraftmaschinen anders aufgestellt, und die Rezeption war aufwändiger gestaltet als zu ihrer Zeit. Frauke musterte die junge Frau an der Getränkebar – rote Haare, Sommersprossen, vollbusig, breites Lächeln, sinnlicher Mund. Das könnte durchaus Micks Geschmack sein.

Frauke spürte den Schmerz wie Nadelstiche. Mittlerweile konnte sie nicht mehr verstehen, warum sie den Kerl damals so angehimmelt hatte, dass ihre Beziehung zu Thomas in null Komma nichts beendet gewesen war. Sie hatte sich blenden lassen, und sie nahm es sich selbst übel, dass sie es ihm so leichtgemacht hatte. Aber das war natürlich längst nicht alles. Ein Mann, der sie belog und benutzte, war eine Sache – ein Mann, der aus Hab- und Machtgier einen Mord plante und auch sie beseitigen lassen wollte, eine ganz andere. Sie wusste nicht, warum der Typ in Italien seinen Auftrag nicht ausgeführt hatte. Abgesehen davon, dass Frauke ihm ihr Leben verdankte, war sein Verhalten auch ein Beweis dafür, dass Micks Einfluss Grenzen hatte.

Zwei Tage später machte Frauke sich erneut auf den Weg, diesmal mit dem Wagen, und wieder stand sie vor dem Fenster des Studios. Und am Tag darauf erneut. Und diesmal sah sie ihn. Im gleichen Augenblick wurde ihr bewusst, dass ihre Ausflüge einzig und allein diesem Zweck gedient hatten.

Er hatte das Handy am Ohr und schlüpfte gleichzeitig in seine Jacke. Bevor Frauke sich abwandte und ohne Eile weiterging, tasteten ihre Augen forschend über sein Gesicht. Er war gereizt – eine tiefe Falte über der Nasenwurzel zeugte davon. Und er war älter geworden. Feine Linien durchzogen sein Gesicht. Sein Mund hatte einen harten Zug, und Frauke überlegte kurz, ob ihr das damals nicht aufgefallen war oder ob Mick seine jungenhafte Verschmitztheit erst in den letzten Jahren verloren hatte. Sie wünschte es ihm. Wer Morde plante, sollte nicht jungenhaft verschmitzt aussehen und andere Menschen damit verwirren oder gar betören können.

Frauke wandte sich ab und ging langsam weiter. Hinter ihr fiel die Tür ins Schloss. Sie wagte nicht, sich umzusehen und setzte ihren Weg fort. Keine Minute später fuhr ein BMW an ihr vorbei – schwarz, schnell, laut. Frauke zögerte nur kurz, dann stieg sie in ihren Wagen und folgte ihm. Sie beachtete die Fragen nicht, die sie bestürmten, sondern konzentrierte sich auf den Verkehr. Thomas' Wagen war zwar nicht so schnell und schick wie der BMW, dafür aber unauffällig und leise. Frauke hatte keine Mühe, hinter Mick zu bleiben.

In Tempelhof bog Mick an der Ullsteinstraße ab und fuhr wenig später auf das Gelände einer Firma. Frauke parkte einige Meter weiter am Straßenrand. Wenn er innerhalb einer halben Stunde nicht wieder rauskommt, fahre ich nach Hause und kümmere mich um meinen eigenen Kram, nahm sie sich vor. Falls er sich vorher blicken lässt, bleibe ich an ihm dran. Sie hielt das für eine faire Abmachung.

Zwanzig Minuten später fuhr ein dunkelgrauer VW-Transporter vom Hof, und Frauke hätte beinahe übersehen, dass Mick am Steuer saß. Allein die Tatsache, dass er einen Radfahrer anhupte, machte sie auf ihn aufmerksam. Er fuhr durch die halbe Stadt in die City zurück und blieb schließlich in einer Nebenstraße vor einem eleganten Bürohaus stehen. Frauke wahrte Abstand und hielt ebenfalls an. Sie legte den Kopf in den Nacken und sah an dem Gebäude hoch. Zunehmende Unruhe breitete sich in ihr aus. Mick blieb im Wagen sitzen. Als die Eingangstür sich öffnete und eine Frau auf die Straße trat, brach Frauke der Schweiß aus, und sie hielt den Atem an: Die Anwältin. Lena Bokken. Sie ging zielstrebig zu ihrem Wagen.

Ich träume – natürlich träume ich, dachte Frauke, während Lena vom Parkplatz fuhr und Mick ihr einen Augenblick später in gebührendem Abstand folgte. Ich stecke mitten in einem dieser quälenden Alpträume, die mich beharrlich daran erinnern wollen, dass es wirkliche Neuanfänge nicht gibt.

31

Sie war immer noch auf diese asketische Weise schön, von der er gar nicht gewusst hatte, dass sie ihn ansprach, bis sie damals vor ihm gesessen hatte. Er hatte lange gebraucht, um sich seine Faszination einzugestehen – erst als sein Hass so groß geworden war, dass er ihn zu überschwemmen drohte, war ihm klargeworden, dass sie ihn nur deshalb doppelt und dreifach hatte verletzen können.

Von Anfang an war ihm ihre Ähnlichkeit mit Audrey Hepburn aufgefallen – zierlich, dunkle kurze Haare, hohe Wangenknochen, wachsame Augen –, aber sie war nicht so weiblich, weich und hübsch, sondern eher markant, kämpferisch und dabei gelassen und selbstsicher. Sie strahlte Ruhe aus. Er erinnerte sich genau daran, wie die dunkelgrünen Augen in dem aparten Gesicht ihn damals zu erforschen versucht hatten. Es war ihm nur gelungen, ihr den Blick in sein Inneres zu verweigern und seine Geschichte gut zu verkaufen, weil er auf sie vorbereitet gewesen war. Hätte er nicht gewusst, wie sie arbeitete und wie stark, wie unbändig ihr Drang war, den Dingen auf den Grund zu gehen, wie sicher ihr Gespür für Handlungsketten, Motive, die richtigen Fragen, wäre sie innerhalb weniger Minuten die Agierende gewesen, und er hätte sich eine Blöße nach der anderen gegeben. Ihre Hellhörigkeit war bemerkenswert gewesen, ihr wacher Verstand seinem nahezu ebenbürtig. Aber eben nur nahezu. Was für ein erhebendes Gefühl war es gewesen, als es ihm gelungen war, sie vollständig von seiner Geschichte zu überzeugen. Das war ihm ungemein wichtig gewesen, denn nur so war sie zur Höchstform aufgelaufen.

Niemals hätte er gedacht, dass sie ihn später ausgerechnet auf der körperlichen Ebene schlagen würde – obwohl er gewusst hatte, dass sie Aikido-Dan-Trägerin war. Erst in dem Augenblick war ihm klargeworden, was für eine Gegnerin er in ihr hatte und dass er schnell handeln musste – schneller, als sie ihm zutraute. Seine Wut und sein Hass hatten ihn fast außer Gefecht gesetzt. Sie hatte ihn erniedrigt, hatte ihn fast mühelos und sogar mit einer gewissen Lust immer wieder zu Boden geschlagen. Am liebsten hätte er sie sofort getötet. Töten lassen. Im letzten Moment war er zur Vernunft gekommen. Und nun fragte er sich, ob das wirklich klug gewesen war.

In den letzten Jahren hatte Mick sich ein florierendes Unternehmen aufgebaut, in dem das Fitneßstudio eine repräsentative, aber nichtsdestotrotz untergeordnete Rolle spielte. Herzstück war die Gerätebau- und reparaturfirma, die ausschließlich Fitnessclubs betreute. Ihre Kundschaft verteilte sich inzwischen auf die ganze Republik, wobei sie schwerpunktmäßig in einem Radius von ungefähr zweihundert Kilometern rund um Berlin angesiedelt war. Ein Teil der Kunden schätzte die Qualität und den guten Service, für die Micks Unternehmen stand, ein anderer legte jedoch nur nebenbei Wert auf gute Fitnessgeräte. Seine Premium-Kunden, wie er sie nannte, versorgte Mick mit Anabolika, Steroiden, Fatburnern und anderen verbotenen leistungssteigernden Substanzen sowie mit Partydrogen, die er vornehmlich aus osteuropäischen Laboren bezog und in eigens angelegten Hohlräumen der Geräte transportierte. Er verdiente nicht nur prächtig damit, er hatte auch seine wirklich wichtigen Kontakte, wie er sie nannte, erheblich ausgebaut, und das Risiko war vergleichsweise gering.

Die Überlegung, Fitnessgeräte zu reparieren beziehungsweise selbst zu entwickeln und zu bauen, um sie als Trojanische Pferde zu nutzen, hatte er schon einige Jahre mit sich herumgetragen. Die Studiobranche expandierte nach wie vor – die Drogenszene ebenfalls. Und Leute, die in ihrer Körperbesessenheit so ziemlich alles schluckten, was der Markt bot, nur um ihrem Idealbild näher zu kommen, gab es immer mehr. Mick kannte junge Männer, denen es völlig egal war, ob sie Potenz- oder Nierenprobleme bekamen oder Herzrhythmusstörungen – solange die Muskeln sich entwickelten oder die Kondition stetig zunahm, war ihnen jedes Mittel recht. Und Leistungszuwachs war ein Zauberwort, auf das die meisten sofort ansprangen. Auch Frauen.

Micks geschäftliche Vorstellungen waren mit Thomas nicht zu realisieren gewesen. Der hatte ein stinknormales Leben führen wollen – arbeiten, und zwar ehrlich, Geld verdienen, das Geld wieder ausgeben, Ende. Erste vielversprechende Kontakte zum osteuropäischen Drogenmarkt hatte Mick geknüpft, als er Tim kennenlernte und in ihm – mit Recht – den richtigen Partner vermutete.

Thomas auszuschalten war weitaus schwieriger gewesen, als sie beide angenommen hatten, denn die Möglichkeit, dass er in jener Nacht über Bord gehen und dennoch überleben könnte, hatten sie zwar in der Theorie berücksichtigt, aber nicht für sehr wahrscheinlich gehalten. Und das Prozess-Nachspiel, das Lena Bokken eingeleitet hatte, war natürlich auch nicht absehbar gewesen.

Da der zugrundeliegende Plan jedoch hervorragend und bis ins Detail stimmig gewesen war, konnten schließlich alle Schwachstellen auf die eine oder andere Weise ausgemerzt werden. Frauke war fernab der Heimat ums Leben gekommen; die Anwältin hatte sich selbst ins Aus manövriert, weil es keine Beweise gab und sie ihre Nachforschungen viel zu spät und auf unzulässige Weise betrieben hatte, so dass ihr der Fall zum Verhängnis geworden war. Die einstige Staranwältin war in der Versenkung verschwunden.

Norbert, dessen schwaches Nervenkostüm Mick von Anfang an ein Dorn im Auge gewesen war, befand sich inzwischen aufgrund seines jahrelangen Medikamenten- und Drogenmissbrauchs als Dauerpatient in einer psychiatrischen Klinik. Immerhin hatte er damals wichtige Verbindungen zur Pharmaindustrie gehabt, und es war fast lächerlich einfach gewesen, Thomas nach und nach süchtig zu machen.

Was Mick immer noch beschäftigte, war das Verschwinden der Wasserflasche. Irgendwie war es Lena gelungen, in sein Haus zu gelangen. Die Sache war ihr so wichtig gewesen, dass sie sogar einen Einbruch riskiert hatte.

Mick lächelte, während er den Motor anließ und Lena folgte. Er würde bald herausbekommen, wie sie das angestellt hatte.

32

Frauke fluchte. Im Fernsehen waren Verfolgungsfahrten zwar meist spannend, rasant und gefährlich, aber in der Regel gelang es den Verfolgern, sofern sie die Guten waren, den Bösen quer durch den Dschungel der Großstädte zu folgen. In der Realität sah das ganz anders aus, zumal sie ja jemanden verfolgte, der seinerseits auf Verfolgungsjagd war.

An einer Fußgängerampel in Charlottenburg hatte Frauke einen Fahrschulwagen vor sich. Der Fahrschüler übte offensichtlich das Anfahren. Nach mehrmaligem Abwürgen des Motors schaltete die Ampel erneut auf Rot, und der Transporter entschwand ihren Blicken. Sie überholte den Fahrschulwagen mit quietschenden Reifen, sobald die Ampel auf Grün wechselte, aber an der nächsten großen Kreuzung, an der sie die Avus in Richtung Tegel oder Wilmersdorf einschlagen konnte, war von Mick nichts mehr zu sehen.

Frauke biss sich auf die Unterlippe und hielt schließlich an der nächsten Telefonzelle, um Lena Bokkens Privatadresse im Telefonbuch nachzuschlagen. Doch unter dem Eintrag war nur eine Telefonnummer angegeben. Als Frauke die Nummer wählte, erfuhr sie, dass Lena dort längst nicht mehr wohnte, und der Mann am anderen Ende war zwar sehr freundlich, konnte ihr aber auch nicht sagen, wohin die Anwältin verzogen war. Bei der Auskunft hieß es lapidar, dass eine Lena Bokken nicht aufgeführt war, in der Kanzlei war niemand mehr zu erreichen, und Thomas war mit einem Freund beim Sport – davon abgesehen verspürte Frauke ohnehin wenig Lust, ihm zu erzählen, womit sie gerade beschäftigt war. Er würde ihr einen Vortrag darüber halten, wie gefährlich sie lebte und dass sie wahnsinnig sei, wahlweise naiv. Vielleicht würde er ihr sogar klarzumachen versuchen, dass sie irgendwelchen Hirngespinsten nachjagte.

Die Tatsache, dass Mick die gleiche Strecke fuhr – hatte er denn tatsächlich hinterm Steuer gesessen? – wie Lena Bokken – wenn sie es denn überhaupt war –, musste ja schließlich überhaupt nichts heißen. Allein sie, Frauke, machte daraus eine Geschichte.

Frauke setzte sich wieder hinters Steuer. Ihr T-Shirt war durchgeschwitzt, und ihr Atem ging schnell. Sie lehnte den Kopf ans Seitenfenster. Vielleicht bin ich wirklich ein bisschen verrückt, dachte sie. Mein Leben schlägt mal wieder Purzelbäume. Ich lasse es Purzelbäume schlagen.

Sie startete den Motor und wendete den Wagen. Morgen rufe ich in der Kanzlei an, dachte sie, und dann erfahre ich, dass die Anwältin im Gericht ist oder eine Besprechung hat oder über ihren Akten sitzt. Und alles ist gut.

Kokyu Nage
Atemkraft

33

Lena war müde. Die letzten Tage und Wochen waren ereignisreich gewesen, fast turbulent. Aber sie war im Aufwind, endlich, und das tat gut, auch wenn sie sich kaum traute, diesen wunderbaren Zustand zu beschreiben – aus Angst, ihn ganz schnell wieder zu verlieren.

Sie war auf dem Heimweg und freute sich auf die Ruhe in ihrem Haus, auf Pepe, eine ausgedehnte Dusche, danach eine große Portion Chili. Sie würde beim Essen zufrieden darüber sinnieren, dass sie im Fall Weber ein gutes Stück vorangekommen war. Noch herrschte keine vollständige Klarheit, aber einige dichte Nebelwände hatten sich aufgelöst.

Es hatte lange nicht geregnet, und der Weg zum Bootshaus war staubig. Ein ganzes Stück hinter ihr fuhr ein großer heller Wagen in einer dichten Sandwolke und bog zum landwirtschaftlichen Betrieb ab. Die Weiden hinter dem Haus beugten sich tief zum Wasser hinunter. Ein sanfter Wind schaukelte ihre Blätter.

Lena betrat pfeifend die Wohnküche, öffnete die Terrassentür einen Spaltbreit und nahm den Topf mit dem Chili vom Vortag aus dem Kühlschrank. Dann schlüpfte sie ins Schlafzimmer, holte frische Wäsche aus dem Schrank und ging unter die Dusche. Sie hörte, wie Pepe ungewöhnlich laut und vorwurfsvoll maunzte. Er fühlt sich vernachlässigt, dachte Lena, als sie sich trockenrieb und in ihre Sachen schlüpfte, aber bevor er sich nach dem Essen auf meinem Bauch einrollt und wir beide auf dem Sofa einschlafen, darf ich nicht vergessen, Bernd Langner noch mal anzurufen.

Sie schob die Badezimmertür auf. Das Gefühl, dass etwas nicht stimmte, tauchte aus dem Nichts auf. Während sie darüber nachsann, woher es ausgerechnet in diesem friedlichen, entspannten Moment rührte, sah sie zwei Dinge gleichzeitig: Ihre Tasche lag nicht mehr auf der Kommode, und die Terrassentür stand viel weiter auf als vorher. Dann war ein Schatten neben ihr, und das Letzte, was sie spürte, war ein greller Schmerz, der sich mit der seltsamen Überlegung verband, dass sie zwar genau wusste, wer sie niederschlug, doch ihr Instinkt noch ein bisschen aus der Übung war. Sonst hätte er sie früher gewarnt.

Sie konnte nicht sagen, wann ihr Bewusstsein in ihren Körper zurückzukriechen begann – in dieses schmerzende zusammengekrümmte Bündel. Irgendwann tauchten Fetzen von Gedanken auf, die sie nicht festhalten konnte, die aber Fragen und Gefühle auslösten. Und alle handelten von Angst und Verwirrung. Wo bin ich? Ist das ein Traum? War es tatsächlich Mick Panter gewesen, der sie überfallen hatte, oder spielte ihre Phantasie ihr einen üblen Streich? Der Geschmack von Blut füllte ihren Mund aus. Mein Mund, dachte sie, mein Blut. Sie konnte ihre Hände nicht bewegen und die Füße auch nicht. Es war dunkel. Dann spürte sie das Schaukeln, und ihr wurde übel.

Sie lag geknebelt und gefesselt hinten in einem Lieferwagen, und ihr Kopf wollte schier bersten. Ein Schluchzen stieg in ihr hoch, als ihr klar wurde, dass sie in seiner Gewalt war. Sie versuchte, den Widerstand gegen den Schmerz, gegen die Angst aufzugeben. Es funktionierte nicht oder so wenig, dass es kaum spürbare Linderung brachte.

Lena hatte keinerlei Vorstellung, wie viel Zeit vergangen war, als der Wagen plötzlich scharf abbog und über eine holprige Straße fuhr, was ihren Kopf zusätzlich quälte. Steine knirschten, und es hörte sich an, als würden Zweige über das Dach streichen. Wald. Sie rutschte ein Stück nach unten an die Hecktüren. Dann ging es leicht bergauf. Sie bemühte sich, wach zu bleiben und nicht wieder wegzudämmern. Plötzlich hielt der Wagen, und von einer Sekunde auf die nächste war es still. Die Türen wurden geöffnet, und das Licht einer Taschenlampe tastete über ihr Gesicht. Sie hielt die Lider geschlossen. Er packte sie an den Armen und zog sie hoch – sanfter, als sie befürchtet hatte. Dennoch fehlte nicht viel, und sie hätte sich übergeben. Er löste ihre Fußfessel und stellte sie auf die Beine.

»Ich weiß, dass du weder schläfst noch bewusstlos bist«, sagte Mick Panter. »Also lass das Theater und mach die Augen auf.« Seine Stimme war auffallend sachlich, ruhig.

Sie befanden sich auf einer Anhöhe mitten im Wald, und Lena stolperte vor ihm auf eine Hütte zu. Drinnen war es komfortabler und geräumiger, als man es von einem kleinen Holzhaus erwarten würde. Soweit Lena es mit einem schnellen Blick erfasste, gab es eine rustikale Sitzecke, einen schönen Kamin, ein gemütliches Sofa und sogar eine Einbauküche. Eine schmale Treppe führte ins Dachgeschoss.

»Setz dich«, sagte Panter, als er die Tür geschlossen und zwei Petroleumlampen angezündet hatte.

Sie setzte sich auf einen Stuhl vor den Kamin und legte die gefesselten Hände auf ihre Oberschenkel. Sie zitterte am ganzen Körper. Ich tue so, als sei es gewollt und ganz natürlich, sprach sie sich selbst Mut zu. Vielleicht schlägt er mich nur zusammen und setzt mich irgendwo im Wald aus. Dann hätte ich eine Chance. Genau deshalb wird er es nicht tun. Wird er mich vergewaltigen? Was hat der Meister gelehrt? Angriffsenergie aufnehmen und dem Angreifer zurückgeben?

Lächerlich – hier geht es ums Überleben, und die kleinste Chance, die sich mir bietet, ihm eines über den Schädel zu ziehen, werde ich nutzen.

Panter holte sich einen Stuhl aus der Küchenecke und setzte sich ihr gegenüber. »Wer ist Bernd Langner?«

Sie starrte ihn an. Er stutzte einen Moment, dann lachte er fröhlich und nahm ihr den Knebel ab. Es fehlte nicht viel, und sie hätte ihm den humorvoll gestimmten Panter abgenommen.

»Also?«

Sie schüttelte den Kopf – vorsichtig, um das Dröhnen ertragen zu können. »Ein Bekannter.« Ihre Stimme klang selbst in ihren eigenen Ohren erschreckend fremd: dumpf und zugleich lallend.

Panter verschränkte die Hände hinter dem Kopf und lächelte wohlwollend. »Okay – ich gebe dir noch eine Chance, und ich rate dir: Nutze sie! Wer ist Bernd Langner?«

Ihr Kopf versuchte auf Hochtouren zu arbeiten – wie war Panter an den Namen gekommen? Sie sah ihn an. Seine schönen Augen erwiderten den Blick abwartend. Lena schüttelte wieder den Kopf. Er beugte sich vor und schlug ihr so heftig ins Gesicht, dass sie vom Stuhl fiel. Diesmal übergab sie sich. Er zog sie hoch und platzierte sie wieder auf dem Stuhl, als wäre nichts geschehen.

»Also?« Seine Stimme war sanft.

Er wird mich töten, dachte sie, natürlich wird er das – darum sind meine Augen auch nicht verbunden. Er wird noch einige böse Spiele mit mir spielen und mich dann umbringen und irgendwo verscharren. Sie schluckte mühsam. Der Schmerz drohte sie zu überwältigen.

»Warum sollte ich antworten?«, fragte sie schließlich leise. »Du wirst mich sowieso umbringen.«

»Natürlich«, gab er munter zurück. »Es ist nur die Frage,

wann und wie. Wer will schon qualvoll krepieren? Nicht einmal du, oder? Glaub mir, ich kann dir schlimmste Schmerzen bereiten und hätte dabei ziemlich viel Freude. Und wenn du auch nur die geringste Chance witterst, die Qual zu mildern und zugleich deine Zeit irgendwie zu verlängern, wirst du sie ergreifen wollen – habe ich recht?«

Vermutlich, dachte Lena. Sie hatte schon jetzt das Gefühl, keine drei weiteren Schläge zu überleben. Gib ihm, was er will.

»Zum letzten Mal – wer ist Bernd Langner?«

»Ein Kripobeamter«, sagte Lena langsam.

Mick Panter nickte lächelnd. »Na bitte. Er hat vorhin versucht, dich auf dem Handy zu erreichen. Nur wir beide wissen, warum das nicht möglich gewesen ist. Der Gute hat dir auf die Mobilbox gesprochen, dass der Geschäftsführer des Unternehmens, in dem Konrad Krause beschäftigt ist, Mick Panter heißt. Was für eine Überraschung, nicht wahr?«

Man sieht sich immer zweimal im Leben, pflegt Johanna zu sagen, dachte Lena. Warum habe ich die Firma nicht gleich überprüft?

»Und er hat noch ein bisschen mehr erzählt, was ich aber zumindest im Moment für mich behalte.« Panter stand abrupt auf. »Möchtest du etwas trinken? Ein Glas Wasser?«

Sie nickte vorsichtig, obwohl sie kaum glauben konnte, dass das Angebot ernst gemeint war. Ihr Hals fühlte sich so ausgedörrt an, dass sie sonst was für ein Glas Wasser gegeben hätte. Panter goss aus einer Mineralwasserflasche ein Glas ein und trat zu ihr. Mit einer Hand stützte er ihr Kinn, mit der anderen flößte er ihr die Flüssigkeit ein. Dann setzte er sich wieder und blickte sie an.

Seine fast sanfte Fürsorglichkeit erschreckte sie mehr als seine Grausamkeit. Er genoss die Situation auf beängstigende

Weise. Gleich wird er wissen wollen, was ich gegen Krause in der Hand habe, dachte sie. Wenn ich sofort rede, rückt er vielleicht mit der Sprache heraus, was Hildrun Baum mit den beiden zu tun hat. Aber was nützt es noch, das zu erfahren? Und wem?

»Und jetzt wirst du telefonieren«, sagte Panter leise.

Er griff in die Seitentasche seiner Jacke, und Lena erkannte ihr Handy, das sich vor kurzem noch in ihrer Tasche befunden hatte.

»Du wirst in der Kanzlei anrufen.«

»Aber –«

»Ich weiß, dass da niemand mehr ist. Du hinterlässt eine Nachricht auf dem Anrufbeantworter. Sie lautet, dass du dich spontan entschlossen hast, ein paar Tage zu verreisen und dich nach dem Wochenende wieder meldest. Hast du das verstanden?« Er lächelte.

Lena starrte ihn an. Die Idee war richtig gut. Selbst wenn man sich in der Kanzlei wundern würde, weil es nicht ihrer Art entsprach, sich mit einem kurzen Anruf in den Urlaub zu verabschieden, oder Gabi Krause und Bernd Langner drängelnd auf der Matte stünden – bis daraus tatsächlich jemand die richtigen Schlüsse zog und zu handeln begann, war Lena längst tot. Mick Panter hätte alle Spuren beseitigt und könnte sich gemütlich zurücklehnen. Er nickte langsam, als hätte er ihren Gedankengang mitverfolgt. Als er sich plötzlich zu ihr vorbeugte, zuckte sie zurück, was den Schmerz erneut aufflammen ließ. »Ob du das verstanden hast?«

»Ja, habe ich.«

»Ein falsches Wort, ein versteckter Hinweis, und ich bringe dich sofort um. Das nimmt mir zwar einiges an Vergnügen, aber was soll's?« Er zwinkerte ihr zu. »Wie lautet die Nummer?«

»Sie ist unter der drei gespeichert«, antwortete Lena.

Ihr Hirn arbeitete auf Hochtouren, aber sie wusste, dass es viel zu gefährlich war, einen verständlichen Hinweis zu geben, denn Panter würde sofort ernst machen, davon war sie hundertprozentig überzeugt.

Er hielt ihr das Handy ans Ohr. Sie hörte das Freizeichen – einmal, zweimal, dann folgte die Ansage und der Piepton.

»Hallo, hier spricht Lena«, sagte sie so ruhig wie möglich und räusperte sich kurz. »Wundert euch bitte nicht, wenn ich morgen nicht ins Büro komme. Ich brauche ein paar Tage Entspannung und melde mich nach dem Wochenende bei euch. Bis dann.«

Panter beendete die Verbindung. »Okay. Das war in Ordnung.«

Er wirkte sehr zufrieden, schlug ein Bein über das andere und lächelte vergnügt, während er die Abdeckplatte des Handys öffnete und die Simkarte herausnahm. Dann hielt er Lena das Gerät vor die Nase. »Man kann ja nie wissen, nicht wahr? Soweit ich weiß, kann man heutzutage genau feststellen, wo sich jemand aufhält, wenn er ein funktionsbereites Handy dabei hat. Es muss nicht mal eingeschaltet sein. Sobald man eine SMS an die Nummer geschickt hat, kann man den Adressaten orten. Irre, was?« Er schüttelte den Kopf, als könne er es kaum glauben. »Aber jetzt mal was ganz anderes. Erzähl mir, wie du das damals mit der Wasserflasche bewerkstelligt hast.«

Lena atmete unauffällig tief aus. Zeit gewinnen. Ja, darum ging es. Nur darum. »Meine Güte – das ist lange her ...«

Seine rechte Hand schoss nach vorn und umklammerte ihren Hals so fest, dass sie befürchtete, gleich ein hässliches Knacken zu hören. »Verarsch mich nicht, verstanden?«

Lena konnte kaum nicken. Er ließ sie wieder los. Sie

schluckte und versuchte ihre Angst zu verbergen. »Ich war im Haus.«

»Na klar. Und wie bist du reingekommen?«

»Die Leute vom Reinigungsdienst waren gerade da. Ich konnte ein Fenster so weit zuziehen, dass sie dachten, es wäre nach dem Lüften bereits geschlossen worden.«

Panter klatschte in die Hände. »Ja, natürlich.« Er nickte. »Und dann?«

»Das Büro war abgeschlossen und allein deshalb interessant.«

»Hm, okay – das würde mir auch so gehen. Weiter.«

»Drinnen habe ich einfach den Blick schweifen lassen und Ausschau gehalten nach Sachen, die nicht in den Raum passten.«

Er runzelte die Stirn. »Wie meinst du das?«

»Das Büro ist sehr sachlich und männlich, ohne schmückendes Beiwerk, und die Pflanzen und Blumen auf dem oberen Regal wirkten ... hm ... ja: ein wenig deplatziert. Sie veranlassten mich, genauer hinzusehen«, erklärte sie. »Daraufhin stellte sich heraus, dass sie nur als Staffage beziehungsweise Ablenkung dienten.«

Mick Panter sah sie fast bewundernd an. »Scharfsinnig. Wie machst du das?«

Lena entschloss sich, die Frage ernst zu nehmen. »Es hat was mit Wahrnehmung zu tun. Ich habe mal gelernt, alles um mich herum zu erfassen – für sich und im Zusammenhang mit allem anderen.«

»Klingt philosophisch.«

»Das ist es auch.«

»Zen?«

»Ja, Zen und Aikido gehören zusammen.«

Meine Güte, fuhr es Lena durch den Kopf, das kann doch

alles gar nicht wahr sein: Ich sitze hier mit meinem ärgsten Feind, habe wahrscheinlich eine Gehirnerschütterung, weil er mir fast den Schädel eingeschlagen hat, in ein paar Stunden wird er mich auf brutalste Weise umgebracht haben, und wir unterhalten uns über Wahrnehmung, Zen und Aikido.

»Schade«, sagte Panter nun, und seine Mimik spiegelte richtiggehend Zerknirschtheit. »Wir passen so gut zusammen – wir hätten ein perfektes Team abgegeben. Leider stehen wir auf gegensätzlichen Seiten. Außerdem ist da noch die Nacht in der Garage.«

Lena zuckte zusammen und wusste, dass er es gesehen hatte und sich darüber freute.

»Du erinnerst dich doch?«

»Ja.«

»Ich habe letztlich doch die Oberhand behalten, und die Sache ist für dich und für Frauke, für die ganz besonders, sehr böse ausgegangen, aber wenn ich ehrlich bin, war ich immer daran interessiert, über dieses Zusammentreffen noch einmal ausführlich mit dir zu sprechen«, erklärte er weitschweifig.

Das glaubte Lena ihm aufs Wort.

»Was du damals angewandt hast, war eine sehr kämpferische Form des Aikido, nicht wahr?«, fragte er, wartete aber ihre Antwort gar nicht erst ab, sondern fuhr gleich fort. »Ich habe mich zu dem Thema nämlich mal ein bisschen schlau gemacht. Es gibt ja unterschiedliche Schulen und Ausrichtungen, aber grundsätzlich geht es doch wohl darum, nicht anzugreifen und vor allen Dingen nicht zuzuschlagen. Wie hat dieser Ueshiba gleich gesagt? Es geht darum, eins zu sein mit dem Zentrum des Universums oder so. Das sah bei dir aber ganz anders aus.« Er sah sie auffordernd an.

»Mir blieb doch kaum eine andere Wahl«, entgegnete sie und versuchte ihre Verblüffung zu verbergen. »Du hattest dir vorgenommen, mir einen Denkzettel zu verpassen – also musste ich mich verteidigen. Da du wesentlich stärker und größer bist, hatte ich nur eine Chance: dich zu überrumpeln und so zu schwächen.«

Das war natürlich die reinste Schönfärberei, niemand wusste das besser als sie selbst. Sie sah ihn an. Der Hass in seinen Augen flammte so plötzlich auf, dass sie zurückfuhr.

»Das war ein großer Fehler. Ich verzeihe so was nicht.« Er stand abrupt auf und holte nun für sich ein Glas Wasser.

Lena sah zu, wie er gierig trank und entschloss sich zu einem Vorstoß. »Welchen Gewinn ziehst du eigentlich daraus, mich zu beseitigen?«

Er setzte das Glas ab und warf ihr einen irritierten Blick zu, bevor er zu seinem Stuhl zurückkehrte. »Machst du Witze? Das dürfte doch wohl klar sein.«

»Geht es einfach nur um Rache?«

»Was heißt hier nur?« Er lachte kurz auf. »Rache ist ungemein befriedigend. Und wichtig fürs Geschäft – wer sich mit mir anlegt, weiß, dass ich nichts auf sich beruhen lasse«, hielt er ihr entgegen. »Außerdem bist du mir schon wieder in die Quere gekommen. Du störst, und ich will dich ein für allemal lossein.«

»Aber irgendwer wird die Zusammenhänge erkennen«, wandte sie ein. »Die Kripo weiß, dass ich Nachforschungen anstelle, dein Name ist gefallen …«

Er packte sie wieder am Hals und drückte kurz zu, bevor er sie zurückstieß.

»Halt's Maul!«, zischte er. »Keine Sorge, es ist alles bestens vorbereitet. Und selbst wenn mich jemand verdächtigt: Zehn Leute werden mir ein bildschönes Alibi geben, wenn's sein muss – abgesehen davon, dass man dich nie finden wird, wenn ich mit dir fertig bin. Und außerdem werde ich es nicht selbst tun, sondern nur zusehen.«

Sie wusste sofort, wen er an seiner Stelle auserkoren hatte. »Gibt es nichts, was dich von deinem Entschluss abbringen könnte?«

Er lachte und schüttelte amüsiert den Kopf. »Natürlich nicht. Dafür bin ich schon viel zu weit gegangen, und das weißt du auch. Du musst verschwinden, aber es gefällt mir, wenn du ein bisschen bettelst.« Er rieb sich die Hände. »Doch bevor es soweit ist, habe ich noch was Wichtiges zu erledigen. Der Anruf des Kripotypen hat mir nämlich wertvolle Hinweise geliefert.« Er grinste. »Dafür muss ich dir ja fast dankbar sein, auch wenn wir diesen plauschigen Abend deswegen nun leider für einige Stunden unterbrechen müssen. Aber ich sag dir was, weil ich gerade so gute Laune habe: Ich bin ja kein Unmensch – du kannst es etwas leichter haben, wenn du dich entsprechend verhältst.«

Klasse, dachte Lena, da bin ich ja mal gespannt, und sie war erstaunt, dass sie noch die Kraft hatte, sarkastisch zu sein.

»Ich werde dich anketten und dir sicherheitshalber ein kleines Schlafmittel verabreichen, bevor ich mich auf den Weg mache«, sagte er. »Wenn ich mit Krause zurückkomme und feststelle, dass du trotzdem versuchst hast, Dummheiten zu machen – egal wie –, wird es dir in den folgenden Stunden richtig übel ergehen. Hast du dich ruhig verhalten, gebe ich dir K.O.-Tropfen, bevor Krause sich mit dir beschäftigt. Dann kriegst du nicht ganz so viel mit. Der Bursche kann nämlich ziemlich grob werden. Na, was meinst du?«

Plötzlich wusste sie, was Krause in dem ganzen Spielchen sollte – Spuren hinterlassen. Falls wider Erwarten irgendwas schiefging, würde Panter ihn ohne mit der Wimper zu zucken als alleinverantwortlichen Mörder ans Messer liefern. Sie sah zu Boden. Offensichtlich stellte sie Panter damit zufrieden, denn er grinste, bevor er in die Innentasche seiner Jacke griff und eine Schachtel Tabletten herauszog.

»Zwei dürften wohl genügen«, meinte er und drückte die Pillen aus der Folie.

Sie öffnete kommentarlos den Mund, und er legte sie ihr auf die Zunge. Erneut reichte er ihr ein Glas Wasser und zog sie vom Stuhl hoch.

»Leg dich vor dem Kamin auf den Boden!«, befahl er.

Keine fünf Minuten später hatte er sie mit Handschellen und einer Kette an das Gitter des Kamins gefesselt und löschte das Licht. Die Tür war kaum ins Schloss gefallen, als Lena die Tabletten ausspuckte. Sie konnte von Glück sagen, dass er ihr diesmal keinen Knebel in den Mund gestopft hatte. Offensichtlich befanden sie sich in einer abgelegenen Gegend, so dass er nicht befürchten musste, sie würde durch Rufen und Schreien Leute aufmerksam machen können. Der Motor heulte auf, ein Wagen fuhr davon. Dann herrschte rabenschwarze Stille, in die sich nur allmählich die Geräusche des nächtlichen Waldes mischten. Wie viel Zeit hatte sie? Eine Stunde? Zwei? Oder gar mehr? Was gab es so Dringendes zu erledigen, dass er sie tatsächlich zurückließ? Und war das alles überhaupt noch wichtig?

Panik drohte in ihr aufzusteigen und sie zu überwältigen. Einen Augenblick lang war sie nahe daran, sich ihr zu ergeben, zusammenzubrechen unter all den Schreckensszenarien, die sich in ihr abspielten. Sie holte tief Luft und versuchte eine bequemere Position zu finden – mit gefesselten Händen und Füßen und zudem angekettet war das gar nicht so einfach –, aber es war gut, beschäftigt zu sein, sich anzustrengen und dabei die Bilder im Kopf außen vor zu lassen und die Panik in Schach zu halten. Nur so konnte sie sich selbst überlisten und sich dazu zwingen, ihre Situation zu überdenken.

Fakt war, dass sie nicht die geringste Chance hatte, sich zu befreien. Lena schloss die Augen und dachte an Johanna. Ich hätte mich mehr kümmern müssen, dachte sie, statt allem aus dem Weg zu gehen. Hätte, hätte ... Es geht nicht um Gedankenspiele. Es geht um das, was jetzt ist: die Wirklichkeit der Gegenwart, wie Simon sagen würde. Nur in ihr können wir erwachen. Gut. Also: Wach auf! Und das möglichst schnell.

Würde ihre Nachricht auf dem Anrufbeantworter irgendjemanden stutzig machen? Vielleicht Reiner Lindhof. Lena traute ihm zu, dass er versuchen würde, sie im Bootshaus und über Handy zu erreichen, aber weitergehende Nachforschungen würde er, falls nicht etwas Ungewöhnliches eintrat, garantiert erst nach dem Wochenende anstellen. Maren? Sie waren nicht verabredet, und Maren würde sich zunächst kaum oder nur wenig wundern, wenn sie Lena nicht erreichte. Bernd Langner bot die einzige Chance, dass Bewegung in die Sache kam, denn er war Mick Panter offensichtlich auf den Fersen und hatte versucht, Lena zu erreichen. Allerdings nützte ihr das herzlich wenig, denn selbst wenn er vermutete, dass Lena in Gefahr war und Alarm schlug – niemand würde die verlassene Hütte rechtzeitig finden. Wahrscheinlich wusste nicht einmal jemand von ihrer Existenz.

Sie drehte sich auf die andere Seite. Das Einzige, was sie jetzt noch tun konnte, war, sich vorzubereiten. Also doch ein Gedankenspiel? Ja, aber nur um alle Möglichkeiten auszuleuchten, die jenseits ihrer Ängste und Befürchtungen vielleicht vorhanden waren – und sei es nur eine einzige. In wenigen Stunden würde sie mit zwei Männern konfrontiert werden, die sich schon darauf freuten, ihre Gewalt- und Rachephantasien auszuleben. Wie konnte sie diesem Ungleichgewicht begegnen und auch nur eine winzige Chance für sich sehen? Angekettet jedenfalls nicht, dachte Lena. So bin ich eine ähnlich leichte Beute wie ein in die Falle gelaufenes Kaninchen. Zappelnd, mit vor Panik starren Augen und zitternden Gliedern. Wird ihnen das gefallen? Wahrscheinlich.

Sie legte sich auf den Rücken und atmete. Mit der Angst und den Schmerzen, mit der Verzweiflung. Wie Wogen trieben diese Empfindungen in ihr auf und ab, während sie versuchte, jeden Atemzug in das Zentrum ihrer Wahrnehmung zu rücken. Sei bei mir, Johanna, flüsterte sie. Ich brauche dich so sehr wie nie zuvor.

34

Irgendwas war passiert. Was, konnte sie nicht sagen. Vielleicht war das auch gar nicht so wichtig. Auf jeden Fall war ihre Mutter in den letzten Tagen anders als sonst. Irgendwie lebhafter, sogar fröhlich. Dann wieder schien sie in Gedanken weit weg zu sein. Sie lächelte häufiger, und es gab oft Pudding. Ronja freute sich – und war zugleich misstrauisch. Die Stimmung konnte jederzeit wieder kippen. Das hatte sie schon hundertmal erlebt. Das Schlimmste war, sich darauf zu verlassen, dass es so bleiben würde – so schön, so ruhig, ohne besondere Vorkommnisse.

Ronja hockte in ihrem Zimmer auf dem Fensterbrett und blickte auf die dunkle Straße hinunter. Nebenan saß ihre Mutter vor dem Fernseher und ging davon aus, dass ihre Tochter längst im Bett lag. Ihr Vater war noch unterwegs und würde wahrscheinlich erst am nächsten oder sogar übernächsten Tag nach Hause kommen. Er hatte zur Zeit viel zu tun. Und natürlich war es deshalb gerade so friedlich. Es würde nicht so bleiben, egal, wie sehr sie sich danach sehnte. Und warum nicht? Sie stutzte. Vor einiger Zeit hatte ihre Mutter mal erzählt, dass ihr Vater als Kind Schlimmes erlebt habe – so was Schlimmes, dass man nicht darüber sprechen könnte. Es hatte wie eine Entschuldigung geklungen. Nun, dann wusste er ja wenigstens, wie Ronja sich fühlte.

Vielleicht sollte sie doch mit der Anwältin sprechen – nein, nicht über den Geheimgang und dass sie an jenem Morgen die Schule geschwänzt hatte; sie hatte hoch und heilig versprochen, nichts zu verraten –, sondern über ihren Vater. Gab es Kinderanwälte? Nur, wie sollte das gehen? Man erzählte, was zu Hause passierte, immer wieder, immer wieder, und dann? Sie musste zurück in die Wohnung und zu den Eltern. Es gab keinen Ausweg. Sie konnte nirgendwo anders hin, auch nicht zu Oma, weil die gar nichts davon wusste. Nicht wissen durfte. Niemand durfte was wissen. Deshalb konnte ja nichts anders werden. Ronja hatte nur eine Möglichkeit: sich in sich selbst zu verkriechen und unerreichbar zu sein. Für eine Weile. Hildrun hatte ihr versprochen, etwas zu unternehmen, und sie hatte ihr Versprechen gehalten und die Frau vom Jugendamt geholt. Aber die Atempause danach war nicht lang gewesen, und kurze Zeit später hatte Hildruns Verwirrung angefangen.

Ronja wusste nicht, wie lange sie schon am Fenster saß, grübelte, vor sich hin träumte und ein wenig geweint hatte – aber bestimmt schon sehr lange, denn auf der Straße war es immer ruhiger und dunkler geworden, und nur deshalb hörte sie plötzlich ein Motorgeräusch und wenig später das Klappen einer zuschlagenden Tür unter ihrem Fenster. Sie machte einen langen Hals und starrte auf die Straße. Ein Lieferwagen. Aus der Firma ihres Vaters. Sie war schlagartig wach und atmete laut ein. Ihr Herz raste wie verrückt. Warum hatte er nun doch schon Feierabend?

Ihr Vater überquerte die Straße, und Ronja sah, dass er wütend war. Er schritt aus, als wollte er Löcher in den Asphalt treten, und seine Arme lagen eng am Körper. Ronja glitt von der Fensterbank und schlich zur Tür. Ihre Mutter war längst im Bett, und es war zu spät, sie zu warnen. Seine Schritte waren schon im Hausflur zu hören. Hatte sie ihre Mutter eigentlich je vor ihm gewarnt? War sie je nachts so lange wach gewesen? Irgendwie hatte sich doch einiges verändert, aber es war jetzt nicht der richtige Zeitpunkt, darüber nachzudenken.

Ronja hörte den Schlüssel im Schloss. So schnell und leise wie sie konnte, schlüpfte sie in ihre Jeans und den Pullover und steckte das Handy ein. Die Sportschuhe klemmte sie sich unter den Arm. Dann schlich sie zur Tür und horchte. Er war ins Bad gegangen. Sie hörte die Wasserspülung. Kurz darauf wurde es laut im Schlafzimmer. Ronjas Mutter schrie leise auf, ihr Vater brüllte sie nieder. Ronja schlich mit angehaltenem Atem in den Flur, nahm ihren Schlüssel an sich und öffnete leise die Wohnungstür. Einen Moment verharrte sie und horchte, ob ihr Aufbruch bemerkt worden war, dann zog sie die Tür hinter sich zu, hastete die Stufen hinunter bis ins Erdgeschoss und noch eine halbe Treppe, bis sie vor der Kellertür stand. Sie war verschlossen. Bevor sie mit zitternden Händen den richtigen Schlüssel herausgesucht hatte, flammte plötzlich das Licht im Treppenhaus auf. Ronja erstarrte, dann duckte sie sich blitzschnell, in der Hoffnung, dass das Dämmerlicht der Lampe über der Kellertür sie nicht erfassen würde.

Eine, zwei, drei Sekunden verstrichen, doch weder waren Schritte zu vernehmen noch öffnete sich die Haustür. Die ist ja normalerweise nachts abgeschlossen, schoss es Ronja durch den Kopf, während sie stoßweise atmete und ihr Herz schneller schlug, als sie zu zählen vermochte, aber man kann von draußen den Lichtknopf betätigen. Das Flurlicht schaltete sich wieder ab. Vor der Haustür war plötzlich Gemurmel zu hören. Eine Männerstimme direkt vor der Tür. Ronja spitzte die Ohren. Da sprach jemand, wahrscheinlich über Handy, mit ihrem Vater – sie war sicher, seinen Namen gehört zu haben.

»Ja, ich weiß, dass ich vor zwei Stunden was anderes gesagt und dich nach Hause geschickt habe, aber ich musste den Zeitplan noch mal ändern. Flexibilität ist alles. Mach dir nicht ins Hemd«, sagte der Mann schnell und leise. Seine Stimme war scharf, ungeduldig.

Weil es so ruhig auf der Straße war, konnte Ronja seine Worte deutlich verstehen.

»Komm raus aus den Federn. Wir ziehen schnell gemeinsam eine andere Lieferung vor und fahren dann in die Hütte – da wartet die kleine Anwältin schon begierig auf uns.« Ein fieses Lachen folgte der Bemerkung. »Sie wird ihr blaues Wunder erleben, und das wird uns für einiges entschädigen.«

Ronja spürte die Kühle der Steintreppe, ihre eisigen Hände, die so gar nicht zu den glühenden Wangen passen wollten. Was hatte die Anwältin mit diesem Mann und ihrem Vater zu tun? Steckten die etwa unter einer Decke? Nein, bestimmt nicht. Ihr Vater hatte sie übel verprügelt, als er die Visitenkarte gefunden hatte, und das Lachen des anderen Mannes hatte gemein geklungen. Außerdem – wenn man sein blaues Wunder erleben sollte, hatte das nichts Gutes zu bedeuten, schon gar nicht, wenn ihr Vater dabei sein Vergnügen haben würde.

Kurz darauf ging das Licht im Flur wieder an, und Ronja

hörte die eiligen Schritte ihres Vaters. Er schloss die Haustür auf, zog sie wieder hinter sich zu und war ebenso überraschend verschwunden, wie er zuvor aufgetaucht war. Ronja lauschte dem kurz danach aufröhrenden Motor. Als er in der Ferne verklungen war, richtete sie sich auf und ging mit weichen Knien langsam wieder nach oben.

Obwohl ihr Vater nur kurz dagewesen war, hatte er ihre Mutter übel zugerichtet. Ronja holte ein nasses Handtuch und Salbe aus dem Badezimmer. Ihre Mutter sagte nichts, während ihre Tochter ihr beim Verarzten half. Das tat sie schließlich nicht zum ersten Mal.

»Warum bist du eigentlich angezogen?«, fragte sie plötzlich mit müder Stimme.

Ronja erzählte, dass sie sich im Keller hatte verstecken wollen. Nach kurzem Zögern berichtete sie von dem Mann vor der Haustür und dem belauschten Gespräch. Ihr Gedächtnis war gut. »Was hat das zu bedeuten, Mama?«

»Nichts Gutes«, antwortete die nach einer längeren Pause, in der sie die Wand anstarrte, um sich dann mühsam zu erheben. »Wir müssen etwas unternehmen, und zwar schnell.«

Ronja sah ihre Mutter verblüfft an und nickte erst langsam, dann immer eifriger. Das klang irgendwie gut, auch wenn es sich gleichzeitig gefährlich anhörte.

»Hast du die Visitenkarte von der Anwältin noch?«

Ronja schüttelte den Kopf. »Nein, aber ich habe mir die Nummern gemerkt und aufgeschrieben. Auch die von ihrer Wohnung.«

»Kluges Kind.«

Ronja holte ihr Notizheft und das Telefon. Es war mitten in der Nacht, und sie war hellwach. Zum allerersten Mal erlebte sie, dass ihre Mutter die Dinge in die Hand nahm.

35

Maren hatte zwei Kopfschmerztabletten genommen und war früh ins Bett gegangen – mit dem Ergebnis, dass sie sich ruhelos herumgewälzt hatte, bis die Beschwerden endlich spürbar nachließen, um dann irgendwann in einen dumpfen Halbschlaf zu fallen. Aus dem erwachte sie mitten in der Nacht ebenso mühsam und schleichend, wie sie hineingefunden hatte. Endlos lange, so schien es ihr, starrte sie die Decke an, bis ihr bewusst wurde, dass das Telefon klingelte. Fünf, sechs, sieben Mal. Dann war es wieder still, und Maren dachte, dass sie wahrscheinlich geträumt hatte. Bis es erneut zu läuten begann. Sie richtete sich langsam auf. Plötzlich beschleunigte sich ihr Herzschlag. Nächtliches Telefonklingeln bedeutete in der Regel nichts Gutes. Sie warf die Bettdecke zurück und schaltete das Licht ein. Es klingelte immer noch. Maren eilte ins Wohnzimmer und nahm den Hörer ab.

»Ich hoffe sehr, dass es dringend und wichtig ist und Sie sich nicht verwählt haben«, sagte sie statt einer Begrüßung und ohne ihren Namen zu nennen, während sie ihre Schläfe massierte.

»Ich glaube ja. Hier spricht Gabi Krause, die Nachbarin von Frau Baum.«

Maren war schneller wach, als ihr Kreislauf es nachvollziehen konnte. Sie atmete scharf ein, während ein kurzer, aber heftiger Schwindel ihren Kopf erfasste. Sie sank in einen Sessel. »Was ist passiert?«

»Das weiß ich nicht genau, aber es hängt mit meinem Mann, seinem Chef und der Anwältin von Karin Weber zusammen«, sagte Gabi Krause. »Ronja hat ein Gespräch mitbekommen, das höchst beunruhigend klang. Daraufhin habe ich versucht, Frau Bokken zu erreichen, aber sie geht nicht ans Telefon, und jetzt ...«

Maren hörte nur noch mit halbem Ohr zu. Sie erinnerte sich, dass Lena eine Spur verfolgte und erwähnt hatte, sich eingehender mit Konrad Krause beschäftigen zu wollen, aber in die Einzelheiten war sie nicht eingeweiht. Und Gabi Krauses Erklärung klang ziemlich wirr und keineswegs nach einer brenzligen Situation, die sofortiges Handeln erforderte.

»Hören Sie, es ist mitten in der Nacht«, unterbrach sie Gabi Krauses Schilderung und warf einen kurzen Blick auf die Uhr, »und Frau Bokken wird sicherlich schlafen ...«

»Das glaube ich nicht, Frau Sommer. Es klingt, als sei sie entführt worden.«

Marens Herz setzte für mindestens zwei Schläge aus. Sie sprang auf. »Was?! Sagen Sie das noch mal!«

Gabi Krause setzte erneut an und berichtete nun ausführlicher, dass ihr Mann ungefähr zwanzig Minuten zuvor von seinem Chef herausgeklingelt worden war, um eine zusätzliche Tour zu übernehmen. Dabei hätte Ronja dem zufällig belauschten Gespräch der beiden Männer entnommen, dass die beiden anschließend zu einer Hütte fahren würden, wo Lena ihr blaues Wunder erleben sollte, wie der Chef ihres Mannes gesagt habe.

Maren schüttelte verwirrt den Kopf. Sie hatte Mühe, einen Zusammenhang zwischen Lena, ihrer mutmaßlichen Entführung, Konrad Krause und seinem Chef sowie einer Hütte herzustellen, aber ein banges Gefühl stieg dennoch in ihr auf. Und wie war ausgerechnet Ronja in die Situation gekommen, ein solches Gespräch zu belauschen?

»Warum kann denn Ihre Tochter zu nachtschlafender Zeit Unterhaltungen aufschnappen?«, fragte sie verblüfft, obwohl ihr bewusst war, dass dieser Umstand im Augenblick eher zweitrangig war. »Und was ist das für ein Chef, der seine Angestellten mitten in der Nacht herausklingelt?«

»Ach, das ist nicht so ungewöhnlich, wissen Sie, Herr Panter erwartet, dass seine Leute ...«

Maren stockte. Panter. Panter? Warum kam ihr dieser Name bekannt vor? »Wie heißt der Mann?«

»Panter. Mick Panter. Mein Mann sagt immer Chef ...«

Maren schnappte nach Luft. »Das ist nicht wahr, oder? Meine Güte – rufen Sie die Polizei an, sofort!«

»Das habe ich ja schon«, verteidigte Gabi Krause sich schnell und ohne auf Marens plötzlichen Stimmungsumschwung einzugehen. »Die meinen, dass meine Geschichte ziemlich abenteuerlich klingt und dass ein Mädchen in Ronjas Alter sicher viel Phantasie hätte, aber davon ...«

»Ich mache mich sofort auf den Weg zu Ihnen«, schnitt Maren ihr kurzerhand das Wort ab und beendete ohne eine Entgegnung abzuwarten das Gespräch.

Sie zog sich in Windeseile an, schnappte sich ihre Handtasche und verließ das Haus zum ersten Mal seit Jahrzehnten ungekämmt und ohne Make-up. Nicht mal einen Blick in den Spiegel hatte sie geworfen. Während der Autofahrt fiel ihr ein, dass Gabi Krause auf die Frage, warum ihre Tochter mitten in der Nacht Gespräche aufschnappte, statt im Bett zu liegen und zu schlafen, gar nicht eingegangen war.

Frau Krause hatte dankenswerterweise Kaffee gekocht. Starken Kaffee. Während Maren ihre Tasse mit kleinen Schlucken leerte, erzählten Mutter und Tochter noch einmal genau, was passiert war.

»Kein Drumherumreden«, hatte Maren gefordert, nachdem sie Gabi Krauses blaue Flecken und die blutige Lippe gesehen hatte.

Es war nicht weiter schwierig, den Berichten der beiden zu entnehmen, dass Mick Panter mitten in die nächtliche Prügelaktion seines Angestellten geplatzt war – das Einzige, was man ihm positiv anrechnen konnte – und zudem noch das Pech gehabt hatte, von einer pfiffigen Zwölfjährigen belauscht worden zu sein, die vor Angst nicht hatte schlafen können.

Ronja erinnerte sich sehr detailliert und berichtete erstaunlich sachlich, was sie mitbekommen hatte und welche Schlüsse sie daraus zog. Maren hörte ihr aufmerksam zu, während ihr abwechselnd heiß und kalt wurde. Was hatte das alles zu bedeuten? Erst Hildruns Tod und nun offensichtlich Lenas Entführung, an der ausgerechnet Mick Panter beteiligt war. Eine höchst beklemmende Geschichte.

»Und bei der Polizei hat man Ihnen nicht geglaubt?«, fragte Maren, als die beiden schließlich schwiegen. Sie stellte ihre Tasse ab.

»Nein. Sie wollten wissen, wo diese Hütte ist und wo Frau Bokken wohnt, und das konnte ich ihnen beides nicht sagen. Ich weiß noch nicht mal mehr, wie der Beamte heißt, der den Fall bearbeitet. Also haben die mir natürlich gesagt, ich soll bis morgen früh warten.«

»Dann kann es zu spät sein.« Maren strich sich mit beiden Händen übers Gesicht.

Gabi Krause sah sie an. »Ich verstehe ehrlich gesagt nicht, was der Chef von meinem Mann mit der ganzen Sache zu schaffen hat.«

»Mick Panter und Lena Bokken hatten vor Jahren mal miteinander zu tun«, entgegnete Maren leise. Sie schluckte. »Eine fürchterliche Geschichte, auf die ich nicht näher eingehen möchte, weil Lena sie mir im Vertrauen erzählt hat. Fest steht jedenfalls, dass Mick Panter ihr alles andere als freundlich gesinnt ist und jede Gelegenheit, sich an ihr zu rächen, begrüßen würde. Er ist ein hochgradig gefährlicher Mann, und darum müssen wir sofort etwas unternehmen. Und sofort heißt: jetzt!«

Ronja starrte sie mit großen Augen an. »Was werden die ihr tun?«

»Darüber denken wir jetzt gar nicht erst nach.« Maren nahm sich vor, diese Aufforderung selbst auch zu beherzigen – soweit es irgendwie ging. »Wir brauchen Unterstützung von der Polizei. Wo ist das Telefon?«

»Ich glaube nicht, dass die heute Nacht …«

»Ich werde die Herrschaften schon auf Trab bringen«, wischte Maren Gabi Krauses Einwand mit grimmigem Gesicht vom Tisch.

Ronja brachte ihr das Telefon, und Maren rief bei der Kripo an. Ein freundlicher Beamter reagierte auf ihren Hinweis, dass es in einem aktuellen Mordfall eine entscheidende Wendung gegeben habe und sie sofort mit dem verantwortlichen Ermittler sprechen müsse, mit der Bemerkung, dass diese entscheidende Wendung sicherlich auch noch am nächsten Morgen erörtert werden könnte. Maren war auf diesen Satz vorbereitet. Sie holte tief Luft und lächelte ein Raubtierlächeln.

»Aber natürlich«, erwiderte sie sanft. »Sie haben vollkommen recht. Das hat auch Zeit bis morgen oder besser noch bis übermorgen, vielleicht sogar bis nächste Woche, aber wenn Sie dann Urlaub haben, mein Bester, dann verschieben wir das Ganze doch gleich ins nächste Quartal. Geht das in Ordnung für Sie?« Ihre Stimme gewann Satz für Satz an Lautstärke und beißender Schärfe. »Allerdings kann ich nicht ausschließen, dass es dann eine Tote geben wird. Die Anwältin Lena Bokken ist entführt worden, haben Sie das kapiert? Sie arbeitet an dem Mordfall Hildrun Baum, und ein Tatverdächtiger ist an der Entführung beteiligt. Und Sie bewegen jetzt Ihren Hintern und bringen in Erfahrung, wer den Fall bei Ihnen bearbeitet.«

Maren grinste, als sie sah, dass Mutter und Tochter sie mit offenem Mund anstarrten.

»Also: Ich brauche den Namen und die Telefonnummer«, fuhr sie unbeirrt fort. »Wenn Sie die nicht innerhalb von zehn Minuten auftreiben, klingele ich den Polizeipräsidenten aus dem Bett. Und ich kann Ihnen versichern, dass der es gar nicht lustig finden wird, wenn Sie hier weiterhin den genervten Schnarchbeamten geben. Als wir das letzte Mal zusammen Golf spielten, hatte ich jedenfalls den Eindruck, dass er seine Mitarbeiter durchaus zusammenzustauchen versteht.« Das war natürlich eine unverschämte Lüge, aber sie verfehlte ihre Wirkung nicht.

Der Beamte benötigte knapp acht Minuten, um ihr in respektvollem Ton mitzuteilen, dass der zuständige Kommissar Bernd Langner hieß und unter zwei Telefonnummern erreichbar war, die er ihr brav diktierte. Maren beendete das Gespräch mit einem hingeschmetterten »Danke!« und wählte die erste Nummer des Beamten. Mit drei, vier Sätzen informierte sie den Kommissar über die Ereignisse der Nacht, und Bernd Langner war schneller wach, als sie zu hoffen gewagt hatte. Es schien ihm nicht im Mindesten fragwürdig, aufgrund von Ronjas Schilderung in Alarmbereitschaft zu geraten.

»Das klingt nicht gut, da gebe ich Ihnen recht«, sagte er schließlich. »Ich habe am Abend mehrfach versucht, Frau Bokken zu erreichen – ohne Erfolg. Und Mick Panter ist extrem gefährlich.«

»Sie wissen von der Mick-Panter-Geschichte?«, fragte Maren erstaunt.

»Die Frage würde ich lieber Ihnen stellen«, entgegnete Langner. »Aber das Gespräch verschieben wir besser auf einen späteren Zeitpunkt. Wissen Sie, wo Lena Bokken wohnt? Sie hält ihre Privatadresse nämlich unter Verschluss, was in diesem Fall böse enden könnte.«

»Ja, ich weiß, wo sie wohnt.«

»Dann sollten wir gemeinsam hinfahren. Wo sind Sie? Ich hole Sie ab.«

Maren gab ihm die Adresse durch und hatte nach dem Telefonat Mühe, Ronja klarzumachen, dass sie nicht mitkommen konnte, während Gabi Krause nur blass auf ihrem Stuhl saß – Erschöpfung und Angst hinterließen ihre Spuren.

»Und wenn Papa wiederkommt?«, fragte Ronja aufgebracht. »Ihr wisst doch gar nicht, wo die sind!«

Die Kleine hat recht, dachte Maren. »Habt Ihr keine Freunde, wo Ihr unterkommen könntet?«

Das Schweigen der beiden sprach Bände. Maren kramte ihre Schlüssel hervor, während sie ans Fenster trat und die Straße im Auge behielt. »Gut, Ihr fahrt zu mir. Haben Sie einen Führerschein, Frau Krause?«

»Ja, ich fahre allerdings nur selten.«

»Macht nichts. Schauen Sie mal – da unten, der blaue Audi, das ist meiner. Ich wohne in der Klingsorstraße 3, zweiter Stock. Fühlen Sie sich wie zu Hause –« Sie stockte und schüttelte den Kopf. »Quatsch, was rede ich denn da? Fühlen Sie sich heimisch und in Sicherheit, das klingt besser, oder? Links vom Flur geht ein kleines Gästezimmer ab. Gegenüber ist das Bad, und die Küche werden Sie schon finden. Der Kühlschrank ist gut gefüllt, und eine Bar habe ich auch. Vielleicht täte Ihnen ein Cognac ganz gut, Frau Krause. Alles klar?«

Gabi Krause sagte nichts, während Ronja nach nebenan rannte und offensichtlich zu packen begann. Maren drückte kurz Gabi Krauses Schulter und wandte sich dann zur Tür. »Ich glaube, da kommt der Kommissar. Wir sehen uns später. Drücken Sie mir die Daumen.«

Maren spürte einen Kloß im Hals, als sie die Treppe nach unten eilte. Und ihr Magen schmerzte, als würde er zusammengepresst werden. Bitte, dachte sie, bitte, lass es nicht zu spät sein!

Die Terrassentür war nur angelehnt, das Haus leer und verlassen bis auf einen kleinen Kater, der sie erst grimmig anstarrte und dann davonflitzte, als Maren mit Bernd Langner durch die Räume ging. Zunächst entdeckten sie nichts Ungewöhnliches. Es gab weder Spuren eines Einbruchs, noch wies etwas auf einen Kampf hin. Maren beobachtete, wie Langner den Fußboden untersuchte und die Türen überprüfte. Er hatte Schatten unter den Augen.

Maren ging in die Küche und ließ den Blick schweifen. Auf dem Herd stand ein kleiner gusseiserner Topf. Sie hob den Deckel – Chili – und sah dann in die Spüle: kein Teller, kein Besteck.

»Ich glaube, sie ist noch nicht mal zum Essen gekommen«, rief Maren in Richtung Wohnzimmer. »Auf dem Herd steht ein halbvoller Topf Chili.«

Langner steckte den Kopf zur Tür herein. »Und? Sie könnte vergessen haben, den Rest in den Kühlschrank zu stellen.«

Maren schüttelte den Kopf. »Ich war einige Male ihr Gast und kenne sie inzwischen recht gut – sie würde das nicht vergessen, da bin ich mir ziemlich sicher. Benutztes Geschirr steht auch nicht herum.«

Kommissar Langner wirkte nicht hundertprozentig überzeugt und wandte sich wieder um.

»Der Anrufbeantworter blinkt!«, rief er kurz darauf.

Maren ging ins Wohnzimmer und trat neben ihn. Es waren mehrere Nachrichten gespeichert: zwei von Bernd Langner, eine von einem Kollegen aus der Kanzlei, der in irgendeiner Angelegenheit um Rückruf am nächsten Morgen bat, die nächtliche von Gabi Krause und schließlich noch eine von Johanna Bokken.

»Das ist Lenas Großmutter«, erklärte Maren rasch, als die klare Stimme der alten Frau erklang und Langner sie fragend von der Seite ansah.

»Hallo, Lena, wir haben lange nicht miteinander geredet. Egal jetzt ... Der Grund meines Anrufs ist ganz einfach: Ich bin beunruhigt – sehr beunruhigt sogar. Ist etwas passiert? Ich habe geträumt, dass es dir schlecht geht. Aber sagen dir diese Dinge überhaupt noch etwas? Warum bist du nicht zu Hause? Wo genau bist du?«

Dann knackte es in der Leitung.

Maren hielt einen Moment den Atem an. Bernd Langner runzelte die Stirn.

»Was hat das zu bedeuten?«

»Johanna und Lena Bokken verfügen beide über sehr viel ... ja: Intuition«, erklärte Maren und war plötzlich ganz aufgeregt. »Man kann dazu stehen, wie man will, aber es gibt Menschen, die ein sicheres Gespür haben für andere Menschen und ...«

»Ja, ich weiß«, gab Langner eilig zurück. »Sie müssen das nicht weiter erläutern. Fahren Sie bitte fort.« Er wirkte plötzlich angespannt.

»Es könnte doch sein, dass ... Ich weiß, das hört sich jetzt ein bisschen verrückt an, aber ... Vielleicht hat Lena versucht, Kontakt zu ihrer Großmutter aufzunehmen, oder auch umgekehrt – in tiefer Meditation oder so ähnlich. Die beiden hatten früher eine sehr innige Beziehung. Fragen könnte man sie doch, oder?«

»Fragen kann man alles Mögliche – ich befürchte nur, dass uns die Zeit davonläuft«, entgegnete Langner und blickte einen Moment ins Leere. Dann fuhr er sich durchs Haar. »Wenn Mick Panter Lena gestern Abend in seine Gewalt gebracht hat und heute Nacht mit Krause zu ihr fährt, bleibt uns keine Zeit, Fragen zu stellen. Wir müssen so schnell wie möglich herausfinden, wo diese Hütte ist. Panter wird nicht lange fackeln, glauben Sie mir, zumal er offensichtlich mitbekommen hat, dass wir ihm auf den Fersen sind. Das habe ich vorhin von einem Kollegen aus einer anderen Abteilung erfahren.«

»Wegen des Mordes?«, wunderte sich Maren.

Langner schien einen Moment zu überlegen, ob er darauf antworten durfte, dann gab er sich einen Ruck. »Nein, nein, es geht um was ganz anderes, und es ist wirklich ein Ding, dass die beiden Geschichten aufeinandertreffen. Mick Panter betreibt nicht nur ein Fitneßstudio, sondern außerdem ein Unternehmen, das Fitnessgeräte herstellt und repariert – dies jedoch hauptsächlich, um seinen Drogenhandel zu kaschieren. Die Kollegen von der Drogenfahndung suchen schon länger nach einem Anhaltspunkt, nachdem sie von den polnischen Behörden einen Hinweis erhalten haben. Wenn Panter nun befürchtet, dass Lena Bokken im Zusammenhang mit den Nachforschungen wegen des Mordes an Hildrun Baum zufällig und sozusagen als Nebeneffekt auf ihn und seine Geschäfte gestoßen sein könnte, wird ihm das kaum in den Kram passen.«

»Ach, du liebe Güte!« Maren schloss kurz die Augen.

»Ja, das kann man wohl sagen.«

Langner zückte sein Handy und rief einen Kollegen an, der alle nötigen Maßnahmen für eine Fahndung einleiten sollte. Danach führte er noch zwei weitere eilige Telefonate, währenddessen sie wieder zum Auto zurückgingen.

»Wer könnte den Ort dieser Hütte kennen?«, murmelte Langner, als er hinterm Steuer saß und Maren sich angeschnallt hatte. Sein Blick erfasste die Weide hinter dem Bootshaus, die sich leise im Nachtwind wiegte. Er startete den Motor und wendete.

Plötzlich hatte Maren eine Idee. »Sie wissen ja bestimmt, dass Lena den sauberen Herrn Panter vor Jahren mal verteidigt hat?«

Langners Kopf fuhr herum. »Was?«

»Ach, Sie kennen diese Geschichte gar nicht? Ich dachte ... na, egal jetzt. Um es kurz zu machen: Mick Panter war wegen versuchten Mordes an seinem damaligen Geschäftspartner – Thomas Hagen hieß der, glaube ich – angeklagt. Der Mordversuch ging schief, aber dieser Hagen sitzt seitdem im Rollstuhl und fällt für die Arbeit im Fitneßstudio aus, womit Panter auch erreichte, was ihm vorschwebte: den Laden ohne Thomas Hagen zu führen. Die Geschichte war perfekt eingefädelt und wurde fast ebenso perfekt durchgezogen, so dass selbst Lena auf sie hereinfiel – mit dem Ergebnis, dass Mick Panter freigesprochen wurde. Wenn ich es richtig verstanden habe, ist ihr so was vorher noch nie passiert, unter anderem auch, weil ihr so schnell niemand etwas vormacht. Aber einmal ist wohl immer das erste Mal.«

Langner fuhr zurück auf die Hauptstraße. »Er hatte also alle komplett gelinkt.«

»Ja – so kann man sagen.«

Maren erzählte in groben Zügen, dass Lena den tatsächlichen Sachverhalt schließlich doch herausbekommen hatte, aber nur weil sie auf eigene Faust tätig geworden war, wobei zwei Menschen zu Schaden gekommen waren: die ehemalige Lebensgefährtin von Panter und ein Mann, der Opfer eines Unfalls wurde, den Frauke Sander verursachte, als sie vor Panter floh.

»Das vermutete Lena jedenfalls«, schloss Maren. »Frauke Sander war danach wie vom Erdboden verschluckt, vielleicht ist sie im Ausland untergetaucht. Lena nimmt sogar an, dass sie gar nicht mehr lebt, hat aber keine weiteren Nachforschungen angestellt. Danach fehlte es an Beweisen, um die Sache noch einmal aufzurollen, und mit Lena ging es ziemlich bergab. Das Mandat von Karin Weber ist ihr erster richtiger Fall seit Jahren.«

Langner gab Gas, während er sein Headset aufsetzte und ein weiteres Mal telefonierte. Seine Anweisungen erfolgten kurz und bündig und mit einer gewissen Schärfe. Maren war nicht verwundert, dass er jemanden beauftragte, Lenas Chef aus dem Bett zu holen sowie Thomas Hagens Adresse ausfindig zu machen, und zwar schnell.

36

Der Durst war über die Stunden unerträglich geworden.

Vor Jahren hatte sie gelernt, in brütender Hitze auf ihrem Kissen zu sitzen, stundenlang, oder auch bei eisiger Kälte. Dabei war es weniger darum gegangen, die Situation mit heroischer Gelassenheit zu ertragen, als vielmehr zu versuchen, die körperlichen Reaktionen zwar wahrzunehmen, Schmerz, Kälte, Hitze zu akzeptieren, aber nicht zu bewerten. Im Rückblick schien ihr die Übung leicht, ganz einfach weil sie freiwillig gewesen war. Simon hatte sich an ihrer Seite befunden, und sie hätte die Situation jederzeit ändern können. Nun jedoch lag sie verprügelt, gefesselt und halb verdurstet an einem ihr unbekannten Ort, wusste nicht, wann ihr Peiniger zurückkehrte und wie lange sie noch zu leben hatte.

Die Dinge, die schiefgehen, sind eine Art Prüfung, aber auch eine Art Heilung, fiel Lena ein Satz ein, der im Dojo gefallen war. Von wem war der doch gleich? Pema Chödrön, einer buddhistischen Nonne und Schriftstellerin. Eines ihrer Werke trug den Titel *Die Weisheit der Ausweglosigkeit*. Gut, die Sache mit der Prüfung konnte sie nachvollziehen, aber wann begann die Heilung? Und wie sah sie aus? In ihrem Fall durfte sie nicht darauf hoffen, lange genug zu leben, um Heilung zu erfahren. Was will ich auch mit Hoffnung, überlegte sie. Glücklich ist der, der hoffnungslos ist. Erwartungslos. Wunschlos.

Lena schluckte mühsam. Die Sache mit der Angst ist merkwürdig, ließ sie ihre Gedanken weiterfließen. So empfand sie zwar immer wieder Momente panischer Enge, so heftig, dass sie hätte schreien mögen, doch zwischendurch fiel sie wie betäubt und abgestumpft in eine Art träumerischen Halbschlaf, in dem ihr die merkwürdigsten Gedanken kamen. So fiel ihr plötzlich das Chili ein, das sie nicht mehr hatte essen können. Es war besonders gut gewesen – scharf, rot, mit viel Fleisch und dicken roten Bohnen. Und sie dachte an Pepe, mit dem sie eigentlich auf dem Sofa hatte kuscheln wollen, und an Simon und seine Zen-Lehren. Wahrscheinlich war es gar nicht möglich, über einen längeren Zeitraum ausschließlich Panik und Todesangst zu empfinden. Ein natürlicher Schutzmechanismus sorgte dafür, dass man abschaltete, das Adrenalin zurückfuhr, sich erholte, um nicht auf der Stelle zu sterben – was allerdings manchmal wohl das Beste wäre.

Wenn ich ein richtiger Yogi wäre, überlegte Lena, könnte ich versuchen, meinen Herzschlag so zu verlangsamen, dass andere annähmen, ich wäre tot. Mein Herz, dich gibt es bald nicht mehr. An der Stelle, wo es gebrochen ist, kann unser Herz stark werden. Zitiert nach Jack Kornfield, einem Meditationslehrer, den Simon sehr verehrte. Plötzlich schoss Johanna wie ein Pfeil in ihre Gedanken. Lena sah sie deutlich vor sich – mit ihren weißen Haaren, den blaugrünen Augen und einem Blick, der bei aller Eindringlichkeit zwischen Sorge und Ärger schwankte. Seit wann gibst du so schnell auf? Na, was soll ich denn machen?, hielt Lena verzweifelt dagegen. Ich kann mich nicht befreien, und gleich kommen zwei Männer, die sich über mich hermachen werden, die Freude daran haben, andere Menschen zu quälen ... Jammere nicht, besinn dich auf das, was du tun kannst. Zwei Männer, eine Frau – gefesselt, geschwächt ... Du kannst reden. Zeit gewinnen. Dein Verstand ist nicht gefesselt, es sei denn, du fesselst ihn. Halte dich nicht bei der Angst auf. Lass sie stehen, geh weiter und denk daran, was Tajima no Kami gesagt hat: »Wer die Kunst wirklich beherrscht, benutzt kein Schwert – der Gegner tötet sich selbst.«

Lena nickte langsam und atmete tief in ihren Körper hinein. Direkt ins Kraftzentrum und ins Herz. Einmal, zweimal, immer weiter, der Atem trägt alles.

37

Frauke schrak hoch. Ihr Herz trommelte wie verrückt, während sie ihren Traum beiseitewischte. Dabei war es nur das Handy, das sie geweckt hatte. Sie starrte auf das Display.

Thomas. Hoffentlich war nichts passiert. Es war nicht seine Art, mitten in der Nacht einfach so anzurufen. Sie stellte die Verbindung her.

»Was ist?«, fragte sie besorgt. »Alles in Ordnung mit dir?«

»Mit mir ist alles okay«, sagte Thomas, und er klang irritierend wach. »Hör zu, es ist was passiert. Es geht um Mick. Du bekommst gleich Besuch …«

Frauke sprang hoch. »Meine Güte, ist er auf dem Weg hierher?«

»Um Gottes willen – nein! Reg dich wieder ab und hör zu!«, unterbrach Thomas sie energisch. »Und keine Sorge – es hat nichts mit dir zu tun, jedenfalls nicht direkt. Mick hat die Anwältin entführt.«

»Scheiße! Also hatte ich doch recht!«

»Was? Wie meinst du das denn?«

»Egal jetzt – erzähl du erst mal!«

»Gerade war ein Kripobeamter bei mir – lassen wir jetzt mal beiseite, wie der auf mich gekommen ist – in Begleitung einer Freundin von Lena Bokken«, erzählte Thomas in gehetztem Tonfall, aber um Sachlichkeit bemüht. »Diese Freundin hat erfahren, dass er die Anwältin in seiner Gewalt hat. Die Rede ist von einer Hütte im Wald, wo er sie versteckt hat. Ich kann mich erinnern, dass Mick früher einen Rückzugsort hatte, den er genau so nannte: die Hütte. Und du bist wahrscheinlich die Einzige, die schon mal da war und wieder hinfinden würde.«

»Aber …« Sie wusste nicht, was sie zuerst und zuletzt denken sollte. Portugal war nie weiter weg als in diesem Moment.

»Es ging nicht anders, Frauke – ich musste ihnen sagen, dass du nicht nur lebst, sondern zufällig auch im Lande bist. Deine persönliche Geschichte ist im Moment völlig nebensächlich, hörst du? Frauke? Hast du das verstanden? Es geht nicht um deinen Fall. Du bist die Einzige, die noch helfen kann. Er wird sie sonst umbringen.«

»Verstehe.« Frauke war ans Fenster getreten. Ihre Beine zitterten. Am Ende der Straße tauchten Scheinwerfer auf. »Ich muss mich jetzt anziehen, Thomas. Da fährt gerade ein Wagen vor.«

»Okay. Ruf mich nachher an, ja? Und hab keine Angst. Weißt du was? Es war eine hervorragende Idee zurückzukommen. Und wenn alles klappt, auch genau der richtige Zeitpunkt.«

Frauke nickte langsam. »Warten wir's ab.«

Damit legte sie auf und schlüpfte schnell in ihre Sachen. Nicht nachdenken, dachte sie, bloß nicht nachdenken. Es klopfte bereits leise an der Tür. Frauke öffnete rasch und ließ die beiden eintreten. Der ermittelnde Kripobeamte stellte sich als Bernd Langner vor und machte einen gehetzten Eindruck. Davon abgesehen hatte er kluge, vertrauenerweckende Augen und eine angenehm tiefe Stimme. Maren Sommer, die Frau neben ihm, schien bemüht, ihre Erschöpfung und Sorge nicht allzu deutlich zu zeigen, aber sie war auffallend bleich.

»Setzen wir uns in die Küche?«, bot Frauke an. Wie damals – mit Lena Bokken, dachte sie.

»Danke, aber wir haben nicht viel Zeit«, entgegnete der Kommissar und berichtete in aller Kürze, was vorgefallen war.

»Die Kanzlei hat uns schließlich die Anschrift von Thomas Hagen gegeben, und nun sind wir hier, weil Herr Hagen der Ansicht ist, dass Sie den Ort, von dem Mick sprach, kennen müssten«, beendete er wenige Minuten später seinen Bericht. »In diesem Zusammenhang interessiert es mich überhaupt nicht, dass Sie sich entgegen anderslautender Erkenntnisse von offizieller Seite in Berlin aufhalten«, fügte er nach einer kurzen Pause hinzu.

Frauke räusperte sich. »Das hat Thomas mir auch schon versichert.«

»Können Sie sich denn vorstellen, in was für eine Hütte Mick Panter Lena entführt hat?«, schaltete Maren sich ein.

Frauke nickte langsam. »Ich glaube ja. Er hat damals, als wir noch zusammen waren, nordwestlich von Neuruppin mitten im Wald eine verlassene, baufällige Jagdhütte erstanden und wieder hergerichtet.«

Bernd Langner atmete tief durch. »Wo genau?«

»In der Nähe von Storbeck-Frankendorf. Es ist sehr einsam gelegen. Ich war nur zwei-, dreimal dort. Es gibt keine offizielle Adresse oder so was.«

»Würden Sie hinfinden?«

Frauke zögerte. »Gut möglich, obwohl es bei Nacht schwierig ist.«

»Sind die Wege für normale Fahrzeuge passierbar?«

»Die Hauptwege schon, aber …«

»Kommen Sie – wir haben keine Minute zu verlieren!«

Frauke spürte den Blick von Maren Sommer, während Kommissar Langner sein Handy nahm und seine Kollegen bat, Kontakt mit der Polizeistation in Neuruppin aufzunehmen. »Was schätzen Sie, wie lange wir brauchen?«

»Mindestens eine Stunde. Eher länger – wie gesagt: So gut kenne ich mich dort nicht aus«, antwortete sie leise. »Und mein letzter Besuch in der Hütte ist eine halbe Ewigkeit her.«

Keine zwei Minuten später saßen sie im Auto. Frauke fragte sich immer wieder, ob sie nicht doch träumte. Konnte man in Träumen spüren, wie die Unterlippe bebte und das Herz sich fast überschlug? Der Schweiß das T-Shirt verklebte? Die Nachtluft riechen? Sie sah zum Fenster hinaus.

38

Es könnte ein Nachtvogel sein, der kauzend durch den Wald flog, oder das Geräusch des plötzlich auffrischenden Windes, der mit leisem Wispern an Blättern und Zweigen zerrte. Zwei Nachtjäger, die sich gegenseitig die Beute streitig machten und dabei ein furchterregendes kehliges Grollen von sich gaben, oder ein junger Hirsch, der gemächlich durchs Unterholz stolzierte und dabei keinerlei Vorsicht walten ließ.

Doch im Grunde ihres Herzens wusste Lena, dass keine dieser Annahmen stimmte. Das ferne Summen, das immer deutlicher zu hören war, hatte nichts mit dem Wald und seinen Geräuschen zu tun. Es war ein Auto, das sich stetig näherte. Und es konnte nur ein ganz bestimmtes Fahrzeug sein, das um diese Zeit in dieser Gegend unterwegs war. Micks Landrover. Er hat ihn also doch nicht endgültig verschwinden lassen. Was für ein unsinniger Gedanke. Oder vielleicht doch nicht – er fühlte sich stark, unglaublich stark und überlegen.

Einen Moment lang glaubte Lena zu spüren, wie ihr Panters geballte Erwartungen entgegenströmten. Die Panik erwachte wieder zu ihrer vollen Größe. Lena brach der Schweiß aus. Die mühsam errungene Entspannung entglitt ihr vollends, als sie sich vorstellte, dass Panter in Gedanken bereits durchspielte, was er alles mit ihr anstellen würde. Das verdoppelte den Genuss. Hör auf, dir etwas vorzustellen!, beschwor sie sich selbst.

Inzwischen erkannte sie das Motorengeräusch ganz deutlich, schließlich war es direkt am Haus. Türen wurden geöffnet und wieder zugeschlagen. Sie erkannte Mick Panters Stimme, die andere gehörte Konrad Krause. Lena dachte daran zurück, wie er am offenen Fenster direkt über ihrem und Ronjas Kopf lauthals auf seine Tochter geschimpft hatte. Eine Ewigkeit schien das her zu sein. Die Holztür knarrte. Schritte. Geruch nach Schweiß. Lena öffnete vorsichtig die Augen.

»Na, Kleines – ich sehe, dass alles unverändert ist«, begrüßte Panter sie. Er warf Krause einen Seitenblick zu. »Hab ich zuviel versprochen?«

Krause schüttelte den Kopf, während er sie mit einer Mischung aus Faszination und Unsicherheit anstarrte und sich im Nacken kratzte, als würde er überlegen, wen er vor sich hatte und was er mit ihr anfangen könnte. Lena musterte verstohlen seine bullige Gestalt und versuchte, jede Form von Ablehnung, Hass, Ekel hinter sich zu lassen. Das klang in der Theorie wunderbar – in der Praxis war es in ihrer Situation kaum umsetzbar. Immerhin – ein Versuch konnte nicht schaden.

»Wie ist es dir ergangen?«, fragte Panter aufgeräumt. Er holte einen weiteren Stuhl für Krause und zwei Flaschen Bier.

Lena räusperte sich. Mick Panter öffnete seine Flasche und stieß mit Krause an. Dann tippte er sie mit der Schuhspitze an die Schulter. »Na? Nun red schon!«

»Ich habe geschlafen«, sagte Lena leise.

»Und? War der Schlaf erholsam?«

»Vielleicht für einige Minuten.«

»Schade – ausgeruht bist du mir lieber.«

Sie sah ihn kurz direkt an. »Kann ich was zu trinken haben?«

»Ach, du hast Durst?«

»Ja, und – ich muss auch mal.«

Panter grinste. »Tatsächlich? Unangenehmes Gefühl, oder? Nun, es kann ja nicht schaden, wenn du dich halbwegs wohl fühlst. Außerdem mag ich keine vollgepissten Hosen.« Er sah Krause an. »Bind ihr die Füße los und bring sie raus zum Pinkeln. Aber sei vorsichtig.«

Krause stand sofort auf und befolgte die Anweisung. Als er sie auf die Füße stellte, wurde Lena so schwindelig, dass sie beinahe zusammengebrochen wäre. Beinahe. In dieser Verfassung war es unmöglich ... Sie beachtete den Gedanken nur kurz. Krauses Hände waren grob, und er hatte viel Kraft. Sie machte sich weich in seinem Griff. Panter beobachtete sie scharf. »Wenn du Tricks versuchst, bist du sofort erledigt, klar?«

Sie nickte und ließ sich von Krause nach draußen führen. Glücklicherweise hatte sie eine bequeme Baumwollhose ohne Knöpfe und Reißverschluss an, so dass Lena sie mit ihren vor dem Bauch gefesselten Händen ohne Hilfe herunterziehen und sich – wenn auch mühsam und wacklig – hinhocken konnte.

Krause wandte den Kopf ab, als sie sich erleichterte, und schnaubte sich die Nase, als wolle er das Geräusch des Wasserlassens überdecken. Sie stemmte sich wieder hoch, richtete ihre Hose und ging unsicher auf das Haus zu. Krause blieb dicht neben ihr. Ein Fluchtversuch zu diesem Zeitpunkt war zwecklos. Sie würde keine fünf Sekunden Vorsprung gewinnen in der schlechten Verfassung, in der sie sich befand, und die Männer wären so wutentbrannt, dass die Situation sofort eskalieren würde.

Panter wies auf den Stuhl, auf dem Lena einige Stunden zuvor bereits gesessen hatte, und Krause bugsierte sie dahin. Mick flößte ihr wieder Wasser ein und sah sie dann abschätzend an. »Also – was weißt du?«

Lena war erstaunt. »Ich habe keine Ahnung, was du meinst.«

Er schlug mit der flachen Hand zu, nicht besonders hart,

aber schmerzhaft. Ihr Gesicht flog zur Seite, aber sie fiel nicht vom Stuhl und gewann ihr Gleichgewicht zurück.

»Dann will ich mal deutlicher werden – warum schnüffelst du bei Krauses rum?«

»In dem Haus, in dem Krauses wohnen, ist eine Frau ermordet worden, und ich verteidige die Angeklagte«, antwortete sie und hoffte, dass das Zittern in ihrer Stimme nicht zu hören war.

Mick Panter beugte sich vor und verschränkte die Hände ineinander. »Erklär's mir – was hat mein Mitarbeiter Krause damit zu schaffen? Ehrlich, das interessiert mich. Das interessiert mich sogar brennend.«

Ruhig und langsam sprechen, dachte Lena. Zeit gewinnen. Unauffällig natürlich. Konzentration auf den Augenblick.

»Es ist bekannt, dass Herr Krause das Mordopfer nicht sonderlich mochte«, antwortete sie.

Panter sah Krause an. »Stimmt das?«

»Ja, kann man so sagen. Die blöde Kuh hat sich in alles Mögliche eingemischt, und ich hätte ihr nur zu gerne den Hals umgedreht, aber ich war's nicht.«

Die Beweislage sieht ein wenig anders aus, entgegnete Lena stumm.

»Und das ist der einzige Grund, warum du dich da rumgetrieben hast?«, wiederholte Panter seine Ausgangsfrage.

»Ja. Es hat nichts mit dir zu tun. Ich wusste bislang ja gar nicht, dass Krause für dich arbeitet.«

»Und das soll ich dir glauben?«

»Ja. Dein Name ist nie gefallen, auch nicht bei der Überprüfung von Krauses Alibi«, gab Lena zurück. »Der Firmenname ist darüber hinaus neutral.«

»Das glaube ich dir nicht. So blöd bist du nicht.«

»Das hat nichts mit Blödheit zu tun«, erwiderte Lena sanft.

»Ich habe Nachforschungen über Krause angestellt – beruflich, privat –, das hatte alles überhaupt nichts mit dir zu tun.«

Panter schlug erneut und mit Genuss zu, und Lena musste sich gewaltig anstrengen, um nicht laut aufzuschreien.

»Aber das kann doch sein, Chef«, mischte sich plötzlich Konrad Krause ein. »Ich nenne Sie immer nur Chef – wie die anderen auch. Da fällt kein Name.«

Panters Kopf fuhr herum. »Wer hat dich denn gefragt? Halt bloß die Schnauze – letztlich hast du sie doch auf unsere Spur gebracht. Oder die Kripo, wie auch immer. Ich hab doch heute Nacht nicht zum Spaß die Touren geändert. Irgendwer hat einen Tipp gegeben.«

»Is ja gut, Chef«, versuchte Krause ihn zu beschwichtigen.

Er war nervös. Die Situation behagte ihm nicht. Lena beobachtete ihn aus den Augenwinkeln. Er hatte Angst vor Panter. Sie konnte seine Angst spüren.

»Es ist eben nicht gut, du Hornochse!«, schnaubte Panter. Er hatte Mühe, sich zu beherrschen. »Aber ich sag dir was – du nimmst sie dir jetzt vor und kriegst raus, wo die undichte Stelle ist, kapiert? Ich werde zugucken und eingreifen, wenn es nötig sein sollte.«

Krause machte den Mund auf und wieder zu.

»Nur zu – nicht so schüchtern.«

Krause strich sich mit beiden Händen über die Oberschenkel.

»Mein Gott – nun mach schon!«, blaffte Panter. »Hast du nicht erzählt, dass du ganz gern auch mal bei Frauen austeilst, und zwar richtig, und deiner Alten regelmäßig zeigst, wer die Hosen anhat? Und wer sie dann auszieht? Das habe ich doch richtig verstanden, oder?«

»Ja, na klar, Chef, ich ...«

»Meine Güte, was ist das denn jetzt hier für eine laue Nummer? Komm mal langsam in Gang.«

Krause erhob sich. Er schwitzte, kratzte sich im Nacken und war plötzlich hochrot im Gesicht. »Na ja, sie ist schon ziemlich mitgenommen und ...«

»Sag nicht, dass du Skrupel hast!« Panter lachte hässlich. »Das ist ja ganz was Neues. Du kannst sie haben – meinetwegen vögele sie gleich, aber heiz ihr ordentlich ein. Glaub mir, letzten Endes braucht sie das. Schließlich habe ich ihr einiges versprochen, auch von dir. Und Versprechen sollte man halten.«

Lena atmete flach und leise. Tatsächlich, Krause hatte Skrupel, warum auch immer. Ihr Anblick erschreckte ihn. Wie gut, dass Panter mich so zugerichtet hat, dachte sie. Damit hat er eine Hemmschwelle errichtet, mit der sein Helfershelfer sich nun herumplagt. Sie beschwor sich, ruhig zu bleiben und suchte Krauses Blick, aber der wich ihr aus.

»Na, was ist, Krause?« Panter trat plötzlich neben Lena und ergriff ihren Arm. Er riss sie brutal hoch und gab ihr einen Schubs, dass sie mit voller Wucht zu Boden knallte. »Fang endlich an! Ich kann doch nicht alles selbst machen!«

Krause kam langsam näher. Er schnaufte und ballte die Hände zu Fäusten, während Lena sich zusammenrollte und einfach liegenblieb. Mick bückte sich und zog sie wieder hoch. Mit einer Hand umklammerte er ihre gefesselten Handgelenke, mit der anderen packte er sie am Hals. Er starrte ihr in die Augen und fing auf einmal an zu grinsen, dann warf er Krause einen Blick zu.

»Ich hab eine Idee, die das Ganze ein wenig spannender macht. Für alle Beteiligten, sogar für das kleine Miststück hier. Sie sollte sich ein bisschen wehren können, oder? Gib's zu – dabei kommst du besser in Schwung, stimmt's?«

Krause verzog den Mund. »Wie ...?«

»Ich nehm ihr die Fesseln ab.«

»Aber Chef ...?«

»Ach, halt's Maul!«

Lena atmete ruhig weiter, während Mick ihr Gesicht musterte, ohne seinen Griff zu lockern. »Gefällt dir das nicht auch besser?«

Sie schluckte und nickte vorsichtig. Es fiel ihr schwer, keine positive Regung zu zeigen. Sie war geschwächt und verletzt, stand zwei bulligen Kerlen gegenüber, von denen zumindest einer feste Mordabsichten hegte; Türen und Fenster waren geschlossen, und dennoch ...

»Du hast es gehört: Krause braucht den Kitzel, also wehr dich ein bisschen«, erklärte er süffisant und ließ ihren Hals los. »Die Betonung liegt auf *ein bisschen.*« Panters Augen glitzerten. »Ich stelle es mir äußerst amüsant vor, Zeuge dieser kleinen Veranstaltung zu werden.«

Er löste ihre Handfesseln und gab ihr einen Stoß, dass sie in Krauses Richtung stolperte. Für einen Moment kehrte die Übelkeit zurück, und sie schwankte.

Panter sah Krause an, der mittlerweile große Schweißflecken unter den Achseln hatte. »Nun mach schon: Nimm dir die Kleine zur Brust – tob dich mal richtig aus. Ich bin gespannt, wie viel Kraft sie noch hat, sich zu wehren.«

Er setzte sich, nachdem er die beiden anderen Stühle aus dem Weg geräumt hatte, und verschränkte die Arme vor der Brust.

Sehr groß ist der Raum nicht, dachte Lena, während der Schwindel nachließ, aber wie hatte der Meister immer gesagt? Je weniger Platz ist, desto klarer und zielgerichteter muss die Bewegung mit dem Partner sein. Partner? Ja, nicht Gegner. Krause war plötzlich zum Partner geworden, sogar zum Verbündeten, womit wohl niemand gerechnet hatte, sie selbst am allerwenigsten. Er stand mit hängenden Armen vor ihr, bemüht, seine Verwirrung und den Druck, dem er ausgesetzt war, irgendwie zu bewältigen. Diesen Druck brauche ich, dachte sie. Und ich muss ihn umleiten, von mir abwenden. Wärme strömte durch ihren Körper.

Langsam näherte sie sich ihm und sorgte dafür, dass er zwischen Panter und ihr stand. So konnte nur Krause ihr Lächeln sehen.

»Er wird dafür sorgen, dass dir der Mord an mir angehängt wird«, sagte sie leise und fing seinen Blick ein. »Glaub mir, er macht dich genauso fertig ...«

Panter sprang auf. »Du blöde Kuh!«, schrie er, war mit einem Sprung neben Krause und stieß ihm seinen Ellenbogen in die Seite.

Von diesem Augenblick an dehnten sich die Sekundenbruchteile zu Minuten. Alle Bewegungen schienen sich in Zeitlupe und dennoch in bemerkenswerter Klarheit und Präzision abzuspielen. Lena hörte sich atmen, als stünde sie ganz allein in einem unterirdischen Tunnel. Ihre Schmerzen waren immer noch da und ihre Schwäche, aber sie waren unwichtig, nebensächlich. Johanna, rief sie stumm, Simon, steht mir bei, jetzt!

Sie sah Krause stolpern, und im selben Moment glitt Lena auf die andere Seite neben ihn und ergriff sein Handgelenk. Sie gab seiner Sturzbewegung mit einer Drehung aus der Hüfte zusätzlichen Schwung, während sie gleichzeitig seinen Arm herunterriss und mit der anderen Hand seitlich auf seinen Hals schlug. Krause stürzte lang hin und versperrte Panter den Weg. Das war der entscheidende Moment. Lena griff sich einen der Stühle und schleuderte ihn durchs Fenster, den anderen trat sie Panter vor die Füße, der daraufhin ebenfalls zu Boden ging. Während sich die Männer hinter ihr unter Flüchen und wüsten Beschimpfungen hochrappelten, sprang sie durch das gesplitterte Fenster. Sie schnitt sich an Armen und Beinen, aber sie spürte nichts, rollte ab, sprang auf und rannte los. Sie hörte, wie die Tür aufgerissen wurde und die beiden die Verfolgung aufnahmen.

Krause war mit Sicherheit kein guter und ausdauernder Läufer, Mick Panter schon eher. Und wahrscheinlich hatte er eine Waffe dabei. Lena wandte sich ins dichte Unterholz. Sie war klein, zierlich, flink und glich damit den Nachteil durch ihre Verletzungen ein wenig aus. Panters Wut hatte sicherlich längst den Siedepunkt erreicht. Er würde sie sofort töten. Zeit. Ich brauche Zeit, sagte sie sich. Sie lief und lief und ließ alles andere hinter sich zurück – Angst, Schmerzen, Schwindel, Hoffnung, Resignation. Einfach nur laufen.

39

Es schien ewig zu dauern, obwohl Bernd Langner ein scharfes Tempo vorlegte. Sie erreichten Neuruppin in vierzig Minuten, aber Maren kam es vor, als wären sie Stunden unterwegs gewesen. Frauke Sander saß vorn und dirigierte Langner durch den Ort. Zwei Polizeifahrzeuge folgten ihnen, einer davon ein Geländewagen. Langner telefonierte kurz mit dem örtlichen Einsatzleiter, dann ging es weiter in Richtung Storbeck-Frankendorf. Am Ortsausgang bat Frauke Sander Langner, das Tempo zu drosseln, weil sie eine Nebenstraße suchte, die direkt in den Wald führte.

»Um Gottes willen, beeil dich, Mädchen!«, beschwor Maren sie und reckte den Hals, um besser sehen zu können.

»Es bringt nichts, wenn Sie drängen«, gab Frauke zurück.

»Ja, ich weiß, es tut mir leid. Sie machen Ihre Sache hervorragend«, entschuldigte Maren sich sofort und begann an ihren Fingernägeln zu kauen.

Plötzlich hob Frauke die Hand. »Da vorne – der kleine Weg – sehen Sie den? Da müssen wir rein.«

Sekunden später schluckte sie der Wald. Die Scheinwerfer huschten wie Irrlichter über den Boden, Steine knirschten unter den Reifen. Irgendwo schrie eine Eule.

»Können Sie nicht schneller fahren?«, fragte Maren.

»Klar. Und an irgendeinen Baum knallen«, gab Langner frostig zurück.

»Schon gut, ich habe verstanden.«

Am besten, ich halte die Klappe, dachte Maren. Das hielt sie ungefähr fünf Minuten durch. Dann sah sie etwas, was sie einen Moment lang für eine Sinnestäuschung hielt, aber Frauke Sander und Langner starrten plötzlich ebenfalls wie elektrisiert durch die Frontscheibe. Ein Licht. Nein, zwei hin- und herschwankende Lichter.

»Ein Wagen«, flüsterte Frauke.

Langner schaltete sofort die Scheinwerfer aus, drosselte das Tempo und gab das Kommando an die beiden nachfolgenden Wagen, an ihm vorbeizufahren und das entgegenkommende Fahrzeug zu stoppen. Er hielt sich rechts und blieb stehen, während die Polizeiautos an ihm vorbeifuhren und sich nach wenigen Metern mit ebenfalls ausgeschalteten Scheinwerfern quer zur Fahrtrichtung stellten. Von weitem würden sie in der Dunkelheit kaum zu sehen sein.

Bernd Langner löste seinen Sicherheitsgurt. Maren sah, dass er nach seiner Waffe tastete.

»Sie beide bleiben im Auto und rühren sich nicht vom Fleck!«, befahl er in unmissverständlichem Ton.

Dann stieg er aus und eilte zu seinen Kollegen, um dort

Deckung zu suchen. Maren zog den Kopf ein und beobachtete das stete Näherkommen des Wagens mit angehaltenem Atem. Ein großes Fahrzeug, dachte sie, wahrscheinlich ein Geländewagen.

»Er ist immer noch Landrover-Fan«, flüsterte Frauke Sander heiser. »Manche Dinge ändern sich wohl nie.«

Keine Minute später rollte der Landrover auf sie zu – um wenige Meter vor den Polizeiwagen abrupt zum Stehen zu kommen. Langner und seine Leute sprangen mit gezückten Waffen aus ihrer Deckung. Maren konnte den Mann, der kurz darauf mit erhobenen Armen ausstieg, nicht richtig erkennen. Er stolperte auf die Polizisten zu und sagte etwas, was Maren nicht verstand.

»Soll das etwa Mick Panter sein?«, fragte sie ungläubig und spähte angestrengt nach vorn.

»Nein«, sagte Frauke Sander. »Das ist er nicht.«

Maren atmete scharf ein. »Jetzt erkenne ich ihn – das ist Krause, der Nachbar. Aber wo ist Panter?«

»Gute Frage«, gab Frauke mit gepresster Stimme zurück. »Eine sehr gute Frage sogar.«

Ein paar Minuten später trat Langner an den Wagen und sah die beiden Frauen an. Seine Mimik spiegelte seine Sorge wider.

»Es ist noch nicht vorbei«, erklärte er. »Wir haben Krause – der hat bereitwillig erzählt, dass sie mit Lena in der Hütte waren, sie jedoch in den Wald fliehen konnte – wie immer sie das auch angestellt haben mag. Panter ist hinter ihr her, während Krause die Verfolgung aufgegeben hat und sich absetzen wollte. Das Ganze ist ungefähr eine Viertelstunde her.«

»Und nun?«, fragte Maren. Sie hörte ihrer Stimme an, dass sie allmählich hysterisch wurde.

»Nun fahren wir zur Hütte und suchen die Gegend ab, so schnell und so gründlich wie möglich. Außerdem ist Verstärkung mit Suchhunden angefordert.«

Maren musste zugeben, dass sie nichts anderes tun konnten, auch wenn es ihr ein ziemlich aussichtsloses Unterfangen schien, im stockdunklen Wald nach zwei Menschen zu suchen, von denen einer auf der Flucht war und der andere den Jäger gab. Bis es hell wurde, konnte viel passieren. Andererseits – zu Beginn der Nacht hatte sie es kaum für möglich gehalten, dass sie überhaupt so weit kommen würden. Das war doch schon was.

Maren lehnte den Kopf an die Scheibe und begann zu weinen.

40

Sie konnte sein Keuchen hören. Anfangs war es ganz nah gewesen, dann etwas weiter weg, und nun rückte es wieder unaufhaltsam näher. Ihre Kräfte ließen immer deutlicher nach – ihr Atem ging unregelmäßig, und die Schmerzen waren längst zurückgekehrt. Selbst im dichten Unterholz, das für Mick Panter noch mühsamer zu durchqueren war, hatte sie in Kürze keine Chance mehr, ihm zu entwischen, und die Tatsache, dass Krause nicht mehr mit von der Partie war, tröstete sie nur in den ersten Minuten, nachdem sie Panter über ihn hatte fluchen hören. Panter hatte nur noch ein Ziel, und wie es aussah, würde er es erreichen.

Lena schleppte sich weiter. Ein Versteck. Ich brauche ein Versteck. Aber sie war nicht so weit von ihm entfernt, dass sie Zeit gehabt hätte, sich an einem Baum hochzuziehen, ohne dass er es bemerkte. Sofern sie dazu überhaupt noch die Kraft hätte. Außerdem war es zu gefährlich. Sie ging davon aus, dass er eine Pistole hatte – sie auf kurze Distanz zu erschießen, wäre dann ein Leichtes für ihn. Dass er für diesen Mord ganz sicher vor Gericht gestellt werden würde, spielte inzwischen längst keine Rolle mehr. Die Zeit der sachlichen Erwägungen war längst vorbei.

Plötzlich stieg Lena ein aufdringlicher, übelkeiterregender Geruch in die Nase – es stank nach Verwesung, Aas, Kot – alles zusammen. Sie würgte und schlug einen Haken. Ohne weiter darüber nachzudenken, wiederholte sie zwei Schritte später den Haken und kehrte in die Richtung des üblen Geruchs zurück. Einige Meter weiter sah sie den Ursprung des Gestanks vor sich. Sie hielt sich die Nase zu. Ein totes Tier lag vor einem Gebüsch. Ein großes totes Tier. Ein Reh? Nein. Sie lief näher heran. Ein toter Wolf. Nein, nur noch sein Kadaver, eine Hülle aus Fellresten, angenagtem Kopf und Knochengerüst – ausgeweidet, voller Ungeziefer und Maden. Ein Wolf – hier in dieser Gegend? Vielleicht war es eher ein wildlebender Wolfsmischling gewesen. Er hatte Ähnlichkeit mit Boran – oder besser: die Reste von ihm.

Zweige knackten hinter Lena. Das Keuchen war plötzlich ganz nah. Sie hastete auf den Kadaver zu, stieg über ihn hinweg und drängte sich in das Gebüsch hinter dem toten Tier, wo sie sich eilig Erde ins Gesicht rieb und so klein wie möglich machte. Flache Atmung. Der Gestank war kaum auszuhalten. Einen Moment lang glaubte sie sich übergeben zu müssen. Dann dachte sie an Boran. An Johanna und Simon. Ihr Körper schrumpfte noch mehr zusammen, sie wühlte die Hände in die Erde und legte den Kopf auf die angezogenen Knie. Zweige stachen ihr in die Arme, aber sie spürte keinen Schmerz. Sie spürte, dass Panter da war.

41

Frauke war kurz davor gewesen einzunicken, als plötzlich lautes Rufen zu hören war. Sie hob den Kopf und sah Mick, der im ersten Morgenlicht zur Hütte geführt wurde. Mick in Handschellen und umringt von mehreren Polizisten. Er sah wüst aus und war am Ende seiner Kräfte. Welch schöner Anblick! Frauke öffnete mit leisem Klicken die Beifahrertür und stieg aus. Maren Sommer tat es ihr gleich und starrte nach vorn.

»Lena ist nicht dabei«, flüsterte sie und lehnte sich an die offene Wagentür.

Frauke setzte sich langsam in Bewegung.

»Wo wollen Sie hin?«, rief Maren Sommer ihr nach. Ihre Stimme klang seltsam atemlos.

»Ich will ihm guten Tag sagen«, antwortete Frauke knapp.

»Bleiben Sie besser hier.«

»Sie kennen die Geschichte von damals – würden Sie das an meiner Stelle nicht auch tun wollen?«, entgegnete Frauke.

»Ja, wahrscheinlich.«

Frauke beobachtete, dass Langner mal wieder mit seinem Handy telefonierte und dabei heftig gestikulierte. Mick wurde eben zu einem Polizeiwagen geführt. Frauke trat wie zufällig dazu. Die beiden Polizisten wandten sich um und sahen sie missbilligend an, aber sie ignorierte sie. Mick hatte sie plötzlich entdeckt und erkannt. Sie lächelte, weil er innerhalb von Sekundenbruchteilen zu erstarren schien.

»Was für eine Überraschung, nicht wahr?«, sagte sie und genoss sein Entsetzen zutiefst. Am liebsten hätte sie ein Foto von seinem Gesichtsausdruck gemacht.

»Bitte bleiben Sie zurück«, mischte einer der Polizisten sich ein und fasste nach ihrer Schulter.

Sie wich geschickt aus. »Sofort – versprochen. Nur eine Minute, bitte, dann sind Sie mich los. Der Herr und ich, wir kennen uns aus einem anderen Leben.«

Der Polizist runzelte die Stirn, aber Frauke wandte sich wieder Mick zu, als wäre die Sache damit geklärt.

»Siehst du, Mick – die alten Geschichten holen einen irgendwann immer ein, und zwar jeden, sogar dich«, erklärte sie mit freundlicher Stimme. »Glaub mir, auch du wirst für alles geradestehen müssen, und das macht mich sehr glücklich. Kannst du das nachvollziehen?«

Er sah an ihr vorbei und erwiderte nichts.

»Was hast du mit der Anwältin gemacht?«

Er antwortete immer noch nicht. Sie lächelte, obwohl ihr gar nicht danach zumute war. »Verlass dich drauf – wir werden sie finden, so oder so.«

Frauke drehte sich abrupt um und ging zu Langners Wagen zurück. Maren Sommer sah ihr entgegen. »Was ist mit Lena?«

»Ich weiß es nicht. Er sagt nichts.«

»Wie hätte es auch anders sein können?« Maren Sommer wandte sich um. »Das tatenlose Warten macht mich wahnsinnig!«

Frauke sah dem Wagen nach, in dem Mick weggebracht wurde. Dann schickte sie Thomas eine SMS – reden mochte sie jetzt nicht. Dafür war später noch Zeit. Sie setzte sich auf die verrottete Holzbank hinter der Hütte und starrte zum Waldrand. Die Hunde bellten. Mal wieder. Sie gaben in kurzen Zeitabständen an, dass sie eine Spur hatten. Was für ein Wunder im dichten Wald. Zwischendurch war dann wieder einige Minuten Ruhe. Das Bellen wurde aufgeregter. Frauke wischte sich über die Augen. Lautes Rufen. Plötzlich rannte Maren Sommer los. Frauke und Bernd Langner folgten ihr.

Eine Frauengestalt trat, umringt von Polizisten und Hunden, aus dem Wald. Lena Bokken knickte in den Knien ein und brach zusammen, als Frauke, Maren und Langner sie erreicht hatten. Die Anwältin blutete aus zahlreichen Wunden am ganzen Körper, ihr Gesicht war zerschunden, die Kleidung zerrissen, verdreckt und voller Erde. Zweige steckten in ihrem Haar. Sie war bleich, aber sie lebte. Und sie stank.

Frauke erschrak, als Lena plötzlich die Augen aufschlug. Einen Moment lang schien sie Frauke nicht zu erkennen. Sie blinzelte und runzelte die Stirn, während sie die Gesichter um sich herum musterte.

»Sie leben!«, sagte Frauke mit belegter Stimme. »Wir hatten schon Schlimmes befürchtet.«

»Sie leben ja auch«, antwortete Lena. »Und ich habe ähnlich Schlimmes befürchtet.«

Dann schloss sie die Augen wieder.

Bushido
Ehrenkodex

42

Sie hatte sich geweigert, sich in ein Krankenhaus bringen zu lassen, und sie bereute diese Entscheidung nicht eine Sekunde. Die Schnitt- und Schlagverletzungen waren halb so wild, und mit körperlicher Erschöpfung konnte sie gut umgehen. Was sie brauchte, war Ruhe, und die fand sie zu Hause.

Drei Tage lang tat Lena nichts anderes als schlafen, baden, essen, einige wichtige Telefonate erledigen – mit Johanna zum Beispiel und mit Maren. Mit Maren jeden Tag, aber auch mit Gabi Krause, der Kanzlei, Frauke Sander und Bernd Langner. Danach fühlte sie sich soweit gestärkt, dass sie sich ab und an in die Sonne setzte oder auf ihr Kissen im kleinen Dojo oder ein halbes Stündchen am See entlangspazierte.

Es war ihr klar, dass es einiges zu überdenken und zu verarbeiten gab, nicht nur was Panter und seine Verbrechen anging oder die seltsamen Zusammenhänge zwischen den beiden Fällen; und es war ihr auch bewusst, dass sie Monate, vielleicht Jahre brauchen würde, um die quälenden Stunden der Gefangenschaft zu verarbeiten. Vergessen würde sie diese Nacht ohnehin niemals. Ohne ihre Aikidoausbildung, ohne die Klugheit und Tatkraft einiger Menschen und den Zuspruch von Johanna, da war sie ganz sicher, hätte sie diese schweren Stunden nicht überlebt. Zudem hatte ihr noch das Glück insoweit in die Hände gespielt, als Konrad Krause nicht der hundertprozentige Bösewicht war, den sie erwartet hatte.

Inzwischen zweifelte Lena immer stärker daran, dass er trotz der zahlreichen Indizien, die um einiges schwerwiegender waren als bei Karin Weber, für Hildrun Baums Tod verantwortlich war. Aber auch wenn man ihn deswegen nicht belangte, reichte seine Beteiligung an anderen Straftaten aus, ihn für viele Jahre hinter Gitter zu bringen. Und was ganz entscheidend war: Karin Weber war wieder auf freiem Fuß.

Maren hatte Lena erzählt, dass Karin sich gut erholt hätte und weniger verbittert wirkte, als sie befürchtet hatte. Letztendlich kam Lena zu dem Schluss, dass vielleicht niemals herauskommen würde, was mit Hildrun passiert war. Vielleicht war das auch gar nicht mehr wichtig.

Gut zwei Wochen nachdem die Ereignisse sich derart überschlagen hatten, wachte Lena in aller Frühe mit der klaren Empfindung auf, dass sie genesen und die Zeit des Rückzugs vorbei war. Ihre alte Kraft war wieder da. Sie stand auf, frühstückte in aller Ruhe und machte sich dann auf den Weg.

Ein Zittern erfasste sie, als sie den Wagen abstellte und ausstieg. Das Tor zum Hinterhof war halb geöffnet. Sie lief die Treppen nach oben, betrat den Umkleideraum und schlüpfte in ihren Aikidoanzug. Plötzlich war sie ganz sicher, dass er da war. Das Herz schlug ihr bis zum Hals.

Sie öffnete die Tür zum Dojo. Er saß auf seinem Kissen. Die Hände ineinandergelegt, der Rücken gerade. Sein Haar war fast weiß. Er nickte ihr kaum merklich zu, und Lena sah das andere Kissen, das vor ihm lag – ihr altes Zazen-Kissen.

Sie verbeugte sich und trat ein. Vor ihm angelangt, ging sie auf die Knie und verbeugte sich erneut, bevor sie sich auf das Kissen setzte.

Simon öffnete die Augen, und seine Wärme traf sie mitten ins Herz. Er lächelte. »Du bist nicht korrekt angezogen, Lena.«

Sie sah an sich herunter und wusste nicht, was er meinte. Die Jacke saß richtig, und auch der Gürtel hatte einen ordnungsgemäßen Knoten. Als sie wieder hochblickte, hatte er hinter sich gegriffen und überreichte ihr den Hakama.

Kuck, Manuela: Freispruch / Roman
ISBN 978-3-930041-72-5

Satz und Gestaltung: Grafikbüro Schadenberg, Berlin
Umschlagfoto: © buchcover.com/Birgitta Kowsky
Druck: CPI – Clausen & Bosse, Leck

Zum Weiterlesen …

Rieke, Anfang 40, betreibt ein florierendes Bistro am Ku'damm. Ihre Tochter ist aus dem Haus, und Riekes Privatleben ist wenig aufregend. Dann taucht eines Tages Paula auf, eine alte Schulfreundin. Sie kehrt aus Frankfurt zurück, wo sie in einer Werbeagentur Karriere gemacht hat. Die beiden Frauen kommen einander näher. Und dann entdeckt Rieke Paulas Geheimnis …

»Lesenswert!« Lespress

Manuela Kuck
Hungrige Herzen
240 Seiten, gebunden
ISBN 978-3-930041-36-7

Paula hat es satt, Schokoriegel zu vermarkten, und wechselt den Job. Als sie sich um den Werbeetat eines Sportartikel-Herstellers bemüht, lernt sie Ariane Köster kennen, eine faszinierende Frau, die es gewohnt ist, den Ton anzugeben.
Rieke hat mittlerweile nicht nur geschäftliche Probleme. Sie fühlt sich häufig zurückgesetzt und wünscht sich mehr Zweisamkeit mit Paula.
Paula hingegen hat zunehmend Herzklopfen, wenn sie Ariane begegnet …

Manuela Kuck
Die Rivalin
276 Seiten, gebunden
ISBN 978-3-930041-46-6

www.krugschadenberg.de

... und weiterlesen.

Ariane geht es gut. Beruflich ist sie erfolgreich. Privat genießt sie ihr Glück mit Paula. Alles könnte immer so weitergehen, findet sie. Doch dann nimmt ihr Leben eine entscheidende Wende: Nach einem Unfall beginnt eine junge Frau ihr nachzustellen. Ariane fühlt sich zunehmend in die Enge getrieben und weiß sich kaum zu wehren. Während Paula sich wachsende Sorgen um ihre Geliebte macht, spitzt sich Arianes Bedrängnis dramatisch zu ...

Manuela Kuck
Ariane
288 Seiten, gebunden
ISBN 978-3-930041-53-4

Lisa Krone hat einen neuen Job: Assistentin der Geschäftsführung eines Berliner Frauenhotels. Ihre Chefin, die kühle Amelie Rupert, erwartet vollen Einsatz. Lisa schwant, dass die Zusammenarbeit schwierig wird, aber die attraktive schwarzhaarige Frau mit den blauen Augen macht sie neugierig. Bald ahnt sie, dass es im Hotel Marlene nicht nur darum geht, Frauen stilvoll zu beherbergen ...

»Fesselnd!« AVIVA-BERLIN.DE

Manuela Kuck
Liebe Lügen
304 Seiten, broschiert
ISBN 978 - 3 - 930041 - 68 - 8

www.krugschadenberg.de